JENNY HALE

Weihnachtswünsche sind wie Schneeflocken

Weitere Titel der Autorin:

Winterzauber im Kerzenschein
Mit dem Schlitten auf Wolke Sieben
Mein Weihnachtswunsch bist du

Über die Autorin:

Als Jenny Hale mit der Schule fertig war, sagte eine ihrer Freundinnen: »Passt auf, eines Tages wird Jenny Bücher schreiben!« Bis zu diesem Zeitpunkt hatte Jenny nie darüber nachgedacht, Autorin zu werden. Doch manchmal können Freunde Sachen voraussehen, die man selbst nicht im Blick hat. Auch wenn sie nicht sofort mit dem Schreiben begann, hat damals dieser Kommentar den Stein ins Rollen gebracht.
WEIHNACHTSWÜNSCHE SIND WIE SCHNEEFLOCKEN ist Jenny Hales vierter herzerwärmender Weihnachtsroman.

Jenny Hale

Weihnachtswünsche sind wie Schneeflocken

Roman

Aus dem amerikanischen Englisch von
Frauke Meier

lübbe

MIX
Papier aus verantwortungsvollen Quellen
FSC® C014496
FSC www.fsc.org

Dieser Titel ist auch als E-Book erschienen

Vollständige Taschenbuchausgabe

Titel der amerikanischen Originalausgabe: »We'll always have Christmas«
Originalverlag: Bookouture
First published in Great Britain in 2017 by Storyfire Ltd trading as Bookouture.

Textredaktion: Dr. Ulrike Strerath-Bolz, Friedberg
Einband-/Umschlagmotiv: © shutterstock: alexkich | ch 123 | Alona_S |
sunshiny | Kichigin | brovkin | tomertu
Umschlaggestaltung: Sandra Taufer, München
Satz: hanseatenSatz-bremen, Bremen
Gesetzt aus der Stempel Garamond LT Std
Druck und Verarbeitung: GGP Media GmbH, Pößneck
Printed in Germany
ISBN 978-3-404-17897-1

2 4 6 5 3

Sie finden uns im Internet unter
www.luebbe.de
Bitte beachten Sie auch: www.lesejury.de

PROLOG

Noelle Parker atmete tief ein und ließ sich von den Weihnachtsaromen überschwemmen. Ein Duft von Pfefferminz und heißer Schokolade, vermischt mit dem Geruch von Tannenbäumen, erfüllte die Luft. Mit Hut und Wintermantel dick vermummt, schwatzten die Leute auf ihrer vorweihnachtlichen Einkaufstour vor den Geschäften. Manche deuteten auf die Schaufenster, die überquollen vor funkelnden Päckchen und Weihnachtsbäumen, andere eilten mit strahlenden Gesichtern vorbei, trotz der schweren Taschen, mit denen sie beladen waren. Der Himmel spannte sich wie eine weiße Decke über ihr, und die Wolken kündigten Schnee an. Etwas weiter unten an der Straße sang ein Chor »We Wish You a Merry Christmas«.

Noelle wickelte sich fester in ihren Mantel, doch die Kälte drang trotz ihres Schals in ihren Ausschnitt und brachte sie zum Bibbern. Es war eisig, und sie kam sich allmählich vor wie ein Eisblock. Mit ihrer besten Freundin Jo Phillips schlenderte sie an Schaufenstern und Marktständen vorbei, betrachtete die Geschenkartikel, die Spontankäufer anlocken sollten, und nahm die unverfälschte Freude auf den Gesichtern wahr. Das entspannte Geplauder und die festliche Stimmung um sie herum.

Doch sosehr sie sich bemühte, sich von der Feiertagslaune anstecken zu lassen, sie spürte die Anspannung in ihrem Rücken. Sie hatte den Grund, warum sie ihre Freundin heute hatte treffen wollen, noch nicht zur Sprache gebracht, aber sie würde nicht darum herumkommen. Sie konnte ihn nicht ewig verdrängen. Sie hasste es, einen weiteren Rückschlag einzuräumen, gerade Jo gegenüber, die ihr Leben ständig perfekt im Griff zu haben schien. Aber sie wusste eben auch, dass Jo der einzige Mensch war, der es schaffen konnte, sie jetzt aufzuheitern. Denn in diesem Jahr änderte sich alles, und Noelle hoffte, ein wenig Weihnachtszauber könnte die Dinge wieder zurechtrücken …

1

Vorsichtig bahnte sich Noelle einen Weg den vereisten Gehweg entlang und betrat das Café. Sofort schlug sich die Wärme auf ihrer Haut nieder.

»Holst du mir einen Latte? Keine Extras«, bat Jo. Ihr karamellbraunes Haar fiel in glänzenden Wellen über die Schultern. Gerade hatte sie sich umgedreht, um sich in der Gästeschar umzublicken. Die Tür fiel hinter ihnen ins Schloss und ließ die Weihnachtsmusik draußen. »Ich suche uns einen Tisch.« Sie reichte Noelle einen Zehn-Dollar-Schein und verschwand hinter einer Gruppe von schwatzenden und lachenden Frauen an einem Tisch voller Kekse und Kuchen. In der Mitte des Tisches stapelten sich Weihnachtsbücher.

Normalerweise liebte Noelle die Vorweihnachtsstimmung, doch in diesem Jahr war alles anders. An dem kleinen Tresen drängelten sich die Kunden, alle bewehrt mit Einkaufsbeuteln in diversen Schattierungen von Rot und Grün. Ihre Heiterkeit vertrug sich so gar nicht mit ihren eigenen Gefühlen, sondern erinnerte sie lediglich an ihre veränderten Lebensumstände. Als Jo erwähnt hatte, sie wolle heute shoppen gehen, hatte Noelle gewusst, dies wäre die perfekte Gelegenheit, ihre Freundin zu treffen und auf andere Gedanken zu kommen. Also hatte sie die zwanzigminütige Fahrt in die Stadt angetreten, um mit Jo zu reden, die stets einen klaren Kopf behielt und immer die besten Ratschläge parat hatte.

Sie wickelte sich den schokoladenbraunen, grob gestrickten Schal vom Hals, den ihre Kollegen ihr zu Weihnachten geschenkt hatten. Nach der kleinen Feier waren sie getrennte Wege gegangen; sie hatten nämlich allesamt keinen Job mehr. Ein New Yorker Unternehmen hatte die Firma aufgekauft und beinahe alle entlassen, um die Stellen mit Leuten ihrer Wahl neu zu besetzen. Wieder einmal war Noelles Leben ungewiss. So hatte sie sich den Abschluss dieses Jahres ganz sicher nicht vorgestellt.

Sie stellte sich in die Schlange vor dem Tresen. Nun, da sie allein mit ihren Gedanken war, schlich sich die Furcht wieder an, die sie veranlasst hatte, ihre Freundin anzurufen, um sich mit ihr zu treffen. In dem Bemühen, sich abzulenken, schaute sie sich zur Gebäckvitrine um.

Auf einer langweiligen Etagere lagen ein paar Kekse aus Massenproduktion, deren Glasur an ein riesiges Malen-nach-Zahlen-Muster erinnerte. Rundherum verteilte sich ein eintöniges Sortiment an Cupcakes – Vanille mit Zuckerguss und einem Plastikweihnachtsbaum in der Mitte und Schokolade mit passenden Streuseln. Die Auswahl konnte dem Angebot daheim bei Hope and Sugar, der Bäckerei ihrer Familie, nun wirklich nicht das Wasser reichen.

Die Hope and Sugar Bakery befand sich in einem kleinen, historischen Häuschen hinter einem winzigen Vorgarten voller Butterblumen, die jeden Sommer einen gerade sechzig Zentimeter breiten goldenen Streifen zwischen der Straße und dem gepflasterten Eingangsbereich erblühen ließen. Es war der Inbegriff der Anmut: Erbaut im 17. Jahrhundert, hatte es eine schlichte verglaste Eingangstür und zwei Erker mit leicht welligen Originalglasscheiben, die sie als Schaufenster nutzten. Im Inneren hatte ihre Großmutter, die sie Gram nannte, rund um den offenen Kamin vor Jahren einen kleinen Sitzbereich mit einem bequemen Sofa und einigen Polstersesseln eingerichtet. Dort konnten die Leute eine

Tasse Kaffee und eine Gebäckspezialität genießen und sich aufwärmen, wenn es draußen schneite. Die Bäckerei hatte einen festen Platz in Noelles Herzen.

Hinter der Person, die gerade bestellte, rückte sie einen Schritt auf und konzentrierte sich auf die Kaffeeauswahl. Als sie sich entschieden hatte, wühlte sie in ihrer Geldbörse nach ein paar Scheinen, Jos Zehner immer noch in der Faust, und bemühte sich, nicht daran zu denken, dass sie eigentlich kein Geld für einen albernen Kaffee vergeuden sollte. Aber schließlich würde ja alles wieder in Ordnung kommen. Denn sie hatte einen Plan. Gram hatte ihr einmal erklärt, Träume würden in der Minute wahr, in der man einen Plan hatte. Wann immer jemand in einer Krise steckte, hatte Gram eine Strategie, um zu helfen. Und Noelle, deren Charakter dem ihrer Gram so ähnlich war, hatte diese Fähigkeit übernommen.

Noelle bestellte die Kaffees, reichte dem Barista die Scheine und nannte ihm zu der Bestellung ihren Namen. Dann trug sie das Wechselgeld zu Jo und ließ es zusammen mit der Quittung auf den Tisch fallen. Ein Dime rollte davon und blieb klappernd neben Jos Telefon liegen. Ihre Freundin, das Gesicht zu einer sorgenvollen Grimasse verzogen, achtete gar nicht darauf. Während des Einkaufsbummels hatte Noelle sich gescheut, den Mund aufzumachen. Lieber wartete sie auf den rechten Moment, um ihren Kummer zu offenbaren. Dabei wollte ein Teil von ihr einfach nur die Augen vor allem verschließen und auf einen Stuhl sinken, um mit ihrer besten Freundin Kaffee zu trinken.

»Noelle?«, rief der Barista und schwenkte zwei Pappbecher mit roten Plastikdeckeln und kleinen tanzenden Weihnachtsbäumen darauf.

Jo erhob sich. »Ich hol den Kaffee«, sagte sie. Ihr Stuhl,

über dessen Lehne sie ihren hellen Wollmantel drapiert hatte, blieb allein zurück.

Noelle musterte die weißen Lichter in den Fenstern, den Weihnachtsbaum in der Ecke, die Plastikstechpalmen auf sämtlichen Tischen, bis sich ihre ganze furchtbare Situation plötzlich doch auf einmal ganz real anfühlte. Dann jedoch erinnerte sie sich an die Worte ihrer Gram: »Kopf hoch, Liebes. Wenn das Leben es nicht gut mit uns meint, bleibt uns immer noch Weihnachten, und alles wird besser.« Dann hatte sie ihr zugezwinkert und ihr ein Weingummi aus dem Glas auf dem Ladentisch der Bäckerei zugeworfen.

Noelle zog ihren Mantel aus und drehte sich um, um ihn über die Lehne zu legen. Die Person neben ihr, die sie dabei angerempelt hatte, bekam ein entschuldigendes Lächeln geschenkt. Was hatte sie sich nur dabei gedacht, sich ausgerechnet an einem Freitag zu Beginn der Weihnachtszeit mit Jo zu treffen? Normalerweise wäre sie jetzt auf der Arbeit, aber – wenngleich sie das ihrer Freundin gegenüber unterschlagen hatte – sie hatte ja keine Arbeit mehr. Jo hatte sofort zugestimmt, sich mit ihr zu treffen. Offenbar hatte sie gespürt, dass etwas nicht stimmte – so etwas spürte sie immer. Sie kannten sich schon eine Ewigkeit. Jo, die eigentlich Joanne hieß, hatte nie ihren vollen Namen benutzt. Zum ersten Mal waren sie sich begegnet, als Noelles Eltern ihr neues Zuhause bezogen hatten. Da war Noelle gerade acht gewesen. Jo war zusammen mit ihrer Mutter rübergekommen, um ihnen ein frisch gebackenes Brot als Begrüßungsgeschenk zu bringen. Schon an diesem Tag waren Noelle und Jo unter Noelles Bett gekrabbelt und hatten all ihre Geheimnisse ausgetauscht, als wären sie schon seit Jahren befreundet. Jo erzählte ihr von dem Baum in ihrem Garten, wo ihre Freundin Phoebe Nichols geschworen hatte, dass ihre Wünsche immer wahr wurden, wenn sie es nur wollte. Schon am nächsten Tag hatte Noelle Phoebe kennengelernt. Von da an waren die drei unzertrennlich gewesen, waren jeden Tag zusammen zur Schule und zurück gegangen, hatten mal bei der einen, mal bei der anderen übernachtet und aufeinander aufgepasst, während sie allmählich erwachsen wurden. Brauchte Noelle Aufmunterung, dann rief sie Phoebe an. Aber wenn sie jemanden brauchte, der kein Blatt vor den Mund nahm, dann wandte sie sich an Jo.

Jo kam zurück, stellte die Tassen vor Noelle ab und ließ sich theatralisch auf ihren Stuhl fallen. »Wie geht es Lucas?«, fragte sie und schob ihre Tasche mit dem Fuß unter den Tisch, damit sie anderen Gästen nicht im Weg war.

»Toll«, entgegnete Noelle; die Erwähnung ihres Sohns entlockte ihr ein Lächeln.

»Gut«, sagte Jo und blies sich eine Haarsträhne aus der Stirn. Nachlässig strich sie sich die Strähne hinter das Ohr und sah doch aus, als hätte sie Stunden darauf verwendet. Aber sie besaß ja auch genug Geld, sich die teuersten Produkte zu leisten; ihre Frisur hatte vermutlich ein Vermögen gekostet. Wie unterschiedlich sich ihr Leben doch entwickelt hatte.

Bereit, die Welt zu erobern, hatten sich Jo und Noelle an der University of Virginia beworben und waren auch beide angenommen worden. Doch dann war Noelle schwanger geworden, und ihr wurde bald klar, dass sie es nicht schaffen würde, Studium und Kind unter einen Hut zu bringen und dabei noch genug Geld zu verdienen, um sich und das Kind über Wasser zu halten. Ihr Freund Rich und sie hatten sich noch nicht so lange gekannt, als sie schwanger geworden war. Sie war ihm an einem Wochenende in einer Bar begegnet und hatte sich von ihm so richtig einwickeln lassen: von seinem Esprit, seinem warmen Lächeln und der Tatsache, dass er sie wie eine Dame behandelte.

Am Ende des Abends hatte sie ihm ihre Telefonnummer gegeben, und er hatte sie angerufen und um ein Date gebeten. Aus einem Date wurden zwei und dann drei, und ehe sie wussten, wie ihnen geschah, waren sie ein Paar. Doch obgleich sie sich in ihn verliebt hatte und wusste, dass er ihre Gefühle erwiderte, war ihre Beziehung doch nicht weit genug gereift, um der emotionalen Belastung der Elternschaft gewachsen zu sein. Was sie vollständig umgehauen hatte, war, dass er regelrecht erschrocken auf ihre Schwangerschaft reagiert hatte. Und als sie sich dann schließlich getrennt hatten, hatte er mit seinem Kind nichts zu tun haben wollen.

Noelle war am Boden zerstört gewesen, aber nicht, weil die Beziehung zerbrochen war – darüber würde sie hinwegkommen. Sie war am Boden zerstört, weil ihr Baby seinen Vater verloren hatte. Rich zog weg. Zwar hätte sie ihn aufspüren können, damit er Unterhalt für Lucas zahlte, doch sie wollte niemanden im Leben ihres Sohnes haben, der ihn nicht aus tiefstem Herzen liebte. Also ließ sie Rich in Ruhe und zog Lucas mit Unterstützung ihrer Eltern Gus und Nora auf und schlug sich mit Zeitarbeit durch.

Derweil hatte Jo Jura studiert. Inzwischen arbeitete sie in einer Kanzlei in Richmond und war mit einem Arzt verheiratet. Aber so erfolgreich sie auch war, Jo war all die Jahre die Gleiche geblieben, und sie war stets da gewesen, um Noelle durch die harten Zeiten zu begleiten.

»Okay, du warst den ganzen Vormittag ziemlich schweigsam und in dich gekehrt. Also, raus damit«, kommandierte Jo und starrte Noelle voll konzentriert über den Rand ihrer Tasse hinweg an. Der aufsteigende Kaffeedampf tanzte vor ihrem Gesicht.

»Sie haben uns einfach rausgeworfen«, sagte Noelle, die es immer noch nicht fassen konnte. Am liebsten hätte sie Jo gleich, als es passiert war, von der Übernahme erzählt. Aber sie hatte nicht gewollt, dass ihre Freundin sich Sorgen machte, ehe es endgültig war. »Die Leute aus der Geschäftsführung haben eine Abfindung erhalten, aber ich habe nur auf Stundenbasis gearbeitet, also haben sie mir nur noch den Lohn für diesen Monat voll ausbezahlt.« Noelle hatte sich in der Hausverwaltung, bei der sie die letzten drei Jahre angestellt gewesen war, nach oben gearbeitet. Sie hatte ihre eigenen Projekte bearbeitet und ein kleines Team geleitet. Zwar hatte sie Gerüchte über bevorstehende Entlassungen gehört, aber sie hatte sie nicht ernst genommen und nie geglaubt, die neuen Besitzer würden so etwas tatsächlich während der Weihnachtszeit durchziehen.

»Herzlos.« Jo schüttelte den Kopf. »Du weißt, wenn du irgendwas brauchst …«, fing sie an, aber Noelle brachte sie mit einem Blick zum Schweigen.

Es war der gleiche Blick, mit dem sie reagiert hatte, als Jo ihr nach Lucas' Geburt angeboten hatte, ihr bei den Krankenhausrechnungen auszuhelfen. So lieb Jo es gemeint hatte, sie sollte es besser wissen. Noelle würde niemals Almosen annehmen.

»Und wie sieht nun dein nächster Schritt aus?«

So albern es ihr nun vorkam, hatte Noelle sich immer schon vorgestellt, sie würde einfach abwarten, bis die Zeit gekommen wäre und sie die Hope and Sugar Bakery übernehmen konnte. Wenn es dann so weit wäre und ihr Großvater, Pop-pop genannt, bereit für den Ruhestand, würde sie ihren Job aufgeben und die Leitung der Bäckerei übernehmen – und hoffentlich genug gespart haben, um dem Geschäft ihren eigenen Stempel aufzudrücken. Als Gram gestorben war, hatte Pop-pop sich in die Arbeit im Hope and Sugar gestürzt. Noelle dachte bisweilen, dass er seine Trauer mit der Führung der Bäckerei kompensierte, und sie fragte sich, ob er das Gefühl hatte, er könne Gram in gewisser Weise am Leben erhalten, indem er die Bäckerei am Leben erhielt. Ihre Eltern unterstützten Pop-pop, bis er in den Ruhestand gehen konnte, denn noch konnte er sich das finanziell einfach nicht leisten, obwohl er bereits siebzig war.

»Ich bin wieder bei meinen Eltern eingezogen.« Allein diese Worte weckten in Noelle den Wunsch, der Boden möge sich auftun und sie verschlingen. Jeder, den sie kannte, hatte sich ein perfektes Leben aufgebaut: Alle hatten ihre eigene Wohnung oder ihr eigenes Haus; sie hatten geheiratet; sie hatten Kinder. Und Noelle? Sie hatte gerade zwei Tage gebraucht, um alles, was sie und Lucas besaßen, zusammenzupacken und zu ihren Eltern zurückzugehen. Der Gedanke, dass ihr Sohn kein festes Zuhause hatte, machte ihr noch mehr zu schaffen als alles andere. Ständig sagte sie ihm: »Das ist nur ein kleiner Zwischenstopp auf dem Weg dahin, wo wir hingehören.« Aber jedes Mal, wenn sie das sagte, fragte sie sich voller Sorge, ob sie ihr Versprechen würde halten können. Sie unterdrückte das Verlangen, fassungslos den Kopf zu schütteln. Ein bisschen Stolz war ihr schon noch geblieben.

»Nur ein kleiner Rückschlag«, sagte Jo und bot ihr eine Serviette an. Jo schaffte es immer, sie zu ermutigen. Von den drei Freundinnen – Noelle, Phoebe und Jo – war Jo die geradlinige, Phoebe die Träumerin und Noelle diejenige, die ständig Pläne schmiedete. Jo wedelte mit der Serviette in der Luft.

Erst jetzt erkannte Noelle, dass der Deckel auf ihrem Becher nicht richtig geschlossen war und Kaffee auf ihren Pulli getropft war. Würden die den Kaffee in richtigen Tassen servieren wie Gram …, dachte sie gereizt, riss sich dann aber gleich wieder zusammen. Das Café konnte nichts dafür, dass sie schlecht gelaunt war. Mit einem ärgerlichen Schnauben tupfte sie die Stelle ab.

»Erzähl mir von deinem Plan. Du hast doch immer einen.«

Noelle warf sich den Schal wieder über die Schulter und drapierte ihn so, dass er den Kaffeefleck verdeckte, ehe sie sagte: »Ich habe Dad gefragt, ob ich vielleicht in der Bäckerei arbeiten kann, Zusatzschichten in der Weihnachtszeit übernehmen oder so was. Er hat gesagt, darüber sollten wir reden. Ich treffe mich nachher mit ihm und Pop-pop. Aber für die Zeit, bis wir die Sache mit der Bäckerei geklärt haben, hat Heidi mir schon eine Vollzeitstelle vermittelt.«

Jo zog die Brauen hoch, legte beide Hände um den Pappbecher und brachte ihre frisch manikürten Fingernägel und den David-Yurman-Ring zur Geltung. »Heidi rettet den Tag!«, sagte sie mit einem Lächeln. »Deine Schwester ist die Beste!«

Heidi war fünf Jahre älter als Noelle. Sie war ihr in der Kindheit immer eine gute große Schwester gewesen und hatte Noelle und ihre Freundinnen stets einbezogen, hatte ihnen die Nägel lackiert und die Haare frisiert. All die tollen Dinge, die nur ältere Schwestern können: Sie hatte sie getan, und sie hatte auf die Freundinnen aufgepasst. Heidi war die Frau, zu der Noelle aufblickte. Sie war auch die Erste gewesen, die von ihrer Schwangerschaft erfahren hatte, und von ihrem Entschluss, auf das College zu verzichten. Sie war gerade alt genug, um mehr Lebensweisheit zu besitzen als Noelle, und jung genug, um nicht auf sie herabzublicken. Als Noelle also ihren Job verloren hatte, hatte sie sich zuerst an Heidi gewandt.

»Was für eine Stelle?«

»Na ja, Heidi hat eine Anfrage an der Anschlagtafel im Country Club gesehen, da wo sie arbeitet. Jemand sucht eine Pflegerin für einen alten Mann. Anscheinend hat jemand im Club angerufen und gefragt, ob von den dort angestellten Physiotherapeutinnen eine verfügbar ist. Und als niemand Interesse gezeigt hat, haben sie die Anzeige im Sozialraum aufgehängt und vermerkt, dass Diskretion erforderlich sei, denn es handele sich um einen wohlhabenden Klienten. Man möge sich aber dennoch umhören. Ich habe die Frau angerufen, deren Nummer auf der Anzeige stand, und das telefonische Bewerbungsgespräch erfolgreich bestanden.«

»Und was hast du da zu tun?«

»Die Frau, mit der ich gesprochen habe, heißt Melinda Burnett. Sie ist Personalleiterin. Sagt dir der Name etwas? Sie stammt von hier.« Der Job war so gar nicht das, was Noelle sich vorgestellt hatte, aber Heidi hatte gehört, das Gehalt wäre gut, und Noelle konnte es sich nicht leisten, wählerisch zu sein.

Stirnrunzelnd schüttelte Jo den Kopf.

»Mir auch nicht. Als sie zurückgerufen hat, um mir zu sagen, ich bekäme den Job, habe ich sie nach Einzelheiten gefragt, und sie hat gesagt, sie würde mir alles per E-Mail zukommen lassen. Dann könnte ich entscheiden, ob das etwas wäre, was ich weiter verfolgen wolle. Ich weiß, dass der alte Herr William heißt, aber das ist auch schon alles. Darüber hinaus weiß ich bis jetzt noch gar nichts. Aber, um ehrlich zu sein, das ist auch nicht so wichtig. Ich brauche den Job. Ich will Weihnachten immer noch zu etwas ganz Besonderem für Lucas machen, und ich möchte lieber früher als später wieder aus dem Haus meiner Eltern ausziehen.« Noelle wollte nicht allzu viel über ihre finanzielle Situation preisgeben; tatsächlich war sie schlicht und einfach pleite. Sie hatte die letzten Krümel ihres Gehalts zusammengekratzt, um die Miete zu bezahlen, ehe der Nachmieter übernommen hatte, und sie hoffte, dass von dem, was sie vor Weihnachten noch verdiente, genug übrig bliebe, um Geschenke für Lucas zu kaufen. Alles, was sie sonst noch besaß, war ein Sparkonto, auf dem eine kleine Summe lag, die sie für Notfälle aufheben wollte.

»Es könnte aber auch nett werden, wieder zu Hause zu sein«, sagte Jo und konzentrierte sich auf die Vorzüge. »Und du wärst näher bei Phoebe.« Sie lachte, obwohl sie gar nichts Witziges von sich gegeben hatte, und Noelle kannte den Grund: Mit Phoebe gab es immer was zu lachen.

»Es wird schön sein, sie wiederzusehen«, sagte Noelle und stimmte in das Lachen ein.

2

Nach dem Mittagessen trennten sich ihre Wege. Noelle, nun schon wieder etwas positiver gestimmt, lud ihre Einkaufstaschen im Haus ihrer Eltern ab. Wie erwartet, hatte Jo sie dazu gebracht, eine Bestandsaufnahme dessen zu machen, was wirklich zählte. Sie hatte eine Möglichkeit, ihren Lebensunterhalt zu verdienen, und das war etwas Gutes. Vielleicht würden sich die Dinge wieder zum Besseren wenden. Merkwürdigerweise war niemand zu Hause, also machte sie sich direkt auf den Weg zur Bäckerei, um sich mit Dad und Pop-pop zu treffen.

Als Noelle eintraf und die Glastür von Hope and Sugar öffnete, empfand sie es, auch ein Jahr nach dem Tod ihrer Großmutter, immer noch als erschreckend, Gram nicht hinter dem Ladentisch zu sehen. Da hatte sie immer gestanden, das weiße Haar hochgesteckt, weg von ihrem bemerkenswert jugendlichen Gesicht, und mit funkelnden blauen Augen. Diese saphirblauen Augen und ihr Lächeln hatten immer reine Freude ausgedrückt.

Ihr Lieblingsplatz aus Kindertagen zog Noelles Aufmerksamkeit an: die Bücherregale, die Pop-pop gebaut hatte. Eine ganze Wand hatte er mit Mahagoniregalen vollgestellt. Da war Noelle neun gewesen, aber sie erinnerte sich immer noch lebhaft daran. Das Radio war gelaufen, und sie hatten einen guten Song gespielt, was Gram veranlasst hatte, mit diesem gewissen Lächeln auf den Lippen hinter dem Ladentisch hervorzukommen. Sie hatte Pop-pop das Werkzeug aus der Hand genommen und mit ihm getanzt. Während das Lied lief, hatte er sie herumgewirbelt, als wären sie wieder jung, und ihr Kichern hatte geklungen wie ein Windspiel, bis Pop-pop sie mit einem Kuss zum Schweigen gebracht hatte. Da war Noelle gerade alt genug gewesen, um zu begreifen, was für eine Liebe die beiden füreinander empfanden. Sie waren ein perfektes Paar.

Vom Boden bis zur Decke waren die Fächer des Regals voller Bücher, die die Leute dort hineinstellten, wenn sie sie ausgelesen hatten. Die Regel lautete, dass jeder, der ein Buch hineinstellte, ein anderes mitnehmen durfte, doch über die Jahre waren so viele Bücher gespendet worden, dass sie nun jeden verfügbaren Platz ausfüllten und sich hier und da übereinander stapelten. Von einigen Stammgästen war bekannt, dass sie Buchzeichen mit ihren Namen in den Büchern hinterließen, um bei ihrem nächsten Besuch dort weiterzulesen, wo sie aufgehört hatten. Noelle konnte sich nicht erinnern, je einen Tag erlebt zu haben, an dem niemand lesend in einem der Sessel gesessen hatte.

Als sie aus der Welt der Erinnerung zurückkehrte, sah sie ihre Familie in der kleinen Sitzecke vor dem Bücherregal sitzen und ihr entgegenblicken. Ihre Mutter, ihr Vater, Pop-pop und ihre ältere Schwester Heidi – alle waren hier. Deshalb also war das Haus leer gewesen.

»Ich bin direkt hergekommen, aber es war viel Verkehr«, berichtete Noelle ein wenig atemlos.

Sie war die Straße buchstäblich hinaufgerannt. Als sie ihren Vater nach dem Kaffeetrinken angerufen hatte, um ihm zu sagen, sie sei auf dem Weg zur Bäckerei, hatte sich vorübergehend eine unbehagliche Stille eingestellt, ehe er gesagt hatte: »Wir müssen reden, Noelle.« Das war bereits das zweite Mal, dass er das gesagt hatte. Sein Ton hatte ihr nichts verraten, und er hatte sich geweigert, mehr zu sagen, bis sie einander von Angesicht zu Angesicht begegneten. Sie konnte sich nicht vorstellen, was um alles in der Welt so ernst sein konnte, dass die ganze Familie sich versammelt hatte. Waren es gute Neuigkeiten? Würde sie nun endlich Grams Bäckerei übernehmen und das neue Kapitel in ihrem Leben aufschlagen können, auf das sie gewartet hatte?

Doch jetzt wurde sie von Stille empfangen, und sie spürte sofort, wie unheimlich diese Stille war – ganz anders als die, die sich bisweilen kurz vor einer schönen Überraschung einstellte. Es war eine lastende Stille, als hätte sich eine unsichtbare Kraft gleich einem Nebel über sie gelegt, die nur darauf wartete, zuzuschlagen, wenn sie es am wenigsten erwarteten.

Forschend schaute sie Heidi in die Augen in der Hoffnung, einen Hinweis auf das zu erblicken, was sie erwartete. Aber da war nicht die Spur einer Andeutung zu erkennen. Ihre Mutter saß regungslos da, ein zerdrücktes Taschentuch in der Faust. Nur ihre Augen zuckten zu Noelles Vater, der aufblickte, als sie vorüberging, ihr aber nicht in die Augen sah. Langsam setzte sich Noelle auf einen Stuhl, der von einem der Tische herbeigeholt worden war, um einen Sitzkreis für die Familie zu bilden. Ihr Herz donnerte immer noch in der Brust, und sie machte sich gar nicht die Mühe, den Mantel abzulegen, so sehr fürchtete sie, sie könnte sich gezwungen sehen, wieder hinauszulaufen, um zu Atem zu kommen, nachdem sie ihre Angehörigen so vorgefunden hatte.

»Noelle, wir müssen die Bäckerei schließen«, sagte ihr Vater ohne Umschweife.

Eine Eiseskälte breitete sich aus. Außer ihrem Atem kam nichts über ihre Lippen; ihr fehlten die Worte. Es fühlte sich an, als würde ein Güterzug durch ihren Kopf rasen. Gram hatte ihr die Bäckerei versprochen. Sie hatte ihr gesagt, Pop-

pop würde sie so lange leiten, bis er genug angespart hatte, um sich zur Ruhe zu setzen, und dann würde sie ihr gehören. Ihre Schwester war nie daran interessiert gewesen, die ganze Verantwortung für das Geschäft zu übernehmen, aber sie hatte sich über die Aussicht gefreut, dass sie in der Familie bliebe, und gesagt, sie wolle auch weiterhin ein Teil davon sein. Ihre Eltern waren in Rente und bereit, ihre Tage in Muße zu verbringen. Und all das war Noelle nur recht gewesen, denn die Leitung der Bäckerei lag ihr im Blut.

Als geborene Planerin hatte sie sich ihr ganzes Leben lang ausgemalt, wie sie es machen würde. Schon als Kind hatte sie ein Notizbuch voller Ideen gehabt, das sie immer mitgenommen hatte, wenn sie mit Gram in die Bäckerei gegangen war. Ihre Großmutter, die Arme voller Mehl, hatte den Teig für die Backwaren geknetet und genickt und ihre eigene Meinung beigesteuert, wenn Noelle ihr ihre Ideen vorgetragen hatte. Über die Jahre hatte sich zu dem Lächeln, mit dem Gram Noelles Gedanken begleitet hatte, ein konzentrierter Ausdruck gesellt, und schließlich war klar gewesen, dass Noelle die richtige Person für die Übernahme des Hope and Sugar war. Sie und Gram waren sich von jeher ähnlich gewesen und hatten sich besonders nahegestanden. Gram hatte Noelle alles über das Geschäft beigebracht. Noelle war schon seit Jahren bereit, die Verantwortung zu übernehmen, und hatte nur auf den Moment gewartet, in dem Pop-pop beschloss, dass es Zeit für ihn war, den Stab weiterzureichen.

Sie erinnerte sich an jene zweite Novemberwoche, in der ihre Großmutter die riesige Jukebox in der Ecke zu öffnen pflegte – rubinrot leuchtende Pilaster umrahmten den in Silber und Perlweiß schimmernden Korpus –, um die üblichen Platten gegen Weihnachtsklassiker auszutauschen. Für einen Vierteldollar – sie hatte sich nie die Mühe gemacht, den

Preis zu erhöhen – konnten sich die Leute ihre Lieblings-Weihnachtslieder aussuchen, die dann leise im Hintergrund das Geplauder und den Ortstratsch begleiteten. Kurz nach Grams Tod war die Jukebox kaputtgegangen; soweit Noelle wusste, war sie nie repariert worden. Keiner ihrer Angehörigen hatte es über sich gebracht, die Weihnachtsplatten herauszunehmen oder das Gerät an irgendeinen Kundendienst zu schicken. Nun würde man sie einpacken, damit sie Gott weiß wo verstauben konnte.

Allein dieser Gedanke versetzte Noelle einen schmerzhaften Schlag in die Magengrube. Auch wenn sie sich immer gegen den Gedanken gewehrt hatte, hatte sie doch genauso empfunden wie Pop-pop: Die Bäckerei aufzugeben wäre, als würden sie ein Stück von Gram aufgeben. Und diese Vorstellung war unerträglich. All die Erinnerungen, all die wundervollen Zeiten an diesem Ort – Stück für Stück würde man sie aus dem Gebäude tragen. Es würde ihr das Herz brechen.

Noelles Traum, das Geschäft eines Tages zu übernehmen, schmolz davon wie Eis, das an ihrem Körper herabrann. Noch schlimmer aber war, dass ihr Vater beabsichtigt hatte, die Bäckerei weiterzuführen, um Pop-pops Ruhestand zu finanzieren. Sie konnte sich nicht vorstellen, was er ohne diese Einnahmen machen würde. Verzweifelt sah sie sich in der Bäckerei um, ohne zu wissen, wonach. Schließlich blieb ihr Blick an einem ungenutzten Stuhl am Kamin hängen, und ein Schluchzer stieg in ihrer Kehle hoch.

Wenn sie die Augen schloss, konnte sie Gram noch vor sich sehen, in den zarten Händen zwei Becher – cremefarbene, toffeebraun getüpfelte Keramik –, randvoll mit dampfend heißem, bittersüßem Kaffee. Den Kopf ein wenig zur Seite geneigt, einen Ausdruck im Gesicht, der besagte, sie würde dafür sorgen, dass alles sich zum Besseren wendete, reichte sie Noelle einen Becher und verschränkte die Finger ineinander, ehe sie sich auf eben diesen Stuhl am Feuer setzte, um ihr zuzuhören.

Zwar konnte Noelle nicht behaupten, sie hätte diese Augenblicke als selbstverständlich betrachtet, doch andererseits hatte sie wohl auch nicht begriffen, wie sehr ihr die Gespräche mit Gram fehlen würden. Sie vermisste ihre Großmutter so sehr; an manchen Tagen reichte schon der Geruch von Gebäck und Kaffee, damit sie mit den Tränen kämpfen musste. Wenn Gram jetzt doch nur hier sein könnte. Noelle brauchte sie einfach. Was sollte sie jetzt nur tun?

»Sie bringt keine Gewinne mehr ein«, sagte ihr Vater, kaum dass sie sich wieder zu ihm umgewandt hatte. Ihr Blick verschleierte sich, als wäre sie unter Wasser, während sie ihn anschaute, ganz so wie damals als kleines Mädchen im Schwimmbad. Dieses Mal aber brannte nicht Chlor in ihren Augen, sondern Tränen. Sie blinzelte dagegen an, versuchte sich zu beruhigen, sich zu konzentrieren und zu überlegen, wie das Problem zu lösen war.

»Vielleicht kann ich etwas tun«, sagte sie, und ihr Gehirn arbeitete mit Höchstgeschwindigkeit. »Es muss doch Möglichkeiten geben, mehr Einnahmen zu erzielen. Früher hat die Bäckerei ja auch Gewinn abgeworfen. Wir müssen vielleicht nur unser Angebot überarbeiten.«

Ihr Vater schüttelte den Kopf. »Es ist egal, was wir anbieten. Wir werden keinen Gewinn machen, weil die Miete für das Geschäft zu hoch ist.«

»Können wir nicht …?«

»Nein.« Sanft, aber bestimmt schnitt er Noelle das Wort ab, ehe sie noch mehr Vorschläge machen konnte, wie man den Betrieb aufrechterhalten könnte. »Der neue Mietpreis ist unglaublich – viel zu hoch für ein kleines Familienunternehmen wie unseres. Glaub mir, wir haben jedes denkbare Szenario durchgespielt, aber es geht einfach nicht. Wir haben den Eigentümer bereits informiert, und er hat sich einen neuen Pächter gesucht.«

Endlich sah auch Pop-pop sie an. »Es tut mir so leid, Liebes. Über Weihnachten bleibt das Geschäft noch geöffnet, aber danach schließen wir endgültig. Es gibt einfach nichts, was wir noch tun könnten.«

Pop-pops Worte pfiffen durch ihren Kopf, hörten sich blechern und hohl an, während sie dasaß und sich bemühte, nicht zusammenzubrechen. Was sollte das für ein Weihnachtsfest sein, wenn sie wusste, dass die Bäckerei geschlossen würde? Das wäre überhaupt kein Fest. Sie fühlte sich, als hätte man ihr den Boden unter den Füßen weggezogen. Alles, wofür sie gearbeitet hatte, war weg, einfach so. Und sie würde Grams Erwartungen nicht erfüllen können.

Gram hatte darauf vertraut, dass sie ihren Traum weiterlebte. Einen Traum, der sie all ihre mageren Ersparnisse und sogar einen Teil von Pop-pops gekostet hatte – er hatte ihr finanziell ausgeholfen, noch bevor sie verheiratet waren. Gram hatte Noelle erzählt, Pop-pop hätte sie aufgezogen und gesagt, sie würden mit nichts als Hoffnung und einem Gebet loslegen, aber Gram hatte ihn korrigiert und erwidert: »Nein, mein Liebling. Ich habe dafür mehr als nur ein Gebet gesprochen. Wir legen mit Hoffnung und etwas Zucker los.« Und so war die Bäckerei zu ihrem Namen gekommen.

Ihr war, als würden die Wände näher rücken; sie bekam nicht genug Sauerstoff. Ihre Brust fühlte sich zu eng an, um Luft zu holen. Sie schaute die anderen an, doch deren traurige Mienen machten es nur noch schlimmer. Sie musste hier raus. Alles um sie herum erinnerte sie an Gram und daran, dass sie nicht hier war, um Noelle zu helfen, die schreckliche Neuigkeit zu verdauen. Sie wusste einfach nicht, wie sie ohne Gram damit zurechtkommen sollte. Noelle rannte aus der Bäckerei in die Eiseskälte, ohne noch ein Wort zu sagen. Am Ende der Straße blieb sie stehen und stützte die Hände auf die Knie. Sie bekam immer noch keine Luft und fühlte sich schwindelig. Niemand versuchte, sie aufzuhalten, aber damit hatte sie auch nicht gerechnet. Sie alle wussten, wie viel ihr die Bäckerei bedeutete.

3

Stundenlang war Noelle herumgefahren. Sie hatte ihrer Mutter Textnachrichten geschickt und ihr gesagt, sie sei noch nicht bereit, nach Hause zu kommen, und ihre Mom hatte versprochen, sie würde Lucas von der Schule abholen. So viel war ihr durch den Kopf gegangen. Sie hatte sich erinnert, wie großartig Gram jedes Mal reagiert hatte, wenn es für Noelle nicht gut gelaufen war, und wie wertvoll ihre Hilfe stets gewesen war. Noelle wusste, dass auch sie für ihre Familie stark sein konnte. Aber obwohl sie akzeptiert hatte, dass die Miete zu hoch war, war sie immer noch nicht ganz bereit, die Bäckerei aufzugeben. Und kampflos würde sie es erst recht nicht tun.

Sie fuhr in die Auffahrt vor dem Haus ihrer Eltern und schaltete den Motor ab. Das große, im Kolonialstil erbaute Ziegelgemäuer erstrahlte unter der Weihnachtsbeleuchtung, und der Baum funkelte hinter dem vorderen Fenster. Eine grüne Girlande ringelte sich um den Mast der Außenbeleuchtung empor, gekrönt von dem explosiven Rot einer weihnachtlichen Schleife, von der scharlachrote Bänder bis zum Boden herabhingen. Ihre Mutter und sie hatten den ganzen gestrigen Tag damit verbracht, Weihnachtsdekoration anzubringen, und gleich nach dem Frühstück an diesem Morgen weitergemacht. Noelle hatte nur aufgehört, ihr zu helfen, um sich mit Jo zu treffen, aber sie war nicht überrascht zu sehen, dass ihre Mutter in ihrer Abwesenheit fertig geworden war.

Muffy, der Cocker Spaniel ihrer Eltern, stand an der verglasten Eingangstür, als Noelle die Stufen emporstieg. Der Hund wedelte so heftig mit dem Schwanz, dass sein ganzes Hinterteil auf dem Fußabtreter hin- und herschwang. Ihre Eltern hatten ihn vor sieben Jahren als Welpen ins Haus geholt, als Noelle zum College gegangen war. Ihr hatten sie erklärt, sie seien einfach nicht bereit, ein verlassenes Nest zu bewachen. Ihre Mutter hatte gesagt, sie könne sich ihr Haus ohne Kinder ohnehin nicht vorstellen. Da hatte sie aber auch noch nicht gewusst, dass es bald wieder ein Baby geben würde, das sie verhätscheln konnte. Sehr bald.

Während Noelle vorsichtig über die vereisten Stufen zur Veranda ging, tauchte Lucas hinter Muffy auf der anderen Seite der Windfangtür auf und presste die Stirn an das Glas. Er war ein stiller Junge, der sich viel allein beschäftigte, doch was immer er gerade tat, er unterbrach es stets, um seine Mutter zu begrüßen. Als sie die Tür öffnete, trat er zurück, um Platz zu machen.

»Hi, Baby!«, sagte sie zu Lucas und bückte sich, um ihm einen Kuss zu geben. Sie hatte ihn immer schon »Baby« genannt, wenn sie nach Hause gekommen war, genau wie ihre Mutter es bei ihr getan hatte. Und auch jetzt konnte Noelle einfach nicht damit aufhören, obwohl er inzwischen schon sechs Jahre alt war. Vermutlich würde sie ihn sein Leben lang so nennen. Das war nun mal ihr Kosewort für ihren Sohn.

Dennoch gab sie sich große Mühe, ihn nicht wie ein Baby zu behandeln. Er war klein für sein Alter und wirkte unter fremden Leuten immer ein wenig unsicher. Ginge es nach ihm, so würde er sich den ganzen Tag in seinem Zimmer verkriechen und lesen. Sie wünschte sich für ihn, dass er sich in seiner Umgebung wohlfühlte. Sie wusste, es war ihre Aufgabe, den Mann in dem Jungen hervorzulocken und ihm zu helfen, seine Stärken zu erkennen. Doch sie wollte auch, dass er wusste, dass sie immer noch seine Mutter und völlig in ihn vernarrt war.

Früher hatte Noelle kontrolliert, welche Bücher er sich in der Bibliothek ausgesucht hatte, um sicherzustellen, dass sie seinem Alter angemessen waren. Aber Lucas hatte schon zu lesen begonnen, ehe er im Kindergarten war, und im letzten Jahr hatte er ein Tempo vorgelegt, bei dem sie nicht hatte mithalten können. Also überflog sie nur noch den Klappentext und fragte die Bibliothekare nach deren Meinung. Die Bibliothek war der einzige Ort, an dem sie ein Leuchten in seinem Gesicht sah, ein Funkeln in seinen Augen. Er kannte dort beinahe jeden Winkel, und wann immer sie dort waren, sauste er sofort in seine Abteilung.

So schnell er war, so penibel fuhr er mit dem Finger an den Regalen entlang auf der Suche nach dem einen Buch, das er beim letzten Mal nicht hatte mitnehmen dürfen, weil er bereits die maximale Anzahl an ausleihbaren Büchern erreicht hatte. Wann immer sie konnte, ging sie mit ihm hin, denn dies war auch die Gelegenheit, zu der er am meisten mit ihr redete, und sie genoss es, ihn so glücklich zu sehen. Sein enormer Lesehunger bereitete ihr keine Sorgen, seine Zurückgezogenheit aber schon. Deshalb gab sie sich große Mühe, dafür zu sorgen, dass er auch ein wenig Zeit mit anderen verbrachte.

Sie hatte ihn zum Baseballtraining zusammen mit anderen Kindern aus seiner Klasse angemeldet, aber wann immer sie den Wagen mit Bällen, Schlägern, Wasserflaschen und seiner Sporttasche beladen hatte, war von der Freude, die sich in der Bibliothek stets in seinen Augen spiegelte, nichts zu sehen gewesen. Zwar reagierte er weder trotzig noch wütend, doch es war unübersehbar, dass er nur ihr zuliebe an dem Training teilnahm. Einmal hatte sie ein Foto machen wollen, als er und seine Freunde in ihren Trikots auf der Bank saßen und sich die Begeisterung über das Spiel in ihrem Gelächter Ausdruck schuf. Doch Lucas hatte ganz allein am Ende der Bank gesessen, einen halben Meter von seiner Mannschaft entfernt, und seine Beine über dem Boden baumeln lassen. Der Anblick hatte ihr das Herz gebrochen. Für die nächste Saison hatte sie ihn nicht wieder angemeldet. Er hatte nie ein Wort darüber verloren, also nahm sie an, sie hatte richtig entschieden.

Ehe sie zur Küche ging, bückte sich Noelle, um Muffy zu begrüßen, die schon an ihr hochgesprungen war, ehe sie auch nur die Tür hatte schließen können. Die normale Alltagsatmosphäre tat ihr gut, und da sie wusste, dass ihre Mutter sich um einen angenehmen Abend bemühte, setzte Noelle ein Lächeln auf und beschloss, ihrerseits das Beste daraus zu machen.

»Hast du mit Oma Kekse für die Nachbarn gebacken?«, fragte sie Lucas angesichts des buttrigen, zuckrigen Geruchs, der aus der Küche herbeiwehte. Ihre Familie buk jedes Jahr genug Kekse, um auch die direkte Nachbarschaft mit einer großen Auswahl an Weihnachtsgebäck zu beglücken, und trotzdem behielten sie noch etliche Dosen übrig, die sie während der Feiertage naschen konnten.

Lucas nickte; ein Lächeln huschte über sein Gesicht.

Noelle küsste ihn auf den Schopf, ehe sie durch die Tür zwischen Küche und Wohnzimmer den blinkenden Weihnachtsbaum bewunderte. Muffy, die ihr artig durch den Raum gefolgt war, schnüffelte inzwischen an einem der Geschenke auf der Christbaumdecke.

»Ich bin gar nicht dazu gekommen, dich zu fragen, wie dein Treffen mit Jo war, Liebling«, rief ihre Mutter ihr über die Schulter zu. Das Wasser lief und übertönte die Weihnachtsmusik im Hintergrund.

Noelle und Lucas setzten sich auf die Barhocker vor der Kücheninsel. Ihre Mom hatte Kerzen angezündet – die Pfefferminzduftkerzen in den großen Gläsern –, und auf dem kleinen CD-Player neben der Mikrowelle lief Nat King Cole. Auf der Arbeitsplatte reihte sich Teller an Teller voller Gebäck. Sie drehte sich um. »Geht es Jo gut?«

»Jep.« Noelle schnappte sich einen Lebkuchen und hielt kurz inne, um die weiß-rote Verzierung zu bewundern, die ihre Mutter so akribisch mit der Spritztülle aufgetragen hatte, genau wie Gram es sie gelehrt hatte. Gram hatte darauf beharrt, dass jede Frau, die, ob durch Geburt oder durch Heirat, zu dieser Familie gehörte, wissen müsse, wie Kekse glasiert wurden. Noelle konnte sich noch immer an die Lektion erinnern: »Halt die Spritztülle mit der Faust, sonst zittert deine Hand zu stark«, hatte Gram gesagt und ihr zugezwinkert.

Noelle bewunderte den Lebkuchen noch einen Moment länger, dann nahm sie einen Bissen.

Lucas kletterte von seinem Hocker und setzte sich mit dem Hund mitten auf den Küchenboden. Muffy drückte ihm die Nase an die Wange, beschnüffelte sein Gesicht und leckte die Gebäckkrumen ab, die an ihm hafteten. Den beiden zuzuschauen heiterte sie auf – sie war so dankbar, dass es Lucas gab. Ohne ihn wäre sie in diesem Jahr und nach dem Verlust der Bäckerei vermutlich gar nicht in Weihnachtsstimmung gekommen, aber sie war fest entschlossen, ihm ein schönes Fest zu bereiten. Er förderte das Beste in ihr zutage und lockte eine Kraft aus ihr hervor, von der sie nicht geahnt hatte, dass sie sie besaß.

»Wie viele Kekse hat Oma dir gegeben?«

»Nicht so viele«, sagte ihre Mom, als Lucas nicht antwortete. »Aber Thanksgiving ist vorbei. Weihnachten ist nahe genug, um schon ein bisschen mit dem Feiern anzufangen, will ich meinen. Die Zeit nach Thanksgiving ist ein einziges langes Fest, findest du nicht?«

Lucas reagierte mit leisem Vergnügen auf ihre Antwort, und sein Blick huschte zwischen Noelle und ihrer Mutter hin und her. Muffy war unter Lucas' Beinen hindurchgeschlüpft und gerade im Begriff, davonzuspazieren. Noelle bückte sich und streichelte sie, als sie vorüberging. Prompt machte die Hündin kehrt, um sich noch mehr Streicheleinheiten abzuholen.

»Wo ist Dad?« Sie wusste, wie schwer er den Verlust der Bäckerei nehmen musste. Gram war seine Mutter gewesen, und er hatte viele Nächte damit zugebracht, ihren großen Plänen für Noelle und das Geschäft zu lauschen. Gram hatte die Bäckerei auch Heidi angeboten, aber nur Noelle hatte wirklich Interesse gezeigt und bis in die frühen Morgenstunden mit ihrem Dad und Gram darüber gesprochen. Es war ihr Dad, der gesagt hatte, Noelle wäre so interessiert daran, weil sie und Gram einander so ähnlich seien. Er hatte ihr auch gesagt, er könne sich nicht vorstellen, dass Noelle mit ihrem Leben irgendetwas anderes anfangen könnte; sie wäre genauso ein Naturtalent wie Gram.

»Er hat den Truck genommen, um noch Holz für den Kamin zu holen. Die Temperaturen sollen heute Abend weiter sinken. Es wird kalt.«

»Es ist schon kalt!« Noelle wischte sich die mit Lebkuchenkrümeln bedeckten Hände über dem Spülbecken ab, das von all der Backarbeit vollgestellt war mit Schüsseln und Löffeln. Ihr ging auf, dass nun alles einen Sinn ergab. Am Vorabend war ihr Vater beim Essen auffallend schweigsam und in sich gekehrt gewesen. Sie kannte ihn gut genug, um zu wissen, dass er sich selbst die Schuld für den Verlust der

Bäckerei gab – sie wusste nur nicht, warum die Miete so stark gestiegen war.

Ihre Mom versenkte einen Rührlöffel in dem Teig in einer weiteren Schüssel. »Hat Lucas einen warmen Pyjama?«

Die Frage diente nur dazu, lockere Stimmung zu verbreiten, aber Fragen dieser Art hatte Noelle bereits gehört, seit sie gestern früh eingetroffen waren. Ihre Mutter hatte sie vom Augenblick ihrer Ankunft an damit überschüttet. Obwohl sie lediglich Ausdruck von Fürsorge waren, trafen sie Noelle härter, als sie sollten, denn in ihren Augen bedeutete die Besorgnis ihrer Mutter, dass sie Noelle nicht zutraute, ihren Sohn allein angemessen zu versorgen.

Und die Wahrheit war, dass Lucas keinen Winterpyjama hatte – aus den alten war er herausgewachsen. Aber er hatte ein Sweatshirt und lange Unterhosen. Die waren absolut in Ordnung und warm genug, aber Noelle erinnerte sich gut daran, dass ihre Mutter in ihrer Kindheit stets einheitliche Weihnachtspyjamas für die ganze Familie gekauft hatte, und sie setzte sich selbst unter Druck, um Lucas ähnliche Erinnerungen zu schenken. Im Moment aber musste das, was er hatte, reichen, zumal es hübsch und bequem war. »Er hat einen warmen Pyjama, Mom«, sagte sie.

Noelles Handy benachrichtigte sie über eine eingehende E-Mail. Sie war von Melinda Burnett. Nun, da sie nicht mehr in der Bäckerei arbeiten konnte, bekam das Job-Angebot, das Heidi entdeckt hatte, ganz neue Bedeutung. Es war schließlich ihre einzige potenzielle Einkommensquelle. »Macht es dir etwas aus, wenn ich mich kurz in Dads Arbeitszimmer zurückziehe, um die Nachricht zu lesen? Es geht um meinen neuen Job.«

»Gar nicht. Lucas und ich wollen gerade anfangen, Geschenkpackungen mit Gebäck für alle zu machen.« Sie ließ einen der speziellen Hundekekse, die sie jedes Jahr buk, in Muffins Napf fallen. »Lukas, wasch dir die Hände, mein Schatz, dann kannst du mir helfen, die Beutel zu füllen.«

»Danke.« Noelle drehte sich zu Lucas um. »Ich bin gleich wieder da.« Mit einem Gefühl frisch entfachter Aufregung angesichts des Gedankens, dass endlich etwas plangemäß verlaufen könnte, zwickte sie ihn kurz in die Wange und ging hinaus. Was für eine Erleichterung, dass sie bald wieder in der Lage sein würde, ihre Rechnungen zu bezahlen, ohne jeden Penny zweimal umdrehen zu müssen! Der Job war zwar nicht das, was sie sich ursprünglich vorgestellt hatte, aber sie ermahnte sich im Stillen, dass er nur ein Zwischenstopp auf ihrer Reise war. So schnell wieder Arbeit zu finden, das grenzte an ein Weihnachtswunder.

Ich hoffe, es geht Ihnen gut, las sie hastig, begierig, zum Kern der Sache vorzustoßen. Melinda Burnett war gebeten worden, sich um Williams Angelegenheiten zu kümmern, bis Noelle für sie übernehmen konnte. Als sie zu der Stelle kam, an der das Gehalt erwähnt wurde, wären ihr beinahe die Augen aus dem Kopf gefallen. Hastig kontrollierte sie noch einmal die Absenderadresse, um sich zu vergewissern, dass die Nachricht wirklich von der echten Melinda Burnett stammte und sich niemand einen grausamen Scherz mit ihr erlaubte. Von so viel Geld hatte sie in der Hausverwaltung nur träumen können. Zusätzlich würde sie im Haus des Mannes eine Zimmerflucht von der Größe einer ganzen Wohnung für sich und Lucas bekommen. Noelle blickte auf und nahm doch nichts wahr; ihre Gedanken überschlugen sich förmlich. Das Hochgefühl jagte ihr ein Kribbeln über den ganzen Körper, als sie weiterlas.

Dann, als sie den vollen Namen des Mannes las, hielt sie inne: William Harrington. Sie suchte nach der Adresse, fand sie und erkannte sie auf Anhieb. Der ältere Mann, um den sie sich kümmern sollte, war der Großvater von Alexander Harrington, der in der alten Harrington-Villa oben auf dem Hügel in der Nähe ihrer alten Schule lebte. Wann immer sie an dem Gebäude vorbeigegangen waren, hatte Phoebe von Alexander Harrington geschwärmt und ihr und Jo von ihrem Traum erzählt, eines Tages solch einen Prinzen zu heiraten. Und in gewisser Weise war er ein Prinz: Er hatte nur die besten Schulen besucht, während die Freundinnen zu der nächstgelegenen hatten gehen müssen.

Also würde Noelle nun tonnenweise Geld scheffeln und in einer Villa arbeiten. Sie brauchte keinen ganzen Moment, um darüber nachzudenken. Umgehend schickte sie eine Antwort und nahm an. Dann schlug sie eine Hand vor den Mund, um ihre Freudenschreie zu dämpfen. Es ging aufwärts!

»Hey«, sagte ihre Mom und schaute stirnrunzelnd um den Türrahmen herum. »Alles in Ordnung?«

»Ja!«, sagte Noelle. »Völlig in Ordnung.« Mehr als in Ordnung. Sie war selig.

»Ich wollte dir nur sagen, dass Pop-pop und Heidi heute zum Abendessen rüberkommen. Ist Jo inzwischen mit ihren Einkäufen fertig? Du könntest versuchen, sie abzufangen, ehe sie nach Hause geht. Vielleicht mag sie zu einem guten hausgemachten Essen zu uns kommen. Und Phoebe auch. Ich habe einen riesigen Braten, der darauf wartet, im Ofen zu landen. Wir brauchen ein paar Leute, die uns helfen, ihn aufzuessen.« Sie zwinkerte Noelle zu, deren Herz überlief vor Liebe zu ihrer Mutter. Sie gab sich wirklich alle Mühe, Noelle von der Bäckerei abzulenken, und sie wusste, die Anwesenheit ihrer Freundinnen und ihrer Familie waren exakt das, was Noelle brauchte.

»Okay«, entgegnete Noelle und bemühte sich redlich, ihr Grinsen im Zaum zu halten.

»Was ist los, Liebling?«, fragte ihre Mutter, die in Anbetracht von Noelles Reaktion ebenfalls lächeln musste.

»Das erzähle ich dir beim Abendessen.«

»Die Spannung bringt mich um.« Halb im Scherz verdrehte ihre Mutter die Augen, spielte aber mit.

4

Kaum hatte Noelle erwähnt, dass die Bäckerei schließen würde, war Jo mehr als bereit, herzukommen und ihre Freundin zu besuchen. Danach musste Noelle nur noch Phoebes Namen erwähnen, und schon hatte Jo ihr eine Nachricht geschickt.

»Toll, dass du jetzt so nah bei uns bist! Wir waren seit Ewigkeiten nicht mehr alle drei zusammen!«, sagte Jo quietschvergnügt am anderen Ende der Leitung, was Noelle ein Lächeln entlockte. Sie wusste, dass Jo ihre Gefühle hatte nachvollziehen können, als sie ihr von Hope and Sugar berichtet hatte, und dass das der Grund war, warum sie sofort zugestimmt hatte, zum Essen zu kommen. Jo versuchte unverkennbar, sie aufzuheitern, aber was wusste sie schon? Von der herzerweichenden Neuigkeit über die Bäckerei abgesehen, hatte Noelle den anderen etwas Wundervolles zu erzählen, und sie war froh, dass ihre Freundinnen nahe genug wohnten, um dabei zu sein und an ihrem Glück teilzuhaben. Zwar würde das den Verlust der Bäckerei nicht wettmachen, doch es würde immerhin ein wenig Freude bringen.

»Ich weiß.« Noelle schaffte es nicht, sich das Lächeln aus dem Gesicht zu wischen. Sie konnte es kaum erwarten, ihren Freundinnen die Neuigkeit zu erzählen. Die würden nie glauben, dass sie tatsächlich in der Harrington-Villa arbeiten sollte. Das Grundstück war so groß, dass es ihnen in der Kindheit vorgekommen war, als wäre das Haus meilenweit von der tiefer gelegenen Straße entfernt, auf der sie jeden

Tag zur Schule gegangen waren. Eine Ziegelmauer mit einem verschlossenen Eisentor schützte das gewaltige Anwesen. Manchmal hatten sie auf dem Bürgersteig vor dem Gelände Himmel und Hölle gespielt, ehe sich ihre Wege am Ende der Straße getrennt hatten.

»Ich bringe Wein mit!«, verkündete Jo in einem Singsang.

Noelle dachte an all die Male, bei denen sie noch spät am Abend beisammen gewesen waren. Erst seit sie weiter voneinander entfernt wohnten, hatten ihre regelmäßigen Treffen allmählich aufgehört. Früher war das anders gewesen. Noelle hatte so viele Stunden wie möglich gearbeitet und sich ansonsten um ihren kleinen Sohn gekümmert – kein Wunder, dass sie oft nahe daran war, zusammenzubrechen. Oft war dann eine ihrer Freundinnen mit einer billigen Flasche Wein vorbeigekommen. Sie hatten Popcorn gemacht, einen Film angesehen, die Flasche leer getrunken und kichernd die gute alte Zeit beschworen, in der ihr Leben noch nicht so verrückt verlaufen war.

»Nur wenn es einer von der schäumenden Sorte mit Schraubverschluss ist«, neckte Noelle sie lachend.

»O Gooootf.«

Noelle lachte noch lauter und ahnte das Grinsen am anderen Ende der Leitung, wohl wissend, dass Jo sich so gut wie sie selbst an jene Nächte erinnerte.

»Ah!«, machte Jo, und ihre Stimme entfernte sich vom Telefon. Dann war sie wieder da und sagte: »Phoebe hat mir eben geantwortet. Um wie viel Uhr?«

»Moms Essen ist um sechs fertig.«

»Gib mir zwanzig Minuten. Ich bin vorher da! Mit dem Wein.«

Heidi traf gleichzeitig mit Jo ein, und die beiden schwatzten bereits angeregt miteinander, als sie Noelle begrüßten. Noelle selbst war durch das Haus geschwirrt, hatte Lampen eingeschaltet, Kerzen angezündet und Snacks zur Überbrückung der Zeit bis zum Essen bereitgestellt. Weihnachten lag in der Luft: Weihnachtslieder erklangen aus den Lautsprechern im Wohnzimmer, Würstchen, Bratenfüllung und Lebkuchen verbreiteten einen verführerischen Duft, Lichter brannten, und im Kamin flackerte ein warmes, behagliches Feuer.

Jo wedelte mit der Weinflasche in Noelles Blickfeld. »Schraubverschluss«, erklärte sie zwinkernd und drückte ihr die Flasche in die Hand. »Wo ist dein kleiner Liebling?« Ehe Noelle antworten konnte, war sie schon eingetreten und auf dem Weg zur Küche. Noelle blieb für einen Augenblick allein mit ihrer Schwester zurück.

»Ist Pop-pop hier?«, fragte Heidi und hob die Weinflasche an, um das Etikett zu studieren. Amüsiert über Jos Weinauswahl, schüttelte sie den Kopf, und ihre mandelfarbenen Locken hüpften ihr um den Kopf, als sie ihren Mantel auszog und auf einen Stuhl legte. Ihre Mutter hatte während der letzten Minuten überall im Haus herumhantiert, Dinge geradegerückt und noch mehr Kerzen angezündet, strahlend vor Freude über all die Gäste. Das war ganz nach ihrem Geschmack, und sie war voll in ihrem Element. Nun fegte sie herbei, nahm den Mantel und drückte Heidi mit einem liebevollen Hallo einen Kuss auf die Wange.

Noelle grinste nur, als ihre Mom mit dem Mantel unter dem Arm zur Tür hinaussauste. »Pop-pop ist noch nicht hier«, sagte sie und fühlte sich so unbeschwert wie seit Tagen nicht mehr. Es war schön, endlich wieder ein bisschen Normalität zu erleben, und die Aussicht auf einen neuen Job war ihrer Stimmung auch nicht gerade abträglich. Ihre Schwester musterte sie neugierig. Noelle wusste, dass sie sich mit ihrem permanenten Grinsen verriet; trotzdem würde sie die guten Nachrichten nicht preisgeben, ehe alle beisammen waren.

»Gus, das Feuer ist wundervoll.« Ihre Mutter sang die Worte beinahe, als sie, Heidis Mantel immer noch unter dem Arm, kurz stehen blieb, um sich die Hände zu wärmen. Ihr Vater lächelte angesichts des Lobes, aber Noelle fand, dass er immer noch müde wirkte.

Vielleicht würde das, was sie zu verkünden hatte, ihn aufheitern, und sei es auch nur für einen Abend. Ihr Vater sorgte sich arg um sie – das hatte er ihr erzählt, als sie ihn nach dem Verlust ihrer Arbeitsstelle zum ersten Mal angerufen hatte. Und dann, nachdem er ihr die Neuigkeit über die Schließung der Bäckerei überbracht hatte, hatte sie ihm angesehen, dass er deswegen ein schlechtes Gewissen hatte. Ihre Entlassung war nicht seine Schuld, aber er schien es so aufzunehmen, und sie wusste, er hätte alles getan, um ihr die Bäckerei zu erhalten. Also musste die Sache mit der Mieterhöhung wirklich schwer zu bewältigen sein.

Noelle fixierte den Feuerraum des großen gemauerten Kamins; die Flammen darin loderten bis in den Abzug hinauf, und die Wärme bildete einen perfekten Rahmen für die sechs roten Samtstrümpfe, die am Kaminsims hingen und mit den jeweiligen Namen bestickt waren: Gus, Nora, Heidi, Noelle, Lucas und, natürlich, Muffy.

Nachdem er von Jo ein Hallo empfangen hatte, kam Lucas herein und setzte sich mit einem Buch auf das Sofa. Sobald er es sich bequem gemacht hatte, bedachte er seine Tante Heidi mit einem scheuen Lächeln.

»Wie geht es meinem süßen Neffen?«, fragte die, ließ sich neben ihn fallen, strich sich eine Locke hinter das Ohr und beugte sich zu ihm hinüber.

»Gut«, sagte er leise und mit einem vergnügten Gesichtsausdruck.

»Sieh einer an, was für ein großes Buch du ganz allein lesen kannst«, sagte sie, ehe sie sich mit großen Augen zu Noelle umwandte. Noelle wusste, dass das Buch für ältere Kinder gedacht war und Sechsjährige gewöhnlich keine so dicken Wälzer lasen. Aber er hatte schon lange vor der Einschulung ganz allein die kleinen Lesebücher verschlungen, wenn Noelle keine Zeit gefunden hatte, ihm vorzulesen. Damals waren sie zum ersten Mal in die Bibliothek gegangen. Er war gerade vier gewesen, als sie ihm seinen eigenen Bibliotheksausweis besorgt hatte, damit er seinem Hobby nachgehen konnte.

Lucas nahm den Kommentar frohgemut zur Kenntnis, doch sein Blick ruhte bereits auf der aufgeschlagenen Seite.

Heidi überließ ihn seinem Buch. Sie kam gut mit Lucas zurecht. Fremde neigten dazu, Noelle prüfend zu mustern, wenn er nicht reagierte wie die meisten Kinder. Er sagte nicht viel, aber das lag nicht daran, dass er die Leute nicht mochte. Er war einfach so. Noelle hatte mit seinen Lehrern gesprochen, weil sie befürchtet hatte, er würde es schwer haben, Freunde zu finden, wenn er so still war. Die hatten ihr aber berichtet, er hätte zwar nicht viele Freundschaften geschlossen, aber es gäbe einige gute, feste Freunde. Außerdem schien er ganz zufrieden so, und seine schulischen Leistungen waren geradezu musterhaft. Zudem gab es keinerlei Anzeichen für irgendwelche Ängste, von der Schüchternheit einmal abgesehen. Wenn er aufgefordert wurde, eine Frage zu beantworten, tat er das recht entspannt. Wirklich, kein Anlass zur Sorge.

Es klingelte an der Tür, und Noelles Vater öffnete. »O nein, nicht du!«, stichelte er, und zum ersten Mal seit ihrer

Ankunft erkannte Noelle in seinen Zügen einen Funken von Amüsement.

Phoebe stand vor der Tür. Sie hielt ihr ausladendes weißes Kleid hoch und quetschte sich mit dem Reifrock, der kaum hindurchpassen wollte, hinein. Ihr Diadem saß schief, und sie hatte eine Keksdose und Wein dabei. Wild mit der Weinflasche wedelnd, bemühte sie sich, den Kopfschmuck am Herunterfallen zu hindern. »Du hast doch nicht gedacht, ich würde dich während der ganzen Weihnachtszeit einfach so davonkommen lassen, oder, Gus?« Phoebe klemmte sich den Wein zwischen Ellbogen und Körper, beugte sich vor und umfing Gus mit ihrem dünnen Arm. Dann zog sie hastig das voluminöse Kleid weiter hinein, ehe sich die Spitze in der Tür verfangen konnte, und küsste ihn auf die Wange.

Phoebe hatte einen Schopf roter Haare und Sommersprossen, und sie sah toll damit aus – sie hätte sich gut auf dem Titelblatt eines Modemagazins gemacht, was umso besser war, da sie Schauspielerin war. Der große Erfolg hatte sich bisher nicht eingestellt, aber sie hatte hier und da in einem Werbespot gespielt und hielt sich bis zum großen Durchbruch mit allerlei Brotjobs über Wasser. Seit Neuestem traf sie sich mit einem Chiropraktiker namens Paul, der ihr ständig Geschenke machte, zuletzt ein Paar silberne Ohrringe. Phoebe hatte Noelle erzählt, sie könne Weihnachten kaum erwarten, als sie die kleine Schachtel bei glutenfreier Pizza und zwei Gläsern Sekt geöffnet hatte. Ihre Karriere mochte nicht so recht vorankommen, doch sie war glücklich, und es sah ganz so aus, als hätte sie jetzt auch noch den perfekten Mann gefunden.

»Versprich mir nur, dass du nichts in die Luft jagst«, sagte Gus grinsend. Er achtete gar nicht darauf, dass sie gekleidet war wie Cinderella am Tag ihrer Hochzeit – soweit es Phoebe betraf, überraschte ihn vermutlich gar nichts mehr.

Es tat gut, zu sehen, dass er wieder ganz der frotzelnde Vater war, den Noelle kannte.

»Das war nicht ich! Das war deine Tochter! Klär ihn auf, Noelle«, sagte Phoebe, kam herein und gab Noelle und Jo einen Kuss auf die Wange, ehe sie Richtung Küche ging, um sich, wie es ihre Art war, häuslich einzurichten. Wogen von Satin und Spitze bauschten sich hinter ihr. Ihre Nase kräuselte sich über dem zuckersüßen Lächeln, mit dem sie Lucas zuwinkte, was der mit einem Kichern quittierte, nur um sich, kaum dass sie zur Tür hinaus war, wieder in seinem Buch zu vergraben.

»Sie geht in die Küche!«, warnte Gus scherzhaft, und alle brachen in Gelächter aus.

Als sie neun gewesen waren, hatten Noelle und Phoebe beschlossen, mit der alten Videokamera ihrer Eltern eine Kochshow aufzuzeichnen. Da es ihnen verboten war, den Gasherd zu benutzen, hatten sie beschlossen, die Mikrowelle bis zum Anschlag mit Marshmallow-Schokoladen-Sandwiches zu füllen. Der Zucker in den Marshmallows war karamellisiert, hatte sich entzündet, und die schwammigen Würfelchen waren geplatzt und hatten alles vollgespritzt. Dank des lauten Knallens und des verbrannten Geruchs waren Noelles Eltern in die Küche gerannt, wo sie die Folgen der Schokoladen-Marshmallow-Explosion aus der Mikrowelle hatten triefen sehen, während die Mädchen die klebrige Substanz überall auf den Schränken verteilten bei dem Versuch, sie wegzuwischen. Seither hatten sie sich anhören müssen, sie dürften nie wieder kochen, ein Scherz, der sich bis in ihr Erwachsenenleben erhalten hatte.

»Was hast du vor, dass du hier in so einem Aufzug erscheinst?«, fragte Jo, deren Augen schon jetzt vor Vergnügen funkelten, als sie sich in der Küche zu ihr gesellten.

»Ich bin noch in meiner Rolle«, entgegnete Phoebe bedeutungsschwer, nur um gleich darauf breit zu grinsen. »Mein jüngster Schauspielauftritt – nützlich für meinen Lebenslauf. Außerdem habe ich Kleider zum Wechseln dabei. Sie sind in meiner Tasche«, sagte sie an der großen Kücheninsel über die Schulter hinweg.

Muffy bellte und machte alle darauf aufmerksam, dass Pop-pop gerade durch die Hintertür in die Küche kam. Noelle begrüßte ihn schon, während er sich noch die Stiefel auf der Fußmatte abwischte, worauf er ein wenig ins Taumeln geriet und danebentrat. Er zog seinen Mantel aus, den Noelles Mutter ihm nach einer kurzen Umarmung abnahm. »Hi, Dad«, sagte sie. Zwar war er Gus' Vater, aber Noelles Mutter hatte ihn schon immer Dad genannt. Darum hatte er sie in der Minute gebeten, in der Gus ihm erzählt hatte, dass sie verlobt waren. »Ich habe eine Flasche Wein geöffnet. Möchtest du ein Glas?«

»Du weißt doch, dass du davon jederzeit ausgehen kannst«, sagte er und zwinkerte ihr zu. Dann sah er Phoebe in ihrer Robe und schüttelte den Kopf. »Ich bin offenbar nicht angemessen gekleidet.« Pop-pop wusste nur zu gut, wie verrückt Phoebe war. Als Kinder hatten sie und Noelle die Bäckerei regelmäßig zusammen besucht. Schon als sie in der Grundschule war, hatte Phoebe die Kundschaft mit einem zuckersüßen Lächeln überzeugt, noch etwas mehr Gebäck zu kaufen, und sie war damit nie gescheitert. Mit ihrer offenen Art hatte sie die Leute zum Lachen gebracht, und sie waren mit Tüten voller Kekse und Kuchen in Händen hinausgegangen. Pop-pop hatte ihr einmal gesagt, sollte sie je etwas dazuverdienen wollen, er würde ihr jederzeit einen Job geben, sobald er sie legal hinter die Ladentheke stellen könnte.

»Doch, bist du«, sagte sie grinsend, stellte Dose und Wein

auf die Kücheninsel und nahm das Diadem ab. »Ihr kennt doch den berühmten Santa – den, der in dem Buchladen in der Innenstadt sitzt? Er hat eine Schneekönigin gebraucht. Das hat er mir letzten Sonntag in der Kirche erzählt.«

»Mr Santori? Ich liebe ihn«, sagte Noelle im Flüsterton, damit Lucas seinen echten Namen nicht hörte. »Er ist so süß!« Mr Santori verkleidete sich jedes Jahr als Santa Claus. Seine Frau war Schneiderin und hatte ihm einen prachtvollen roten Samtanzug mit weißen Ärmelaufschlägen und satinbezogenen Knöpfen genäht, und er hatte es fertiggebracht, den örtlichen Schuhmacher dazu zu bringen, ihm einen breiten schwarzen Ledergürtel passend zu seinen Stiefeln zu fertigen. Jedes Jahr setzte sich Mr Santori in die alte Buchhandlung und las; er fing bereits im Oktober damit an, lange vor Beginn der Weihnachtszeit. Den Kindern erklärte er stets, er würde noch nicht arbeiten, aber die Leute in der Stadt wussten, dass ihre Kinder schon frühzeitig Wunschlisten schreiben und sie Santa geben konnten, ehe der Weihnachtswahnsinn richtig losging. Sein Auftritt war längst zu einer Tradition geworden, und die Hope and Sugar Bakery hatte ihn während der Monate Oktober und November kostenlos mit Milch und Keksen versorgt. Das war, bevor Gram das Zeitliche gesegnet hatte. Noelle fragte sich, ob danach auch jemand Kekse für ihn bereitgestellt hatte.

»Mein Agent hat mein Demotape für eine Fernsehserie in L. A. eingeschickt«, berichtete Phoebe aufgeregt. »Vielleicht ist das der Durchbruch. Noelle, bist du dabei?«

Noelle nickte begeistert.

In ihrer Jugend hatte Phoebe bei ihrer Familie nicht viel Unterstützung erhalten. Ihre Eltern hatten ständig gestritten, und ihre Mutter hatte sich oft tagelang von ihr zurückgezogen, weil die Eheprobleme sie depressiv gemacht hatten.

Dann war die kleine Phoebe allein zurückgeblieben. Darum hatte sie viel Zeit mit Noelle verbracht und ihr einmal anvertraut, dass sie Noelle brauche, weil sie die einzige echte Familie sei, die Phoebe je gekannt hatte.

In der Highschool hatten die beiden einen Pakt geschlossen: Phoebe hatte gesagt, sollte es ihr je gelingen, eine große Rolle draußen in L. A. zu ergattern, könne sie das nie allein schaffen. Also hatte Noelle versprochen, mit ihr zu gehen. Sie hatten beschlossen, dass sie, sollte etwas Großes auf Phoebe zukommen, alle ihre Pläne in den Wind schlagen und die Dinge einfach auf sich zukommen lassen würden. Noelle hatte sogar Lucas davon erzählt, ihm aber auch gesagt, dass es möglicherweise nie so weit käme.

Pop-pop wandte sich an Noelle: »Hey, hübsche Dame, wie geht es dir?«

»Großartig!«, sagte Noelle und fragte sich trotz der fröhlichen Atmosphäre, wie bald zu bald wäre, um herauszufinden, was Pop-pop wirklich über die Schließung der Bäckerei dachte. Der Gedanke, dass sie das wunderschöne Häuschen verlieren würden und all die harte Arbeit ihrer Großmutter umsonst gewesen wäre, nagte an ihr. Besonders, weil es so gar nicht zu ihm passte, kampflos aufzugeben. Und nun, da sie sich wieder beruhigt hatte, hätte sie nur zu gern gewusst, was da wirklich los war.

»Ich habe den Tisch im Esszimmer gedeckt, damit genug Platz für alle ist«, verkündete ihre Mutter, als sie Pop-pop ein Glas Wein reichte. »Das Essen ist in ungefähr fünf Minuten fertig. Phoebe, ich hoffe, du behältst dieses Kleid an«, fügte sie lachend hinzu.

»Also, was gibt es Neues bei dir?«, wollte Noelles Mutter wissen, als sie nach dem Essen noch alle am Tisch saßen. Mit vom Wein leicht glasigen Augen und einer entspannten Miene lehnte sie sich auf ihrem Stuhl zurück. »Ich warte schon während des ganzen Abendessens darauf, dass du es uns erzählst.« Gus, der gerade Apfelkuchen mit Zimtstreuseln verteilte, hielt mit einem Teller in jeder Hand inne, um zuzuhören. Obwohl er nicht gerade redselig gewesen war, hatte Noelle festgestellt, dass die Stimmung in ihrer Familie allgemein ein wenig besser geworden war, und darüber war sie wirklich froh.

Wieder erlebte Noelle dieses kribbelnde Hochgefühl, das ihr sagte, alles würde gut. Ihre Neuigkeit war wie ein Weihnachtswunder, das nur darauf wartete, vor aller Augen enthüllt zu werden. »Ich habe einen Job!«, sagte sie und strahlte ihre Schwester an. »Heidi hat das Angebot entdeckt – aber das ist noch nicht alles.« Lucas hockte sich auf seine Knie, während er lauschte, und sogar Muffy, die in der Ecke saß, hörte auf, an ihrem Knochen herumzukauen. »Ihr kennt doch Alexander Harrington, der oben auf dem Hügel gewohnt hat?«

Pop-pop blickte mit einem Ausdruck von Interesse von seinem Teller auf.

Phoebe stützte sich auf die Ellbogen. Ihr Weinglas hing an ihren Fingerspitzen, ihre Augen waren groß vor Neugier, und ihre Miene verriet ihre Überraschung angesichts des Namens. Das Schneeköniginnenkleid hatte sie gegen Pulli und Jeans ausgetauscht und in einem unordentlichen Haufen in einer Ecke der Küche liegenlassen. »O ja!«, sagte sie. »Wir sind auf dem Schulweg immer an seinem Haus vorbeigegangen und haben gehofft, wir bekämen ihn zu sehen.« Sie drehte sich zu Jo um. »Fragt ihr euch nicht, wie die Villa wohl von innen aussieht? Ich wette, die essen von goldenen Tellern.«

Jo kicherte.

»Ich werde mich in Vollzeit um Alexander Harringtons Großvater kümmern«, berichtete Noelle, der die Vorstellung, durch die Gänge dieses Herrenhauses zu wandeln, noch während sie sprach, surreal erschien.

Kollektives Aufkeuchen antwortete ihr.

Pop-pop ließ seine Gabel fallen, die klappernd auf dem Teller landete. Rasch nahm er sie wieder zur Hand.

»Die haben dieses Angebot ausgehängt – die Harringtons?«, fragte Heidi und schüttelte den Kopf. »Ich hätte mich selbst bewerben sollen …«

»Du sollst in der Villa arbeiten?«, fragte ihre Mutter. »Und wirst du dort auch wohnen?«

»Jep.« Noelle konnte ihre Begeisterung kaum zügeln. Sie würde haufenweise Geld verdienen, in einem tollen Haus arbeiten und dennoch in der Nähe ihrer Familie und ihrer Freunde bleiben. »Sie haben in einem der Flügel des Hauses eine ganze Zimmerflucht für Lucas und mich vorgesehen.«

Lucas' Blick huschte von einem zum anderen. Er freute sich erkennbar über die Aussicht, in so einer großen Villa zu leben. Noelle folgte seinem Beispiel und machte ihrerseits eine Bestandsaufnahme der Reaktionen am Tisch. Sie wollte sich für alle Zeiten daran erinnern, wie es war, diese Neuigkeit überbracht zu haben, denn dies war wohl das Aufregendste, was ihr und Lucas je widerfahren war. Heidi hatte die Augen weit aufgerissen und nagte an ihrer Lippe, als wollte sie ihren Ohren nicht trauen. Noelle fühlte sich genauso, und ihre Aufregung wuchs, wann immer sie es zuließ. Sie bedachte Phoebe und Jo mit einem strahlenden Grinsen. Beide lachten kopfschüttelnd, so sehr freuten sie sich für sie.

Doch als ihr Blick weiter zu ihrer Mutter wanderte, deren Miene nicht so fröhlich war wie die der anderen – eher sah sie besorgt aus –, wandte die sich ab und blickte Dad und Pop-pop an. Noelle erstarrte beinahe.

Gus stellte den letzten Kuchenteller auf den Tisch. Während er langsam Platz nahm, ruhte sein wachsamer Blick auf Pop-pop. Die beiden tauschten inhaltsschwere Blicke aus und wirkten gerade beklommen genug, um Noelle zu beunruhigen. Ihre ursprüngliche Begeisterung schwebte von dannen wie ein Heliumballon.

»Was ist los?«, fragte sie.

Pop-pop winkte ihrem Vater zu, er möge es ihr erklären.

»Ich bin im Moment nicht der größte Fan von Mr Harrington«, sagte Gus. Von dem sanften Lächeln, das zuvor seine Miene geprägt hatte, war nichts mehr zu sehen. Zugleich schien es, als wollte er nicht näher ausführen, was los war, also ermunterte Noelle ihn mit einem bohrenden Blick. Hier ging es um ihre unmittelbare Zukunft, und sie musste wissen, was los war. Sollte es ihm unangenehm sein, seine Gedanken in Gegenwart von Phoebe und Jo zum Ausdruck zu bringen, so gab es dazu keinen Anlass. Die wussten alles über ihre Familie, welchen Sinn hatte es da, sich zu drücken und auf bloße Höflichkeiten zu beschränken? Doch sie musste nichts dazu sagen, denn Gus fuhr schon fort: »Alexander Harrington ist der Grund dafür, dass wir die Bäckerei schließen müssen.«

Nach diesen Worten schwanden auch die letzten Reste ihrer Begeisterung dahin wie Wasser durch geöffnete Fluttore. »Was??«

»Die Hope and Sugar Bakery wird geschlossen?«, fragte Phoebe bekümmert und stellte ihren Wein ab. Vor Schreck richtete sie sich kerzengerade auf und konzentrierte sich ausschließlich auf Pop-pop.

Der nickte. Niedergeschlagenheit spiegelte sich in seinen Zügen. Noelle konnte sich noch an den Tag im Krankenhaus erinnern, als es um Gram so schlecht gestanden hatte, dass sie Angst gehabt hatten, sie auch nur fünf Minuten allein zu lassen. Als sie mit den intravenösen Zugängen in der Hand, der vom Alter dünnen Haut und dem Überlebenskampf in ihrem Körper nach Pop-pops Arm gegriffen hatte, da hatte sich die Furcht in ihrem süßen Gesicht niedergeschlagen. »Gib die Bäckerei nicht auf«, hatte sie gesagt. »Ich weiß, für mich ist das bald nicht mehr wichtig, aber ich möchte sie für die Mädchen bewahren.« Seither hatte Noelles Vater Pop-pop geholfen, sie weiterzubetreiben.

»Alexander Harrington hat uns aus dem Geschäft gedrängt«, sagte Gus mit einem sorgenvollen Blick zu Pop-pop und riss Noelle aus ihren Erinnerungen zurück in die Wirklichkeit. »Ihm gehört das Gebäude, und er ist derjenige, der die Miete so stark erhöht hat, dass wir es uns nicht mehr leisten können, die Bäckerei zu behalten.« Gus atmete einmal tief durch, ehe er hinzufügte: »Mr Harrington hat sogar schon einen potenziellen Mieter vorbeigeschickt, der die Räume ausgemessen hat. Er will eine Damenboutique daraus machen.«

Während sich alle hilflos anblickten, senkte sich Stille über den Raum. Noelles Magen wogte wie die See bei Sturm.

So viele Erinnerungen an Gram hingen an der Hope and Sugar Bakery. Penibel hatte Noelle jedes einzelne Rezept gelernt und ihrer Großmutter versprochen, sie würde sie alle an die nächste Generation weitergeben. Nun würde man Pop-pops Bücherregal gewiss niederreißen, die Möbel wegwerfen und den Kamin mit einer Feuerdeko abdecken oder ihn gleich ganz verstecken. Nie wieder würden Strümpfe am Kamin hängen, die mit Spenden für die Armen gefüllt wurden, nie mehr Büchsen mit Keksen bereitstehen oder Körbe voller Keksbruch, an denen sich die Kundschaft kostenlos bedienen konnte. Nie mehr würden die Stammgäste hereinschauen, die Noelle zu lieben gelernt hatte, Leute wie die Palmer-Zwillinge oder Richard und Beverly Anderson. Für alle anderen waren das nur irgendwelche Namen, doch für Noelle waren sie ein Teil der Familie.

All das rumorte in ihrem Kopf, und ihr wurde klar, dass sie sich niemals damit würde wohlfühlen können, für die Familie Harrington tätig zu sein. Stets würde sie mindestens mit einem Interessenkonflikt konfrontiert sein.

Während Noelle noch damit beschäftigt war, das alles zu verdauen, lebte leises Gemurmel am Tisch auf, getragen von der Frage, wie es Pop-pop ergehen mochte. Sie hörte, wie ihr Vater den anderen versicherte, es ginge ihm gut, aber sie wusste, dass das gar nicht sein konnte. Pop-pop brauchte die Einnahmen aus der Bäckerei – wovon sollte er denn leben?

»Ich werde Melinda Burnett eine E-Mail schicken und ihr sagen, dass ich den Job nicht übernehmen kann.« Noelles Brust fühlte sich an, als stünde sie kurz vor der Explosion. Was stimmte eigentlich nicht mit der Welt heutzutage? Leute kurz vor Weihnachten auf die Straße zu setzen, ein Familiengeschäft vom Markt zu drängen? Als sie sich am Tisch umschaute, all die Besorgnis und das Unbehagen wahrnahm, von dem sie umgeben war, erinnerte sie sich an Grams Worte: Ganz gleich, was geschieht, uns bleibt immer Weihnachten. Aber selbst Weihnachten würde ihre Lage nicht besser machen. Gram wäre so traurig, müsste sie das miterleben!

Jetzt meldete sich ihre Mutter zu Wort: »Nein, Noelle, Schatz, du solltest annehmen. Das hilft dir, wieder auf eigenen Füßen zu stehen. Wir sind doch alle erwachsen; wir verstehen, dass du arbeiten musst, auch wenn wir Probleme mit

Mr Harrington haben.« Ihre Mutter warf ihrem Dad einen Blick zu, als wollte sie sich in dem Punkt mit ihm verbünden, aber Noelle war nicht überzeugt, dass er einverstanden war.

In Gedanken ging Noelle die Reaktionen der anderen durch: Ihre Freundinnen wirkten ehrlich besorgt um sie, ihre Mutter ermutigend, Pop-pops Augen glänzten verdächtig genug, dass es ihr die Kehle zuschnürte, aber die Person, die ihr wirklich zu denken gab, war ihr Vater. Er hatte einen mahnenden Ausdruck in den Augen, und sie wusste, der beruhte darauf, dass er niemals für jemanden arbeiten würde, der sich gegen die Familie stellte. So war er einfach.

Doch Noelle musste an Lucas denken. Und an sich selbst. Wollte sie eine gute Mutter sein, dann konnte sie es sich nicht leisten, sich ständig darum zu sorgen, wie sie die nächste Mahlzeit finanzieren sollte. Lucas brauchte ein echtes Weihnachtsfest, und er sollte seinen Klassenkameraden gegenüber nicht ins Hintertreffen geraten. Schlimm genug, dass er durch ihren Umzug zurück zu ihren Eltern in eine neue Klasse gekommen war, in der er niemanden kannte. Bedachte man dann noch, wie still und wie weit voraus er den anderen war, würde es ihm ohnehin schwerfallen, sich einzufügen. Das Letzte, was sie wollte, war, dass er sich unterlegen fühlte.

Sie riss sich von dem tadelnden Blick ihres Vaters los und nickte ihrer Mutter zu. »Ich überlege mir etwas«, sagte sie. Dann schaute sie wieder ihren Dad an. »Vielleicht kann ich ihn dazu bringen, die Miete zu mindern oder so.« Doch sie wusste, dass die Chancen dafür nicht gut standen, und sie schloss aus dem Gesichtsausdruck ihres Vaters, dass er das auch wusste.

5

Noelle steuerte den Wagen um die perfekt manikürten Hecken herum, die die Wasserspiele vor der Villa flankierten. Der kleine Anhänger hinter dem Wagen, mit dem sie ihre Sachen transportierte, kam abrupt zum Stehen, als sie auf die Bremse trat. Lucas blies die Wangen auf und schaute sich um, die Augen so groß wie Untertassen. Noelle war froh, dass Melinda ihnen gestattet hatte, schon an diesem Wochenende einzuziehen. So konnte Lucas sie begleiten und sich eingewöhnen, ehe er zum ersten Mal in die neue Schule musste.

Nervös atmete Noelle tief durch, während sie das riesige Herrenhaus betrachtete, dessen Fenster mit grünen Gebinden und silbernen Schleifen verziert waren. Mit Beeren getüpfelte Girlanden aus Magnolienblättern ergossen sich über die Brüstungen, und eine mit weißen Lichtern geschmückte Fichte reckte sich dem Himmel entgegen.

Sie stiegen aus, schlossen die Autotüren und gingen zu dem Portikus mit den vier Säulen, dessen Dach einen kunstvollen Halbkreis von der Größe ihres heimischen Schlafzimmers bildete. Noelle freute sich, Melinda Burnett zu treffen, und hoffte zugleich, Alexander Harrington vorerst aus dem Weg gehen zu können. Mit etwas Glück hätte sie genug mit Mr Harrington senior zu tun und würde Alexander in dem gigantischen Haus nie begegnen. Vielleicht war er ja auch gar nicht hier. Sie stieg die unzähligen Stufen empor und läutete.

Die zweiflügelige schwarze Tür ragte vor ihnen auf. Lucas legte den Kopf in den Nacken und schnappte nach Luft, als er sah, wie groß sie war, und Noelle fragte sich, ob ihm womöglich gerade bewusst wurde, dass sie wirklich hier wohnen würden. Amüsiert blickte sie zu ihm hinab. So neugierig hatte sie ihn in seinem jungen Leben nur selten erlebt, und sie wusste, sie würden noch viele Jahre über das Leben in dieser Villa reden. Sie vernahm ein Klicken; die Tür wurde geöffnet. An der Art, wie sie sich langsam in ihren Angeln bewegte, konnte man erkennen, wie schwer sie war. Noelle seufzte erleichtert, und ihre Atemluft stieg vor ihr in der kalten Luft wie eine Wolke auf, als sie eine Frau jenseits der Schwelle erblickte.

Die Frau war makellos anzusehen in ihrem marineblauen Kostüm und den hohen Schuhen. Das Haar hatte sie in einer Weise hochgesteckt, die wirkungsvoll verhinderte, dass auch nur eine Strähne aus dem Rahmen fiel. Jetzt streckte sie ihr eine manikürte Hand entgegen. »Hi, Noelle, Melinda Burnett«, sagte sie. »Schön, Sie kennenzulernen.«

Noelle schüttelte ihr die Hand, und Melinda begrüßte Lucas mit einem freundlichen Nicken.

»Kommen Sie rein. Ich zeige Ihnen, wo Sie untergebracht sind, und ich bin überzeugt, Sie können es gar nicht erwarten, Mr Harrington kennenzulernen. Sobald ich Ihnen Ihre Räumlichkeiten gezeigt habe, bringe ich Sie zu ihm und stelle Sie vor.«

Sie betraten das Foyer. Der Boden bestand aus glänzenden, quadratischen weißen Fliesen, jede davon so groß, dass Lucas darauf kein Hüpfspiel zustande gebracht hätte, selbst wenn er gewollt hätte. Ihr Blick wanderte vom Boden zu der Prachttreppe, die sich zu beiden Seiten in weitem Bogen emporschraubte, und sie bewunderte die kunstvollen schmiedeeisernen Geländer, die unter Bändern und Grün hervorlugten. Sie gingen an einem runden Tisch vorbei, direkt unter einem spektakulären Kronleuchter, der so funkelte, dass Noelle sich fragte, ob das, was auf den ersten Blick aussah wie Glas, tatsächlich Kristall war. Ihr ging durch den Kopf, was Phoebe sagen würde, die von jeher in diesen Ort verliebt war. Vermutlich würde sie sagen, dass es sich in Anbetracht des Reichtums der Harringtons vermutlich um Diamanten handeln dürfte. Sie musste ein Grinsen zurückhalten.

Dieses Haus hatte Phoebe ihr Leben lang in Entzücken versetzt. Und selbst wenn Noelle nicht restlos überzeugt war, dass die Geschichte stimmte, hatte Phoebe geschworen, sie hätte Alexander Harrington einmal aus seinem Wagen steigen sehen, und er sähe aus wie ein Model. Einmal, als sie allein von der Schule nach Hause gegangen war, hatte sie selbst geglaubt, ihn zu sehen, und sie hatte gedacht, dass er tatsächlich umwerfend aussah. Aber das hatte sie Phoebe gegenüber nie zugegeben, denn dann hätte die ihr nur noch mehr in den Ohren gelegen. Außerdem war sie nicht einmal sicher, dass es Alexander gewesen war, auch wenn sie immer wieder darüber nachgedacht hatte. Irgendwann war sie zu dem Schluss gekommen, dass es vermutlich nur Wunschdenken gewesen war. Bestimmt war er klein und dick und hatte keinerlei Stilgefühl. Außerdem war es sowieso unwahrscheinlich, dass sie ihm begegnen würde, schließlich war sie für William Harrington zuständig.

Ein lautes »Oh!« entfuhr Noelle, als sie gegen eine breite, gestärkte Männerbrust prallte. Sie drehte sich um: Der Mann hatte einen Hauch von Bartstoppeln im Gesicht, grüne Augen, die schimmerten wie Smaragde mit goldenen Flecken, und helles, von goldblonden Strähnen durchzogenes Haar. Als sein kantiges Kinn kaum wahrnehmbar zuckte und sich ein schwaches Lächeln auf seinen Lippen zeigte, kribbelte ihr ganzer Körper vor Verlegenheit.

»Ich habe den Kronleuchter betrachtet«, sagte sie. Erst jetzt wurde ihr bewusst, dass sie nach hinten geschaut hatte, während sie und Lucas Melinda gefolgt waren. Blöde Bemerkung, dachte sie. Sie hätte sich ohrfeigen können.

Melinda räusperte sich. Sie stand beinahe in Habachtstellung da, die Hände hinter dem Rücken verschränkt, doch ihre Miene drückte Wärme aus. »Das ist Alexander Harrington.«

Als sie gesagt hatte, sie würde sie zu Mr Harrington bringen, hatte Noelle angenommen, sie meinte den Großvater William, nicht den Enkel Alexander.

»Nennen Sie mich Alex«, sagte er, sah Lucas an, zog lächelnd die Brauen hoch und reichte Noelle die Hand.

»Es tut mir leid«, sagte Noelle. Gerade, als sie seine Hand ergreifen wollte, fiel ihr auf, dass ihr Lipgloss auf seinem Hemd klebte. Sie übertünchte ihr Unbehagen mit einem schwachen Lächeln, bemüht, nicht auf den Fleck zu starren und so seine Aufmerksamkeit darauf zu lenken. »Ich bin Noelle Parker, und das ist mein Sohn Lucas. Ich werde mich um Ihren Großvater kümmern.« Lucas winkte und schaute an seiner Mutter hinauf, um herauszufinden, was von ihm erwartet wurde.

»Ja«, sagte Alex nur, als hätte sie lediglich ausgesprochen, was auf der Hand lag. Was vermutlich auch der Fall war.

Sie biss sich auf die Lippe.

»Ich bin gekommen, um zu schauen, ob Sie Hilfe mit dem Gepäck brauchen. Melinda, ich zeige den beiden, wo sie wohnen werden. Sie können gehen. Ich weiß, Sie haben eine Million Dinge zu erledigen, ehe Sie zu Ihrem Englandurlaub aufbrechen.«

»Ja, Mr Harrington«, sagte sie, schenkte Noelle ein knappes Lächeln, ging durch die Eingangshalle davon und ließ sie und Lucas allein mit Alex. Wurde so ein Verhalten erwartet? Mussten sie sich in seiner Gegenwart wie dressierte Hündchen verhalten und sich jede Bewegung vorschreiben lassen? Dergleichen war Noelle nicht gewohnt. Sie reckte das Kinn hoch und drückte den Rücken durch, um das Gefühl der Unzulänglichkeit zu kaschieren, das Besitz von ihr ergriffen hatte.

»Wie viele Taschen haben Sie?«, fragte er, drehte sich zu dem vor ihnen liegenden Gang um und wartete, bis Noelle und Lucas sich ebenfalls in Bewegung setzten. Seine Worte waren schlicht, keine Spur von Gefühl, aber es fühlte sich an, als würde sich etwas hinter ihnen verbergen. Sie konnte beinahe so etwas wie Güte hinter ihnen spüren – gerade genug, um ihre Neugier zu wecken. Kritisch beäugte sie ihn.

»Einen ganzen Anhänger voll«, sagte sie.

»Kein Problem. Ich lasse alles vom Personal reinbringen, wenn ich Sie herumgeführt habe.« Als er weiterging, fiel ihr das makellos glatte Leder seiner Schuhe auf. Seine Hose fiel so nahtlos auf die Schnürbänder, dass sie überzeugt war, ein Schneider hatte sie professionell gesäumt. Alles an ihm wirkte kontrolliert, perfekt, gelassen. Sie konnte sich nicht einmal vorstellen, wie sich das anfühlen mochte, obwohl sie selbst Ordnung schätzte. Trotzdem war sie nicht sicher, ob sie je imstande wäre, solch eine Aura um sich zu verbreiten wie er.

Unterwegs wogte tiefe Besorgnis in ihr auf, als sie daran dachte, dass Fremde einige der Kartons in ihrem Anhänger in die Finger bekämen. Sie hatte sich schon in eine peinliche Lage gebracht, indem sie in ihn hineingerannt war, da wollte sie sich nicht noch zusätzlich als schwierig erweisen, aber sie konnte sich einfach nicht beherrschen. »Da sind ein paar Kartons, die ich lieber selbst holen würde«, sagte sie.

In der Haut zwischen Alex' Augen bildeten sich ein paar

erschreckend attraktive Fältchen. Plötzlich hatte sie eine furchtbar trockene Kehle. Phoebe würde dahinschmelzen ... Aber er würde sie bestimmt nicht verleiten zu glauben, er hätte so etwas wie ein Herz. Sie hatte von Dad und Pop-pop genug erfahren, um es besser zu wissen.

»Warum?«, fragte er und hielt im Schritt inne.

»Darin ist meine Sammlung antiker Teetassen. Die beschütze ich mit meinem Leben.«

Er neigte den Kopf zur Seite. »Oh. Dann trinken Sie gern Tee?«

»Nein, eigentlich mag ich lieber Kaffee, und dafür bevorzuge ich Becher.«

Er stand ganz still da, offensichtlich damit beschäftigt, ihre Worte zu verarbeiten. »Sie sammeln Teetassen, aber Sie trinken keinen Tee?« Das war eine Frage, aber er formulierte sie wie eine Feststellung, und für einen Moment zeigte sich ein Anflug von Verwirrung in seinen Zügen, den er jedoch gleich wieder wegbügelte. Er holte tief Luft, und sie fragte sich, ob ihn der Gesprächsverlauf irgendwie enttäuscht hatte. Vergeudete sie seine kostbare Zeit? Was tat ein Multimillionär eigentlich? Es musste doch eine Menge Arbeit erfordern, so viel Geld zu machen – oder Mieten zu erhöhen ... Sie konnte wirklich gut auf Höflichkeiten hinsichtlich der Wahl ihrer Sammelobjekte verzichten, auch wenn die ein wenig sonderbar erscheinen mochte. Dieses Geplauder würde nicht dazu führen, dass sie ihm mehr Sympathie als jetzt entgegenbrachte – was nicht gerade viel war, bedachte man, wie respektlos er mit ihrer Familie und dem Geschäft, an dem ihrer aller Herzen hingen, verfahren war. Sie wollte überhaupt nicht mit ihm reden – es würde eh nichts ändern –, also hielt sie den Mund. Sollte er doch von ihr denken, was er wollte. Das hatte nichts damit zu tun, wie gut sie sich um seinen Großvater kümmern würde, was machte es also aus, warum sie die Dinge sammelte, die sie sammelte?

Endlich nickte sie in Erwartung eines ungläubigen Schnaubens oder einer anderen erkennbar geringschätzigen Reaktion angesichts ihrer kostbaren Teetassensammlung, aber da kam nichts. Stattdessen sagte er leise: »Ich führe Sie zuerst herum, danach können wir zusammen rausgehen und sie holen.« Zu ihrer Überraschung klang seine Stimme beinahe einfühlsam, und ihre Meinung über ihn geriet ein kleines bisschen ins Wanken. Aber vielleicht hatte sie ihn nur missverstanden; jedenfalls entsprach seine Antwort so gar nicht ihren Erwartungen.

Lucas hatte die ganze Zeit neben ihnen gestanden und kein Wort gesagt, und Noelle fiel auf, dass er Alex auf die gleiche Art musterte wie zuvor den Kronleuchter. Mit dem gebügelten Hemd, der maßgeschneiderten Hose und dem zu den Schuhen passenden Ledergürtel sah der Mann nicht nur elegant aus, sondern auch unglaublich gut. Wahrscheinlich hob er sich deutlich von allen anderen Männern ab, die Lucas in seinem Leben begegnet waren. Alex schien seinen Blick ebenfalls zu bemerken. Er lächelte mehr mit den Augen als mit dem Mund, während er Lucas anblickte.

»Folgen Sie mir«, sagte er und setzte seinen Weg fort.

Sie gingen durch einen langen, luftigen Korridor, der von Balkonen mit weiteren Lüstern und riesigen Fenstern gesäumt wurde. Es sah aus, als hinge das ganze Obergeschoss über ihnen in der Schwebe. Eine Frau in der Uniform einer Hauswirtschafterin schüttelte in einem der Zimmer Sofakissen auf. Sie schaute nicht hoch, als sie vorübergingen. Außer ihren Schritten auf dem hölzernen Boden war nichts zu hören. Plötzlich verstummten auch die, und Noelle erkannte schnell, warum. Lucas war vor der Tür eines gewaltigen holzgetäfelten Saals voller Bücherregale stehen geblieben. Eine gläserne Kuppel wölbte sich über dem einzigen anderen Mobiliar – einem Schreibtisch – und dem runden Teppich.

»Mein Büro«, konstatierte Alex.

Lucas reagierte nicht, sondern starrte weiter unverwandt in den Raum.

»Gefällt dir das Zimmer?«, fragte Alex. Sein Ton erinnerte Noelle vage daran, wie er sich nach den Teetassen erkundigt hatte, schien aber Lucas zuliebe noch sanfter zu sein. Sie war ihm dankbar für diese Freundlichkeit, obwohl sie von der Aufrichtigkeit nicht überzeugt war. Dennoch war sie froh darüber, denn Lucas schien sie die Nervosität zu nehmen. Er drehte sich um und starrte Alex an, als hätte er einen leibhaftigen Weihnachtsengel gesehen.

»Wir sollten Mr Harrington nicht aufhalten«, sagte Noelle, bestrebt, Lucas ein wenig anzutreiben.

»Nein, nein, schon gut«, sagte Harrington. »Und bitte, nennen Sie mich Alex.«

Sie traute ihm nicht und fragte sich, warum er sie bat, ihn beim Vornamen zu nennen, obwohl Melinda das nicht getan hatte. Er mochte den Regler auf nett und freundlich gestellt haben, seit sie angekommen waren, aber sie durchschaute ihn – er konnte sie nicht täuschen.

Er bückte sich zu Lucas hinab. »Was gefällt dir an dem Zimmer?«

Lucas' Blick fiel umgehend auf seine Füße; er antwortete nicht. Getrieben von dem Wunsch, ihren Sohn zu beschützen, wollte Noelle erklären, dass er nur schüchtern war, damit Alex nicht dachte, er würde ihn aus purer Unhöflichkeit nicht anschauen, aber den schien das gar nicht zu stören. Er richtete sich wieder auf, ging in das Büro und winkte Lucas zu, er solle hereinkommen.

Zögernd und mit unsicherer Miene folgte ihr Sohn dem Mann. Noelle fragte sich, ob er Angst hatte, er könnte etwas kaputtmachen. Alex ging zu dem Schreibtisch, auf dem ein Glaskasten mit der Nachbildung eines Saurierskeletts stand.

»Weißt du, was das ist?«, fragte Alex.

Nun endlich schaute Lucas ihm in die Augen. »Ein Ceolophysis«, sagte er wie aus der Pistole geschossen.

»Ha!« Alex war sichtlich überrascht und erfreut über seine Antwort. »Du hast recht«, sagte er mit einem leisen Glucksen und einem erstaunten Blick in Noelles Richtung.

Sie war selbst verdattert, dass Lucas den Namen des Sauriers kannte. Sie selbst hätte ihn sicher nicht nennen können. Woher wusste der Junge das? Sie musterte den Glaskasten, um nachzusehen, ob der Name dort stand, aber da war nichts zu sehen.

»Wir hatten gerade den ersten Spatenstich für ein Gebäude gemacht, das ich in New Mexico bauen wollte, da sind wir in einem Steinbruch über ein paar Brocken gestolpert. Wir hatten keine Ahnung, dass wir Fossilien ausgebuddelt hatten. Das paläontologische Institut der University of New Mexico, das die Funde untersucht hat, hat mir das rekonstruierte Skelett erst kürzlich zum Dank für meine Kooperation geschenkt. Bisher habe ich noch keinen passenden Platz dafür gefunden.«

»Ich mag Saurier«, sagte Lucas mit einem breiten Grinsen. Sowohl seine Antwort als auch sein Gesichtsausdruck überraschten Noelle zutiefst. Lucas blickte derweil an den Bücherregalen empor. »Haben Sie hier auch Bücher über Saurier?«

»Nein, wahrscheinlich nicht, tut mir leid. Diese Bücher haben immer schon zum Haus gehört. Sie stammen aus der Privatbibliothek meines Urururururgroßvaters Henry, der das Haus siebzehnachtundachtzig erbaut hat.«

Noelle war wie versteinert, als ihr aufging, wie reich diese Familie war. Und Alex kannte seine Abstammung bis in die x-te Generation. Das war beeindruckend. Als sie als Kind jeden Tag an der Steinmauer vorübergegangen war, hatte sie keinen Gedanken an die Geschichte des Anwesens oder die Menge an Geld verschwendet, die nötig war, um ein Haus wie dieses zu bauen. Das Gebäude war über die Jahre und Jahrzehnte modernisiert worden, aber der Gedanke, dass jemand schon seit Generationen über so einen Reichtum verfügte, war verblüffend.

»Das war dann ja nur fünf Jahre nach dem Ende der Amerikanischen Revolution im Jahr siebzehndreiundachtzig«, stellte Lucas mit einem aufgeregten Funkeln in den Augen fest und überraschte Noelle von Neuem.

Alex lachte. In seinen Zügen zeigte sich eine Warmherzigkeit, mit der Noelle auch nicht gerechnet hatte. Offensichtlich genoss er den Austausch. »Ja, das ist richtig. Wie alt bist du?«

»Sechs.«

Alex schüttelte den Kopf. Seine Haltung war nun entspannter, seine Miene gelöster, und während sie Zeuge wurde, wie er mit Lucas sprach, als wäre er unter Freunden, glaubte Noelle für einen Moment zu sehen, wie es sein musste, ihn wirklich zu kennen.

Sie betrachtete die beiden eingehend. Nie zuvor hatte sie gesehen, dass Lucas auf andere Leute so reagierte: Er war ganz in seinem Element. Auch hatte sie nie erlebt, dass Lucas einem Fremden gegenüber so gesprächig war. Und sie wusste nicht, woher er seine umfassenden Kenntnisse hatte. Sicher, sie hatten zusammen gelesen und sich über vieles unterhalten, aber er hatte nie derlei nebensächliche Details zum Besten gegeben wie jetzt.

»Sein Name war Henry, und sein Sohn hieß Edward?«, fragte Lucas.

Alex ging wieder in die Knie, um auf Augenhöhe mit ihm zu sein. »Jep. Und Edwards Sohn hieß Alexander. Genau wie ich.«

»Und sein Sohn?«

»Charles. Dann Phillip, dann Thomas.«

»Und Thomas' Sohn ist der William, wegen dem wir hier sind?«

»Das ist richtig.« Er stand auf und bedachte Noelle mit einem anerkennenden Blick aus freundlichen Augen, ehe er sich wieder Lucas widmete. »Du bist ein kluger Junge, weißt du das?«

Lucas zuckte mit den Schultern und starrte wieder die Bücher an.

Alex, dem das wiederauflebende Interesse nicht entging, schlenderte zu einer großen messingbeschlagenen Holzleiter, die in einer Schiene an den Regalen entlanggeführt wurde, und zog sie auf ihren Rollen näher heran. »Sollen wir deine Mom bitten, da raufzusteigen und uns die Titel von ein paar Büchern vorzulesen?« Alex drehte sich zu ihr um, und für einen winzigen Augenblick raubte der Anblick ihr den Atem: Beide, Alex und Lucas, strahlten, ihre Augen funkelten, und sie hatten fragend die Augenbrauen hochgezogen. Diesem Moment haftete etwas so Vollendetes an, dass sie schnell zu den Büchern schaute, um nicht zu erröten und ihre Gefühle preiszugeben. Was um alles in der Welt ging hier vor? Was es auch war, Alex gegenüber wollte sie ihr Pokerface wahren, solange sie kein besseres Gefühl dafür hatte, was ihn bewegte.

Doch Noelle spürte, wie sich ihre Empfindungen einen Weg in ihre Züge bahnten. Blinzelnd bemühte sie sich, wieder eine normale Miene aufzusetzen. Das Zusammenspiel zwischen Lucas und Alex hatte sie aus dem Konzept gebracht. Mental trat sie einen Schritt zurück, um sich im Griff zu behalten. Welchen Grund mochte er haben, so nett zu ihrem Sohn zu sein? Plötzlich hatte sie wieder das Gefühl, sie müsse Lucas beschützen und beten, dass Alex nicht aus einem verdeckten Motiv heraus handelte, dass es nicht um irgendeine Geschäftsstrategie in Bezug auf die Bäckerei ging. Wusste er, dass sie ihrer Familie gehörte?

Er schob die Leiter noch etwas näher heran.

Auf eine Leiter zu klettern, die beinahe drei Stockwerke hoch war, zumal bei der Nervosität, die sie im Moment beherrschte, war das Letzte, was sie brauchen konnte. Vermutlich würde sie herunterfallen. »Sie wollen, dass ich da raufsteige?«

»Ja«, entgegnete Alex mit dezent herausforderndem Blick. »Die Leiter ist alt, aber gut gepflegt.«

»Wenn sie alt ist, sollte ich lieber nicht hinaufklettern. Sie könnte brechen.«

»Nicht bei Ihrem Gewicht. Sie sind leicht genug dafür.«

»Los, Mom!«, sagte Lucas mit einem lauten Kichern, das sie so verblüffte, dass sie einfach nicht Nein sagen konnte. Auf keinen Fall würde sie zulassen, dass Alex in diesem Szenario als der einzige gute Erwachsene dastünde. Sie würde Lucas beweisen, dass sie auch für Spaß zu haben war.

Während sie sich noch wunderte, warum Alex sie auf die Leiter schicken wollte, setzte sie behutsam einen Fuß auf die untere Sprosse und zog sich hoch, wobei sie sich an den Seiten festhielt, um kein Risiko einzugehen. Mit ruhigen Bewegungen kletterte sie hinauf.

Vorsichtig zog sie ein Buch ein Stück weit heraus, wohl wissend, welche Kostbarkeit sie zwischen den Fingern hielt. Was eines dieser Bücher bei einer Auktion einbringen würde, konnte sie nur raten. »Kirbys *The Perspective of Architecture*«, sagte sie und neigte den Kopf, um den Rücken des Buches besser zu erkennen. »Klingt das interessant?«, fragte sie Lucas und drehte sich gerade weit genug um, dass sie seine Reaktion erkennen konnte, während sie das Buch wieder zurückschob.

Lucas zog die Nase kraus, sah Alex an, und beide fingen an zu grinsen. Es war, als würden die beiden sich in einer Geheimsprache unterhalten. Oh, jetzt sind sie schon die besten Freunde?

»Vermutlich nicht dein Thema«, sagte Alex. »Halten Sie sich fest«, rief er dann, ehe er Noelle an dem Regal entlangschob. Erschrocken klammerte sie sich mit heftig pochendem Herzen an der Leiter fest. Dem amüsierten Zug um seine Lippen entnahm sie, dass ihm ihr Befremden nicht entgangen war; dennoch ging er langsamer vor, als er die Leiter erneut in Bewegung versetzte.

Sie zog ein weiteres Buch hervor. »*Manuel Du Muséum Français*«, las sie vor.

»Ich kann noch kein Französisch«, erwiderte Lucas, was Alex ein weiteres Glucksen entlockte.

»Noch«, wiederholte er leise. Dieses Mal gab er Noelle Gelegenheit zu erkennen, dass er sie erneut ein Stück weiterschieben würde.

»Lockes *Essay Concerning Human Understanding*.«

»Siehst du, ich habe eine ganze Bibliothek voller Nichtigkeiten«, sagte er zu Lucas und zwinkerte Noelle zu.

Diese Bücher waren vermutlich Tausende wert, und dass Alex schon wieder so nett zu ihrem Sohn war, ließ ihr Herz ein wenig höher schlagen, trotz der Bedenken, die sie in Bezug auf ihn hegte. Sie stieg die Leiter wieder hinunter und gesellte sich zu ihnen.

»Welche Art von Büchern liest du gern?« Er hatte sich wieder auf Augenhöhe zu ihrem Sohn begeben. Auch das gefiel Noelle, und sie biss sich auf die Lippe, um sich von Alex loszureißen und wieder auf Lucas zu konzentrieren.

»Vor allem Kinderbücher mit spannenden Geschichten«, sagte Lucas. »Und Bücher über Naturwissenschaft.«

»Hast du welche mitgebracht?«

»Ich habe das eine mitgenommen, das ich habe. Den Rest hole ich mir aus der Bibliothek.«

Verlegenheit breitete sich von ihrem Hals bis in sämtliche Glieder und ihr Gesicht aus. Sie wünschte, Lucas hätte nicht offenbart, dass er nur ein Buch besaß. Sein ganzes Leben lang hatte sie ihn gelehrt, dass Erfolg nicht von Besitz abhing, und sie wusste, sie hatte richtig gehandelt. Doch hier und jetzt schämte sie sich, dass sie ihm nicht mehr bieten konnte. Sie fragte sich, ob Alex, der einen ganzen Raum voller Bücher besaß, das verstehen würde, oder ob er sie bemitleiden würde.

Alex stand auf. »Das musst du mir zeigen.«

Warum geschah das alles? Lucas war in Gegenwart eines Fremden noch nie so entspannt gewesen wie heute – diesen Gedanken bekam sie einfach nicht aus dem Kopf. Er lächelte, lachte, war glücklich und zufrieden. Plötzlich kam ihr in den Sinn, dass Lucas bisher vielleicht nur deshalb so schweigsam gewesen war, weil es niemand geschafft hatte, zu ihm durchzudringen. Der Schreck, der mit diesem Gedanken einherging, fühlte sich an wie tausend Nadelstiche. Aber Alex schien es irgendwie hinzukriegen. Erinnerungen lebten in ihrem Kopf auf: backen mit Lucas, Schneemänner bauen, Malbücher ausfüllen. Das und vieles mehr hatte er brav gemacht, aber er hatte sich dabei nie so begeistert gezeigt wie jetzt. Das war sogar noch besser als ihre Ausflüge in die Bibliothek.

»Aber jetzt lassen Sie uns zu Ihrer Unterkunft gehen«, riss Alex sie aus ihren Gedanken.

Nach einem kurzen Fußmarsch betraten sie das Gästequartier, in dem Noelle und Lucas in der absehbaren Zukunft leben sollten. Es bestand aus zwei Schlafzimmern, einem Wohnzimmer und einem Bad – und der Begriff »Zimmer« kam dabei einer gewaltigen Untertreibung gleich. Hätte sie im Haus ihrer Mutter sämtliche Wände im Erdgeschoss rausgerissen, wäre der so entstandene Raum immer noch nicht so groß wie der, in dem sie sich nun aufhielt.

In einer Ecke des Wohnzimmers, gleich neben einem riesigen Sprossenfenster mit mindestens vierzig einzelnen rechteckigen Glasscheiben zwischen hölzernen Stegen, stand ein echter Weihnachtsbaum, ungefähr zweieinhalb Meter hoch. Auf seiner Spitze saß ein Engel, und darunter wanden sich Bänder in großen Wellen beinahe bis hinab zum Boden. Der Baum selbst war reich geschmückt – schneeweiß und silbern. Da gab es Eiszapfen, Schneeflocken, Christbaumkugeln und Glasfigürchen, die in dem weißen Licht schimmerten. Nie zuvor hatte Noelle etwas so Atemberaubendes gesehen.

In der Wand auf der anderen Seite gab es einen Marmorkamin mit einem Sims, groß genug, dass sogar der vierarmige Kerzenständer und die Vasen, die die Ausmaße von Pflanztöpfen hatten, vergleichsweise klein wirkten. Cremefarbene, mit Perlen bestickte Strümpfe hingen an glänzenden, beschwerten Haken, und das Kamingitter bestand aus massivem Eisen mit schnörkeligen Spitzen an der Oberseite jedes Abschnitts.

»Wenn es Ihnen zu kalt ist, macht Ihnen das Personal ein Feuer an«, sagte Alex, der ihrem Blick gefolgt war. »Sie müssen nur Bescheid geben, wenn Sie etwas brauchen.« Er ging zu einem Stapel silberner Klappdeckelboxen neben dem Kamin und öffnete die größte von ihnen. »Da ist Holz, falls Sie nicht aufs Personal warten wollen.« Er öffnete die nächste Box. »Und hier habe ich ein paar Decken für Sie deponiert.« Nun winkte er Lucas zu der kleinsten Kiste. Sie war voller Marshmallow-Beutel. »Im Wandschrank gibt es Bratspieße«, flüsterte er ihm grinsend zu.

Lucas' Augen sahen aus, als wollten sie ihm aus dem Kopf fallen, so überrascht war er. »Danke«, hauchte er atemlos.

Noelle fühlte sich selbst ein wenig außer Atem, aber sie zwang sich, realistisch zu bleiben. Alex Harrington war zweifellos ein Charmeur, aber er war in Wirklichkeit nicht so nett, wie es den Anschein hatte. Angesichts seiner heutigen Vorstellung kam Noelle zu dem Schluss, dass er Phoebe in Hinblick auf die Schauspielerei durchaus Konkurrenz machen konnte.

6

Alex hatte einige Zeit mit Noelle und Lucas verbracht und ihnen geholfen, ihre Sachen aus dem Anhänger zu holen. Die ganze Zeit war er nett und zuvorkommend gewesen, hatte Kartons für sie geöffnet, schwere Gegenstände für sie getragen und sogar die Teetassen ausgepackt und die kleinen Nippsachen, die auf einer Glasablage im Wohnzimmer gelegen hatten, weggeräumt, um anschließend die Tassen dort anzuordnen. Lucas war in seiner Nähe redseliger denn je. Er erzählte ihm alles über das Forschungslabor, das er im Fernsehen gesehen hatte, und darüber, dass er eines Tages Wissenschaftler werden wollte. Irgendwann hatte Alex dann gesagt, er müsse zu einer Besprechung, und es ihnen überlassen, die letzten Reste allein auszupacken.

Kaum war alles verstaut, da hatte Noelle schon Phoebe und Jo eine Nachricht geschickt und ihnen alles über ihr neues Domizil und den Hausgenossen berichtet, der ihr so unerwartet über den Weg gelaufen war. Sie konnte es kaum erwarten, mit den beiden über all das zu reden, aber ärgerlicherweise antworteten sie nicht. Was jedoch ganz normal war – Jo war damit beschäftigt, ihr Haus auf die große Familienfeier vorzubereiten, die sie jedes Jahr zu Weihnachten ausrichtete. Und Phoebe kellnerte derzeit und hatte sich vermutlich schon auf den Weg zur Arbeit gemacht. Trotzdem, es machte Noelle ganz hibbelig.

In diesem Haus, in dem der Prinz am anderen Ende des Korridors residierte, kam sie sich vor wie in einem Märchen.

Zu gern hätte sie diesen Traum gemeinsam mit Phoebe ein wenig weitergeträumt, um sich anschließend von Jo wieder in die Realität zurückholen zu lassen.

Melinda war noch einmal aufgetaucht, um ihnen zu sagen, dass William erst morgen von New York aus herfliegen würde, sodass sie diesen Abend nutzen konnten, um sich einzurichten. Außerdem hatte sie Noelle erklärt, das Abendessen werde heute um sechs Uhr serviert und sie sollten in das große Speisezimmer kommen.

Noelle fragte sich, ob alle Angestellten gemeinsam aßen, und falls sie das taten, warum dann im großen Speisezimmer? War das nicht den Harringtons vorbehalten? Es sei denn, sie sollten gar nicht mit den anderen Angestellten essen. Würde Alex dort sein? Sofort schalt sich Noelle dafür, auch nur an so etwas zu denken. Ihr Dad würde vermutlich nie wieder mit ihr reden, könnte er jetzt ihre Gedanken lesen. Ganz zu schweigen davon, dass sie nicht vergessen durfte: Dies war nun ihr Job, und sie musste sich entsprechend verhalten.

An jedem Arbeitsplatz gab es Leute, die sich ständig auf ihren Boss stürzten, kaum dass er den Raum betrat, und strahlend damit prahlten, was sie geschafft hatten – immer in der Hoffnung auf eine Beförderung. Noelle hatte sich zurückgehalten und ihre Arbeit für sich sprechen lassen, und sie war vor den anderen befördert worden, hatte eine Vollzeitstelle bekommen und schließlich auch ein bisschen mehr Verantwortung. Wenn sie nun Alex' Auftreten betrachtete, musste sie sich eins immer wieder sagen: Ganz gleich, welche Fassade er zeigte, er war immer noch der Mann, der die Verantwortung dafür trug, dass ihre Familie die Bäckerei verlor. Der Mann, der die Miete zu seinem persönlichen Profit hochgetrieben hatte. Der Mann, dem völlig egal war, wie sich das auf Pop-pop und den Rest der Familie auswirken würde.

Sie hatte geduscht und Lucas gebadet, und sie hatten für das Abendessen ihre besten Sachen angezogen. Lucas erhob keinen Protest, aber sie sah ihm seine Verwirrung an, als sie ihm die kleine rote Weste gab, die er sonst über seinem Oxford-Hemd trug, wenn sie zur Kirche gingen. Kaum hatte sie ihm das Ding angezogen und seine Arme durch die Armöffnungen geschoben, richtete sie ihm mit den Fingern noch einmal das Haar. Dann zupfte sie an seinen Hosenbeinen herum, die ein wenig zu kurz aussahen. Lucas war ein bisschen gewachsen, seit sie ihm die Hose vor ein paar Monaten gekauft hatte.

»Wo gehen wir hin?«, fragte Lucas.

Sie fummelte an ihrem Ohrring herum, um sicherzustellen, dass er richtig zugehakt war. »Zum Abendessen.«

Schweigsam versuchte Lucas, sein Hemd in die Hose zu stecken, aber es rutschte immer wieder heraus, wenn er sich bewegte. Noelle hatte ein schlechtes Gewissen, weil sie keine Kleidung für ihn hatte, die ihm wirklich passte. »Müssen wir uns zum Essen hier immer so feinmachen?«

»Da bin ich nicht sicher«, sagte sie. »Aber nachdem ich gesehen habe, was Alex zu Hause trägt, dachte ich, wir sollten vielleicht auch etwas Schickes anziehen.«

Er nickte zustimmend.

Es war noch niemand da, als sie das Speisezimmer betraten, und Noelle wusste nicht recht, ob sie sich setzen oder lieber stehen bleiben sollten. An so einem Ort war sie noch nie zuvor gewesen. Sie schaute sich bewundernd um. Stuck im korinthischen Stil zierte die Wände bis hinauf zur Decke, die ungefähr sechs Meter über ihnen war; das Einzige, was sie ins Blickfeld rückte, waren die beiden alten, mit Grün geschmückten goldenen Kronleuchter über dem klassischen Esstisch, der, nach der Anzahl der Stühle zu schließen, für zweiundzwanzig Personen ausgelegt war. Ein weinroter Tischläufer zog sich über seine ganze Länge.

»Hallo«, sagte Alex, der hinter ihnen aufgetaucht war.

Noelle drehte sich um und war überrascht, nur ihn zu sehen, also lugte sie über seine Schulter hinweg, um nachzuschauen, ob hinter ihm noch andere Mitarbeiter waren.

»Hi«, sagte er zu Lucas und zeigte ihm lächelnd die strahlend weißen Zähne. »Das ist ja eine todschicke Weste, die du da hast.«

Lucas zupfte mit einem scheuen Grinsen an seinem Kragen.

Alex trug eine Designer-Jeans, ein Hemd und Slipper. Prompt fühlte sich Noelle in ihrem Kleid und den hohen Schuhen gehemmt. »Ich war nicht sicher, welche Garderobe erwartet wird«, gestand sie.

Ein milder Zug trat in sein Gesicht. »Ziehen Sie einfach das an, was Sie sonst auch tragen.«

»Ich weiß nicht ... in zwangloser Kleidung komme ich mir hier drin ganz fehl am Platz vor.« Wieder blickte sie sich um.

Ihm schien ein Licht aufzugehen, und er sagte: »Ja, da stimme ich zu, darum werden wir auch nicht hier essen.« Dann beugte er sich zu Lucas hinüber und flüsterte vernehmlich: »Hier ist es ein bisschen zu schick, nicht wahr?«

Lucas nickte.

»Ich habe Sie nur darum gebeten, sich hier mit mir zu treffen, weil der Raum von Ihrem Quartier aus leichter zu finden ist. Das Abendessen wird woanders serviert. Folgen Sie mir.« Er streckte eine Hand aus, um Noelle und Lucas den Vortritt zu lassen, ging im Korridor aber neben ihnen. »Ich kann das Essen für Sie warmhalten lassen, wenn Sie lieber noch schnell in etwas Bequemeres schlüpfen wollen.«

»Oh, das ist schon in Ordnung«, sagte sie, um kein unnötiges Aufhebens zu machen. Wie es schien, würden sie wohl nur zu dritt sein.

»Darf ich meine Weste ausziehen und das Hemd über der Hose tragen?«, fragte Lucas.

»Natürlich«, sagte Alex, ehe er Noelle in der Hoffnung auf ihr Einverständnis anschaute.

Die Weste kaschierte die Tatsache, dass das Hemd ein wenig zu kurz war, aber Lucas wusste das nicht. Noelle schüttelte das Gefühl ab, beim Essen einen guten ersten Eindruck machen zu müssen, half Lucas, die Weste auszuziehen, und legte sie zusammengefaltet über ihren Arm.

Bald betraten sie einen deutlich kleineren Raum, beinahe winzig im Vergleich zu den anderen. Auch war er schlichter, nur wenig Stuck zierte die Decke, die Wände waren in einem gängigen Grau gestrichen, und der im Craftsman Style gehaltene Esstisch wirkte ebenfalls eher unauffällig. An der Wand gegenüber der Tür befand sich eine zu dem Tisch passende Anrichte.

»Als Henry das Haus erbaut hatte, wollte er einen großen Speisesaal, um Leute zu bewirten.« Alex rückte erst für Noelle und dann für Lucas einen Stuhl zurecht. »Aber er wollte auch ein Plätzchen, an dem er abschalten, Zigarren rauchen und Brandy trinken konnte. Dafür hat er diesen Raum bauen lassen, und die Familie benutzt ihn schon seit Generationen als persönliches Speisezimmer.« Alex half Lucas, den Stuhl näher an den Tisch zu rücken. »Aber genug von der Geschichte – lassen Sie uns essen.«

Von allen Seiten näherten sich Bedienstete und stellten Teller vor ihnen auf den Tisch. Obwohl dieser Raum kleiner und bescheidener war, empfand es Noelle als einschüchternd, so formell bedient zu werden.

»Hi, Jim«, begrüßte Alex einen der Bediensteten.

»Hallo, Sir«, antwortete der. »Erster Gang: Gebackener Hummer und Artischockensuppe mit schwarzem Trüffel.« Der große Mann mit dem freundlichen Gesicht bedachte Alex mit einem warmen Lächeln und stellte zwei Suppenteller vor Noelle und Lucas ab, ehe er Alex bediente.

»Jim, das ist Noelle und das ihr Sohn Lucas.« Alex drehte sich zu Noelle um. »Jim ist schon seit der Zeit meiner Großmutter bei uns, und er wird Ihnen eine große Hilfe sein, sollten Sie ihn mal brauchen.«

»Schön, Sie kennenzulernen, Jim«, sagte sie.

Jim nickte und zog sich zurück.

Lucas bekam einen großen, schweren Becher Milch mit einem Strohhalm, der an eine Zuckerstange erinnerte. Er musste beide Hände benutzen, um ihn hochzuheben. Noelle war ein wenig besorgt wegen des Essens, bis dann ein Teller mit Chicken Nuggets und Pommes frites vor Lucas auftauchte.

»Ich habe recherchiert, welche Speisen bei Kindern besonders beliebt sind«, erklärte Alex. »Ich bin es nicht gewohnt, Kinder zu bewirten.«

»Es ist Ihnen sehr gut gelungen«, entgegnete sie, außerstande, ihr Erstaunen angesichts seiner Freundlichkeit zu verbergen. Dennoch fragte sie sich nach wie vor, warum er sie überhaupt eingeladen hatte, mit ihm zu essen. Melinda aß nicht mit ihm, warum also waren sie hier? »Das wäre wirklich nicht nötig gewesen. Wir hätten auch allein etwas zu essen gefunden.«

»An Ihrem ersten Abend? Das fiele mir im Traum nicht ein.« Ein nachdenklicher Ausdruck trat in sein Gesicht. »Oder hätten Sie lieber allein gegessen?« In diesem Moment hätte sie schwören können, einen Hauch von Unsicherheit an ihm wahrzunehmen, doch im nächsten war er wieder so souverän wie eh und je, also war sie nicht sicher, ob sie richtiglag. Aß er gewöhnlich jeden Abend allein? Hatte er sie heute zum Essen eingeladen, weil er tatsächlich Freude daran hatte, sich mit ihnen zu unterhalten? Vermutlich nicht. So attraktiv wie er war, verbrachte er wahrscheinlich die meisten Abende in Gegenwart vermögender Damen oder bei Geschäftsessen oder etwas in der Art. Schon der bloße Gedanke bereitete ihr Unbehagen.

»Ich bin froh, dass Sie mit uns essen«, sagte sie und wollte die Worte am liebsten gleich wieder zurücknehmen. Sie hatte gemeint, dass seine Einladung es ihnen einfacher machte, weil sie bisher gar nicht wusste, was sie sonst hätte tun können, aber was sie gesagt hatte, klang viel persönlicher als beabsichtigt. Sie hätte sich ohrfeigen können. Besser, sie bekam diese lächerlichen Gefühle schnell wieder in den Griff.

Für einen Moment unterbrach er den Augenkontakt, tat, als inspizierte er seinen Teller, aber an der Art, wie sich seine Miene kaum wahrnehmbar aufhellte und sich in seinen Augenwinkeln zarte Fältchen bildeten, war deutlich erkennbar, dass er sich über ihre Antwort freute.

Er schenkte ihr ein Glas Wein ein.

»Ich hoffe, das Essen sagt Ihnen zu. Ich habe es in Auftrag gegeben, ehe Sie eingetroffen sind, aber dann ist mir eingefallen, dass ich gar nicht weiß, was Sie mögen.«

»Es sieht köstlich aus«, sagte sie und hielt die Hände im Schoß, um sich zunächst anzusehen, welches Besteck er wählte, und keinen Verstoß gegen die Etikette zu begehen. Unauffällig musterte sie Lucas' Gabel und hoffte im Stillen, dass er sie und nicht seine Finger benutzen würde. Zu ihrer Erleichterung nahm er sie und spießte ein Kartoffelstäbchen auf.

Mit einem Klopfen an der Tür machte Melinda Burnett auf ihre Gegenwart aufmerksam. Ihr Blick wanderte erst zu Alex' Jeans und dann zu seinem Gesicht. In Anbetracht ihrer Mimik fragte sich Noelle, ob er sich ihretwegen so leger angezogen hatte.

»Es tut mir furchtbar leid, Sie beim Abendessen zu stören«, sagte sie, »aber ich bin auf dem Sprung zu gehen und habe eben den Grundstücksvertrag erhalten, auf den Sie gewartet haben. Ich dachte, ich sage Ihnen kurz Bescheid. Er liegt auf Ihrem Schreibtisch.«

»Wunderbar. Danke, Melinda«, antwortete er. »Mögen Sie ein paar Chicken Nuggets?«, neckte er sie dann grinsend.

»Nein danke, Sir.« Sie lachte leise. »Ich bin dann weg. Ich wünsche einen schönen Abend.«

»Wir sehen uns morgen.«

Als Melinda fort war, wandte er sich an Noelle. »Tut mir leid«, sagte er. »Ich habe auf den Vertrag gewartet, damit ich einen Verkauf abschließen kann.«

Sie mochte gar nicht darüber nachdenken, was da verkauft werden sollte. Hatte es etwas mit der Bäckerei zu tun? Der bloße Gedanke reichte, um ihr Blut zum Kochen zu bringen. Er saß einfach da, trank seinen Wein, genoss sein Abendessen, während er zugleich einen anderen Menschen oder eine ganze Familie in Aufruhr versetzen mochte! Er wusste nicht, dass sie sich, nachdem ihr Vater ihr von der bevorstehenden Schließung der Bäckerei erzählt hatte und obwohl alle versucht hatten, die Dinge im besten Licht dastehen zu lassen, in den Schlaf geweint hatte. Ihr Traum war ausgeträumt, ihre ganze Zukunft unsicher geworden. Er wusste nicht, dass sie wegen ihrer Schlaflosigkeit eine Stunde früher aufgestanden war, Augentropfen genommen hatte, um die Röte zu mildern, die Augenringe mit Concealer abgedeckt hatte und sich ein Lächeln ins Gesicht geklebt hatte, damit ihr Sohn sich keine Sorgen darüber machte, wie es ihr ging oder was aus ihnen werden sollte. Er wusste nicht, dass sie nur an die Bäckerei denken musste, und schon hatte sie mit einem Kloß im Hals zu kämpfen. So wie jetzt.

»Ich wüsste es zu gern«, sagte er, griff nach seinem Löffel und versenkte ihn in der dampfend heißen Suppe. »Warum sammeln Sie Teetassen, wenn Sie keinen Tee trinken?«

Sie atmete einmal tief durch, um sich zu sammeln, ehe sie antwortete: »Das ist die Sammlung meiner Großmutter.« Beinahe hätte sie ihn angeblafft, aber um Lucas' willen riss sie sich zusammen. Alex gegenüberzusitzen und zu sehen, wie wenig ihm die Schließung der Bäckerei bedeutete, zerrte an ihren Nerven. Lucas schaute sich zu ihr um, und sie fürchtete schon, dass sich die Anspannung doch auf ihren Ton niedergeschlagen hatte. »Als sie gestorben ist, hat meine Schwester all ihre Kochbücher bekommen und ich die Teetassen. Als sie in den Zwanzigern war, ist sie durch die ganze Welt gereist und hat sie aus verschiedenen Ländern mitgebracht. Ich habe auch ihren Modeschmuck und eines ihrer Kleider, das ich als junges Mädchen gern angezogen habe.«

Alex nickte und wirkte ehrlich interessiert. Er kannte Noelle nicht gut genug, um ihre Aufregung zu spüren, so wie Lucas es getan hatte. Dessen Unbehagen hatte sie anscheinend mit einem Lächeln vertreiben können, denn er konzentrierte sich wieder darauf, seine Milch zu trinken.

»Hat sie den Schmuck auch in anderen Ländern gekauft?«

»Nein, das glaube ich nicht. Als Kind habe ich oft damit gespielt.« Die Erinnerung half ihr, sich wieder etwas zu entspannen. »Sie hatte amethystfarbene Ohrclips, die habe ich immer zusammen mit riesigen Diamantimitatringen, einem Kostüm, das mir gehört hat, und ihren hohen Schuhen getragen. Und dann habe ich so getan, als wäre ich eine Prinzessin. Ich glaube, nichts von all dem hat über meine persönlichen Erinnerungen hinaus irgendeine nennenswerte Bedeutung. Aber die Erinnerungen sind vermutlich der Grund, warum sie sie mir vererbt hat. Sie wusste, ich würde mich gern an diese Zeiten zurückerinnern. Meine Schwester Heidi hat sich für so etwas nie interessiert.«

»Haben Sie dann überhaupt selbst Teetassen gesammelt?«

Noelle hatte Freunde, die viel reisten, aber sie selbst war zu beschäftigt damit, Lucas großzuziehen, und sie hatten nicht das richtige Einkommen für diese Art von Urlaub. Lucas war ihre ganze Welt, und sie bekam schon ein schlechtes Gewissen, wenn sie auch nur daran dachte, was sie verpasst haben mochte. Aber wenn sie noch einmal von vorn beginnen könnte, würde sie alles wieder genauso machen.

Sie schüttelte den Kopf. »Ich würde gern«, gab sie zu. »Meine Gram – ihr Name war Sophia, das bedeutet Weisheit. Es war der perfekte Name für sie; sie war so weise. Sie hat mir alles erzählt über die Orte, an denen sie war. Von Lucas abgesehen war sie mir der liebste Mensch auf der ganzen Welt.« Von Gram zu erzählen machte sie wehmütig. »Ich habe meine ganze freie Zeit mit ihr verbracht ...« Ihre Stimme verlor sich. Im Geiste sah sie Gram lächeln, und die Erinnerung tat ihr im Herzen weh. Als sie wieder aufblickte, lag ein nachdenklicher Ausdruck in Alex' Augen. Er nickte.

»Ich vermisse meine Großmutter fürchterlich«, gestand er plötzlich. Sein Gesicht wurde so ernst, dass sie den Faden verlor, und in seinen Augen spiegelte sich unverkennbar Trauer. Dann räusperte er sich und holte tief Luft. »Wie sind die Nuggets?«, fragte er Lucas, und der Moment war so schnell vorüber, wie er gekommen war.

Lucas lächelte ihn an und griff wieder zu seiner Milch,

doch er verfehlte das Ziel, und der riesige Becher kippte um. Milch breitete sich auf dem Tisch aus, tränkte das Tischtuch, strömte zum Rand und tropfte auf den Hartholzboden, wo sie zwischen den Dielen verschwand. Beschämt schaute Lucas seine Mutter an. Sie hätte ihn am liebsten auf den Arm genommen und ihm gesagt, es sei alles in Ordnung, so, wie sie es getan hatte, als er noch ein Kleinkind gewesen war. Doch zugleich war sie besorgt wegen der Sauerei, die er verursacht hatte. Sie sprang von ihrem Stuhl auf, aber Alex war schon bei Lucas und tupfte die Milch mit seiner Stoffserviette auf.

»Bitte«, sagte er sanft. »Essen Sie weiter. Ich kümmere mich darum.« Er schaute Lucas an. »Tut mir leid, dass ich dir so ein großes Glas gegeben habe, aber kleinere habe ich nicht«, sagte er in unbekümmertem Ton. »Welche Art Becher benutzt du normalerweise?«

Dienstboten kamen herein, nahmen die Teller und brachten sie hinaus. Binnen Sekunden war der Tisch gesäubert, das Tischtuch abgezogen und durch ein neues ersetzt, der Boden gewischt und neues Essen aufgetragen.

»Mom gibt mir immer die kleinen Plastikbecher mit den Tieren drauf.«

»Ich hole welche für ihn«, erbot sich Noelle.

»Schon gut«, sagte Alex. »Ich sorge dafür, dass künftig etwas da ist, was er leichter benutzen kann.«

Ein weiteres Glas Milch wurde serviert, dieses Mal nur halb voll.

»Also, Lucas, sag mir, hast du das Buch, von dem du gesprochen hast, schon ausgepackt?« Alex gab sich erkennbar Mühe, die Atmosphäre aufzuheitern.

»Ja, Sir.«

»Liest dir deine Mom vor, ehe du zu Bett gehst?«

»Nein. Ich lese lieber selbst, aber sie sitzt dann bei mir und liest ihr eigenes Buch.«

»Er ist ein guter Leser«, sagte Noelle. »Er liest schneller als ich. Das hat er schon gelernt, ehe er in den Kindergarten gekommen ist.«

»Können wir heute Abend alle zusammen lesen? Würden Sie mit uns lesen?«, fragte Lucas.

»Sicher, gern«, antwortete Alex, sichtlich überrascht über Lucas' Bitte.

»Oh, aber das müssen Sie doch nicht«, sagte Noelle hastig. Es war eine nette Geste, aber Noelle war hier, um zu arbeiten. Alex war nicht verpflichtet, sich mit ihrem Sohn zu beschäftigen.

Doch ehe sie noch weiter darüber nachdenken konnte, hatte er bereits angefangen, mit Lucas über das Buch zu reden, das er derzeit las.

Zu dritt teilten sie sich das Sofa im Sitzbereich der Suite von Noelle und Lucas und hielten ihre Bücher in Händen. Noelle hatte versucht, Alex begreiflich zu machen, dass er nicht den Rest des Abends mit ihnen verbringen musste. Aber er hatte darauf bestanden und sogar vorgeschlagen, Noelle könne in Ruhe das Bett ihres Sohns machen, während er und Lucas in ihren Büchern schmökerten. Sie war noch nicht dazu gekommen, Lucas' Lieblingsdecke und den Stoffhasen, den Gram ihm geschenkt hatte, auszupacken. Dem Hasen fehlte ein Auge, und sein Ohr hatte sie öfter geflickt, als sie zählen konnte, aber Lucas konnte ohne ihn nicht schlafen.

Als sie endlich die restlichen Bettsachen vorbereitet hatte, gesellte sich Noelle zu den beiden. Alex und Lucas hatten schon eine ganze Weile gelesen, ehe Noelle ihr Buch von dem Tisch nahm, auf dem auch noch ihr Telefon und die Wagenschlüssel lagen, für die sie noch keinen passenden Platz gefunden hatte. Was dadurch erschwert wurde, dass sie Angst hatte, sie könnte sie in dieser riesigen Zimmerflucht nicht wiederfinden.

Noelle hatte sich zunächst neben Alex gesetzt, war aber dann ein Stück näher an Lucas herangerückt, um Alex genug Raum zu lassen. Der hatte nur kurz von seinem Buch aufgeblickt und sie angelächelt, sich aber gleich wieder seiner Lektüre gewidmet. Nun schlug sie ihren eigenen Roman auf und las die Worte auf der Seite, ohne ihren Sinn zu begreifen. Zu sehr beschäftigte sie die Tatsache, dass gleich neben ihr Alex Harrington saß, mit einem Science-Fiction-Roman in Händen. Er war auf Seite zweiunddreißig – sie hatte nachgesehen.

Alles an ihm weckte ihre Neugier. Aus dem Augenwinkel konnte sie sehen, wie sich seine Brust hob und senkte. Sie ließ sich das Haar vor das Gesicht fallen, um ihn unauffällig betrachten zu können. Der Knopf an seinem Hemdkragen war geöffnet, an Kinn und Wangen zeigten sich die leichten Bartstoppeln eines Tages, sein Kiefer schien so entspannt, dass es beinahe so aussah, als würde er lächeln.

Plötzlich erklang vom Tisch her ein vertrautes Summen, begleitet von einem pulsierenden Licht, doch noch ehe sie es holen konnte, hatte Alex sich schon vorgebeugt und ihr Telefon ergriffen, um es ihr zu geben. Nachdem er erst schnell zugepackt hatte, bewegte er sich nun langsam und hielt es mit ausgestrecktem Arm, sodass sie den Text erkennen konnte, der über das Display glitt. Er stammte von Phoebe: Alex Harrington ist also scharf? Und nett? Ich wusste es! Du hast so ein Glück. Nicht zu glauben …

Er gab ihr das Telefon mit einem vage amüsierten Gesichtsausdruck, in den sich eine gewisse Neugier mischte.

»Wer ist das, Mama?«, fragte Lucas.

»Phoebe«, sagte sie und spürte, wie sich ihr Abendessen wie ein Stein in ihrem Magen festsetzte. Hastig stopfte sie das Telefon unter eines der Deko-Kissen.

»Wer ist Phoebe?«, fragte Alex mit einem verhaltenen, aber unverkennbaren Grinsen.

Noelle wollte ihn ansehen, aber die Glut in ihren Wangen hemmte sie, und ihr Blick erreichte gerade noch seine lächelnden Lippen, ehe sie jegliche Fähigkeit verlor, klar zu denken. »Sie ist ...«

»Eine Freundin«, sagte Lucas. »Mom hat gesagt, sie sind oft an Ihrem Haus vorbeigegangen und haben geguckt, ob Sie da sind.«

O Gott, es hörte sich an, als wäre sie eine Stalkerin! »Ich glaube, es ist allmählich Zeit fürs Bett.« Noelle setzte ein Lächeln auf, um die nervöse Energie zu übertünchen, die es ihr beinahe unmöglich machte, sitzen zu bleiben. Alex konnte sie inzwischen überhaupt nicht mehr in die Augen sehen. »Wir hatten einen aufregenden Tag.«

Lucas erhob keinen Widerspruch, aber das tat er nie. Er stand auf und folgte ihr ins Bad, um sich die Zähne zu putzen, sodass Alex allein auf dem Sofa blieb. Am Rande ihres Blickfelds konnte sie sehen, dass er sie beobachtete, brachte aber lediglich die Worte »Bin gleich wieder da« über die Lippen, ohne sich auch nur umzudrehen. Zähneknirschend dachte sie an das Telefon, das immer noch unter dem Kissen lag. Andererseits hatte er die Nachricht längst gesehen. Und warum kümmerte es sie überhaupt, was Alex dachte? Es kümmerte sie doch nicht ... oder doch? Wie dem auch sei, sie war nicht fähig, ihre Verlegenheit zu verbergen.

7

Noelle schrak hoch. Sie hatte sich mit Lucas noch ein wenig über den Tag unterhalten und dann mit ihm gebetet. Anschließend hatte sie sich zu ihm gelegt und war versehentlich eingeschlafen, und nun hatte sie keine Ahnung, wie viel Zeit vergangen war. Vorsichtig, um Lucas nicht zu wecken, kroch sie aus seinem Bett, während sie sich fragte, ob Alex immer noch auf dem Sofa saß. Bestimmt blätterte er gerade in sämtlichen Textnachrichten von Phoebe über goldene Teller und heiß aussehende Harringtons und wo war ich stehen geblieben ... Wer weiß, was sie inzwischen alles geschrieben hatte – immerhin hatte Phoebe einen gewissen Hang zur Dramatik. Noelle ließ den Kopf kreisen, um die Schmerzen in ihrem Nacken zu lindern.

Zögernd kehrte sie zurück ins Wohnzimmer.

»Hi«, sagte Alex und blickte von seinem Buch auf. Eine Flasche Wein in einem silbernen Kühler war zusammen mit zwei Gläsern neben ihren Schlüsseln auf dem Tisch aufgetaucht. Warum war er losgezogen und hatte Wein für sie geholt?

Sie hatte ihm gesagt, sie sei gleich zurück. Hatte er sich verpflichtet gefühlt zu bleiben? »Ich habe Ihre Zeit lange genug beansprucht«, sagte sie und hatte ein schlechtes Gewissen, weil Lucas ihn zum Lesen eingeladen und sie ihn dann Ewigkeiten allein auf dem Sofa sitzen lassen hatte. Vermutlich hatte sie ihm den ganzen Abend kaputtgemacht, und er hatte ganz sicher Besseres zu tun.

»Alles bestens. Und Sie sind sichtlich erschöpft – Sie hatten einen anstrengenden Tag.« Er legte sein Buch neben ihres. »Trinken Sie ein Glas Wein.«

Ihr fiel auf, dass er gar nicht fragte – war er so daran gewöhnt, den Leuten einfach nur zu sagen, was er wollte? Sie setzte sich neben ihn.

»Ihr Kissen hat gebrummt«, sagte er und deutete auf die Stelle, an der sie ihr Telefon verborgen hatte.

Verlegen holte sie es aus seinem Versteck. Das Display zeigte haufenweise Textnachrichten und einen verpassten Anruf an. Sie schaltete es stumm und legte es mit dem Bildschirm nach unten auf den Tisch, ehe sie einen gewaltigen Schluck von dem Wein nahm, den Alex gerade eingeschenkt hatte.

Sein Grinsen verriet ihr, dass er an das dachte, was er auf ihrem Telefon gesehen hatte, aber sein neckischer Gesichtsausdruck verlieh ihr ganz neuen Schneid. »Ach, was soll's, legen wir die Karten doch auf den Tisch.«

Alex zog eine Braue hoch.

»Ja, ich habe meiner Freundin Phoebe eine Nachricht geschickt …«

Alex trank einen Schluck Wein, sagte aber nichts.

»Und ich könnte etwas über meine ersten Eindrücke geschrieben haben …«

Er warf den Kopf zurück und lachte, nur um gleich darauf beschämt in Richtung des kleinen Korridors zu schauen, hinter dem Lucas schlief. »Tut mir leid«, sagte er leiser. »Ich fühle mich geschmeichelt. Danke.«

Am liebsten hätte sie über sich selbst die Augen verdreht. Wie wollte sie eigentlich ernst genommen werden, wenn sie ihm mehr oder weniger direkt erzählte, dass sie ihn attraktiv fand? Sein lockerer Umgang mit Lucas und seine

Freundlichkeit hatten sie verleitet, sich etwas zu behaglich zu fühlen, und nun hatte sie den Eindruck, in die Realität zurückkehren zu müssen. Doch der Schaden war längst angerichtet.

»Es tut mir leid«, sagte sie. »Das war sehr unprofessionell von mir. Es wird nicht wieder vorkommen.«

»Ja«, sagte er. »Scharfe Ratten haben am Arbeitsplatz normalerweise nichts zu suchen …« Ein strahlendes Lächeln breitete sich auf seinem Gesicht aus.

Sie spürte, dass ihre Augen aus den Höhlen traten. Hitze jagte wie eine Gasflamme über ihr Gesicht. Scharfe Ratten? Woher wusste er, dass sie ihn als »rattenscharf« bezeichnet hatte? Noelle keuchte auf. »Sie haben meine Textnachrichten geöffnet?« Beinahe wäre ihr der Mund offen stehen geblieben.

»Nein«, entgegnete er lachend. »Aber Ihre Freundin Phoebe hat eine Nachricht nach der anderen geschrieben, es hat gar nicht mehr aufgehört zu piepen, und ich dachte, es könnte sich um einen Notfall handeln. Ist sie immer so?«

Sein Amüsement hatte eine zugewandte Note, die ihrem Herzen ein Extra-Training auferlegte. »Ja, ist sie«, sagte sie und schüttelte fassungslos den Kopf. Sie schnappte sich das Telefon, drückte auf den Knopf und sah sich endlich die Nachrichten an, die über ihr Display geflackert waren. Und in der Tat war Phoebe fortgefahren:

Wo bist du? Ist er wirklich so rattenscharf, wie du gesagt hast?

Kannst du ihn dazu bringen, sein Hemd auszuziehen?

Vielleicht solltest du seine Wäsche waschen?

Spritz einfach was auf seine Klamotten.

Um Haltung ringend löschte Noelle die Texte und legte das Telefon wieder mit dem Display nach unten auf den Tisch. »So habe ich mir den ersten Abend im neuen Job nicht vorgestellt«, gestand sie, immer noch ein wenig perplex über die ganze Geschichte.

Er lachte nur wieder. »Trinken Sie einfach noch etwas Wein, das hilft.« Dann, mit einem verschlagenen Funkeln in den Augen: »Aber bespritzen Sie mich nicht damit.«

»Woher wissen Sie, dass ich sie nicht nur veräppelt habe?« Sie maß ihn mit einem gespielt strengen Blick, musste aber den Wein mit beiden Händen halten, um das Zittern zu unterbinden.

»Angesichts der Farbe Ihrer Wangen und der Flecken an Ihrem Hals habe ich angenommen, das haben Sie nicht, aber vielleicht haben Sie ja doch.«

Um der Demütigung zu entgehen, griff sie nach Strohhalmen: »Sie hat Sie aus der Ferne gesehen und findet Sie attraktiv, also habe ich sie lediglich aufgezogen.«

»Natürlich.« Er schenkte Wein nach. »Ich verstehe.«

O nein! »Lediglich aufgezogen« hörte sich womöglich an, als wollte sie sagen, er wäre nicht attraktiv. Nun hatte sie ihm also erklärt, er sei hässlich. »Ich wollte sagen …« Auf der verzweifelten Suche nach einer besseren Antwort tat sie einen nervösen Atemzug.

»Schon gut.« Er lächelte wieder, und dieses Lächeln erreichte seine Augen und brachte ihr pochendes Herz so weit, dass es in Anbetracht seiner Schönheit stehen bleiben wollte.

Sie riss sich von dem Anblick los, immer noch auf der Suche nach einer Möglichkeit, den Augenblick zu retten, und da fielen ihr die Flammen auf, die im Kamin tanzten.

Er folgte ihrer Blickrichtung. »Ich habe ein Feuer gemacht. Im Winter ist es in diesem Haus ein bisschen zugig.«

Der neckische Ausdruck war aus seinen Zügen verschwunden – er ließ sie vom Haken und wandte sich einem anderen Gesprächsthema zu.

»Das ist sehr aufmerksam von Ihnen«, sagte sie. »Danke, dass Sie heute so nett zu Lucas waren. Er öffnet sich nicht jedem gegenüber, und Sie haben ihm das Gefühl gegeben, willkommen zu sein. Für ihn ist das eine große Sache, denn er musste die Schule wechseln. Und sein Zuhause.«

»Gern geschehen. Er ist ein toller Junge.«

Noelle gefiel der sanfte Gesichtsausdruck, mit dem er das sagte. Er weckte in ihr den Wunsch, die ganze Nacht mit ihm über alles und nichts zu reden. Aber sie spürte auch, wie sich die Erschöpfung bemerkbar machte, und sie wusste, sie wollte sich Alex' Freundlichkeit nur ergeben, weil sie so müde war. Am Morgen würde sie wieder klarer denken, und dann würde sie sich an all die Dinge erinnern, die sie ihm über sich erzählt hatte. Die Wärme des Feuers und der angenehme Geschmack des Weins waren da auch nicht gerade hilfreich.

»Also, wie ist Ihr Großvater so?«, fragte sie, klammerte sich an ihrem neuen Job fest und ließ den Wein im Glas kreisen. Dabei setzte sie sich etwas aufrechter hin, bemüht, ihre Geistesgegenwart zu wahren. Sie konnte es kaum erwarten, William Harrington kennenzulernen, umso mehr, nachdem Alex sie schon so überrascht hatte.

Alex räusperte sich, ehe er antwortete: »Schwierig.«

Seine Antwort erschreckte sie. Na, toll. Kein Wunder, dass man ihr den Job gegeben hatte. Sie hatte ihn nicht wegen ihrer Zeugnisse bekommen oder weil sie sich beim Vorstellungsgespräch gut geschlagen hatte, sondern weil niemand sonst ihn hatte übernehmen wollen. Abgesehen von dem Debakel hinsichtlich Phoebes Nachrichten war seit ihrer Ankunft alles prächtig verlaufen; da musste es ja einen Haken geben.

»Tut mir leid«, sagte er mit einem gekünstelten Lächeln, und sie hatte den Eindruck, dass er darin ziemlich geübt war. »Ich finde es nur schwer, mit ihm auszukommen.« Er blickte ins Feuer, als warteten seine Gedanken direkt unter der Oberfläche darauf, herauszuplatzen. Dann riss er sich zusammen und schaute sie an. »Genug über meinen Großvater – Sie werden ihn ja morgen kennenlernen. Sagen Sie mir«, fügte er in einem gespielt bedeutungsschweren Ton hinzu, »Ihre Freundin Phoebe …«

Sie wusste nicht, was schlimmer war: die Tatsache, dass er in Bezug auf William so vage blieb, oder dass er Phoebe wieder zur Sprache brachte. Dabei hatte sie gedacht, sie wäre diesem Thema entronnen.

»Sie hat mich aus der Entfernung gesehen? Wo?«

»Hier. Na ja, außerhalb der Mauer, die das Grundstück umgibt«, fügte sie hastig hinzu, um Phoebe nicht wie eine Irre dastehen zu lassen, die heimlich in seine Fenster lugte. »Wir sind nach der Schule hier vorbeigekommen.«

»Wir?«

»Phoebe und ich sind beide zur Winston High unten an der Straße gegangen. Sie und ich und meine Freundin Jo sind auf dem Heimweg jeden Tag an diesem Anwesen vorbeigekommen, vom ersten bis zum letzten Jahr. Wir sind auf der Mauer balanciert, bis sie zu hoch wurde, dann sind wir auf den Gehweg gesprungen.«

»Aha«, machte er und nickte. »Dann sind Sie also ganze … vier Jahre? … an meinem Haus vorbeigelaufen. Und jetzt wohnen Sie hier. Wie klein die Welt doch ist.«

»Ja, das kann man wohl sagen.« Etwas in seinen Augen trieb sie dazu, auszusprechen, was ihr durch den Kopf ging.

Davon hatte sie noch nie jemandem erzählt – sie hatte nie einen Anlass dazu gehabt. »Wissen Sie, ich glaube, ich habe Sie auch einmal gesehen«, sagte sie. »Da sind Sie auf eine ältere Frau zugegangen. Sie hatte eine weiße Schachtel dabei und schien sie nicht mehr halten zu können. Sie hatten sie noch nicht ganz erreicht, da hat sie sie fallen lassen. Ich dachte, ich hätte sie etwas sagen hören wie ›Oje, der Kuchen …‹. Daran musste ich oft denken. Ich habe mich immer gefragt, was für ein herrlicher Kuchen da wohl kaputtgegangen ist.«

Alex starrte in die Luft, wühlte vermutlich in seinem Gedächtnis, bis ihm erkennbar ein Licht aufging. »Ich erinnere mich«, sagte er langsam. »Das war meine Großmutter.« Er klang beinahe heiser und holte dann tief Luft. »Es war mein Geburtstagskuchen – das in dem Karton. Ich bin da gerade neunzehn geworden. Sie hat ihn fallen lassen und sich schrecklich aufgeregt. Und darauf bestanden, einen neuen zu machen, also habe ich ihr geholfen.«

»Wie lieb von Ihnen«, sagte sie. Diese weiche Seite von ihm stand in einem krassen Kontrast zu den Artikeln, die sie in der örtlichen Zeitung über seine Lacrossespiele und die Poloturniere am Wochenende gelesen hatte, an denen er zu wohltätigen Zwecken teilnahm. Er war eindeutig ein Getriebener und ehrgeizig, auch jetzt, als Erwachsener – das verriet die Art, wie er viele kleine Geschäfte verdrängt hatte, um Platz für große Ketten zu machen und den Gewinn einzustreichen.

»Na ja …« Seine Stimme verlor sich, und auch er hing seinen Gedanken nach. Dann war er wieder da, doch seine Miene war unergründlich. »Es war ein wunderbarer Abend – danke.« Er rutschte an den Rand des Sofas, als wollte er aufstehen.

Er brach das Gespräch ab, einfach so? »Ich danke Ihnen, dass Sie sich die Zeit genommen haben, Lucas und mich kennenzulernen und dafür zu sorgen, dass wir uns ganz wie zu Hause fühlen können.«

Er lächelte. Es war sonderbar, wie entspannt sie sich in diesem Moment in diesem riesigen Haus fühlte, aber Alex hatte ein gewisses Talent, ihre Konzentration auf ihre unmittelbare Umgebung zu lenken, und alles andere zählte in diesem Augenblick nicht.

»Und es tut mir leid wegen der Nachrichten.«

Die Bemerkung hing zwischen ihnen in der Luft, und es war, als wüsste keiner von ihnen, was er als Nächstes tun sollte. Sie musterte sein gestärktes Hemd, die Linien seiner Lippen, den Bartschatten an seinem Hals, die Art, wie seine Hand auf seinem Knie lag.

Er beugte sich vor, um nach seinem Buch zu greifen, gerade in dem Moment, in dem sie die Hand nach dem erneut brummenden Telefon ausstreckte, und plötzlich waren ihre Gesichter nur noch Zentimeter voneinander entfernt. Er war ihr so nahe, dass sie seinen Atem spüren und den Wein darin riechen konnte. Die Neugier kehrte in seine Augen zurück, und sie fragte sich, was er wohl in diesem Moment empfinden mochte. Dann, eindeutig ganz impulsiv, kam er noch näher, und seine Lippen berührten ihre für einen winzigen Augenblick, in dem es plötzlich nur noch sie und ihn gab. Da war ein Gefühl von Vollkommenheit, das in ihr den Wunsch weckte, mehr darüber zu erfahren, die Gefühle zu kosten, die zwischen ihnen auflebten. Dann zog er sich zurück, blinzelte, und ein Ausdruck der Verwunderung schlug sich auf seinen Zügen nieder.

Er klappte den Mund auf, um etwas zu sagen, überlegte es sich aber anders und stand auf. Sie musste ihn nur ansehen, um zu wissen, dass er entsetzt darüber war, sie in eine solche Lage gebracht zu haben. Das Sonderbare war, dass sie sich überhaupt nicht gekränkt oder verschreckt fühlte, obwohl es hier um Alexander Harrington ging, ihren Boss. Sie presste die Lippen zusammen, außerstande, nicht darüber nachzudenken, wie es sich wohl anfühlen mochte, richtig von ihm geküsst zu werden.

»Schon gut«, sagte sie, stand auf und trat vor ihn.

»Ich hätte das nicht tun sollen. Ich habe eine Grenze übertreten.«

»Tja, dafür fühle ich mich jetzt nicht mehr so schlecht, weil ich Sie als ›rattenscharf‹ bezeichnet habe«, stichelte sie.

Er lachte. »Dann haben Sie es doch so gemeint?« Er ließ ein Lächeln aufblitzen, und ihr Magen machte Purzelbäume.

Sie biss sich auf die Lippe, bemüht, ihn nicht anzustrahlen, während die Aufregung in ihrem Kopf sie schwindelig machte.

»Ich wusste es«, verkündete er glucksend. »Sie sind eine furchtbar schlechte Lügnerin.«

Sie verdrehte die Augen. »Lassen Sie sich das nur nicht zu Kopf steigen.«

Er verzog das Gesicht und ließ theatralisch sein Lächeln fallen. »Nein«, versprach er, ehe seine Mimik zu einem ehrlich zugewandten Ausdruck wechselte. »Ich werde Sie jetzt in Ruhe lassen. Genießen Sie den restlichen Wein.«

Zu gern hätte sie ihn gebeten zu bleiben, aber sie wusste, das durfte sie wirklich nicht tun, also ließ sie ihn gehen. Der Umstand, dass ihr Puls donnerte wie ein startendes Flugzeug, versetzte sie ein wenig in Panik. Das alles war so falsch und ergab überhaupt keinen Sinn, vor allem angesichts der Sache mit der Bäckerei. Aber sie ertappte sich dabei, immer und immer wieder an diesen Fast-Kuss zu denken, der sich als Endlosschleife in ihrem Geist wiederholte. Sie konnte ihn einfach nicht aus dem Kopf bekommen.

8

»Treffen wir Alex heute wieder?«, fragte Lucas, als sie sich am folgenden Morgen in das informelle Esszimmer setzten.

Die Frage reichte, um ein Kribbeln über Noelles Rücken zu jagen. Der Gedanke, Alex wiederzusehen, erzeugte ein Hochgefühl, vermengt mit einem schlechten Gewissen, weil sie Zeit mit dem Mann verbringen wollte, der alles kaputtgemacht hatte, und der Furcht davor, ihm nun wieder zu begegnen.

Melinda Burnett hatte am Morgen an die Tür ihrer Suite geklopft und ihr gesagt, sie würde den Koch informieren, dass Noelle und Lucas zum Frühstück herunterkämen. An Sonntagen, so hatte sie erklärt, ging es in der Küche heiß her, denn dann wurde Frühstück für alle Mitarbeiter angeboten. Sie riet Noelle auch, sie und Lucas sollten vor den anderen essen, da William heute eintreffen würde. Und Hunger sollten sie mitbringen, denn die Speisenauswahl wäre beeindruckend.

Danach wollte sich Noelle unten an der Straße mit ihrer Mutter treffen, die Lucas heute zu sich nehmen würde. Er wollte ihr helfen, die Weihnachtskekse bei den Nachbarn abzuliefern. William sollte um neun ankommen. Das gäbe Noelle genug Zeit, um sich mit ihm bekanntzumachen, ehe sie wieder Lucas im Schlepptau hätte.

»Das weiß ich nicht«, beantwortete sie schließlich die Frage ihres Sohnes.

Teller mit silbernen Abdeckhauben standen auf dem Büffett, Tabletts mit Früchten, ein großer Korb Südstaatenbrötchen, dampfender Haferbrei mit getrockneten Kirschen und mehr Muffins, als sie je im Schaufenster der Bäckerei gehabt hatten. Eine Kristallflöte mit Orangensaft stand an ihrem Platz, und an dem von Lucas wartete eine kleine Plastiktasse mit dem Bild einer Giraffe. Sie konnte sich nicht vorstellen, wie Alex es fertiggebracht hatte, zwischen dem gestrigen Abendessen und dem heutigen Frühstück eine Tasse für Lucas zu beschaffen, aber er hatte es getan, und sie konnte es kaum erwarten, ihm dafür zu danken. In der Hoffnung, er würde kommen und sich zu ihnen gesellen, verdrängte sie alle anderen Gedanken aus ihrem Kopf und sah sich zur Tür um.

Als Teller mit Bacon und Eiern, Maisgrütze und Mini-Frühstücksquiches aufgedeckt und mit Servierlöffeln versehen wurden, erlangte Noelle Jims Aufmerksamkeit und fragte: »Wird Mr Harrington mit uns essen?«

»Nein, Ma'am«, sagte er. »Er ist heute Morgen weggeflogen.«

»Oh«, machte sie erstaunt. Er war also einfach verschwunden, ohne ihr etwas davon zu sagen? Nun, er war nicht verpflichtet, sie zu informieren; dennoch hatte sie angenommen …

Ein anderer Gedanke kam ihr in den Sinn, ehe sie den letzten zu Ende denken konnte: Vielleicht las sie mehr in den gemeinsamen Abend hinein als er. Vielleicht hatte er sich mit ihr nur die Zeit vor seiner heutigen Reise vertreiben wollen. Nun, wahrscheinlich hatte er nur nett sein wollen. Das Gespräch mit ihrem Vater kam ihr in den Sinn, und sie erinnerte sich an Alex' geschäftlichen Umgang mit ihrem Dad und Pop-pop, und plötzlich schalt sie sich dafür, nicht auf ihre zweifelnde innere Stimme gehört zu haben. Was, wenn dieser Fast-Kuss tatsächlich nur ein Unfall gewesen war? Und selbst wenn nicht, es würde genau zu dem Menschen passen, für den sie ihn ursprünglich gehalten hatte, einfach wortlos abzuhauen. Sie hatte sich trotz ihrer entgegengesetzten Bemühungen einwickeln lassen und genau das bekommen, was sie befürchtet hatte. Aber sie würde nicht zulassen, dass sie noch einmal vom rechten Weg abkam.

Plötzlich war Noelle froh, dass er weg war, denn nun konnte sie nicht von ihren Gefühlen überwältigt werden, ehe sie eine Chance hatte, auch ihrem Verstand eine Sekunde lang zuzuhören. Sie hatte ihre Komfortzone verlassen, ihre Familie und ihre Freundinnen waren nicht zugegen und konnten sich folglich nicht einschalten. Und sie befürchtete, ihre persönliche Verunsicherung darüber, dass sie keine Familie für Lucas und keinen Partner hatte, spielte ihr Streiche. Vielleicht versuchte sie unbewusst, Alex besser dastehen zu lassen, als er es verdient hatte. Und vielleicht hatte er auch nur mit ihr gespielt, überlegte sie, als sie sich den Abend noch einmal durch den Kopf gehen ließ. Bei dem Gedanken schnappte sie nach Luft. Was, wenn das gestern Abend ein Versuch gewesen war, mehr von ihr zu bekommen? Was, wenn er gehofft hatte, sie würde ihn bitten zu bleiben? Er hatte ihr gesagt, sie solle den Rest des Weins trinken … Hatte er angenommen, zwischen ihnen würde mehr passieren? Zorn ergriff Besitz von ihr, und sie beschloss augenblicklich, niemals solch einem Mann auf den Leim zu gehen.

»Ich brauche keinen Babysitter«, murmelte William Harrington, während er sich zittrig auf seinen Stock stützte. Mit unsicherer Hand griff er nach dem kunstvollen Geländer der weitläufigen Treppe nach oben und stellte einen Fuß auf die untere Stufe.

»Mr Harrington«, sagte Melinda und warf Noelle einen solidarischen Blick zu. Wenigstens waren sie zu zweit in dieser Situation. »Wir haben Ihr Zimmer ins Erdgeschoss verlegt. Sie residieren jetzt am Ende des Korridors, wissen Sie noch?«

Mit ärgerlich zusammengezogenen Brauen und einem verkniffenen Zug um den Mund machte er kehrt, stützte sich wieder auf seinen Stock und drehte den Kopf in Noelles Richtung, doch seine Augen wirkten verschleiert, sein Blick verfehlte das Ziel und verriet, dass er allmählich zu erblinden drohte.

»Ich zeige Ihnen, wo Ihr Zimmer ist«, sagte Noelle so sanft sie nur konnte und trat vor, um den Mann zu besänftigen, doch sein Zorn war unverkennbar.

»Das weiß ich selbst«, sagte er leise und machte sich auf den Weg zum Korridor. Noelle ging langsam neben ihm her und bedeutete Melinda mit einem Nicken, dass sie die Lage unter Kontrolle hatte.

»Rufen Sie mich an, wenn Sie irgendetwas brauchen«, sagte Melinda. »Ich bin über Weihnachten in England, aber Sie haben ja meine Telefonnummer, falls sich noch Fragen ergeben.«

Noelle nickte und fragte sich, wie ihr Tag wohl weitergehen würde.

»Wie lautet noch mal Ihr Name, junge Frau?«, fragte William immer noch in barschem Ton, als sie langsam durch die große, prächtige Eingangshalle gingen, deren hohe Decke den Klang ihrer Schritte zurückwarf. Es schien, als sähe er, wohin sie gingen, doch dann und wann streckte er die Hand aus oder schwang seinen Stock vor sich, um sicherzustellen, dass nichts im Weg war.

»Noelle Parker«, sagte sie.

Kurz neigte er den Kopf, wie um Interesse zu bekunden, doch dann kehrte der ärgerliche Ausdruck in seine Augen zurück. »Miss Parker«, sagte er, als wollte er erkunden, wie sich der Name auf seinen Lippen anfühlte. »Nun, Miss Parker, es ist wirklich nett von Ihnen, dass Sie mich zu meinem Zimmer führen wollen, aber ich komme gut allein zurecht. Ich kann zwar nichts sehen, aber ich war nicht so lange fort, dass mir der Weg entfallen wäre.«

Wie sollte sie sich um ihn kümmern, wenn er das nicht zuließ? Er brauchte ganz offensichtlich Hilfe, andernfalls würden sie und Lucas ja nicht hier leben. »Wenn Sie im Moment keine Hilfe wünschen, ist das kein Problem – Sie können mich ja rufen, wenn Sie irgendetwas brauchen. Aber da ich neu im Haus bin, hatte ich ein bisschen gehofft, Sie könnten mich herumführen, da ich sonst weiter nichts zu tun habe.«

Erneut löste er seinen Blick vom Boden, und in dem Sekundenbruchteil, in dem er aufblickte, glaubte sie, so etwas wie einen Rückzug nach innen zu erkennen. Er schien meilenweit weg zu sein. Seine Brauen hoben sich, als er aus welchem überwältigenden Gedanken auch immer zurückkehrte, und er lächelte Noelle an. »Miss Parker?« Sein unfokussierter Blick vermochte seine Neugier nicht zu verbergen. Es war, als wollte er etwas sagen, doch was auch immer ihm in den Sinn gekommen war, es war wieder fort und hatte alle weiteren Worte mitgenommen.

»Ja?«, fragte sie. In seinen Zügen lag so viel Weisheit, so viele Jahre voller Erkenntnisse, dass sie nur zu gern mehr über diesen millionenschweren alten Mann erfahren hätte.

Immer noch mit einem Lächeln auf den Lippen schüttelte er den Kopf. »Sie haben mich nur gerade an eine alte Geschichte erinnert«, sagte er, ehe seine Miene wieder ernst wurde und er sich räusperte. »Also gut«, sagte er, und der Moment war vorbei. »Wenn Sie mir den ganzen Tag wie ein Hündchen folgen wollen und wenn mein Enkel Sie dafür bezahlt, dann soll es so sein. Aber wohlgemerkt: Ich brauche keine Hilfe.«

»Verstanden«, sagte sie. Einerseits wollte sie nicht gleich am ersten Tag für Ärger sorgen, andererseits fragte sie sich jetzt schon, wie sie ihn dazu bekommen sollte, am Mittag seine Herzmedikamente einzunehmen.

Schweigend brachten sie den Rest des Korridors hinter sich. William schwankte hin und her und stützte sich bei jedem Schritt schwer auf seinen Stock, der mit einem geschnitzten Muster überzogen war und von einem glänzenden Knauf gekrönt wurde. Das Holz sah so glatt aus, dass es an einen Stein erinnerte. Seine wettergegerbte Hand umfasste den Knauf mit festem Griff, und sie fragte sich, wie er wohl als junger Mann gewesen war. War er hier aufgewachsen? Angesichts dessen, was Alex über die männlichen Vorfahren erzählt hatte, denen dieses Haus gehört hatte, nahm sie an, dass er immer hier gelebt haben musste. Aber was hatte ihn dann nach New York geführt? Wie lange war er fort gewesen?

Offenbar spürte er ihren Blick, denn er drehte den Kopf in ihre Richtung. Rasch starrte sie geradeaus.

»Worüber denken Sie nach?«, fragte er sie unumwunden und bestätigte so ihre Befürchtung.

»Ich hatte mich nur gerade gefragt, ob Sie hier aufgewachsen sind«, antwortete sie aufrichtig.

»Das bin ich.«

Mehr sagte er nicht, also hakte sie nach: »Was hat Sie nach New York geführt?«

»Geschäfte.« Er blieb stehen, drehte sich ganz zu ihr herum, und sein Stock schlug mit einem lauten Klappern auf den Boden. »Was wollen Sie sonst noch wissen?«

Sie ignorierte seinen schroffen Ton. »Waren Sie traurig, als Sie von hier weggegangen sind? Es ist so wunderschön hier.«

»Es ist ein sehr hübsches Haus. Und, ja, ich war ein bisschen traurig.« Er ging weiter.

»Dann fühlt es sich doch bestimmt gut an, wieder hier zu sein?«, erkundigte sie sich, während sie neben ihm in Schritt fiel.

Seine Entgegnung bestand aus einem undefinierbaren Grunzen. War das eine Zustimmung oder nicht? Wie auch immer, er war offenbar nicht zu einem Gespräch aufgelegt, also hielt sie den Mund und sah sich nur um, während sie sich im Stillen ermahnte, sich auf ihre Arbeit zu konzentrieren.

Die Wände waren in einem kahlen Weiß gehalten, beseelt allein von den kunstvollen Holzarbeiten. Wenn William hier bereits gewohnt hatte, warum gab es dann in diesem Haus nichts, was Erinnerungsstücken wenigstens geähnelt hätte? Da war nichts, was von seiner Familie erzählt hätte, sah man von den gewaltigen antiken Porträts ab, die in ihren goldenen Rahmen in der Eingangshalle hingen. Und auch wenn da die alten Bücher in der Bibliothek waren, fragte sie sich, was William wohl mit seiner Zeit anfangen mochte. Was war das Vermächtnis der Familie Harrington? Wer genau hatte vor Alex in diesem Haus gelebt? Seine ganze Familie? Seine Eltern? Seine Großmutter? Sie hatte so viele Fragen, aber sie wusste nicht, wie sie sie anbringen sollte. Ihr Blick glitt über den Holzboden, als ihr durch Williams Körpersprache plötzlich bewusst wurde, dass er sie taxierte.

»Sie sind ja schon wieder so still«, sagte er.

»Ich habe nur …« Sie wusste nicht, was sie sagen sollte,

weil sie fürchtete, sie könnte ihn vor den Kopf stoßen. Aber die eine Sache in ihrem Leben, auf die sie immer stolz gewesen war, war ihre Aufrichtigkeit. »Ich glaube, diese Wände könnten wunderschön sein, wenn sie voller Bilder wären. Vielleicht Familienfotos oder so etwas«, sagte sie mit einem scheuen Lächeln. »Aber ich bin keine Dekorateurin.«

Nachdenklich schien er über ihren Kopf hinweg ins Nichts zu starren. Dann lächelte er. »Ja, ein paar Bilder könnten sie vermutlich vertragen.« Er pochte mit seinem Stock auf den Boden, während er über etwas nachsann. Schließlich sagte er: »Kommen Sie, ich zeigen Ihnen eine prächtige Wand.«

Bald darauf standen sie an der schönsten Stelle des ganzen Hauses. Noelle verschlug es die Sprache. Es schien, als hätte man einen Profifotografen beauftragt, die Fotos der Familie aufzunehmen. Eines der Bilder zeigte alle möglichen Leute mit strahlenden Gesichtern, die sich um einen großen Esstisch versammelt hatten; ein anderes, auf dem William zu sehen war, wie er sich an einen Baum lehnte, war jüngeren Datums. Es gab so viele Fotos! Das war exakt das, was sie hatte sehen wollen – ehrliche, wunderschöne Schnappschüsse, auf denen die echten Menschen in dieser Familie abgebildet waren.

»Das ist großartig«, hauchte sie.

»Alex hat sie aufgehängt.«

Bewundernd musterte sie erneut die Fotos. Da war eine Schwarz-Weiß-Aufnahme, die eine lachende alte Frau mit bauschigen weißen Locken zeigte, die eine Kaffeetasse in der Hand hielt. Der Fotograf hatte ihre Seele perfekt getroffen, ihr Glück für immer festgehalten. »Wer ist das?«, fragte sie, nur um gleich darauf zu überlegen, ob er das Bild überhaupt sehen konnte. »Die Frau mit der Kaffeetasse?«

Nach einem Augenblick der Einkehr sagte William: »Meine

Frau.« Die Worte klangen sanft. Es war, als spräche er mit ihr, so viel Gefühl lag darin. Noelle drehte sich um. »Sie hat Kaffee geliebt. Ich habe ihn gehasst. Jeden Morgen habe ich sie am Fenster angetroffen, wo sie mit ihrem Kaffee gesessen und gelesen hat. Sobald sie mich sah, ist sie aufgestanden, hat ihr Buch weggelegt und mich begrüßt. ›Bleib mir bloß mit diesem Kaffee vom Leib‹, habe ich sie aufgezogen – ich erinnere mich immer noch an den Geruch ihrer Lieblingssorte in ihrem Atem; er hatte ein rauchiges Aroma und war so stark, dass er in der Tasse pechschwarz aussah. Sie ist nie auf meine Bemerkung eingegangen, sondern hat einfach die Tasse abgestellt, mir die Arme um den Hals gelegt und mich trotzdem geküsst.« William schloss die Augen. Glück spiegelte sich in seinen Zügen. Sofort wurden die Falten auf seiner Stirn und um seine Wangen weicher, und er wirkte plötzlich deutlich jünger. »Auch wenn ich den Geruch dieses Kaffees verabscheut habe, wenn er sich mit dem Duft von Zitrusfrüchten und Blumen mischte, war das ganz sie, und heute würde ich alles darum geben, dürfte ich meine Lunge noch einmal damit füllen …«

Natürlich, das Bild zeigte Williams Frau und damit vermutlich dieselbe Großmutter, der die Trauer gegolten hatte, die sie in Alex' Augen wahrgenommen hatte. Noelle schalt sich dafür, nicht vorsichtiger mit ihren Fragen gewesen zu sein. Sie wollte gerade zu einer Entschuldigung ansetzen, doch er kam ihr zuvor, offensichtlich erpicht darauf, das Thema zu wechseln.

»Das sind gute Fotos, nicht wahr?«, sagte er und musterte die Wand. Ständig schien sich etwas hinter seiner Miene zu verbergen – dieses Mal eine Wertung irgendeiner Art? Sie konnte es nicht einordnen. Plötzlich drückte er die Schultern durch, ganz wie jemand, der einen Gedanken abschütteln wollte. »Wo ist Ihr Junge? Man sagte mir, ein Kind würde im Haus herumlaufen.«

»Er ist bei meiner Mutter. Solange ich zu arbeiten habe, bleibt er bei ihr.«

»Aber Sie haben nicht zu arbeiten. Wir haben uns doch bereits darauf geeinigt, dass ich gut allein zurechtkomme.«

Sie lächelte. »Ja, aber Alex könnte anderer Meinung sein.«

»Machen Sie sich um den keine Gedanken. Noch bin ich der Herr in diesem Haus.«

Obwohl er es zu unterdrücken versuchte, erkannte sie eine unüberhörbare Härte in seinem Ton, und sie dachte zurück an ihre Unterhaltung mit Alex. Wie es schien, reagierte William gereizt, sobald Alex zur Sprache kam, und zeigte sich kurz angebunden.

»Aber er kommt zurück«, sagte sie in der Hoffnung, eine Bestätigung ihres Eindrucks zu erhalten. »Und er ist immerhin derjenige, der mich bezahlt, also sollte ich mich wohl um Sie kümmern.«

William schürzte die Lippen.

»Dann sind Sie nicht verheiratet?« Die Frage erwischte sie unvorbereitet.

»Sie reden nicht gern um den heißen Brei herum, was?«, entgegnete sie mit einem nervösen Lachen.

»Nicht in meinem Alter. Für so einen Unsinn habe ich keine Zeit. Ich könnte sterben, ehe ich eine Antwort erhalte.«

Nach Grams Tod fand sie diesen Kommentar ganz und gar nicht lustig.

»Wie auch immer«, sagte er, sichtlich unbeeindruckt von ihrem Ausweichmanöver. »Sie sind alleinstehend?«

Gedankenschwer nickte Noelle wortlos, doch dann ging ihr auf, dass er sie womöglich gar nicht sehen konnte, und sie sagte: »Ja.«

Etwas wie gegenseitiges Verständnis hing zwischen ihnen in der Luft, und auch wenn sie nicht recht wusste, inwiefern er die Nöte einer alleinerziehenden Mutter nachvollziehen konnte, sah sie einen Ausdruck des Mitgefühls in seinen Zügen. »Ich weiß, was es heißt, allein zu sein«, sagte er.

»Es tut mir leid, dass Sie Ihre Frau verloren haben.«

Er blinzelte etwas zu hektisch. Das Thema war offensichtlich heikel. »Ich habe sie nicht ganz verloren. Es ist gerade genug von ihr übrig, um mich heimzusuchen.«

Während Noelle noch auf eine Erklärung wartete, führte William sie zu seiner Suite, in der es ebenfalls einen kleinen Sitzbereich vor einem Kamin gab, genau wie in ihrer. Vorsichtig setzte er sich, erkennbar darum bemüht, seine Gefühle nicht zu zeigen. »Sie hat Alzheimer«, sagte er tonlos. »Sie ist in einem Heim, wo man für sie sorgen kann.«

Während sie das Auf und Ab seines Brustkorbs beobachtete, fiel Noelle auf, dass seine Hand wieder genauso zitterte wie bei ihrem Kennenlernen, als er sie auf die Armlehne des Sofas legte.

»Ist sie in der Nähe? Können Sie sie besuchen?«

»Ja, sie ist keine ganze Stunde entfernt. Und nein, ich besuche sie nicht.«

»Warum nicht?«, fragte sie.

Er leckte sich die Lippen, wollte offenbar Zeit gewinnen, während er über die Antwort nachdachte. Noelle konnte sich nicht vorstellen, einen geliebten Menschen nicht zu besuchen, ganz gleich, in welchem Zustand er sein mochte. Läge Pop-pop im Krankenhaus, würde sie jeden Tag hingehen. War ihm denn gar nicht klar, wie glücklich er sich schätzen konnte, dass seine Frau noch lebte? Warum um alles in der Welt wollte er sie nicht sehen?

Williams Hand zitterte nun heftiger, unaufhaltsam, als

würden die unterdrückten Gefühle sich einen Weg durch seinen ganzen Körper bahnen und sich in den Fingerspitzen sammeln. »Sie weiß nicht, wer ich bin, also hat das keinen Sinn.«

Noelle erkannte den Schmerz in seinen Zügen. Dieses Mal versuchte er nicht, ihn zu verbergen. Sie hatte nicht bedacht, wie quälend es für ihn sein musste, dass seine Frau – die Frau, die er liebte – ihn nicht mehr erkannte. Wie fürchterlich! Trotz der großen Fenster verlieh die graue Wolkendecke dem Raum einen silbrigen Ton, beinahe, als wäre die Luft selbst genauso bekümmert wie er. Aber obgleich sie seine Gefühle nachvollziehen konnte, war da etwas, von dem sie fürchtete, dass er es nicht erwogen hatte: Was mochte seine Frau wollen? Was, wenn sie dann und wann klar war und sich ängstigte? Was, wenn sie sich verlassen fühlte?

»Wäre ich an ihrer Stelle, würde ich mir wünschen, dass mein Mann mich besucht, auch wenn ich mich nicht mehr an ihn erinnern könnte.« Die aufrichtigen Worte platzten einfach aus ihr heraus, ehe sie sie zurückhalten konnte.

William schien es ihr nicht zu verübeln, aber seine Augen wurden glasig, und er schüttelte den Kopf. »Das ändert nichts. Es tut mir weh, reißt mir das Herz aus der Brust.« Seine Stimme brach, und er versuchte, es mit einem Hüsteln zu vertuschen. »Es ist schwer, ganz allein damit zurechtzukommen.«

»Aber Alex ist doch auch hier. Können Sie nicht zusammen hingehen?«

Er ballte eine Faust und streckte gleich darauf die Finger aus, als würden seine Gelenke ihm Probleme bereiten. »Alex spricht nicht mit mir«, sagte er auf eine Art, die ihr das Gefühl vermittelte, das ihm das mehr zu schaffen machte, als er zugeben wollte. »Er ist nie mit mir zu Elizabeth gefahren – kein einziges Mal. Er geht immer allein zu ihr. Außerdem hat er ohnehin vor, nach New York zu ziehen, also hat es keinen Sinn, jetzt noch damit anzufangen.«

»Wirklich?«, fragte sie erschrocken.

»Als ich in seinem Alter war, war ich genauso: immer begierig darauf, im Zentrum all dieses Wahnsinns zu stehen – immer auf der Jagd nach etwas Größerem. Er hört einfach nicht auf mich, wenn ich ihm sage, dass ich das alles erlebt habe und dass es nicht so erstrebenswert ist, wie es scheint. Aber ich glaube, er läuft nur davon. Vor seiner Familie, vor diesem Haus …«

Sie dachte darüber nach. Der Mensch, den sie gestern Abend erlebt hatte, der Lucas seine Bücher gezeigt und sie wegen Phoebe aufgezogen hatte, kam ihr nicht vor wie jemand, der vor seiner Familie davonläuft, nur um im Mittelpunkt der Geschäftswelt zu stehen. Der Mensch, den ihr Vater ihr beschrieben hatte, hingegen schon. Je mehr Zeit sie hatte, das Gehörte und Erlebte zu verarbeiten, desto deutlicher erkannte sie, dass sie ihn überhaupt nicht kannte und sich lediglich von der Aufregung über dieses große Haus und von seinem guten Aussehen hatte einwickeln lassen. Sie sollte sich schleunigst klarmachen, dass Alex Harrington kein Märchenprinz und dies kein Märchen war. Es war das echte Leben mit all seinen Problemen und Schwierigkeiten.

Beide waren in Schweigen verfallen, bis ihr etwas auffiel: »Sie haben keinen Weihnachtsbaum«, bemerkte sie und verglich in Gedanken ihre Suite mit all der funkelnden Deko mit seiner.

»Ich habe dem Personal gesagt, ich brauche keinen«, entgegnete er.

»Warum?«

»Da geht es doch nur um äußeren Schein, oder nicht? Man hat mich aus meiner Wohnung in New York gerissen und in dieses Haus geholt, das voller Erinnerung an meine mir fremd gewordene Frau ist und in dem ich mit einem Enkel leben muss, der mich hasst. Nicht sehr weihnachtlich.«

»Wie lange haben Sie und Ihre Frau hier gelebt?«

»Gar nicht. Ich bin kurz nach der Hochzeit nach New York gezogen, und da haben wir zeit unserer Ehe gewohnt. Nun ja, bis das mit dem Alzheimer so schlimm wurde, dass wir fürchten mussten, Elizabeth könnte sich selbst verletzen. Das war vor ungefähr sechs Monaten.« Er zog ein Dekokissen hinter seinem Rücken hervor, schüttelte es auf und legte es wieder hinter sich, um mehr Halt zu haben. Dennoch schien er sich nicht wohlzufühlen.

»Wie schade, dass sie nie in diesem herrlichen Haus gelebt hat.«

»Sie hat schon ein bisschen Zeit hier verbracht. Dieses Haus hat sie bewundert, aber unser Leben hat sich in New York abgespielt, also war dies hier ihr Sommerheim, obwohl sie auch im Winter zu Besuch gekommen ist. Immer ist sie hergekommen, um Alex zu sehen.«

»Sie sagen, ›sie‹ ist hergekommen. Sie nicht?«

»Nein.« Unbehaglich rutschte er auf dem Sofa herum.

»Warum?«

»Ich war beschäftigt.« Er spie die Worte förmlich aus, als trüge die Arbeit, auf die er sich bezog, die Schuld. »Als ihr Gedächtnis anfing nachzulassen, wollte sie hierher zurück in der Hoffnung, der Garten und die Sonne könnten ihr kaputtes Hirn irgendwie reparieren, aber wir wollten Alex und den Hausangestellten diese Last nicht aufbürden, also haben wir ein Pflegeheim in der Nähe gesucht. Ich hatte gehofft, sie könnte dann und wann herkommen, aber ich habe zu viel Angst vor ihrer Prognose. Ich nehme an, insgeheim will ich es einfach nicht wissen, wenn es ihr schlechter geht.«

»Sie müssen sie besuchen«, sagte Noelle. Sie fand es schrecklich, dass Elizabeth keine Chance erhalten hatte, in das Zuhause zurückzukommen, in dem sie hatte leben wollen. Es musste schwer sein, einen geliebten Menschen so zu erleben, aber sie konnte auch nicht über die Tatsache hinwegsehen, dass Elizabeth ganz allein war. »Denken Sie nicht, sie würde Sie gern wiedersehen?«

»Die Elizabeth, die ich kenne, ist nicht mehr da.« Er legte den Kopf in den Nacken. »Wissen Sie«, sagte er und atmete einmal tief durch, »sie hat mir einst die schönsten Briefe geschrieben.« Er schüttelte den Kopf und lächelte, doch seine Augenbrauen waren kummervoll zusammengezogen. »Wenn ich lange arbeiten musste, hat sie sie auf meinem Kopfkissen hinterlassen, wo ich sie bei meiner Rückkehr gefunden habe. Ihre Handschrift konnte mit Kalligrafie mithalten, und die Worte, die sie schrieb, erschienen in meinem Kopf wie eine noch nie gesungene Melodie, wenn ich sie las. Es waren keine langen Briefe, aber sie waren süß und wundervoll und verschönerten mir die Nacht. Beim Lesen habe ich sie angesehen, wie sie dalag und schlief, und manchmal war ich so ergriffen von ihren Worten, dass ich einfach auf das Bett gesprungen bin und sie geküsst habe, auch wenn ich sie dadurch geweckt habe. Aber sie war deshalb nie wütend. Sie hat mich nur im Halbschlaf weggeschoben, aber ich habe sie auch immer lächeln gesehen.«

»Sie müssen eine wundervolle Beziehung gehabt haben.« Es gefiel ihr, wenn William so offen über seine Frau sprach. »Danke, dass Sie mir das erzählen.«

»Danke fürs Zuhören.«

Noelle wusste nicht recht wie, aber nach dieser Geschichte würde sie dafür sorgen, dass William und Elizabeth sich zu Weihnachten sahen. Sie konnte nicht anders.

9

Am Ende dieses Tages hatte Noelle es geschafft, William zu überreden, seine Herzmedikamente einzunehmen. Ansonsten hatte sie es ihm bequem gemacht und ihm ihre Telefonnummer gegeben, falls er sie brauchte, während sie zur Bäckerei ging, um Lucas abzuholen. Ihre Mutter hatte ihr eine Nachricht geschickt und sie wissen lassen, dass sie dort sein würden. Sie wollte Noelles Vater und Pop-pop helfen, eine Liste der Dinge zusammenzustellen, die sie retten wollten, wenn das Geschäft geschlossen wurde.

Die Luft war eiskalt, als sie an der vertrauten Kopfsteinpflasterstraße entlangging und daran dachte, dass sie das nicht mehr oft tun würde. Noelle hatte immer am Ende der Straße geparkt, gleich um die Ecke, damit sie diese schöne Straße zu der kleinen steingemauerten Bäckerei hinuntergehen und auf dem Weg all die malerischen Geschäfte bewundern konnte. Während ihre Stiefel auf den Steinen unter ihren Füßen kippelten, blickte sie zu den Feiertagstransparenten auf, die die Stadt an jeder der schmiedeeisernen Straßenlaternen angebracht hatte. Weihnachtsbeleuchtung erglühte in den Schaufenstern und an den festlich geschmückten Bäumen im Inneren der Geschäfte.

Das hölzerne Schild der Hope and Sugar Bakery schaukelte in seinen Scharnieren an dem Mast gleich neben der Tür. Das Schild war vor Jahren von einem einheimischen Künstler handgemalt worden und sah aus, als könnte es eine kleine Auffrischung gebrauchen. Die Schrift wirkte nach all der Zeit ein wenig verwittert. Noelle ging an dem kleinen Fleckchen Rasen vorbei, das im Frühjahr mit Butterblumen gesprenkelt sein würde, wohl wissend, dass sie sie im nächsten Jahr, wenn die Bäckerei geschlossen wäre, nicht mehr zu sehen bekäme.

Unterwegs kehrten ihre Gedanken zurück zu dem wunderbaren Abend, den sie mit Alex verbracht hatte. Aber er war ein Charmeur, weiter nichts. Es gab zu viele andere Dinge, die ihr sagten, dass er nicht der Mann war, als der er sich ihr gezeigt hatte. Warum also spielte ihr Puls schon bei dem bloßen Gedanken an ihn verrückt?

Ihr Kopf fing an zu pochen, als sie die Tür öffnete und hineinging.

»Da ist sie ja!«, sagte Pop-pop grinsend.

Seine Wangen waren rosig, das weiße Haar seitlich gescheitelt. Er und Lucas standen hinter dem Ladentisch, dessen Auslage nur so strotzte vor prachtvollen Weihnachtskeksen in Form von Glocken, Bäumen oder kleinen roten Strümpfen mit weißer Zuckergussverzierung. Die Lichter über dem Schaufenster waren an und der Weihnachtsbaum geschmückt. Ein kleines Feuer flackerte auf dem Kaminrost unter den Weihnachtsstrümpfen, die sie genauso aufgehängt hatten, wie Gram es immer getan hatte. Der Geruch von Scones und Feingebäck drang ihr in die Lunge und entlockte ihr ein Lächeln.

»Zieh deine Schürze an und wasch dir die Hände«, sagte ihr Großvater jetzt und sprang von seinem Hocker auf. »Lucas und ich wollten zusammen mit Heidi versuchen, den Pfefferminzkuchen für das Schaufenster zu machen, aber wenn du schon hier bist, überlasse ich das lieber der Expertin.«

Jedes Jahr hatte Gram zur Weihnachtszeit einen absolut prachtvollen Kuchen für das Schaufenster gebacken. Es war ein riesiger Würfel aus Vanillebiskuit mit weißer Glasur, hausgemachten Pfefferminzstreuseln und zu einer Schleife gebundenen weiß-roten Fondantstreifen, die ihn aussehen ließen wie ein Geschenkpaket. Den pflegten sie auf einem schneeweiß leuchtenden Satintuch auszustellen, umgeben von den charakteristischen Minzbonbons. Nach Grams Tod kannten nur noch Noelle und Heidi das Rezept, und sie hatten sich vorgenommen, den Kuchen abwechselnd jedes Jahr zu backen. In diesem Jahr war Noelle an der Reihe.

Noelle schnappte sich einen Keks für sich und einen für Lucas und gab ihrem Sohn einen Kuss, ehe sie sich die Hände wusch. Schon jetzt schmerzte der Verlust der Bäckerei.

Heidi war in der Backstube und rührte mit einem Holzlöffel die Pfefferminzmasse in einem Kochtopf. »Schön, dass du hier bist. Ich werde dir helfen. Wir können es dieses Jahr zusammen machen«, sagte Heidi mit einem bekümmerten Lächeln.

»Lass uns den besten Kuchen machen, den wir je gebacken haben«, stimmte Noelle zu und brachte Heidi zuliebe sogar ein Lächeln zustande. Sie beugte sich durch die offene Tür und zwinkerte Lucas zu. Er und Pop-pop waren gemeinsam mit einem Kreuzworträtsel beschäftigt. Als sie herangewachsen war, hatte sie sich immer vorgestellt, sie hätte einmal einen ganzen Haufen Kinder. Sie würde ihnen all die Familienrezepte beibringen, und nach der Schule kämen sie kichernd zur Bäckerei gelaufen, um dort zu spielen. Sie hatte sich sogar überlegt, sie könnte eine neue Spielecke in dem kleinen Gastraum einrichten, damit die Eltern sich bei einer Tasse Kaffee entspannen konnten, während die Kinder zusammen spielten. Aber nun würde nichts von all dem geschehen.

Als ihre Hände sauber waren und der Keks verspeist war, schnappte sich Noelle ein paar Zitronen – Grams geheime Zutat –, wusch sie unter dem Wasserhahn und drückte sie mit Grams Zitruspresse aus. Während sie die Zitronenhälften hinabdrückte und der Saft in die Schüssel rann, fiel ihr Blick auf ihre Hand, und sie dachte daran, wie oft sie Grams vom Alter gezeichnete Finger in der gleichen Haltung gesehen hatte, während sie über dies und jenes geplaudert hatten. In diesem Moment fühlte es sich an, als wäre Gram bei ihr und würde all diesem Durcheinander einen Sinn verleihen. Und sie war froh über dieses Gefühl, denn sie selbst wusste nicht, wie sie in solch einer Situation noch Hoffnung empfinden sollte.

Heidi kontrollierte gerade das Zuckerthermometer und griff zu dem Pfefferminzextrakt, als Noelle ihr die Schüssel mit Zitronensaft hinüberschob.

»Läuft doch wie am Schnürchen, findest du nicht?«, bemerkte Noelle. »Über dieses Rezept müssen wir nicht einmal nachdenken. Das geht ganz automatisch.«

»Ja«, stimmte Heidi zu, schüttete den Zitronensaft in den Topf und rührte um, als die Mischung sacht zu blubbern begann. »Hier fühle ich mich Gram so nahe«, gestand sie und sah Noelle aus verdächtig glänzenden Augen und mit bebender Unterlippe an.

Noelle ging es genauso. »Bitte, sei nicht traurig – ich kann nicht …«, sagte sie, wohl wissend, dass sie die Tränen auch nicht zurückhalten könnte, sollte ihre Schwester anfangen zu weinen. Dies war Grams Platz, der Ort, an dem sie immer zusammen gewesen waren und an dem sie die beste Zeit ihres Lebens verbracht hatten. Der Ort, an den sie auch in schweren Zeiten gekommen waren und ihre Probleme vergessen hatten.

Noelle wusste noch genau, wie sie sich in der Highschoolzeit von ihrem Freund getrennt hatte. Sie war so traurig gewesen! Gram hatte sie hergebracht und mit einem großen Becher heißer Schokolade und zwei Gewürzplätzchen versorgt. »Weißt du«, hatte sie erzählt, »bevor ich Pop-pop kennengelernt habe, da habe ich mich auch schon mal verliebt, genau wie du. Es war eine stürmische Romanze – und ich bin schnell und hart wieder auf dem Boden der Tatsachen gelandet. Und als wir uns trennten, da habe ich mich gefühlt, als würde mich jemand unter Wasser drücken und ich könnte nicht atmen.«

Gram hatte sich zu Noelle gesetzt, die Schürze voller Mehl, auf Taillenhöhe ein Schokoladenfleck. Sie hatte Noelle eine Hand auf die Schulter gelegt und gesagt: »Aber wenn das nicht passiert wäre und ich Pop-pop nicht kennengelernt hätte, dann wärst du jetzt nicht hier. Manches ist uns einfach bestimmt. Und manchmal, wenn wir gerade versuchen, unseren eigenen Weg zu finden, hat Gott etwas anderes mit uns vor.« Mit Fürsorglichkeit in den Augen und einem liebevollen Lächeln auf den Lippen fuhr sie fort: »Ich weiß, es tut weh, aber wenn du immer schön dranbleibst und offen dafür bist, dann wird dein Schicksal dich finden.«

Noelle blieb immer noch dran, ganz wie Gram gesagt hatte, und wartete. Sie hatte geglaubt, Sinn ihres Lebens sei es, die Bäckerei zu führen, eine große Familie zu haben, Geschwister für Lucas, und einen liebenden Partner, mit dem sie ihr Leben teilen konnte. Aber mit jedem Monat, der verging, machte sie sich mehr Sorgen um ihre Zukunft und fürchtete, das Universum könnte sie irgendwie vergessen haben.

Die Schwestern arbeiteten in einträchtigem Schweigen, rollten kleine Kugeln aus der Pfefferminzmasse und legten sie zum Auskühlen auf ein Tablett. Gedankenverloren bestäubte Noelle sie mit Karamellzucker, der sie im Lampenschein zum Funkeln brachte.

Normalerweise unterbrach die Glocke an der Tür sie um diese Jahreszeit häufig bei ihrer Arbeit, weil ständig Kunden hereinkamen, um sich eine Leckerei zu gönnen, aber nachdem so viele Geschäfte den Besitzer gewechselt hatten und viel kommerzieller geworden waren, lockte die Straße nicht mehr den gleichen Kundenkreis an wie zuvor. Seit sie eingetroffen war, hatte die Glocke nicht einmal geläutet. In dem ehemaligen Kerzengeschäft nebenan war nun ein privater Postdienstleister, der Stoffladen gehörte inzwischen einem Innenausstatter, und aus dem Frisiersalon war eine Computerwerkstatt geworden. Eines aber hatten sie gemeinsam: Sie alle waren zahlungskräftige Mieter von Alex Harrington. Das schleppende Geschäft, die bevorstehende Schließung der Bäckerei – Noelle traten die Tränen in die Augen, während sie versuchte, an etwas anderes zu denken. Heidi suchte im Radio einen Weihnachtssender, und Noelle wusste, dass auch sie den Tränen nahe war.

Als die Bonbons ausgekühlt waren, holte Noelle Lucas dazu – der nun folgende Teil der Arbeit umfasste das Zerschlagen der Minzbonbons und machte ihm am meisten Spaß. »Bereit?«, fragte sie ihn, setzte ihm eine Schutzbrille auf und gab ihm einen Hammer.

Er nickte strahlend.

»Okay, dann los!«

Lucas hob den Hammer und knallte ihn auf den dicken, mit Bonbons gefüllten Spritzbeutel. In ihrer Kindheit war das Noelles Job gewesen, und nun war es der ihres Sohns: Pfefferminzbonbons in kleine Stücke hauen, damit sie in den Vanilleteig gerührt werden konnten. Der Rest der Bonbons war von Hand in Zellophan gewickelt worden, dessen Enden verdreht wurden, um dann mit winzigen rot-weißen Schleifen geschmückt um den Kuchen herum drapiert zu werden.

Auch wenn dieses Jahr nicht viele Kunden kamen: Sie würde die Auslage so schön wie möglich gestalten, um Gram und die Geschichte der Bäckerei zu ehren.

❄

Vielleicht hatten sie beide im Hinterkopf gehabt, mit ihrer Auslage in diesem Jahr alle vorangegangenen auszustechen, denn Noelle und Heidi hatten viel mehr Kuchenteig und Plätzchen hergestellt, als sie für das Fenster benötigten. Inzwischen hatten sie angefangen, kleinere Pfefferminzküchlein als Geschenkartikel in der Größe von Cupcakes zu fertigen, die sie im Fenster um den großen Kuchen herum anordneten, ehe sie die freien Stellen mit Keksen ausfüllten. Doch sie hatten immer noch einen ganzen Ladentisch voll übrig.

»Hat dieses Jahr schon jemand Plätzchen zum Buchladen gebracht?«, erkundigte sich Noelle bei Pop-pop.

Er schüttelte den Kopf und zog ein langes Gesicht. Sie fragte sich, ob er dachte, er hätte hingehen sollen. Das Problem war, dass sie alle Mühe hatten, das Tempo zu halten, das Gram vorgelegt hatte. Noelle konnte es Pop-pop nicht verdenken, dass er keine Kekse ausgeliefert hatte.

Heidi lächelte. »Wir sollten ihnen welche bringen.«

»Ist Santa auch dort?«, fragte Lucas.

»Da bin ich ziemlich sicher«, sagte Noelle. »Phoebe hilft ihm dieses Jahr, weißt du noch?«

»Dann lasst uns losgehen!« Heidi schnappte sich den Lieferkorb, den sie immer benutzten, um ihn mit übrig gebliebenen Küchlein zu füllen.

»Hol deine Jacke, Lucas«, sagte Noelle und half Heidi, die letzten Sachen im Korb zu verstauen. Die Küchlein hatten sie in einzelne Fächer gelegt, und die Kekse ruhten in kleinen Plastiktüten. Ein paar Pfefferminzbonbons legte sie auch noch dazu.

»Ich hole Lucas eine heiße Schokolade für unterwegs«, sagte Pop-pop. »Es ist kalt draußen. Soll bald schneien.«

Als der Korb fertig gepackt war, zog Noelle den Reißverschluss von Lucas' Jacke zu und wickelte ihm seinen blauen Schal um den Hals, während Pop-pop ihm einen Pappbecher mit heißer Schokolade gab. Dann machten sie sich alle zusammen auf den Weg zur Buchhandlung.

Die Luft roch nach Schnee und den Holzöfen in den Reihenhäusern an der nächstgelegenen Parallelstraße. Der Himmel war tintenschwarz, die Sterne hinter der Wolkendecke verborgen. Lucas hielt mit den Erwachsenen Schritt, und seine kurzen Beine bewegten sich, so schnell sie konnten. Wenn man bedachte, dass er dabei den Becher hielt, war das eine beachtliche Leistung. Sein Atem bildete Wolken vor seinem Gesicht, und der Dampf der heißen Schokolade wirbelte vor seiner kleinen rosaroten Nase in die Luft empor.

Als sie eintraten, begrüßte sie Phoebe von der anderen Seite des Ladens aus in ihrem Schneeköniginnenkostüm. »Hey!«, rief sie und klapperte auf perlmuttfarbenen Absätzen über den Hartholzboden. »Was macht ihr denn alle hier?«

Hinter ihr winkte ihnen Mr Santori mit einer weiß behandschuhten Hand von seinem Thron aus zu. Er hatte sich das lange silbergraue Haar passend zum Bart glatt gekämmt, und seine Samtmütze hing über der Stuhllehne, als wäre es das Normalste auf der Welt, solch ein Kostüm zu tragen. Er wirkte so natürlich, wenn er Santa Claus spielte, dass sie beinahe geneigt war zu glauben, der heilige Nikolaus wäre real.

Die rot-grün gestreiften Socken, die unter dem mit weißem Pelz besetzten Rocksaum hervorlugten, entlockten ihr ein Lächeln.

»Wir haben Weihnachtsgebäck mitgebracht, und Lucas wollte Santa sehen.« Sie zwinkerte Mr Santori diskret zu. »Erstaunlich, dass an einem Abend am Wochenende nicht mehr los ist.« Ein wenig besorgt sah sie sich um – die Leute kamen doch sicher immer noch her, um Mr Santori zu besuchen! Er war schließlich eine lebende Legende.

Francis Evans, die Eigentümerin und eine der langjährigen Freundinnen von Gram, kam hinter einem der Bücherregale hervor. Francis war eine ältere Dame, die sich das weiße Haar mit einer edelsteinbesetzten Klemme zurücksteckte und stets ein Lächeln parat hatte. Mit ihrem Seidenschal über den Schultern schlurfte sie auf Noelle zu und nahm sie in die Arme. »Ach«, sagte sie, »es ist so schön, euch zu sehen!« Dann beugte sie sich zurück, um Noelle ins Gesicht zu schauen.

Als sie gleich darauf Heidi umarmte, schwang der Korb an ihrer Seite zurück, ehe sie ihn ins Blickfeld rücken konnte. »Wir haben Plätzchen dabei«, sagte sie grinsend.

Francis stutzte, eine Hand auf die Brust gelegt, und auf ihren Lippen lag das altvertraute Lächeln. »Danke schön«, sagte sie und betrachtete den Korb. »Eure Großmutter wäre so froh.« Sie wedelte mit den Fingern in der Luft. »Wein! Darauf müssen wir anstoßen. Ich habe Pappbecher, und im Kühlschrank im Hinterzimmer steht eine Flasche – jemand hat sie als Geschenk vorbeigebracht. Ich hole uns etwas.« Ehe jemand noch etwas sagen konnte, spazierte sie zu dem kleinen Schrank, der durch die Tür zum Hinterzimmer gerade noch erkennbar war und neben dem Mini-Kühlschrank auch einer Kaffeemaschine Platz bot, und holte die Pappbecher hervor.

Mr Santori hatte das Buch, in dem er gelesen hatte, weggelegt, und rief Lucas zu sich, um ihn auf den Schoß zu nehmen. Lucas kletterte hinauf und saß ganz brav auf seinen Knien.

»Was wünschst du dir zu Weihnachten, junger Mann?«, fragte Mr Santori.

Lucas saß nur still da und sagte nichts. Prompt kehrte Noelles Verunsicherung zurück, und sie fragte sich besorgt, was in seinem Kopf vorging. Lucas schaute auf seinen Becher hinab, die Brauen zusammengezogen, die Lippen geschürzt.

Als klar war, dass er keine Antwort erhalten würde, beugte sich Mr Santori sacht vor und bot Lucas an, den Becher für ihn auf den Tisch zu stellen. »Etwas muss es doch geben«, sagte er mit einem sanften Lächeln. Noelle machte sich Jahr für Jahr auf die Wunschliste mit all den kostspieligen Dingen gefasst, die seine Schulfreunde zu erwarten hatten, die sie sich aber nicht leisten konnte. Doch sie tauchte nie auf. Lucas etwas zu Weihnachten zu schenken war schwierig, weil er nie um etwas bat. Noelles Familie hatte sie oft aufgezogen und gesagt, Lucas wäre genau wie sie. Es war auch schwierig, ein Geschenk für Noelle auszusuchen – sie konnte einfach nicht begreifen, warum jemand sein hart verdientes Geld für sie ausgeben sollte. Aber sie befürchtete, dass es sich in diesem Fall nicht um eine genetische Gemeinsamkeit handelte, sondern dass Lucas ganz einfach wusste, wie sehr die Familie in finanzieller Hinsicht zu kämpfen hatte. In der Kindheit war ihre Mutter ihr stets ein kraftvolles Vorbild gewesen; Noelle hatte sich nie um irgendetwas Sorgen gemacht, weil ihre Mutter immer für sie da gewesen war. Nun jedoch fürchtete sie, dass sie Lucas diese Sicherheit nicht vermitteln konnte.

Lucas schüttelte den Kopf. »Ich möchte ...« Er sah sich zu seiner Mutter um.

»Du kannst es ihm ruhig sagen«, ermunterte sie ihren Sohn. Selbst wenn es etwas Großes sein sollte, sie konnte immer noch ihre Kreditkarte belasten. Sie würde alles tun, um ihm die Gewissheit zu geben, dass sie alles unter Kontrolle hatte.

Scheu sagte er: »Ich möchte ein Haus mit einem eigenen Zimmer und einer großen Familie.«

Noelle verließ der Mut. Francis trat zu ihr und gab ihr mit bekümmerter Miene einen Becher Wein.

»Aber ich bin deswegen nicht traurig«, fügte Lucas hinzu, und seine Aufrichtigkeit zog aller Augen und Ohren auf sich.

»Nicht?«, fragte Mr Santori.

»Nein«, sagte Lucas leise und blickte zu ihm hinauf. »Meine Mom sagt, wir werden immer alles haben, was wir brauchen, aber wir müssen auch alle Zwischenstopps machen und überwinden, was sich uns in den Weg stellt. Nur dann kommen wir dahin, wo wir hingehören. Ich will nicht zu Weihnachten um so etwas bitten, denn wenn ich zu früh danach frage, bevor wir die ganzen Zwischenstopps gemacht haben, bekomme ich es vielleicht nicht. Also warte ich einfach.«

Tränen brannten in Noelles Augen, und sie nahm rasch einen Schluck Wein, damit es niemand sehen konnte.

»Deine Mom ist eine tolle Mutter, und du bist ein guter Junge, weißt du das?«, lobte Mr Santori, als Lucas von seinem Schoß hüpfte. »Das Wichtigste ist, dass du bei all diesen Zwischenstopps Spaß hast.« Er blickte auf und zwinkerte Noelle zu. »Danke, dass ihr heute zu mir gekommen seid. Ihr habt mir den Abend versüßt.«

»Gern geschehen, Santa.«

»Auf die Familie und tolle Freunde.« Francis erhob ihren Becher. Die anderen folgten ihrem Beispiel, und trotz all der Dinge, die Noelle durch den Kopf gingen, spürte sie doch den weihnachtlichen Geist, der in der Luft lag.

»Wie rattenscharf ist er denn nun?«, flüsterte Phoebe, die mit übereinandergeschlagenen Beinen auf dem Ladentisch der Buchhandlung saß. Ihr langes Schneeköniginnenkleid ergoss sich wie ein Wasserfall über ihre Knie bis auf den Boden, und sie hielt einen halbleeren Pappbecher in ihrem Schoß.

»Ziemlich scharf«, entgegnete Noelle widerwillig. Sie wollte nicht an Alex denken.

Heidi hatte darauf bestanden, Lucas wieder in die Bäckerei mitzunehmen, damit Noelle ein bisschen Zeit mit ihren Freundinnen verbringen konnte. Außerdem, hatte sie behauptet, brauche sie jemanden, der ihre Kekse kostete. Noelle fragte sich, ob ihre Schwester spüren konnte, wie sehr Lucas' Worte über seinen größten Wunsch auf ihr lasteten. Heidi war immer da, wenn sie sie brauchte, und Lucas würde es guttun, möglichst viel Zeit in der Bäckerei zu verbringen. Sie wollte, dass auch er später diese Erinnerungen hatte, auf die er zurückgreifen konnte, und sie wollte ihm alles über Gram und seine Familie erzählen, damit er ein lebhaftes Bild von all dem, was seine Großeltern geschafft hatten, in seinem Gedächtnis behielt.

Kaum hatten Francis und Mr Santori Feierabend gemacht, hatte Phoebe Jo angerufen. Francis, die Phoebe schon jahrelang kannte, hatte sie gebeten, das Geschäft abzuschließen. Ehe sie gegangen war, hatte Francis Noelle anvertraut, dass der Laden nicht gut lief. Genau wie die Bäckerei bekam auch die Buchhandlung zu spüren, dass die Kundschaft auf der Straße nicht mehr die gleiche war, und Alex hatte auch ihre Miete angehoben. Francis sagte, sie würde nur noch versuchen, die Weihnachtszeit hinter sich zu bringen, und überlege, den Laden dann zu schließen. Nach fünfundvierzig Jahren.

Phoebe beugte sich hinter den Tresen, schnappte sich die Weinflasche und goss den letzten Schluck in ihren Becher, ehe Jo die nächste Flasche öffnete – sie hatte auf dem Weg in die Stadt Nachschub eingekauft. »Isst er von goldenen Tellern?«

Noelle verdrehte die Augen. »Nein. Sie sind weiß, und das Besteck ist silbern. Aber das Essen ist ziemlich extravagant.«

»Musst du zum Abendessen ein Ballkleid tragen?«, stichelte Jo.

Noelle lachte und führte ihren Becher zum Mund. »Nein, aber ich habe mich feingemacht! Ich wusste einfach nicht, was ich tun sollte. Ich habe sogar Lucas gezwungen, seine Weste zu tragen. Und als wir dann zum Abendessen kamen, hatte Alex eine Jeans an.«

»Wie sieht sein Hintern in dieser Jeans aus?«, wollte Phoebe wissen.

»Darauf habe ich nicht geachtet!« Noelle kicherte. »Aber das ist sowieso nicht wichtig. Wenn es um Alex Harrington geht, denke ich an nichts anderes als daran, die Bäckerei zu retten und wieder profitabel zu machen.«

Jo und Phoebe wurden ebenfalls wieder ernst. »Und wie willst du das anstellen?«, fragte Jo.

»Ich habe keine Ahnung.«

»Ich kann das einfach nicht fassen«, sagte Phoebe. »Womöglich musst du mit der Bäckerei nach L. A. umziehen, wie du es versprochen hast.« Phoebe zog die Brauen hoch, sodass sich Falten auf ihrer Stirn bildeten. Noelle wusste, dass Phoebe immer zu kämpfen hatte, wenn das Gespräch zu tiefsinnig wurde. Sie verbrachte nicht gern allzu viel Zeit mit anstrengenden Situationen, aber für ihre Freundinnen war sie immer da.

»Lasst uns nicht mehr darüber sprechen«, sagte Noelle. »Ich brauche eine Aufmunterung.«

»Okay. Das werdet ihr nicht glauben.« Phoebe legte eine theatralische Pause ein, bis sowohl Noelle als auch Jo sie drängten, endlich auszuspucken, was sie zu sagen hatte. »Haben wir alle noch Wein?«, fragte sie und warf einen Blick in jeden Becher. »Man hat mich aufgefordert, persönlich für die Show vorzusprechen! Eine Primetime-TV-Serie! Sie wollen sehen, wie ich mich in der Hauptrolle mache.« Phoebe knäulte ihren Rock zwischen den Fäusten zusammen und kreischte vor Freude.

Noelle blieb der Mund offen stehen. Das war riesig. Phoebe war noch nie wegen einer so wichtigen Sache angerufen worden. Das könnte tatsächlich der große Durchbruch für sie sein. Noelle packte ihre Freundin und drückte sie fest an sich, und Jo schlang die Arme um die beiden. Alle drei drückten einander voller Aufregung, und Noelle musste unwillkürlich daran denken, dass sie sich das letzte Mal so umarmt hatten, bevor sich ihre Wege nach der Highschool getrennt hatten. Damals hatten sie ihre viereckigen Barretts und die schwarzen Umhänge getragen, ihre Abschlusszeugnisse in den Händen und das ganze Leben noch vor sich.

Noelle war die Erste, die sich aus der Umarmung löste. »O mein Gott, Pheebs! Das ist ja großartig! Bist du nervös?«

»Ich versuche, es nicht zu sein. Es ergibt keinen Sinn, mich aufzuregen, solange noch gar nichts passiert ist. Noch habe ich die Rolle nicht. Wartet, bis ich sie habe, dann werde ich nervös sein. Ich werde ausflippen vor Nervosität.«

Jo schenkte sich Wein nach. »Was hat Paul gesagt?«

Für einen Moment trat eine sonderbare Stille ein, und die Aufregung wich einer vage gedrückten Stimmung.

»Ich habe es ihm nicht erzählt.«

Sowohl Noelle als auch Jo runzelten verwundert die Stirn. Warum sollte sie dem Mann, von dem sie glaubte, er könnte der Richtige sein, nichts erzählen?

»Was? Warum?«, fragte Noelle.

»Hat doch keinen Sinn, ihn zu beunruhigen, solange ich die Rolle nicht habe.«

Noelle ließ sich die Worte ihrer Freundin durch den Kopf gehen und kam zu dem Schluss, dass da noch mehr sein musste. Sie kannte Phoebe einfach zu gut. »Würde er diese Reise denn nicht mit dir antreten wollen? Selbst wenn du die Rolle nicht bekommst, ist das eine große Sache, Phoebe. Willst du ihn da nicht mit einbeziehen?«

Phoebe schüttelte ihren Rock auf, strich die Falten glatt und rutschte unruhig auf dem Ladentisch herum. »Wenn ich sie bekomme, muss ich eine wichtige Entscheidung treffen.« Das Hochgefühl, das zuvor in ihrem Gesicht geleuchtet hatte, war einer Art dumpfer Panik gewichen. »Er hat sich hier ein Leben aufgebaut. Er hat eine chiropraktische Praxis und ist ziemlich erfolgreich, und seine Familie wohnt gleich um die Ecke.«

»Soll er doch diese Entscheidung treffen«, sagte Jo und drehte den Kopf auf die Weise zur Seite, wie sie es immer tat, wenn sie etwas hören wollte.

Phoebe starrte auf ihren Becher. »Ich schätze, ich habe Angst, ihn zu verlieren, wenn ich die Rolle bekomme. Wir können nicht zusammen bleiben, wenn wir auf entgegengesetzten Seiten des Landes leben. Aber ich will mich damit nicht befassen, solange ich nicht dazu gezwungen bin.«

»Es ist wirklich toll, dass du dieses Vorsprechen hast«, sagte Noelle. »Ich denke, das wollten wir heute Abend feiern.« Sie erhob ihren Becher. »Auf meine talentierte Freundin. Wir wussten vor allen anderen, dass aus ihr mal ein großer Star wird.«

10

Noelle saß mit Kaffeetasse und Untertasse in den Händen im Wohnzimmer ihrer Suite. In der vergangenen Nacht hatte sie nur schwer Schlaf gefunden; ihre Augen schmerzten.

Lange hatte sie wach gelegen und über das nachgedacht, was Lucas zu Mr Santori gesagt hatte. Sein Wunsch machte ihr enorm zu schaffen. Was, wenn sie ihn nie erfüllen konnte? Würde er dann denken, er hätte aus irgendeinem Grund kein gutes Leben verdient?

Noelle hatte überlegt, ob sie Lucas bei sich behalten sollte, ob sie ihn selbst zur Schule bringen sollte, aber sie musste arbeiten und wusste nicht, ob ihm langweilig werden würde, wenn er auf sie wartete. Also hatte sie ihn früh am Morgen zu ihrer Mutter gebracht. Nun saß sie einfach nur da, trank ihren Kaffee, fragte sich, was sie mit ihrem Leben anfangen sollte. Sie fühlte sich, als hätte sie Lucas die ganze Zeit nur belogen. Waren das wirklich alles Zwischenstopps auf einer langen Reise? Oder hatte sie da nur Unsinn geredet? Vielleicht sollte sie Phoebe folgen, wenn sie wirklich nach Los Angeles ginge. Wenn sie das täte, würde der Verlust der Bäckerei eine Narbe in ihrem Herzen zurücklassen. Andererseits hatte sie die bereits verloren – kämpfte sie um etwas, das sie so oder so nicht haben konnte? Würde ein besseres Leben auf sie warten, wenn sie einfach nur endlich die alten Träume losließ?

Sie trank ihren Kaffee aus und machte sich auf, um nach William zu sehen.

»Guten Morgen«, sagte sie, als sie seine Suite betrat.

»Morgen.« Er saß auf dem Sofa, die Finger um den Knauf seines Stocks verschränkt, als wartete er auf einen Grund aufzustehen. Das Feuer brannte bereits, und die Lampen wetteiferten mit dem Licht des frühen Morgens. Sie trat an einen kleinen Tisch auf einer Seite des Raums und deponierte dort seine Tabletten und ein Glas Wasser.

»Wie haben Sie geschlafen?«, erkundigte sie sich, ging in sein Schlafzimmer, schlug die Kissen auf, lehnte sie ans Kopfbrett und zog Laken und Decke glatt.

»Ich habe gut geschlafen, danke. Wie steht es mit Ihnen?«, rief er zu ihr herein. Die Räume lagen nahe genug beieinander, dass sie ihn mühelos verstehen konnte.

»Recht gut«, log sie und zog die Vorhänge auf. In dem gedämpften Licht, das durch die Fenster drang, fiel ihr etwas auf, und sie hielt inne, um genau hinzusehen. In das Glas des Schlafzimmerfensters waren Namen eingeritzt: Phyllis, Georgia, Annabelle, Maxine, Victoria, Anne. »Was ist das?«, fragte sie und strich mit den Fingern über die Namen in dem welligen Glas.

Sie konnte hören, dass William sich in Bewegung setzte. Das Pochen seines Stocks näherte sich langsam, aber sie war außerstande, den Blick vom Fenster abzuwenden.

»Ich kann nicht erkennen, wo Sie hinschauen«, sagte er, setzte sich auf die Bettkante und legte beide Hände auf seinen Stock. »Was sehen Sie?«

»Da sind Namen im Fenster.«

»Aha.« Er legte eine Pause ein. Ein wenig schien es, als würden seine Gedanken ihn überwältigen. Sie hatte ihn schon früher so erlebt, und sie fragte sich, ob die Erinnerungen, die dieses Haus in ihm wachrief, sich stärker auf ihn auswirkten, als er zugeben wollte. »Der erste Eigentümer dieses Besitzes,

Henry, hat einer Frau namens Anne einen Antrag gemacht. Sie war die Tochter eines Mannes, der mit Tabak ein Vermögen gemacht hatte. Ihr Vater wollte Anne die Ehe mit Henry nicht erlauben, solange der keinen Ring vorweisen konnte, der der Eheschließung mit seiner einzigen Tochter würdig wäre. Also kaufte Henry einen vierkarätigen Diamanten, was in dieser Zeit unerhört groß war. Er hatte einen viereckigen Schliff und war zusammen mit weiteren, kleineren Diamanten in Silber gefasst. Der Ring selbst war auch silbern und mit einem detaillierten Muster aus Blättern versehen. In den Ring war ihr gemeinsames Ehe-Monogramm eingraviert: Harrington in der Mitte, Henry links und Anne rechts – HHA. Um ihrem Vater zu beweisen, dass es sich tatsächlich um einen echten Diamanten handelte, schrieb sie ihren Namen damit in das Fensterglas, als der Vater zwecks Vorstellung seiner Tochter in diesem Raum zu Gast war. Damals wurden Ehen noch arrangiert, müssen Sie wissen. Der Ring wurde dann von Generation zu Generation weitergegeben, und jede Frau, die ihn als Verlobungsring erhielt, schrieb mit dem Diamanten ihren Namen in das Glas. Es wurde zu einer Tradition.«

Noelle starrte die eingeritzten Namen in der welligen Scheibe an, beeindruckt von der Geschichte dahinter. Sie standen schon seit so vielen Jahren dort und sahen doch aus, als wären sie gerade erst geschrieben worden. »Moment«, sagte sie, löste sich von dem Anblick und sah William an. »Wo ist Elizabeths Name?«

Mit unsicheren Beinen stand er auf. »Elizabeth hat einen anderen Ring getragen«, entgegnete er in schneidendem Ton, als hätte sie etwas Falsches gesagt. »Der Originalring ging verloren, also hat die Tradition mit meiner Mutter Phyllis ihr Ende gefunden.« Er ging Richtung Tür.

»Ach, wie schade.« Wie konnte man einen Vierkaräter verlieren? »Denken Sie, er wurde gestohlen?«, rief sie ihm nach. Er drehte sich zu ihr um.

»Nein«, schnaubte er. »Er wurde nicht gestohlen. Das weiß ich genau. Aber jetzt ist er weg, und das ist das Ende der Geschichte.« Er machte kehrt und humpelte zur Tür hinaus, aber ihr fiel auf, dass die Hand auf seinem Stock wieder erkennbar zitterte. »Wenn Sie da drin fertig sind, möchte ich, dass Sie mir helfen, auf ein paar Antiquitäten zu bieten«, sagte er beim Hinausgehen.

Noelle konnte sich gar nicht vorstellen, wie enttäuschend es für William gewesen sein musste, Elizabeth diesen Ring nicht bieten zu können. Sein Ärger war unverkennbar, aber sie fragte sich, ob sich dahinter nicht auch Kummer verbarg. Wie wäre es für sie, hätte sie etwas Wertvolles von Gram verloren? Wie mochte sich der Verlust solch eines besonderen Familienerbstücks anfühlen?

Er brachte den Ring nicht mehr zur Sprache, also tat Noelle es auch nicht. Das war eindeutig ein wunder Punkt. Es war doch verrückt, dass niemand in diesem Haus ihn gefunden hatte. Darum hatte sie angenommen, er wäre gestohlen worden. War er vielleicht außerhalb des Hauses verloren gegangen? Aber schließlich kam sie zu dem Schluss, dass er nach all der Zeit, die inzwischen vergangen war, für immer verloren sein musste und es folglich das Beste wäre, ihn nicht mehr zu erwähnen, auch wenn der Gedanke an diesen Ring ihre Fantasie anregte.

Sie kehrten zurück ins Wohnzimmer, und Noelle öffnete mit ein paar Klicks den Internetbrowser auf Williams Laptop.

»Ich biete gern auf Antikes«, sagte er endlich und setzte sich zu ihr. »Das ist ein angenehmer Zeitvertreib für mich.

Ich versuche, das Haus mit so vielen Stilmöbeln wie möglich auszustatten. Elizabeth hat damit angefangen und die ersten Stücke erworben, und schließlich wurde daraus ein gemeinsames Hobby. Ich muss gestehen, ursprünglich war es weniger die Entdeckung eines schönen Stücks, die mich erfreut hat, sondern das Lächeln auf ihrem Gesicht, wenn wir etwas gefunden hatten. Ich nehme an, ich suche immer noch nach besonderen Stücken, um dieses Glück zu bewahren, das Elizabeth empfunden hat, wenn wir gemeinsam eingekauft haben. Dadurch fühle ich mich vollständig.« Er räusperte sich. »Zwar gibt es hier noch immer viele Originale, aber einige Dinge sind über die Jahre verloren gegangen oder beschädigt worden, also versuche ich nun, das Haus wieder dem Zustand nahezubringen, den Henry sich für seine Braut vorgestellt hatte.«

»Aber Sie haben doch gar nicht hier gelebt …«, sagte sie, meinte es aber eher als Frage an ihn. Er zeigte ein erstaunliches Interesse an einem Haus, in dem er eigentlich nicht leben wollte.

»Nein, aber das Haus ist mir wichtig. Ich liebe es.« Mit einem tiefen Seufzer fügte er hinzu: »Elizabeth wollte, dass wir hier leben. Sie hat mich angefleht. Aber ich habe ihr gesagt, es wäre leichter, von New York aus zu arbeiten als von Richmond, Virginia. Hier gab es nichts für mich.«

»Was ist mit Alex? Wo ist er aufgewachsen?«

»Er hat mit seinen Eltern hier gelebt, und als sie unerwartet gestorben sind – da war er elf –, hat sich Elizabeth um ihn gekümmert. Wenn sie in New York war, haben Kindermädchen für ihn gesorgt.«

Noelle würde nie zulassen, dass Lucas die Hälfte der Zeit von Fremden aufgezogen würde. Der Gedanke erinnerte sie an Alex' Mimik und daran, wie ernst er manchmal war.

Plötzlich glaubte sie beinahe, sie könnte den kleinen Jungen vor sich sehen, der er einmal gewesen war. Ob er Angst gehabt hatte, allein in diesem großen Haus, ohne seine Eltern?

»Was geht Ihnen durch den Kopf?«, fragte William.

Seine hellsichtige Frage überraschte sie. Er schien es einfach zu wissen, wenn etwas sie zum Grübeln brachte.

»Sie müssen Ihre Medizin nehmen«, sagte sie, stellte den Laptop auf den Beistelltisch und stand auf, um sich dem Thema zu entziehen. Es missfiel ihr, Mitgefühl mit Alex zu empfinden, denn das weckte in ihr den Wunsch, ihn in die Arme zu nehmen und ihm zu sagen, alles wäre in Ordnung. Er hatte seine Eltern in jungen Jahren verloren. Womöglich vermisste er sie immer noch.

Sie reichte William seine Tabletten in einem kleinen Pappbecher und gab ihm ein Glas Wasser. »Darf ich Sie etwas fragen?«

William schluckte die Pillen und hielt ihr das Glas hin, damit sie es ihm abnahm. Schon aufrecht zu sitzen schien ihm Mühe zu machen. »Natürlich«, sagte er, und die Falten auf seiner Stirn folgten den zusammengezogenen Brauen.

»Warum kommen Sie und Alex nicht miteinander zurecht?« Sie wollte eine echte Antwort. Wollte sie Alex je verstehen und ihn dazu bringen, sich die Sache mit der Bäckerei noch einmal zu überlegen, dann musste sie wissen, wer er wirklich war. William hatte ihr schon manches erzählt. Vielleicht würde er sie auch in diesem Punkt ins Vertrauen ziehen.

Zunächst starrte William nur wortlos in seinen Schoß. Dann, nachdem er eingehend nachgedacht hatte, sagte er: »Einiges davon ist meine Schuld, aber er hat auch seinen Anteil.«

»Sprechen Sie jemals mit ihm? Erzählen Sie ihm, was

Sie bewegt?« Sie nahm seinen Stock von dem Sofakissen, auf dem er gelegen hatte, lehnte ihn an den Kaffeetisch und setzte sich neben William.

Der schüttelte den Kopf, und in der Art, wie er die Lippen verzog, offenbarte sich seine Verstimmung ebenso wie in seinem Schweigen.

»Es ist nur so, dass ich es nicht ertragen könnte, Ärger mit meiner Familie zu haben. Die Familie ist doch alles, was wir haben. Meine Familie ist die Liebe meines Lebens, und ich würde nicht wollen, dass irgendjemand von uns am Rande steht.«

Er lächelte. Plötzlich schien sein Ärger verflogen zu sein. »Sie sind so jung«, sagte er. »Ich habe ein langes Leben gelebt, und das hat mich gelehrt, dass auch in einer Familie nicht zwangsläufig eitel Sonnenschein herrscht. Manchmal kommen die Leute wunderbar miteinander aus und manchmal nicht. Wenn ich an die Dinge in meinem Leben denke, die ich wirklich geliebt habe, kann ich ein paar Erfahrungen aus der Tasche ziehen, mit denen meine Familie nichts zu tun hat.«

Noelle hatte keine Ahnung, wie es sich anfühlen würde, ihren Eltern, Pop-pop und Gram und Heidi nicht so nahe zu sein. Der Gedanke, auf einen von ihnen verzichten zu müssen, war zutiefst erschreckend für sie. »Zumindest Elizabeth muss für Sie doch Familie bedeuten, schließlich haben Sie sie geheiratet, und sie scheint die Liebe Ihres Lebens zu sein.«

»Sie ist eine davon, ja.«

»Wer sind die anderen?«

»Das ist nicht wichtig.« Unbehaglich beugte er sich vor. »Aber ich werde Ihnen etwas sagen: Sie werden die Liebe Ihres Lebens daran erkennen, dass Sie sie nicht aus Ihrem Kopf bekommen, Familie hin oder her.«

Als er das sagte, lief Noelle rot an, denn sie dachte sehr viel an Lucas, aber sie hatte auch ziemlich oft über Alex nachgedacht, also konnte das schlicht nicht stimmen.

»An wen denken Sie?«, fragte sie.

»Ich gestatte mir nicht mehr, an irgendjemanden zu denken.« Er hustete auf eine Weise, die ihr verriet, dass seine Gefühle sich Bahn zu brechen drohten. »Also, könnten Sie mir jetzt aufhelfen? Ich bin müde und möchte mich hinlegen.«

»Ich werde mich einfach hier hinsetzen, während Sie schlafen, falls Sie einverstanden sind – nur für den Fall, dass Sie etwas brauchen.«

Er nickte, doch es schien, als täte er das nur, um sie zufriedenzustellen.

Während er schlief, packte Noelle den Rest der Sachen aus seinem Koffer aus, der noch auf dem Boden stand, und sortierte alles so gut sie konnte in Schubladen ein. Dann sammelte sie im Badezimmer die Wäsche ein, damit das Personal sie waschen konnte, räumte das Frühstücksgeschirr auf und brachte seine Suite in Ordnung.

Gegen Mittag schlief William immer noch, und Noelle war tief in Gedanken versunken. Sie ging durch die langen Korridore zur Küche, ohne wirklich etwas um sich herum wahrzunehmen, bis sie schließlich bei Alex' Büro angelangt war und der Anblick des Schreibtischs jenseits der offenen Tür sie innehalten ließ.

Da standen eine Einkaufstasche, die zuvor nicht dort gewesen war, und zwei sehr teuer aussehende Kameras. Dann fiel ihr im Regal ein Farbfleck zwischen all den braunen und schwarzen Buchrücken auf. Das Buch sah ganz fehl am Platze aus, und sie erinnerte sich nicht, es früher schon einmal gesehen zu haben. Als sie eintrat, entdeckte sie noch mehr davon, also ging sie hin und zog eines aus dem Regal. Es war ein Kinderbuch über Saurier. Sie strich mit den Fingern über die leuchtend grünen Buchstaben und dachte daran, wie vergnügt Alex gewesen war, als er gesagt hatte, in diesem Regal gäbe es nur »Nichtigkeiten«. Sie stellte das Buch zurück an seinen Platz.

»Hi«, ertönte es hinter ihr.

Noelle wirbelte herum und sah Alex vor sich.

»Sie sind zurück?«, fragte sie, überrascht, ihn hier zu sehen. Er schaute sie auf die gleiche Weise an wie an dem gemeinsamen Abend, und für einen Moment sah sie im Geiste seine Lippen vor sich, als sie ihren so nahe gekommen waren. Eine Sekunde lang konnte sie kaum klar denken.

Er kam herein, ergriff eine der Kameras und fummelte daran herum. »Die habe ich gestern in New York in einem Geschäft entdeckt«, berichtete er und sah sie an, als hätte er ihr gerade ein großes Geheimnis verraten. Er hob den Apparat hoch, stellte die Entfernung am Objektiv ein und richtete ihn auf den Halbkreis aus Fenstern auf der Rückseite seines Büros. Die Fenster waren riesig, zogen sich über zwei Stockwerke und gaben den Blick auf ein Gelände frei, das trotz der winterlichen Kälte und des bedeckten Himmels üppig grün aussah. Vor dem Glas stand ein erlesenes Teleskop, das mit all dem Holz und Messing wirkte, als wäre es so alt wie das Gebäude selbst.

Der Apparat machte sich gut in seiner Hand. Er schoss ein Foto und hielt ihr die Kamera hin, um ihr das Display auf der Rückseite zu zeigen. Der Schnappschuss, den er ohne nachzudenken gemacht hatte, war großartig gelungen: Die Bücherregale umrahmten das Fenster, auf der Seite war der

Schatten des Teleskops zu sehen und dahinter ein prächtiger Baum, der ihr zuvor gar nicht aufgefallen war. Sie blickte über seine Schulter, um nachzuschauen, ob sie ihn von ihrem Standpunkt aus sehen konnte, und tatsächlich, da war er. »Das ist toll«, sagte sie.

»Die Kamera ist gut, nicht wahr?«

»Ich habe von dem Foto gesprochen, nicht von der Qualität der Kamera.«

Er blickte von dem Bildschirm auf und lächelte sanft. »Danke.«

Sie erinnerte sich an die Fotos, die William ihr gezeigt hatte, und geriet plötzlich ins Grübeln. »Diese Fotos im Korridor – die Schwarz-Weiß-Aufnahmen –, haben Sie die gemacht?«

»Ja.«

»O mein Gott, Alex! Die sind großartig. Sie sind so talentiert. Das Bild von Ihrer Großmutter ist wundervoll.«

Unerwartet spiegelte sich ein ganz anderes Gefühl in seinen Zügen. Die Erwähnung seiner Großmutter hatte ihn offenbar kalt erwischt, denn er wirkte auf einmal sehr verletzlich.

Noelle wusste, wie sich diese Art von Liebe und Verlust anfühlten. Sie erlebte das jeden Tag beim Gedanken an Gram. Sie fehlte ihr so sehr, dass sie es kaum ertragen konnte. Anfangs war es ihr sogar schwergefallen, in die Bäckerei zu gehen, aber nachdem die erste Trauer abgeklungen war, hatte sie erkannt, dass es falsch wäre, sich von diesem Ort fernzuhalten. Dort hatte Noelle das Gefühl, ihr näher zu sein. Und Alex sollte bei seiner Großmutter sein. »Sie lieben sie sehr.«

»Ja«, sagte er und legte die Kamera weg, als wäre ihr Gewicht ihm plötzlich zu viel.

Sie trat näher und schaute ihm in die Augen. »Es tut mir

leid«, sagte sie und fühlte sich seinetwegen untröstlich. Für gerade eine Sekunde schien es, als könnte er die Arme um sie legen. Doch dann bewegte er den Kopf, als wollte er den Schmerz in seinem Herzen abschütteln, ging zum Regal und zog eines der bunten Bücher hervor. Sie wünschte, er hätte sich ihr anvertraut, aber er hatte das Gespräch einfach abgebrochen und zugemacht. Ihr vermittelte das den Eindruck, dass der Funke, den sie zwischen ihm und ihr wahrzunehmen geglaubt hatte, wohl eher einseitiger Natur gewesen war. Sie hätte sich am liebsten geohrfeigt, weil sie sich erneut eine Blöße gegeben hatte.

»Ich dachte, das würde Lucas gefallen«, sagte er und sah sie an, doch seine Miene wirkte nun recht neutral. »Ich habe Bücher zu verschiedenen Themen gekauft.« Er deutete die Leiter hinauf, und sie sah noch eines und erhaschte zugleich einen kostbaren Blick auf die winterliche Sonne, die durch die Bleiverglasung der Kuppel in der Decke schien.

»Warum?«, fragte sie argwöhnisch. Seine Aufmerksamkeit verwirrte sie. Eines durfte er mit Lucas nicht machen: seine Gefühle an- und abstellen, wie er es ihr gegenüber tat. Lucas' Wohlergehen war kein Spiel oder irgendetwas, mit dem Alex sich befassen konnte, wenn ihm gerade langweilig war. Lucas war die große Liebe ihres Lebens, wie sie William zu erklären versucht hatte, und sie wollte nicht, dass seine junge Seele Schaden nahm.

»Warum nicht? Er hat mir erzählt, dass er nur ein Buch hat. Ich wollte, dass er mehr bekommt. Er ist ein kluger Junge, Noelle. Er verdient es, alle Bücher zu haben, die er in die Finger kriegen kann.«

»Na ja, es ist nur, dass Sie ihn gerade ein paar Minuten lang kennen; ich kenne ihn schon sein Leben lang. Ich weiß, was er braucht.« Trotz ihrer Worte war sie ein wenig besorgt. Nachdem sie gesehen hatte, wie Lucas auf Alex reagiert hatte, fürchtete sie, dass sie vielleicht doch nicht wusste, was er brauchte, es vorher nur nie bemerkt hatte. Sie drückte die Schultern durch, um ihre Unsicherheit zu kaschieren.

Alex musterte sie neugierig. »Da steckt doch noch etwas anderes dahinter. Sie wirken ... abwesend. Ärgerlich«, sagte er gedehnt. »Was ist los?«

»Nichts.« Sie wollte gehen, ehe sie sich zum Narren machen konnte, indem sie etwas sagte, was besser ungesagt blieb. Aber um zur Tür zu gelangen, musste sie an ihm vorbei, also blieb sie, wo sie war.

»Geht es um ...«

Sein Blick huschte für einen Moment zu ihren Lippen, ehe er ihr wieder in die Augen sah. Er trat einen Schritt näher, und sie erstarrte, außerstande, ihre eigenen Gedanken zu verarbeiten. Er war so schwer einzuschätzen!

»Haben Sie schon zu Mittag gegessen?«, fragte er.

Sie schüttelte den Kopf.

»Kommen Sie mit.«

Als würde eine Kraft sie leiten, die stärker war als ihr Wille, folgte sie ihm.

Sie gingen in das kleine Speisezimmer, und er bat sie, ihn einen Moment zu entschuldigen. Dann ging er rasch wieder hinaus, kehrte aber im Handumdrehen zurück. »Ich habe den Koch gebeten, uns einen kleinen Imbiss zuzubereiten«, sagte er. »Wie hört sich Linsensuppe mit gegrillten Käse-Tomaten-Sandwiches für Sie an?«

»Das hört sich tatsächlich köstlich an«, gab sie zu, insgeheim froh, dass sie die Speisen kannte.

»Ich habe nicht viel Zeit. Ich muss zu einer Besprechung, aber Sie sehen heute so anders aus. Etwas macht Ihnen zu schaffen. Hat mein Großvater etwas gesagt, was Sie geärgert hat?« Er rückte ihr einen Stuhl zurecht

»Nein«, sagte sie, nahm Platz und beugte sich über den Tisch, doch dann erinnerte sie sich ihrer Manieren und richtete sich wieder auf. »Warum kommen Sie nicht mit ihm aus? Er scheint ein sehr netter Mann zu sein.«

Er zog sich selbst einen Stuhl neben ihrem heran und seufzte. »Ist er aber nicht.«

»Er hat mir von Ihrer Großmutter erzählt«, berichtete sie.

Alex richtete sich kerzengerade auf. »Was hat er gesagt?«

»Dass sie Alzheimer hat und in einem Heim lebt.«

»Ja …« Seine Stimme verlor sich, und er unterbrach den Augenkontakt.

Sie beschloss, weiterzubohren. Normalerweise würde sie es nicht wagen, ihren Chef in eine solche Lage zu bringen, aber er hatte sie beinahe geküsst, er kaufte Geschenke für Lucas … »Er hat gesagt, er könne sie nicht besuchen, weil das zu schmerzhaft sei.«

»Ha!«, blaffte er und blickte sie wieder an. »Er will sie nicht besuchen. Weil sie ihn nicht interessiert. Hat sie nie.«

»Mögen Sie ihn deswegen nicht? Mir scheint, das ist nur ein Missverständnis, das ausgeräumt werden könnte. Er hat gesagt, es habe ihm das Herz gebrochen.«

»Es ist genauso, wie Sie es gerade in Hinblick auf Lucas und mich gesagt haben: Sie kennen ihn erst ein paar Minuten, Noelle. Sie kennen nicht die ganze Geschichte.«

»Dann erzählen Sie sie mir.« Warum hatte sie das jetzt gesagt? Er hatte ihr schon erklärt, er habe zu tun und nicht viel Zeit. Ganz zu schweigen davon, dass sie sich wirklich nicht noch weiter in die Angelegenheiten seiner Familie einmischen sollte. Denn je mehr sie das tat, desto mehr berührte sie das alles, und sie sollte sich überhaupt nicht für Alex Harrington interessieren. Seiner Reaktion nach zu urteilen, war die Sache noch komplizierter, als sie vermutet hatte. Und so, wie er sich in seinem Büro verhalten hatte, nachdem seine Großmutter zur Sprache gekommen war, bezweifelte sie ohnehin, dass er sich ihr öffnen würde. Doch da war dieser Drang, diese Energie, die sie trieb, mehr wissen zu wollen. Sie konnte nicht sagen, was diese Energie hervorbrachte, aber sie fühlte, dass sie da war.

Alex rieb sich frustriert die Schläfen, und als er sie dann wieder anblickte, stand in seinen Augen eine Aufrichtigkeit, die sie überraschte. Sie konnte kaum erwarten zu hören, was er zu sagen hatte. »Meine Großmutter war der einzige Mensch auf der Welt, den ich geliebt habe.«

Ihr Mittagessen wurde serviert; Alex dankte den Bediensteten, ehe sie wieder hinaushuschten.

»Er hat sie nie geliebt«, platzte Alex dann zornig heraus, sichtlich verwundert über sich selbst. Es war, als hätte der Groll ihn einfach überwältigt und würde nach Jahren der Unterdrückung in dem Moment, in dem jemand ihm gestattete, seine Gefühle zu offenbaren, einfach aus ihm hervorbrechen. Trotz seines anfänglichen Zögerns fuhr er fort. »Sie hat alle Liebe verdient. Sie ist der beste Mensch, den ich je kennengelernt habe. Er hat sie einfach nicht verdient.«

Noelle war verwirrt. Weder Alex noch William nahmen den jeweils anderen als die Person wahr, die sie selbst erlebt hatte. Sie wusste nicht, was sie glauben sollte. »Woher wissen Sie, dass er sie nicht geliebt hat?«, fragte sie.

Ein düsterer, stierer Blick trat in seine Augen. »Weil er jemand anderen geliebt hat. Sie hat es mir erzählt. Das hat meine Großmutter ihr ganzes Eheleben lang geplagt.«

Seine Erklärung klang so nüchtern, dass Noelle ihm auf Anhieb glaubte. Ihr Puls hallte durch ihre Ohren, während sie in ihre dampfende Suppe starrte und spürte, wie die Hitze in ihrem Körper aufstieg. Sie hatte ihn beinahe gezwungen, ihr diese schrecklich intime Information zu offenbaren, und nun erinnerte sie sich, dass William ihr erzählt hatte, es hätte andere Lieben in seinem Leben gegeben. Noch nie zuvor hatte sie absichtlich alte Familiengeheimnisse ausgegraben, und sie hatte auch jetzt nicht die Absicht gehabt, dergleichen zu tun. Sie hatte nur gehofft, sie könnte William und Alex helfen, mehr Verständnis füreinander aufzubringen.

»Lassen Sie sich von ihm nur nicht weismachen, er wäre eine Art Heiliger, nur weil er jetzt herumhumpelt und sich selbst leidtut. Er liebt in dieser Familie niemanden«, konstatierte Alex und tauchte den Löffel in seine Suppe. »Seine Frau hat er nie geliebt; für meinen Vater hat er nie Zeit gehabt, und folglich hat mein Vater für mich auch nicht gerade viel Zeit gehabt, denn er hatte es nicht anders gelernt. Und ich habe darunter gelitten. Jeden Tag habe ich diese Leere wahrgenommen. Meine Eltern sind bei einem Flugzeugabsturz ums Leben gekommen; da war ich elf. In dem Alter ganz allein mit solch einem Verlust zurechtzukommen ist schwer. Alles, was ich mir gewünscht habe, war, dass mein Großvater mir sagt, er würde mich verstehen, aber so ein Gespräch hat es nie gegeben. Er war nicht mal da, hat sich einfach geweigert, von New York zurückzukommen. Er hat dieses Haus immer gehasst. Vielleicht, weil wir alle hier waren. Selbst vor dem Tod meiner Eltern war es immer meine Großmutter, die zugehört hat, wenn ich über meine Ängste gesprochen habe, über meine Verwirrung, einfach über alles, was ich empfunden habe. Und die übrige Zeit war ich allein.«

Noelle sah unverstellte Ehrlichkeit in seinem Gesicht und vertraute absolut darauf, dass er die Wahrheit sagte. Er versuchte nicht, sie um den Finger zu wickeln; er ließ sie an sich heran. Die Vorstellung, dass Alex schon in so jungen Jahren auf sich allein gestellt gewesen war, schmerzte sie. Was für ein trauriges, einsames Dasein. Ohne nachzudenken, rückte sie etwas dichter an ihn heran. Er drehte sich zu ihr um. Die Anziehungskraft, die sie verspürte, war stärker als ihr Wille, und sie legte die Hände an seine Wangen und sah ihm in die Augen.

Da war er – dieser Ausdruck, den sie dann und wann für Sekundenbruchteile wahrgenommen hatte: der Blick des verletzlichen kleinen Jungen, der er einmal gewesen war. Und die ganze Zartheit seines Herzens wogte in ihm herauf. Ehe sie noch einen weiteren Gedanken fassen konnte, lagen seine Lippen auf ihren, als wäre es ihnen so bestimmt, als hätte sie ihr ganzes Leben lang nur auf dieses Gefühl gewartet. Sie ergänzten sich perfekt, bewegten sich mühelos und wie berauscht, sein Atem mischte sich mit ihrem, die Wärme seines Mundes, der Geschmack seiner Lippen …

Er wich zurück, offenbar genauso schockiert wie sie selbst.

Doch sie kämpfte darum, den Moment festzuhalten. »Müssen Sie zu dieser Besprechung gehen? Bleiben Sie doch.«

Seine Mundwinkel wanderten aufwärts. »Ja, ich muss gehen.« Ihr war völlig klar, dass er gar nicht an die Besprechung dachte, dennoch behauptete er, er müsse fort.

Noelle gab sich Mühe, sich ihre Enttäuschung nicht anmerken zu lassen.

»Aber danach komme ich gleich wieder zu Ihnen.«

11

Noelle öffnete die Tür und fand Jim auf ihrer Schwelle.

»Mr Harrington möchte, dass Sie in sein Büro kommen. Er sagte, Sie sollen Mantel und Schal mitbringen«, informierte Jim sie.

»Hat er einen Grund genannt? Soll ich sonst noch etwas mitnehmen?«

»Davon hat er nichts gesagt, Ma'am.«

»Okay, danke.«

Sie war gerade erst damit fertig geworden, William zu einem kleinen Snack ins Esszimmer zu begleiten. Während des Essens hatte sie ihn bei der Lösung eines Kreuzworträtsels unterstützt, aber dann hatte William ihr gesagt, er wolle noch eine Tasse Tee trinken und wäre vollauf zufrieden damit, allein zurück in seine Suite zu gehen. Der kurze Gang würde ihm guttun, hatte er gesagt. Und sollte er Hilfe benötigen, würde Jim ihn eben zurückbringen. Sie hatte versucht zu erklären, dass sie genau für solche Dinge angestellt worden war, aber er hatte sie weggescheucht und erklärt, er wolle allein sein, während er seinen Tee trank. Sie war hin- und hergerissen zwischen dem Anspruch, ihre Arbeit zu tun – von der sie immer noch nicht ganz sicher war, was sie eigentlich umfasste, da sie nie eine formelle Arbeitsplatzbeschreibung erhalten hatte –, und dem Wunsch, ihn so zu behandeln wie jeden anderen auch. Letztlich beschloss sie, ihm den Raum zu lassen, um den er so höflich gebeten hatte.

Nach einer kurzen Überprüfung ihres Make-ups fuhr sie

sich mit einem Kamm durchs Haar, schnappte sich Mantel, Schal und Handschuhe und machte sich auf den Weg zum Büro. Als sie dort eintraf, trug Alex unter seinem Mantel wieder Jeans und lächelte dieses ganz besondere Lächeln.

»Viel zu tun?«, fragte er.

Noelle wusste nicht recht, was sie sagen sollte. »Heute ist ein gewöhnlicher Arbeitstag für mich, aber im Moment habe ich nichts zu tun. William will allein sein.«

»Ich habe Jim gesagt, er möge sich während der nächsten paar Stunden um meinen Großvater kümmern. Er mag Jim. Sie und ich haben einen Arbeitstermin.«

»Haben wir?«

»Jep. Kommen Sie mit.«

Er führte sie zur Vordertür, und als er öffnete, stand der prachtvollste anthrazitfarbene Audi S8 vor ihr, den sie je gesehen hatte. Selbst bei diesem Winterwetter wirkte er elegant, und er glänzte, als wäre er gerade erst ausgeliefert worden. Alex öffnete die Tür für sie, und sie glitt auf den Ledersitz, dessen Bezug so weich war, dass es sich anfühlte, als säße sie auf edlem Satin. Das Armaturenbrett hätte gut in eine Kontrollstation der NASA gepasst, und auf dem Display des Navigationssystems wurde bereits ein ihr unbekanntes Ziel angezeigt. Alex stieg ein und startete den Motor. Der Wagen gab kaum einen Laut von sich, als er den Gang einlegte, und segelte förmlich davon, als würde er schweben, statt auf vier Reifen zu rollen.

»Wo fahren wir hin?«, fragte sie. Ihr fiel auf, wie gut die Temperatur in dem Wagen geregelt war, denn ihr war nicht im Mindesten kalt, obwohl der Wetterbericht Schneefall angekündigt hatte.

»Ich möchte Ihnen etwas zeigen. Ich hoffe, Sie mögen Champagner.«

»Ja«, entgegnete sie gespannt. »Allerdings trinke ich normalerweise nicht während der Arbeit.«

»Na ja, wir haben auch sonst einiges getan, was wir normalerweise nicht tun würden, nicht wahr?«

Sie dachte an den Kuss und konnte sich ein Lächeln nicht verkneifen, während sie zum Fenster hinausschaute und sich bemühte, sich ihr Hochgefühl angesichts seiner Worte nicht anmerken zu lassen. Sie wollte nicht fühlen, was sie fühlte, es machte die Dinge angesichts ihrer Situation nicht einfacher. Dennoch konnte sie ihre Empfindungen nicht leugnen. Sie mochte sich gar nicht eingestehen, dass sie ihn nicht auf die Bäckerei angesprochen hatte, und sie wollte nicht daran denken, dass er sie in den Ruin getrieben hatte, denn das würde die Magie zwischen ihnen zerstören. Sicher, das war eigennützig, aber für eine kurze Weile wollte sie nichts weiter, als das Zusammensein mit diesem Mann genießen. In seiner Gegenwart hatte sie Spaß, und es war lange her, seit sie solche Gefühle gehegt hatte.

Schweigend fuhren sie zu ihrem Bestimmungsort. Die Spannung brachte sie beinahe um. Alex hatte Musik angestellt, die leise im Hintergrund spielte, während der Wagen geschmeidig um die Kurven rauschte und die Straße hinunterglitt. Endlich fuhr Alex vor der städtischen Arena rechts ran und schob den Schalthebel in Parkstellung. Noelle hatte hier Footballspiele und Konzerte besucht. Es war eine enorm große, überdachte Anlage, die locker zwanzigtausend Menschen fasste, doch nun lag der Parkplatz verlassen da.

Alex ging um den Wagen herum zu Noelles Seite und hielt ihr die Tür auf. Dann führte er sie zum Eingang, wo ein Mann ihn mit Namen begrüßte und sie hineinließ. Man brachte sie hinauf zu einer der VIP-Lounges. Im Inneren stand ein Tisch nahe dem Fenster, von dem aus der Blick auf die Mitte der Arena hinausführte. Das leere Spielfeld sah aus wie ein weißes Rund voller Nichts, umgeben von dem See leerer Sitzplätze unter ihnen. Sie nahm auf einem der Stühle Platz, und Alex setzte sich ihr gegenüber. Vor ihnen standen zwei Champagnerflöten, dazwischen ein Teller mit Käse und Salzgebäck. Alex' Blick ruhte unverwandt auf ihr; er schien ihre Verwirrung beinahe zu genießen.

Plötzlich erklang Weihnachtsmusik aus den Lautsprechern in der Kabine, und das Licht wurde gedämpft. Bald lag die ganze Arena in tiefer Dunkelheit, abgesehen von einem einzelnen weißen Lichtstrahl am Rand des Spielfelds. Dann, wie durch Magie, war da ein funkelnd roter Blitz, gefolgt von dem Scharren von Schlittschuhen, und Noelle erkannte, dass das, was sie da sah, eine Eisläuferin war.

»Das ist Melissa Simone, die Olympiateilnehmerin«, klärte Alex sie auf. »Wir haben Exklusivplätze für ihre Kostümprobe für den Auftritt heute Abend bei Winter on Ice. Sie haben diesen Tisch extra für uns gedeckt – wir sind die einzigen Menschen in der ganzen Stadt, die das zu sehen bekommen.« Die Frau hielt inne und winkte in ihre Richtung, ehe sie kehrtmachte und davonwirbelte. Sie über das Eis gleiten zu sehen, war eine wahre Pracht. Bald drehte sie sich so schnell, dass kaum mehr als ein verschwommener Fleck voller funkelnder Reflexionen zu sehen war, während die Musik sich zu einem Crescendo steigerte und dann verhallte. Ihre Lounge war nahe genug dran, dass Noelle die Eisspäne sehen konnte, die von den Schlittschuhen der Frau aus der Eisfläche geschabt wurden. »Wie haben Sie das hingekriegt?«

»Das Gebäude gehört mir.«

Noelle ließ seine Worte auf sich wirken. Dies war keine kleine Bäckerei, kein winziges Café. Dies war eine hochmoderne Multi-Millionen-Dollar-Anlage. Und sie gehörte ihm. Die Worte waren ihm über die Lippen gekommen, als wäre es das Selbstverständlichste von der Welt, und das machte sie nachdenklich. Ihr Blick kehrte zurück zu der Eisläuferin. Vermutlich hatte ein Anruf gereicht, um die ganze Sache einzufädeln. »Stehen die Leute immer gleich zu Ihrem Vergnügen bereit, wenn Ihnen gerade danach zumute ist?«, fragte sie und hätte wetten können, dass genau das der Fall war.

Er wirkte amüsiert. Die Frage schien ihm kein Kopfzerbrechen zu bereiten. »Wenn ich Leute, die für mich arbeiten, darum bitte, dann schon.«

»Ist das auch meine Aufgabe – zu Ihrem Vergnügen bereitzustehen?«

Abrupt wurde er ernst, und sie fürchtete, sie könnte ein wenig zu offensiv gewesen sein, doch so war sie nun einmal. Und es war wichtig für sie, ihm klarzumachen, dass sie keine Spielchen trieb. Wenn er daran interessiert war, sie näher kennenzulernen, schön, aber er sollte sich nicht nur mit ihr abgeben, um sich die Zeit zu vertreiben.

»Ich wollte Ihnen eine Freude machen«, sagte er, und prompt kam sie sich vor wie der abscheulichste Mensch auf Erden. »Ich weiß nicht, wie es mit Ihren bisherigen Arbeitgebern war, aber ich ziehe gewöhnlich nicht los und küsse meine Mitarbeiter.« Lässig legte er den Unterarm auf den Tisch, ganz so, als würden sie sich nur über das Wetter unterhalten.

Noelle schaute wieder zu der Eisläuferin hinab, als die gerade eine Drehung auf nur einem Schlittschuh vollführte. Der rechte Unterschenkel war abgewinkelt, und sie reckte die Arme in die Luft wie eine Ballerina. Als Noelle sich wieder zu Alex umdrehte, stellte sie fest, dass er sie beobachtete.

»Das ist fantastisch. Danke«, sagte sie und fühlte sich auf diesem neuen und ungewohnten Territorium ziemlich verunsichert. »Ich bin so etwas nur nicht gewohnt.«

Seine Mundwinkel bewegten sich auf diese ganz eigene Art nach oben, und in seinen Augen lag ein zärtlicher Ausdruck. »Was, Leute, die nett zu Ihnen sind?«

»Nein, Leute, die dafür sorgen, dass ich mir die Vorpremiere einer ausverkauften Veranstaltung ansehen darf.«

Er stützte das Kinn auf die Hand und beugte sich mit einem Blick vor, der andeutete, er könne gar nicht genug von ihr kriegen. Prompt fühlte sie sich schwindelig, und sämtliche Gedanken huschten davon, als hätte ein mentaler Windstoß sie fortgeweht.

»Das ist meine Art, dir zu zeigen, dass du mir wichtig bist«, sagte er. Ganz zwanglos war er zum Du übergegangen.

War sie ihm wichtig, oder spielte er nur mit ihr? Sie wollte nicht so über ihn denken, aber ihr kam unwillkürlich seine Beziehung zu seinem Großvater in den Sinn. Der Gedanke drängte sich einfach auf. Zwar hatte sie kein Wort gesagt, doch sie konnte ihm ansehen, dass er ihre Gedanken gelesen hatte.

Scherzhaft verdrehte er die Augen. »Aus irgendeinem Grund glaubst du offenbar, du hättest keine Aufmerksamkeit verdient. Dabei bist du wunderbar! Und ich wollte, dass du dich heute mal genauso fühlst, darum habe ich das hier für dich geplant.« Er ergriff ihre Hände, und die Musik im Hintergrund ließ all das wie einen Traum erscheinen.

»Das hast du so lieb gesagt, aber ich habe das Gefühl, ich kenne dich gar nicht«, erwiderte sie.

»Was willst du wissen?« Er beugte sich über den Tisch zu ihr, bis seine Lippen nur noch Zentimeter von ihren entfernt waren.

»Sag mir, was du an deiner Großmutter geliebt hast«, hauchte sie. Sie wollte das Gespräch nicht auf William bringen und zerstören, was immer zwischen ihnen war. Aber vielleicht würde es ihr helfen, herauszufinden, ob sie ihn falsch beurteilt hatte, wüsste sie mehr über Alex' Sichtweise. Möglicherweise gab sie sich, getrieben von ihrem eigenen Wunsch, auch nur der Hoffnung hin, sie und ihre Familie hätten sich in Bezug auf ihn geirrt und er wäre ein wunderbarer und fürsorglicher Mensch.

Seine Hände glitten um ihr Handgelenk und wieder zurück zu ihren Handflächen, und er verschränkte die Finger mit ihren, drang vor in die letzte Distanzzone, zwischen ihnen nur der Tisch. Sein würziger Geruch überwältigte sie, während ihre Bewegungen so flüssig schienen wie Wein, so perfekt aufeinander abgestimmt, als käme sie nach Hause.

»Sie hat für mich gesungen, wenn es Zeit war, zu Bett zu gehen«, erzählte er. »Als ich elf war, eigentlich viel zu alt für so etwas. Ich habe die Augen verdreht und mich bemüht, sie nicht anzugrinsen, aber auch wenn ich es nicht zugeben wollte, habe ich es geliebt. Es gab mir das Gefühl, umsorgt zu sein. Wenn sie für mich sang, zeigte sie mir damit ihre Liebe. Also habe ich darin geschwelgt.«

Das Weihnachtslied aus den Lautsprechern endete; Stille kehrte ein. Alex wirkte aufgedreht, während er sie musterte, und auch sie konnte es fühlen: ein Kribbeln, das ihr über den Rücken lief und ihr das Gefühl gab, ihre Glieder wären taub geworden. Es brachte sie dazu, alles in Frage zu stellen, wovon sie bisher geglaubt hatte, es mache sie glücklich. Nichts, abgesehen davon, dass sie Lucas hatte, war mit diesem Gefühl vergleichbar.

»Sie hatte so viel Liebe zu geben. Wenn ich nun an jene Zeit zurückdenke, wünschte ich, ich hätte ihr gesagt, wie toll sie war, statt ihren Gesang zu behandeln, als wäre er nur ein Witz. Ich hätte ihr sagen sollen, dass ich ihn nie vergessen werde. Sie war genauso allein wie ich, und sie hat mich verstanden. Ich glaube, deshalb standen wir einander so nahe.«

»Aber sie hatte doch auch William.«

»Nein, hatte sie nicht. Sie hat fast ihr ganzes Leben hier verbracht und erst meinen Vater und dann mich großgezogen, während William in New York war und nur dann und wann vorbeigeschaut hat. Einmal, als ich achtzehn war, hat sie mir anvertraut, sie hätte immer das Gefühl gehabt, sie würde etwas falsch machen. Und sie hat mir eindringlich geraten, ich solle, wenn ich die Frau gefunden hätte, die ich liebte, ihr jeden Tag zeigen, dass sie für mich etwas Besonderes ist. Dass sie selbst sich dessen nicht sicher sein konnte, hat sie fertiggemacht. Sie sagte mal, sie hätte es wissen müssen, als mein Großvater um ihre Hand anhielt. Nicht einmal den Familienring konnte er finden. Der wurde über Generationen von einer Frau der Familie an die nächste weitergegeben. Er hat ihn geerbt, aber nicht einmal da hat er mitgehalten. Er hat ihn verloren, ehe er ihr einen Antrag gemacht hat.«

»Er hat ihn verloren?«

»Ja. Sobald die nächste Generation der Harringtons im heiratsfähigen Alter ist, wird der Ring dem männlichen Nachkommen übergeben, und die vorherige Trägerin bekommt einen neuen Ring zum Geschenk. Das findet immer am Hochzeitstag statt. Mein Großvater bekam den Ring in seine Verwahrung, aber er ist nie wieder aufgetaucht. Er hat meiner Großmutter einen Ring gekauft, und der war auch schön, aber sie hat sich immer gefragt, ob seine Entscheidung, sie zu heiraten, mehr mit dem Druck aus der

Familie zu tun hatte als mit Liebe. Denn andernfalls hätte er den Ring doch mit seinem Leben schützen müssen. Sie hat befürchtet, er könnte ihn noch haben und würde ihn für eine andere aufbewahren. In dem Punkt war sie ein bisschen abergläubisch. Es war bekannt, dass alle Ehen in diesem Hause glücklich waren. Aber meine Großeltern haben nie gemeinsam hier gelebt, und sie hatten den Ring nicht, den die anderen hatten. Sollte er diesen Ring tatsächlich für eine andere aufbewahrt haben oder sollte jemand anderer diesen Ring haben, würde ich keinem von beiden je vergeben.«

»Vielleicht hat er ihn ja tatsächlich verloren. Und vielleicht war es wirklich ein Versehen. Er kam mir nicht so vor, als würde er mir etwas vormachen. Soweit ich es beurteilen kann, hat er sie wirklich geliebt.«

»Taten sagen mehr als Worte, und er war nicht oft genug hier, um ihr zu beweisen, dass sie falschlag.« Er hob sein Champagnerglas, zweifellos, um das Thema zu beenden. »Immer, wenn wir zusammen sind, verfangen wir uns in meiner Familiengeschichte. Lass uns damit aufhören«, bat er lächelnd. »Lass uns über uns reden.«

Sie hob ihr Glas.

»Auf Weihnachten«, sagte er und strahlte sie an. »Und auf all die Überraschungen, die es parat hält. Du bist eine Überraschung, mit der ich nie gerechnet hätte. Ich bin so froh, dass du da bist. Cheers.«

Sie stießen mit ihren Gläsern an, und sie schaute wieder zu der Eisläuferin hinab, die mit einer neuen Nummer begonnen hatte. Es fiel ihr schwer, ihre Freude im Zaum zu halten. Die Art, wie sein Blick auf ihr ruhte, brachte ihre Hände zum Zittern, und hätte sie sich nicht abgewandt, hätte sie wohl mit dem Glas auf dem Tisch geklimpert, also hielt sie es in ihrem Schoß und konzentrierte sich auf die Läuferin dort unten.

»Gefällt dir die Aufführung?«

Sie nickte, wagte es aber nicht, ihn anzusehen. Schließlich holte sie tief Luft, um sich weit genug zu beruhigen, dass sie den Augenkontakt wieder aufnehmen konnte.

»Was tust du sonst noch gern?«

Sie knabberte an einem Cracker, ehe sie antwortete, ging in Gedanken die Dinge durch, die ihr Spaß machten, und fragte sich, was er wohl darüber denken würde. Andererseits, welche Rolle spielte es schon, was er dachte? Wenn er wirklich gern mit ihr zusammen war, würde es ihm gefallen, an den Dingen teilzuhaben, die sie tat, nicht wahr? »Am liebsten gehe ich mit meinen Freundinnen Phoebe und Jo zum Karaoke. Wenn ich Beyoncé mit ›All the Single Ladies‹ nachahme, ernte ich immer stürmischen Beifall.«

Eine Neugier, die ihren Magen veranlasste, Freudentänze aufzuführen, brodelte in seinem Blick hoch, und an den Fältchen, die sich nun in seinen Augenwinkeln bildeten, konnte sie sehen, dass ihm die Antwort gefiel. »Ich habe noch nie Karaoke gemacht«, gestand er.

»Nie? Warum nicht?«

Er lachte. »Ich nehme an, mich hat einfach nie der richtige Mensch dazu ermutigt.«

»Ist das eine Mutprobe?« Sein Lachen wirkte beruhigend auf sie.

»Willst du mich etwa einladen?« Ein herausfordernder Unterton begleitete die Frage.

»Es hört sich an, als würdest du dich gern einladen lassen. Dir muss viel daran liegen, deinen inneren Rockstar loszulassen. Nur Mut, du kannst es ruhig zugeben.«

Sichtlich erfreut über die Neckerei gluckste er leise. »Sag

mir einfach Bescheid, wenn du das nächste Mal zum Karaoke gehst, und ich bin dabei. Deinen Auftritt als Beyoncé möchte ich um nichts auf der Welt verpassen.«

Der Nachmittag ging genauso weiter: Sie lachten zusammen und waren dem anderen gegenüber absolut aufrichtig. Noelle hätte keine schönere Zeit verleben können.

12

»Und, was meinst du?«, fragte Noelle ihren Sohn, der im Zuschauerraum auf seinem Platz herumzappelte, bis die Sitzfläche unter ihm kippte. Phoebe hatte ihnen zwei Karten fürs Kindertheater geschenkt: *Die Prinzessin auf der Erbse.* Phoebe spielte die Prinzessin.

Lucas strahlte, den halb geleerten Popcorneimer immer noch auf dem Schoß.

»Phoebe hat gesagt, wir sollen hinter die Bühne kommen, wenn wir Lust haben. Wenn alle anderen weg sind, zeigen dir die Bühnenarbeiter, wie die Beleuchtung funktioniert. Wäre das eine gute Idee?«

Lucas nickte und stand auf. Hinter ihm klappte der Sitz hoch, als er Noelle den Popcorneimer gab. Noelle schnappte sich ihre Jacken und gab Lucas die seine, ehe sie sich eine Handvoll Popcorn in den Mund schob und in Richtung Hinterbühne voranging.

Phoebe, die immer noch ihr grünes, mit cremefarbener Spitze besetztes Prinzessinnenkleid und die passenden Strümpfe trug, saß mit dem Rücken zu dem beleuchteten Make-up-Spiegel auf einem Hocker und strahlte sie an. »Hi!«, sagte sie und schob sich die Ringellocken aus dem Gesicht. Noelle hielt ihr den Popcorneimer hin, und Phoebe versenkte die Hand darin und nahm sich etwas davon. »Und, Lucas, wie war die Vorstellung?« Sie warf sich das Popcorn in den Mund und kaute lächelnd.

»Gut«, sagte er und zog die Brauen hoch.

»Möchtest du die Bühnenarbeiter kennenlernen?«

Lucas nickte und folgte Phoebe, als die ihn bei der Hand nahm. Sie stellte ihm ein paar der Jungs vor, die ihn zu einer großen Tafel mit allerlei Schaltern und Hebeln führten.

»Wie läuft es in deinem neuen Job?«, fragte sie, kaum dass sie zu Noelle zurückgekehrt war, zog sich die Klammern aus dem Haar und fuhr sich mit den Fingern durch die roten Locken. Dann bündelte sie ihren ganzen Schopf in einer Faust und wickelte ein Band darum – ihr üblicher After-Show-Haarknoten.

Noelle hoffte, dass Phoebe ihr Erröten nicht bemerkte. Sie war noch nicht bereit, ihr zu erzählen, dass sie Alex Harrington geküsst hatte. »Schräg«, sagte sie stattdessen und verzog das Gesicht. Konzentrier dich auf die Arbeit. »Ich weiß nicht, was ich mit William Harrington anfangen soll. Es ist ein bisschen wie beim Babysitten.« Sie dachte an Williams Worte bei ihrer ersten Begegnung. »Ich habe ihm gesagt, dass ich Besorgungen für ihn machen und seine Sachen aufräumen würde und dass ich mich um seine Mahlzeiten und die Einnahme der Medikamente kümmere; außerdem helfe ich ihm bei Kreuzworträtseln und seinem Hobby – er kauft gern Antiquitäten. Aber ich habe das Gefühl, ich könnte viel mehr tun.«

»Für mich hört sich das nach einem tollen Job an. Er könnte ja auch ein furchtbarer oder grober Mensch sein.«

»Ich bin da!«, rief Jo, klapperte auf ihren Absätzen herbei und nahm mit großer Geste ihren Mantel ab. Sie legte ihn auf einen freien Hocker und wickelte sich den Schal vom Hals. »Tut mir leid, ich habe es nicht früh genug zur Vorstellung geschafft – Besprechung.« Sie zog eine Grimasse.

»Na ja, du bist keine fünf mehr, also hast du nicht viel verpasst«, entgegnete Phoebe grinsend. »Noelle erzählt mir gerade von ihrer Arbeit in der Harrington-Villa. Sie sagt, es sei schräg.«

Jo zog sich einen Stuhl von einem der anderen Tische heran und nahm mit sorgenvoller Miene Platz. »Schräg?«

Noelle sah sich zu Lucas um, der gerade damit beschäftigt war, unter Anleitung eines Bühnenarbeiters rote Lichtstrahlen über die Bühne zu jagen, und rieb sich das Gesicht. »Ich habe einfach das Gefühl, so für jemanden zu sorgen ist nicht der richtige Job für mich.« Sie wollte gar nicht an das Verhalten von Alex und William denken, das so gar keinen Sinn ergab; daran, wie die beiden einander widersprachen, oder an die Nähe, die sich zwischen ihr und Alex eingestellt hatte …

»Du hast doch gerade erst angefangen«, wandte Jo ein.

»Ich habe eben immer gedacht, ich würde irgendwann in der Bäckerei landen, wisst ihr?«

Phoebe runzelte die Stirn und schob zum Zeichen ihres Mitgefühls die Unterlippe vor, während Jo verständnisvoll nickte.

»Ich weiß einfach nicht mehr, wo der Weg hinführt, und ich mache mir Sorgen, dass ich ein schlechtes Beispiel für Lucas bin.« Als sie seinen Namen aussprach, bildete sich ein Kloß in ihrer Kehle.

»Man muss nicht immer wissen, wo der Weg hinführt«, wandte Phoebe ein und rückte näher heran. »Schau mich an! Denkst du, ich will mein ganzes Leben lang zu Weihnachten die Schneekönigin spielen und in einem Kindertheater arbeiten? Ich träume davon, eine große Rolle zu ergattern, und mir ist klar, dass ich nicht am richtigen Ort lebe, um meinen Traum wahr werden zu lassen. Ich weiß auch nicht, wo ich hingehöre. Aber ich weiß, dass, wie du immer sagst, die Zwischenstopps auf der Reise richtig toll sind. Hör auf, dir so viele Sorgen zu machen.«

»Gib der Sache eine Chance«, sagte Jo sanft.

»Vielleicht habt ihr recht.« Sie nahm all ihren Mut zusammen und blickte ihren Freundinnen nacheinander in die Augen, konnte aber nicht verhindern, dass ihre Hände feucht wurden. Sie wusste, die beiden konnten sie lesen wie ein aufgeschlagenes Buch, und sie stand kurz davor, eine Bombe platzen zu lassen. »Es geht nicht nur um den Job«, gestand sie, und ihr Herz hämmerte in ihrer Brust.

»Waaaaaaas?«, jaulte Phoebe theatralisch. »Dein Gesichtsausdruck bringt mich um. Was ist los?«

Noelle schluckte und atmete tief durch, um sich zu beruhigen. »Er hat mich geküsst«, sagte sie leise und sah sich rasch zu Lucas um. Der war beschäftigt und lauschte aufmerksam einem der Bühnenarbeiter, während er mit einer langen Schnur, die von der Decke herabhing, den Samtvorhang zur Seite zog. Jo fielen beinahe die Augen aus dem Kopf. Phoebe kippte zurück und konnte sich gerade noch an dem beleuchteten Make-up-Tisch festhalten.

»Zweimal.«

»O mein Gott!«, quiekte Jo und schlug eine Hand vor den Mund. »Wie um alles in der Welt hast du das geschafft?«

»Ich habe keine Ahnung.« Die hatte sie wirklich nicht. Das alles war so schnell passiert. Doch erst jetzt, als sie in die Gesichter ihrer Freundinnen schaute, wurde es für sie real. »Und nun bin ich völlig verwirrt, weil der Alex, den mein Vater und Pop-pop beschrieben haben, nicht der Alex ist, den ich kennengelernt habe. Ich bin auch nicht sicher, ob Alex mich mit der Bäckerei in Verbindung bringt.« Und wenn sie Alex in ihr Leben einließ, ließ sie ihn auch in das von Lucas ein, und das war bedeutungsvoller als ein paar Dates. Lucas mochte ihn sehr. Sollten sie sich wieder trennen, würde Lucas ihr das womöglich nie verzeihen.

»Und was jetzt?«, fragte Phoebe.

»Äh …« Sie dachte immer noch nach, suchte nach einer Möglichkeit, all dem einen Sinn zu geben. »Ich schätze, ich hangele mich einfach von einem Tag zum anderen. Was mich daran erinnert, dass er zur Karaoke-Nacht am Mittwoch kommen will.« Sie verzog das Gesicht.

»O mein Gott!«, kreischte Phoebe nun laut genug, dass Lucas und die Männer verstummten und samt und sonders zu ihnen rüberschauten, bis sie abwinkte.

»Wir müssen das diesen Mittwoch nicht machen«, sagte Noelle. Normalerweise würde sie ihren Freundinnen einen Mann erst vorstellen, wenn es ernst wurde. Und bisher war ihre Beziehung dafür nicht weit genug. Wie sollte sie das Ganze ihrem Vater erklären? Sie wusste ja nicht mal, wie sie es sich selbst erklären sollte. Sie wusste, sie ließ sich von ihrem Herzen leiten, obwohl sie ihren Kopf benutzen sollte. Welchen Respekt erwies sie Gram mit ihren Gefühlen? Die Antwort auf diese Frage kannte sie: gar keinen. Aber vielleicht sollte sie auch aufhören, alles zu überdenken, und es einfach geschehen lassen, genau wie ihre Freundinnen gesagt hatten.

»Soll das heißen, ich habe eine Chance, Alexander Harrington Karaoke singen zu sehen, und du willst, dass ich abwarte? Willst du mich auf den Arm nehmen? Die Happy Hour beginnt um fünf. Ihr findet mich an der Theke.«

»Hi, Alex!«, sagte Lucas grinsend und marschierte schnurstracks auf ihn zu, kaum dass sie das Haus betreten hatten. Die Sonne war schon vor Stunden untergegangen, der wolkenverhangene Himmel pechschwarz. Der glänzende Boden in der großen Eingangshalle spiegelte das Licht der Kronleuchter.

Noelle eilte hinter Lucas her. Alex ging in so einem Tempo vorbei, dass sie fürchtete, er könnte beschäftigt sein. Lucas war nur ein paar Schritte vor ihr und lief mit Höchstgeschwindigkeit weiter, und Noelle musste den panischen Gedanken unterdrücken, dass ihr Sohn diesen Mann wirklich gern hatte. Warum mussten sie und Lucas solch eine Beziehung zu Alex eingehen? Wie konnte sie den Mann, der Grams Bäckerei gestohlen hatte, in ihr Leben lassen? Das war der Punkt, der sich nicht aus dem Weg räumen ließ. Nachdem sie zugestimmt hatte, ihn am Mittwoch mitzubringen, hätte sie sich während der ganzen Rückfahrt ohrfeigen können.

»Hi, Lucas«, antwortete Alex, blieb stehen und ließ lächelnd die perfekten weißen Zähne aufblitzen.

Dann wandte er sich an Noelle: »Wie war das Stück?«

»Gut.« Mehr sagte sie nicht, denn dann hätte sie riskiert, ihm gegenüber zu erwähnen, dass Phoebe bereits den Karaoke-Abend plante.

»Hat deine Mom dir schon mein Büro gezeigt?«, fragte er Lucas. »Da ist was Neues in den Regalen.« Erwartungsvoll zog Alex die Brauen hoch. Noelle wurde ganz übel. Es behagte ihr nicht, dass er ihre Aufmerksamkeit so leicht fesseln konnte; noch weniger sagte ihr zu, dass er auch die ihres Sohnes genoss. Und nun würde er in Lucas' Augen dastehen wie ein Held, weil er Geld genug hatte, um damit um sich zu werfen und all diese Bücher zu kaufen. Sie durfte sich nichts vormachen. Wenn die erste Begeisterung sich gelegt hätte, wo würden sie dann stehen? Sie konnte mit all dem niemals mithalten.

»Ich bin gerade auf dem Weg dahin. Kommst du mit?«

»Ich würde gern nach William sehen«, sagte Noelle und hoffte, Alex würde den subtilen Hinweis aufgreifen und es auf ein andermal verschieben.

»Ach, ich bin sicher, der kann noch fünf Minuten warten. Jim hat mir gerade erzählt, dass er ihm ein Glas Kognak gebracht hat. Jetzt liest er ihm in seinem Zimmer vor.«

Noelle presste die Lippen zusammen, um keine weiteren Einwände zu erheben. Immerhin war Alex derjenige, der sie bezahlte, also sollte sie sich nicht mit ihm anlegen. Sie wollte ihm sagen, er solle vorsichtig mit Lucas sein. Der Junge war ohnehin schon so still, und eine Enttäuschung könnte ihn womöglich dazu treiben, sich noch mehr zu verschließen. Wenn sie schon so viel für Alex empfand, wie mochte es dann wohl Lucas ergehen? Sie mochte gar nicht daran denken, wie es sich anfühlen würde, wenn Alex nach New York zog. Schon jetzt kämpfte sie darum, diesen Gedanken aus ihrem Kopf zu verbannen.

Alex verwuschelte Lucas' Haar und führte ihn den Gang hinunter. Noelle ging neben ihnen. Als sie das Büro erreicht hatten, lief Lucas hinein und hatte auf Anhieb die neuen Bücher im Regal entdeckt. Mit einem kurzen Blick zu Alex zog er eines hervor und betrachtete mit aufgeregter Miene den Einband. Diese Art der Aufregung war ihr vertraut. Sie empfand sie selbst, wann immer Alex etwas Nettes für sie tat.

»Das Buch habe ich schon mal gesehen!«, sagte er und drehte es in seiner kleinen Hand um. Konzentration spiegelte sich in seinen Zügen. »Das hatten sie beim Bücherfest in der Schule.« Bei dem Bücherfest, bei dem er nichts gekauft hatte. Dem Bücherfest, bei dem sie ihn gebeten hatte, sich umzuschauen und sich zu überlegen, was er zu Weihnachten haben wollte, weil sie nicht genug Geld gehabt hatte, um ihm etwas mitzugeben.

»Schau mal nach oben«, sagte Alex, erfreut über seine Reaktion.

Noelle war immer noch in Gedanken versunken, und so blickte sie erst auf, als Lucas schon die Leiter hinaufgeklettert war und ein anderes Buch aus dem Regal gezogen hatte. Grinsend schaute er zu Alex hinunter, als etwas anderes seine Aufmerksamkeit erregte.

»Was ist das?«, fragte Lucas und zeigte auf das Teleskop.

»Komm her, dann zeige ich es dir«, entgegnete Alex und ging zu dem Fernrohr.

Lucas kletterte die Leiter wieder hinunter und gesellte sich zu ihm. Wenn Noelle die Augen zusammenkniff, konnte sie nur die Silhouetten der beiden sehen, während sie das Teleskop inspizierten. Sie trat näher.

»Das hat meinem Urgroßvater gehört«, erzählte Alex. »Bei der winterlichen Wolkendecke ist es schwer, etwas zu erkennen, aber wenn in der Nacht die Sterne herauskommen, kannst du die Sternbilder dadurch angucken. Du kannst sogar die Krater auf dem Mond sehen. Damals war es das Beste, was es gab. Heute sind sie viel kleiner geworden.«

Tief im Inneren, dort begraben, wo niemand es je sehen würde, regte sich Noelles zarter Wunsch, Lucas hätte eine Vaterfigur in seinem Leben, die eben das vollbringen konnte: sein Interesse wecken, Zeit mit ihm verbringen, ihm das Gefühl geben, dass er etwas ganz Besonderes war. Er hatte ihren Dad und Pop-pop, aber ein Vater hatte etwas Magisches. Das war jemand, mit dem man jeden Morgen erwachen, mit dem man beim Frühstück reden und mit dem man am Abend vor dem Zubettgehen lesen konnte. Sie tat ihr Bestes, und sie gestattete diesem Wunsch nur selten Zutritt zu ihrem Bewusstsein, aber er war immer da, lauerte im Hintergrund und plagte sie im Stillen.

»Wir sollten jetzt wohl mal nach William sehen«, schlug sie vor. Sie war den ganzen Nachmittag fort gewesen, und obwohl man ihr den Nachmittag und den Abend freigegeben hatte, wollte sie ihn nicht so lange sich selbst überlassen. Aber sie wusste auch, dass sie im Grunde versuchte, Lucas von Alex wegzulocken, ehe er sich zu sehr an ihn hängen konnte. Zugleich machte sie sich Sorgen, dass sie Lucas nicht von ihm fernhalten konnte, solange sie hier lebten und arbeiteten. Wieder dachte sie an die Gesichter ihrer Freundinnen und daran, was es hieß, Alex in Lucas' Leben zu lassen. Und allmählich fragte sie sich, ob sie einen Fehler begangen hatte, indem sie sich mit Alex eingelassen hatte. Sie würde sich wohl von einem Tag zum anderen hangeln müssen, genau wie sie gesagt hatte.

»Also gut«, sagte Alex. »Wir können jetzt sowieso nichts sehen. Ich zeige dir den Mond an einem anderen Abend, wenn der Himmel klar ist.«

Widerstrebend und in Gedanken immer noch bei dem Teleskop folgte Lucas seiner Mutter zur Tür hinaus, und Alex setzte sich an seinen Schreibtisch. Während die Gedanken durch ihren Geist dröhnten, trieb sie Lucas auf dem Gang zur Eile an.

»Du lernst jetzt endlich William kennen«, sagte sie. »Und ich glaube, du wirst ihn mögen.« Sie klopfte an die Tür von Williams Suite, um ihr Kommen anzukündigen, ehe sie öffnete.

Lucas reagierte nicht, sondern starrte nur das Buch an, das er immer noch in der Hand hatte. Dann schien ihm aufzugehen, dass sie mit ihm gesprochen hatte, denn plötzlich blickte er auf. Noelle bedachte ihn mit einem Lächeln. Alex hatte Lucas den Tag versüßt, und dafür war sie dankbar.

»Wen haben wir denn da? Ich sehe die Umrisse eines Kindes«, sagte William und stakste auf seinen Gehstock gestützt heran, um sie in Empfang zu nehmen. Lucas' Augen fixierten den Knauf des Stocks, eine kunstvolle mit Rubinen besetzte Kugel aus Silber und Gold.

»Das ist mein Sohn Lucas«, sagte sie und schob ihn voran. »Er bewundert den Knauf Ihres Stocks. Mir ist er bisher gar nicht aufgefallen, aber er ist wirklich wunderschön.«

William warf den Stock hoch, fing ihn in der Mitte und drehte ihn so, dass sie den Knauf besser betrachten konnten. »Dieser Griff wurde vor achtzehnneunundneunzig angefertigt – das genaue Datum kennen wir nicht. Eine französische Arbeit. Er wurde in unserer Familie seit Generationen weitervererbt, und ich kenne einen ganz besonderen Stockmacher, der ihn für mich auf diesem Stock angebracht hat.«

Lucas streckte die Hand aus und strich sichtlich fasziniert mit den Fingern über den Knauf.

William kniff die Augen zusammen, während er Lucas musterte. »Hast du da etwas in der Hand? Was hast du da?«

»Ein Buch. Alex hat es mir geschenkt.«

Vor Überraschung schossen Williams Augenbrauen in die Höhe. »So?«

»Ich mag Alex. Er ist sehr nett«, fuhr Lucas fort.

»Ist er das?« Williams Interesse war unüberhörbar. »Inwiefern ist er nett?«

Lucas blickte zu ihm auf. »Er redet mit mir über Dinge, die ich mag. Und er kennt sich mit Sauriern aus.«

»Ha! Tatsächlich?« Unwillkürlich lachte William.

»Haben Sie ihm von den Sauriern erzählt?«

William wurde wieder ernst und stützte sich auf seinen Stock. »Nein, ich fürchte, das habe ich nicht«, sagte er, und in seinem Gesicht spiegelte sich vage eine Empfindung – Bedauern? Kummer?

»Woher weiß er dann so viel?«

»Er ist ein sehr kluger Mann. Er hat die besten Schulen besucht und eifrig gelernt. Gehst du gern in die Schule?« Langsam ging William zur Sitzecke voran.

»Ja«, antwortete Lucas, wenn es auch nicht sehr überzeugend klang.

William schien nicht entgangen zu sein, dass Lucas zwar höflich, aber nicht glaubwürdig geantwortet hatte. Er setzte sich und klopfte neben sich auf das Sofa. Lucas kletterte auf den angebotenen Platz; seine kleinen Füße baumelten von der Sitzfläche herab. »Wenn du die Schule verändern könntest, was würdest du verändern?«

Die meisten Kinder hätten gesagt, sie hätten gern mehr Zeit zum Spielen oder wollten den ganzen Tag malen, aber Lucas sagte: »Ich würde gern mehr aufregende Sachen lernen.«

»Was zum Beispiel?«

»Rechnen ist zu leicht für mich. Ich weiß schon, wie das geht. Ich möchte die Sachen lernen, die die Großen lernen. Und ich möchte Projekte machen wie die Großen. Auf einem Tisch im Korridor hatten sie Vulkane, die richtig ausgebrochen sind, und Modelle vom Meeresboden – so was will ich machen.«

Davon hatte Lucas Noelle bisher nie erzählt.

William lächelte verständnisvoll. »Jetzt weiß ich, warum du Alex magst; danke, dass du mir das erklärt hast. Ich glaube, als Junge war er dir ziemlich ähnlich.« Er blickte zu Noelle auf, um sie wissen zu lassen, dass er mit ihr sprach. »Alex war anders als die anderen Kinder, und er sticht auch heute noch heraus. Auch wenn er meist mit dem Geschäft zugange ist, hat er ein Auge für die Dinge und bekommt mit, was um ihn herum vorgeht. Dafür bin ich dankbar.«

Lucas hatte bereits sein Buch aufgeschlagen und sich in den Seiten verloren, wie Noelle lächelnd feststellte, ehe sie sich wieder auf William konzentrierte.

»Ich war nicht gut darin, den Leuten zu zeigen, was ich empfunden habe. Ich bin immer noch nicht gut darin. Aber er schon. Ich habe von Ihrem heutigen Ausflug gehört. Ich habe es aus Jim herausgekitzelt«, sagte er lächelnd. »Alex lässt nicht viele Menschen an sich heran, Noelle. Und ich habe noch nie erlebt, dass er sich so sehr um jemanden bemüht.«

Sie nickte und wusste mit jeder Minute weniger, was sie nun tun sollte.

13

Noelle hatte Lucas zu ihrer Mutter gebracht, die ihn zur Schule begleiten würde. Insgeheim wünschte sie, sie könnte mit jemandem über Alex reden. Ihre Freundinnen waren zu geblendet von seinem Geld und seinem guten Aussehen, um klar zu denken. Aber sie fand es aus ganz anderen Gründen schwer, ihre Gefühle ihm gegenüber im Zaum zu halten. In der letzten Nacht war sie mit dem Gedanken an William und die Ähnlichkeiten, die er zwischen Alex und Lucas entdeckt hatte, eingeschlafen – ein Gedanke, der ihr einen Wonneschauer bereitete. Nie in einer Million Jahren hatte sie geglaubt, sie könnte jemanden kennenlernen, der so perfekt zu Lucas passte wie Alex. Aber im Licht des neuen Morgens sah sie wieder die nüchternen Fakten vor sich: Sie brauchte keine Verabredung zum Karaoke mit Alex, sie brauchte Grams Bäckerei. Wie dem auch sei, es wurde immer schwerer, sich nicht in ihn zu verlieben.

Als sie zurück in der Villa war, beschloss sie, Pop-pop anzurufen. Sie musste jetzt eine freundliche Stimme hören und mit jemandem über ihre Gefühle sprechen, dem die Bäckerei genauso wichtig war wie ihr. Noch war sie nicht bereit, ihren Eltern von ihren Gefühlen für Alex zu erzählen – zweimal hatte sie den Mund aufgemacht, um etwas zu sagen, als sie Lucas dort abgeliefert hatte, und beide Male hatte die Furcht ihr die Lippen wieder versiegelt. Aber Pop-pop würde ihr Gehör schenken. Gram hatte immer gesagt, sie hätte ihm all ihre Geheimnisse offenbart und gewusst, er sei der Richtige, weil er immer für sie da gewesen war, ihr immer zugehört hatte.

»Denkst du, Alex Harrington ist ein schlechter Mensch?«, fragte sie ihren Großvater ohne Vorwarnung, nachdem sie ein paar Minuten geplaudert hatten. Früher hatte sie sich immer Gram anvertraut, daher war es neu für sie, mit Pop-pop über solche Dinge zu reden. Aber Gram hatte ihm blind vertraut, und wenn Gram mit ihm hatte reden können, dann konnte Noelle das auch.

»Warum fragst du?«

Ihre Hände zitterten, als sie all ihren Mut zusammennahm, um es ihm zu erklären. »Ich mag ihn«, sagte sie schlicht. »Je besser ich ihn kennenlerne, desto mehr mag ich ihn, und das verwirrt mich.« Plötzlich kam alles aus ihr heraus; der Druck, den sie empfand, ließ mit jedem Wort, das sie sprach, nach. »Er ist nett zu Lucas und ... mir. Ich bin wirklich gern in seiner Nähe.«

Die Stille summte in ihrem Ohr, und gerade als sie das Gefühl hatte, ihr sei ein Stein vom Herzen genommen, stellte sich durch Pop-pops Schweigen neuer Druck ein. »Sei vorsichtig, Noelle«, sagte er dann endlich.

Sie wollte ihn fragen, warum, aber sie wusste es bereits – sie hatte es die ganze Zeit gewusst. Sie hatte es sich nur nicht eingestehen wollen. Enttäuschung breitete sich in ihrer Magengrube aus. Noelle hatte gehofft, sie könnte Pop-pop die ganze Geschichte erzählen, und er würde ihr sagen, es seien schon merkwürdigere Dinge geschehen. Wie schön wäre es gewesen, wenn er ihr das Gefühl gegeben hätte, das, was sie empfand, sei in Ordnung. Wenn irgendjemand über die aktuelle Situation hinausblicken und objektiv denken konnte, dann war er es – Gram selbst hatte das gesagt, und Noelle hatte gesehen, wie aufmerksam er Gram zugehört hatte. Zwischen ihnen hatte es eine besondere Magie gegeben. Dabei behielt er immer einen klaren Kopf, und auch Noelle konnte auf seine Aufrichtigkeit zählen. »Okay«, gab sie sich geschlagen und schlug die Hände vor das Gesicht.

»Ich meine nur …«

»Ich weiß«, fiel sie ihm ins Wort. Am Ende lief es immer darauf hinaus, was er mit der Bäckerei angestellt hatte. »Ich bin froh, dass ich dich angerufen habe, Pop-pop. Die Warnung habe ich gebraucht.«

Nachdem sie aufgelegt hatte, schenkte Noelle Kaffee für sich und Tee für William ein und versuchte auf dem Weg zu ihm das ganze Chaos aus ihrem Kopf zu vertreiben. Was sie über Alex wusste, machte ihr zu schaffen, und sie kam zu dem Schluss, dass sie den Dingen ins Auge sehen musste: Mit ihm zusammen zu sein war schlicht nicht möglich. Stumm stellte sie die Tassen auf den Wohnzimmertisch.

»Guten Morgen«, sagte William und humpelte auf seinen Stock gestützt herbei.

»Guten Morgen«, entgegnete sie. »Ich war nicht sicher, ob Sie schon wach sind. Ich habe Ihnen Tee mitgebracht.«

»Hervorragend.« Sein Lächeln wirkte beruhigend auf das Gedankenchaos in ihrem Kopf. »Endlich machen Sie sich mal nützlich«, neckte er sie. Inzwischen hatte er sich mit ihrer Anwesenheit angefreundet, und sie war froh darüber.

Als er sich setzte, fiel ihr auf, dass er immer noch den Pulli von gestern trug. Wenn sie es recht bedachte, trug er auch noch dasselbe Hemd und dieselbe Hose.

»Was ist?«, fragte er abwehrend, während er sich langsam niederließ. Er ahnte immer, was sie dachte, als gäbe es eine innere Verbindung zwischen ihnen. Nun erst ging ihr auf, dass ihr Schweigen ihn zu der Frage veranlasst hatte.

»Ich habe nur gerade Ihre Kleidung betrachtet«, sagte sie vorsichtig.

»Darf ein Mann nichts Bequemes tragen?« Ihm schien ihre Besorgnis bereits bewusst zu sein. Er war eindeutig etwas zu empfindlich hinsichtlich der Dinge, die in ihr vorgingen, und das weckte ihre Neugier.

»Natürlich dürfen Sie das. Es ist Ihr Haus. Sie können tragen, was immer Sie wollen.«

Er fuhr sich mit der Hand über den Brustkorb, als wolle er Falten glatt streichen.

»Haben Sie in den Sachen geschlafen?«, fragte sie.

Er schürzte die Lippen; von der heiteren Miene war nichts mehr zu erkennen.

»Sie wissen doch, dass ich hier bin, um Sie zu unterstützen. Ich werde dafür bezahlt. Wenn Sie irgendetwas brauchen, dann sagen Sie es mir einfach. Ich gehöre ganz Ihnen.« Sie stand auf und ging zu dem begehbaren Schrank, der ungefähr so groß war wie ihre alte Wohnung, in der Erwartung, dort noch seine Koffer vorzufinden. Sie hatte nur ein paar Dinge in den Schubladen verstaut und war seitdem nicht mehr hier gewesen. Aber als sie nun hineinblickte, verschlug es ihr die Sprache. Da gab es Wände mit mindestens drei Meter hohen Regalen und Kleiderstangen voller gebügelter Hemden, gefalteter Pullover, Hosen, Anzüge – mehr Sachen als in einer Herrenboutique. Aber er konnte unmöglich genug erkennen, um etwas auszuwählen. Sie ging wieder hinaus.

»Gehört das alles Ihnen?«

»Ja«, sagte er. Offensichtlich wusste er bereits, wo sie gewesen war. »Ich habe alles schon vor meiner Abreise herschicken lassen und die Sachen aus dem Koffer nur während der letzten paar Tage genutzt.«

Sie hatte gedacht, sie würde sich nützlich machen, indem sie seinen Koffer auspackte und aufräumte, dabei hatte tatsächlich jemand anderes das für ihn erledigt. Warum war sie eigentlich hier? In Wahrheit hatte William alles, was er brauchte – nur niemanden, der ihm zuhörte. Er hatte niemanden, der sich mit ihm zusammensetzte, der darauf achtete, dass es ihm gutging, der mit ihm redete. Er hatte so viel zu erzählen über seine Frau, sein Leben und seine Überlegungen in Hinblick auf Alex, doch es war niemand da, der seine Geschichten hören wollte.

Noelle wollte ihm zuhören, denn sie wusste, wie wichtig es war, jemanden zu haben, mit dem man reden konnte. Ohne Gram hatte sie es im letzten Jahr schwer gehabt, jemanden zu finden, dem sie sich voll und ganz anvertrauen mochte. Und dabei hatte sie ja ein wunderbares Netzwerk aus Menschen, denen sie etwas bedeutete. Wen hatte William? Die einzigen Familienmitglieder, von der sie wusste, waren Alex und Elizabeth. William dazu zu bewegen, sich Alex gegenüber zu öffnen, würde schwer werden. Aber sie fragte sich, ob er es nicht vielleicht genießen würde, mit Elizabeth zu reden. Doch zuerst musste sie ihn dazu bewegen, sich umzuziehen.

»Gibt es einen Grund, warum Sie zwar mehr Sachen haben als Saks in der Fifth Avenue, sich aber entscheiden, Tag und Nacht dieselben Klamotten zu tragen?«

Er schwieg eine Weile, doch schließlich senkte er geschlagen den Blick. »Mein Rücken tut mir weh, und es fällt mir schwer, diesen Arm zu heben.« Er rieb sich die rechte Schulter. »Ich konnte den Pullover nicht ausziehen.«

Ihr kam in den Sinn, dass ein so reicher Mann von seinem Kaliber es vermutlich nicht gewohnt war, um Hilfe zu bitten. Vielleicht war das der Grund, warum er sich gegen diese

Vorstellung gesperrt hatte. »Das ist alles? Na, dann lassen Sie mich Ihnen doch helfen, das Ding auszuziehen.«

Er nickte. »Anfangs, als meine Sehkraft nachließ, hat Elizabeth mir geholfen. Jetzt versuche ich, allein zurechtzukommen, aber es wird immer schwerer«, sprach er seine Sorgen laut aus. »Ich vermisse sie.«

»Ich habe gerade an sie gedacht«, entgegnete sie. »Die Geschichte, die Sie mir über die Briefe erzählt haben, die sie auf Ihrem Kissen zurückgelassen hat, hat mich sehr berührt. Haben Sie die Briefe aufbewahrt?«, fragte sie, während sie ihn zum Kleiderschrank führte.

Mit einem schweren Seufzer antwortete er: »Nein, und deswegen fühle ich mich furchtbar schuldig.«

»Sie sollten sich nicht schuldig fühlen. Nicht jeder bewahrt solche Dinge auf. Wie wäre es mit einer hellbraunen Hose und einem Button-Down-Hemd?«, erkundigte sie sich und zupfte an einem Hemd, um sich die Farbe anzusehen.

»Sicher. Und ich fühle mich nicht schuldig, weil ich sie nicht behalten habe. Ich fühle mich schuldig, weil ich bedachtsam genug war, die Briefe von jemand anderem aufzubewahren, aber nicht die von ihr. Das verfolgt mich nun.«

»Jemand anderes?« Sie drehte sich um. Er schien sich in seinen Erinnerungen verloren zu haben, also brachte sie ihn zurück in sein Schlafzimmer, die frische Kleidung in der freien Hand. Sie breitete alles auf dem Bett aus, bat ihn, den linken Arm auszustrecken, und zog an dem Ärmel. Als beide Arme frei waren, zog sie ihm den Pulli über den Kopf und warf ihn auf das Bett.

William fing an, sein Hemd aufzuknöpfen, während sie das frische vom Bügel nahm. Als er es abstreifte, keuchte Noelle unwillkürlich auf, hatte sich aber schnell wieder im Griff. Eine riesige Narbe lief über seine Schulter. Sein umwölkter Blick traf den ihren, und sie sah ihm an, dass er sich schutzlos fühlte.

»Was ist denn da passiert?«, fragte sie mit freundlicher Stimme und vergaß völlig, was sie zuvor gefragt hatte.

Er griff nach dem neuen Hemd und zog es über seinen linken Arm. Sie half ihm, auch den rechten durch den Ärmel zu schieben, und er schloss die Knöpfe. »Ein Auto hat mich angefahren.«

»O mein Gott! Wann?«

»Da war ich neunzehn.« Ein unbehagliches Lächeln lag auf seinen Lippen. »Zufälligerweise hat das viel mit den drei Briefen zu tun, die ich aufbewahrt habe.« Die Schwere seiner Gedanken schlug sich auf seine Miene nieder. »Ich habe sie versteckt, aber dies wird mich immer erinnern.« Er legte eine Hand auf seine Schulter.

Sie zog ihm den Pulli über den Kopf und schob den rechten Arm in den Ärmel. »Wie ist das passiert?«

»Wie wäre es, wenn ich Ihnen das bei einem Tee erzähle?«

»Gern«, sagte sie.

»Würden Sie die Schublade in meinem Nachttisch öffnen? Die Briefe sind da drin. Es wäre nett, wenn Sie sie mir vorlesen würden, und ich erzähle Ihnen die Geschichte dazu.«

Als William angezogen war, bestellten sie frischen Kaffee und Tee. Wenig später wurden die Kannen gebracht, auf einem passenden Tablett mit zwei Tassen und Untersetzern und einer einzelnen Rose in einer Vase. Dann setzte sich Noelle mit den Briefen im Schoß hin, um sich Williams Geschichte anzuhören.

William bestand darauf, ihr den Kaffee zu reichen; die Tasse klapperte auf der Untertasse, als er ihn ihr hinhielt. Sie fügte Zucker und Sahne hinzu und rührte mit einem zierlichen Löffel um.

Seine eigene Tasse ließ er stehen, fuhr sich mit den Händen über die Oberschenkel und presste die Lippen zusammen, als suchte er nach dem richtigen Anfang für seine Geschichte. Schließlich blickte er auf und sagte: »Damals bin ich oft an diesem kleinen Café in der Stadt vorbeigegangen. Es war ein reizender Ort mit Außenbewirtung und einer blaugrün gestreiften Markise über dem Eingang. Jeden Tag bin ich dort vorbeigekommen und doch nie hineingegangen. Ich wollte nur das Mädchen sehen, das mit einem Croissant und einem Kaffee an einem der Außentische saß und ein Buch gelesen hat. Sie hatte welliges dunkles, knapp schulterlanges Haar, das sie an der Seite mit kleinen Klammern zurückgesteckt trug. An kalten Tagen saß sie drin, aber immer direkt am Fenster, als würde sie nur darauf warten, wieder hinaus in die Sonne zu gehen.«

Wie gebannt sah Noelle zu, wie sich Williams Miene aufhellte, als er über diese Frau sprach. Sie konnte es kaum erwarten, zu hören, wie es weiterging.

»Ich hätte so gern mit ihr gesprochen, aber ich wusste einfach nicht, wie man so etwas anstellt. Und ich wollte es ja unbedingt richtig machen, denn sie war das hübscheste Mädchen, das ich je gesehen hatte. Also habe ich angefangen, selbst Tag für Tag hinzugehen und dort einen Tee zu trinken. Ich habe mich immer auf die andere Seite des Cafés gesetzt und gelesen.«

»Hat sie Sie bemerkt?«, fragte Noelle und brannte darauf, seine Antwort zu hören.

Freude kräuselte seine Wangen, als er über die Antwort nachdachte. »Wenn sie das hat, hat sie es sich nicht anmerken lassen. Eines Tages brachte ich endlich den Mut auf, mich an den Tisch neben ihrem zu setzen. Ich habe sogar mit ihr gesprochen – über das Wetter, unsere Getränke, ihr Buch ... was immer mir einfiel, um mir ihre Aufmerksamkeit zu sichern. Ich war nervös, und ich weiß noch, dass ich die Hände im Schoß hielt, damit sie es nicht sah. Nach ein paar Minuten habe ich gesagt: ›Ich will Sie nicht länger aufhalten. Ich muss weiter.‹« Er lächelte, lachte beinahe. »Sie hat die Stirn in ganz entzückende Falten gelegt und gesagt: ›Ach, ich dachte, Sie würden noch etwas bleiben. Ich hätte mich gern weiter unterhalten ... sonst habe ich eh nichts zu tun.‹ Das hat sie in einem so süßen, neckischen Ton gesagt, dass ich dachte, sie müsse das wohl oft tun. Und dann hat sie mir ein zartes Lächeln geschenkt, bei dem mein Herz einfach dahingeschmolzen ist.«

Noelle war kaum fähig, sich zu rühren. In ihrem Kopf ging es drunter und drüber, während sie überlegte, wie diese wundervolle Geschichte wohl mit der garstigen Narbe auf seiner Schulter enden konnte. Total gefesselt nippte sie an ihrem Kaffee. »Sind Sie geblieben?«

»Natürlich bin ich geblieben!« Wieder lachte er. »Wir haben über Gott und die Welt gesprochen, aber ich muss gestehen, dass ich eine Weile in Gedanken versunken war und nicht fassen konnte, dass gerade ich das Glück hatte, sie kennenzulernen. Danach bin ich jeden Vormittag wieder hingegangen, um sie zu treffen.«

»Und was ist dann passiert?«

»Die Zeit verging wie im Flug. Wir haben Ausflüge zum Strand unternommen, sind auf Pferden durch die Landschaft geritten, haben im Weingut eines Freundes der Familie Wein getrunken. Wir haben Geheimnisse und Meinungen ausgetauscht – und sie konnte verdammt hartnäckig sein! Aber sie war auch so behutsam mit ihren Worten, dass ich immer das Gefühl hatte, mir gefällt, was sie sagt, auch wenn wir verschiedener Ansicht waren. Ich habe mich Hals über Kopf in sie verliebt. Aber ich konnte nicht bei ihr bleiben.« Er räusperte sich auf die Art, wie er es immer tat, wenn die Gefühle in ihm aufwallten.

»Warum konnten Sie nicht bei ihr bleiben?«

Als er jetzt tief Luft holte, spiegelten sich die Gefühle von Jahren in seinem Gesicht. »Mein Vater hat von uns erfahren und mir verboten, sie je wiederzusehen. Sie hatte nicht die Ahnentafel, die er sich für seine Schwiegertochter vorgestellt hat.«

»Ahnentafel?«

»Ihre Herkunft.«

»Sie meinen, sie hatte kein Geld.«

»Ja. Mir war nicht erlaubt, noch einmal in das Café zu gehen.«

Noelle musste nicht erst darüber nachdenken, um genau zu wissen, dass diese Geschichte auch ihre eigene Situation betraf; das war ihr nun völlig klar. Welche Gefühle Alex ihr gegenüber auch zeigen mochte, es würde zu nichts führen, denn am Ende spielte sie schlicht nicht in seiner Liga. Was bisher still in ihrem Hinterkopf gelauert hatte, war nun unübersehbar in ihr Bewusstsein gerückt. Sie überlegte sogar kurz, ob William ihr seine Geschichte womöglich nur erzählte, um sie zu warnen.

»Machen Sie den ersten Brief auf«, sagte er und riss sie aus ihren Gedanken. »Würden Sie ihn mir vorlesen?«

Sie konzentrierte sich wieder auf das Papier in dem zart rosafarbenen Umschlag, zupfte daran, bis es herausglitt, und strich es vorsichtig glatt. Für einen Moment drehte sie das Papier in der Hand und bewunderte die altmodische, schnörkelige Schrift.

»Es steht kein Name darauf«, bemerkte sie.

»Ja. Wir konnten es nicht riskieren, Namen zu nennen, weil mein Vater uns nicht erlaubt hat, uns zu sehen. Ich habe sie nur einmal abgefangen, um ihr zu sagen, dass sie mir, wenn sie Kontakt mit mir aufnehmen wollte, einen Brief hinter einem lockeren Ziegelstein in der Mauer um das Grundstück hinterlassen könne. Dort würde ich auch meine Antwort deponieren.«

»Wie war ihr Name?«

William sah Noelle an und kämpfte sich aus seinen Erinnerungen zurück in die Gegenwart. »Ihren Namen habe ich nie irgendjemandem gegenüber erwähnt. Und auch wenn es mir nichts ausmacht, die Geschichte zu erzählen, ist es mir doch wichtig, ihre Privatsphäre zu achten. Ich weiß nicht, ob sie jemandem von mir erzählt hat, aber sie ist aus dieser Gegend, und ich möchte nicht versehentlich ein Geheimnis ausplaudern.«

Noelle kannte keine Seele in seinem Alter, die solch eine Geschichte erlebt haben könnte, aber sie respektierte seinen Wunsch. »Natürlich.« Sie nickte. Dann blickte sie auf den Brief, den sie ihm vorlesen sollte.

Ich habe das Gefühl, ich kann Dir alles erzählen. Also möchte ich meine intimsten Gedanken in diesem Brief mit Dir teilen in der Hoffnung, dass Du nie vergisst, wie sehr Du mich berührt hast. Mein Herz ist gebrochen. Ohne Dich habe ich all meine Hoffnung verloren. Ich gehe zu dem Café, setze mich und starre mein Buch an und bin doch außerstande zu lesen. Die Worte verschwimmen unter meinen Tränen. Ich sehne mich so sehr nach Deiner Gesellschaft, und ich fühle mich verloren. Ehe ich Dir begegnet bin, habe ich mich nie einsam gefühlt, aber nun schmerzt mein Herz in der Leere, die Du hinterlassen hast. Ich erzähle Dir all das nicht, damit Du dich schlecht fühlst, ich möchte nur, dass Du weißt, wie viel Du mir bedeutest.

William schniefte, und Noelle blickte auf. »Wow«, flüsterte sie, faltete den Brief zusammen und steckte ihn wieder in seinen Umschlag. Sie hatte noch nie etwas Derartiges zu irgendjemandem gesagt, und plötzlich spürte sie den Schmerz dieser großen verlorenen Liebe. Wie wäre das Leben dieser Frau verlaufen, hätte sie William geheiratet? Wäre er dann auch nach New York geflüchtet, wie er es in seiner Ehe mit Elizabeth getan hatte? Oder wäre er geblieben?

»Nun verstehen Sie sicher, warum ich die Briefe aufbewahrt habe«, sagte er. »Ich habe nie wieder einen Menschen kennengelernt, der mich so geachtet hat wie sie. Von dem Moment an, als ich sie kennengelernt hatte, habe ich geglaubt, sie könne über Wasser gehen. Und wenn ich mit ihr zusammen war, hat es sich angefühlt, als könnte ich es auch.« Er rieb sich den Brustkorb gleich über dem Herzen, dort, wo die Narbe, die auf seiner Schulter begann, endete.

»Und woher haben Sie nun die Narbe?«, hakte sie nach, von seiner Geste an den Ursprung ihrer Unterhaltung erinnert. Die Liebesgeschichte dieser beiden Menschen hatte sie so gefangen genommen, dass sie die Narbe beinahe vergessen hätte. Es war, als könnte diese Liebe einen ganzen Raum ausfüllen, selbst wenn keiner von ihnen zugegen war – in ihrer Unermesslichkeit war sie mit nichts zu vergleichen, was sie je erlebt hatte. Eine vage Ahnung von solch einer Liebe hatte sie bekommen, wenn sie Gram und Pop-pop zusammen gesehen hatte, aber diese Geschichte ging ihr durch und durch, fand einen Widerhall in ihrem Inneren. Vielleicht lag das nur daran, dass sie wusste, sie nahm kein gutes Ende. Wie eine Explosion war sie erblüht, hatte alles um sich herum verschlungen, um dann einfach zu verschwinden und einen Haufen Trümmer zu hinterlassen.

»Nach ihrem letzten Brief hatte ich insgeheim geplant, sie

im Café zu treffen. Ich musste sie einfach sehen. Ich war spät dran. Sie muss wohl gedacht haben, ich hätte sie versetzt. Als ich ankam, sah ich sie wenige Schritte vor mir. Sie wollte gerade gehen und kehrte mir den Rücken zu; sie trat auf die Straße … der Wagen raste auf sie zu, er flog buchstäblich. Ich rief ihren Namen, aber sie hörte mich nicht.«

»O mein Gott. Was ist passiert?«

»Ich bin losgelaufen – gerannt –, habe sie gerade rechtzeitig erwischt und zurück auf den Gehweg gestoßen, und der Wagen hat statt ihrer mich erwischt.«

Sie keuchte auf, schlug eine Hand vor den Mund, und die Tasse in ihrem Schoß kippte gefährlich zur Seite. Rasch riss sie sich zusammen und brachte die Tasse wieder ins Gleichgewicht.

»Das war das letzte Mal, dass ich sie in dem Café gesehen habe. Mein Vater hat durch den Unfall erfahren, wo ich gewesen war, und er hat keine Besucher zu mir gelassen. Sie war dem Krankenwagen gefolgt, hatte im Krankenhaus angerufen, und sie war bei mir geblieben, bis mein Vater eintraf. Doch als er dann jegliche Besuche unterbunden hat, war sie weg. Und während ich mich erholte, hat er mir strikt untersagt, sie je wiederzusehen. Sollte ich es doch tun, würde er mich enterben, und ich stünde mit nichts da. Ich war jung, und ich hatte Angst. Ich wusste nicht, wie ich meinen gewohnten Lebensstil ohne Geld beibehalten sollte. Es hat noch Jahre gedauert, bis mir klar geworden ist, dass Geld nicht wichtig ist.« Er setzte sich auf, als würde ihm der Rücken wieder Probleme bereiten. »Wissen Sie, das Café gibt es nicht mehr. Es wurde vor ungefähr zwanzig Jahren abgerissen, um Platz für eine Autowerkstatt zu schaffen. Ich habe eine der Servietten gerettet, auf die der Name aufgedruckt ist. Die habe ich zusammengefaltet und trage sie immer in meiner Brieftasche mit mir herum. Ich weiß auch nicht, warum ich das tue.«

»Vielleicht, weil sie ein Symbol für das Leben ist – welche Richtungen es einschlägt, wie Sie an diesem Tag gerettet wurden, wie Sie jemand anderen gerettet haben.«

Er lächelte. »Vielleicht. Und ich habe wieder geliebt, also wurde auch mein Herz gerettet.«

»Was ist aus der Frau geworden?«

»Danach habe ich sie nur noch einmal gesehen, aber davon erzähle ich Ihnen ein andermal, wenn Sie einverstanden sind. Ich werde allmählich müde.«

»Man kann Ihnen ansehen, dass es Sie erschöpft hat, all diese Erinnerungen wieder zu durchleben«, sagte sie. Wenn sie auch im Stillen wünschte, er würde noch mehr erzählen, konnte sie doch verstehen, warum ihm das zu viel war.

»Es sind nicht nur die Erinnerungen«, sagte er. »Es ist auch die Schuld, die ich mit der Liebe zu meiner Frau auf mich geladen habe. Ich wollte alles für sie sein, während ich doch immer noch diese unvollendete erste Liebe im Hinterkopf hatte. Wissen Sie, ich habe diese Briefe nicht aufbewahrt, weil ich Elizabeth gegenüber treulos gewesen wäre. Ich habe sie aufbewahrt, weil ich mich durch diese andere Frau lebendig gefühlt habe, so als wäre ich ein besserer Mensch. Und jedes Mal, wenn ich sie lese, erinnert mich das daran, wen sie in mir gesehen hat. Das ist es, was mich so viel Kraft kostet.«

14

»Komm schon, Noelle!«, bettelte Phoebe. Sie und Jo hatten sich mit Noelle getroffen, um Weihnachtseinkäufe zu machen, weil ihnen bis zum Fest nicht einmal mehr ein ganzer Monat blieb. Alle drei hatten sich an diesem Tag freigenommen. Noelle hatte ein paar Dinge für Lucas besorgen wollen. Und nun, da ihr neuer Gehaltsscheck unterwegs war, freute sie sich unbändig darüber, endlich die Dinge kaufen zu können, die tatsächlich auf seiner Liste standen. Ohne noch einmal darüber nachzudenken, zückte sie ihre Kreditkarte, um zu bezahlen.

»So eine Chance bekommen wir nie wieder«, fuhr Phoebe fort und duckte sich in den Tunnel unter der gewaltigen Weihnachtsbaumgruppe im Zentrum der Einkaufsmeile, deren Lichter vor dem grauen Himmel funkelten. Auf der anderen Seite stieß sie wieder zu Jo und Noelle, die außen herumgegangen waren. »Wann begegnen wir schon Alexander Harrington oder hören ihn sogar Karaoke singen?«, bedrängte Phoebe ihre Freundin und durchbohrte sie dabei zugleich mit ihrem Blick. »Ich glaube, er ist gar nicht so scharf, und du willst nur verhindern, dass wir das herausfinden.«

Jo lachte und lugte in das Schaufenster eines Haushaltswarenladens, dessen Auslagen neben ein paar ausgewählten Möbelstücken mit künstlichem Schnee und rot-silbernen Geschenkpäckchen prunkten.

»Ich habe mit Charlie geredet«, sagte Phoebe mit weit aufgerissenen Augen, als würde diese Aussage ihnen detailliert vermitteln, was in ihrem Kopf vorging. Charlie war der Eigentümer der Karaoke-Bar mit dem passenden Namen »Charlie's« und ein enger Freund von Phoebe. »Er hat gesagt, wenn wir es schaffen, dass Alexander Harrington zu seiner Tür hereinkommt, gehen in der ersten Stunde alle Getränke auf ihn. Das erspart mir mindestens fünfzig Dollar.«

»Liebe Güte! Wie viele Drinks kaufst du denn in einer Stunde?«, fragte Jo, trat zwischen die beiden und schlang einen Arm um Phoebes Schultern und den anderen um die von Noelle. Ihre kleinen Einkaufstüten baumelten an ihren Handgelenken.

»Ich versuche nur, auf meine Kosten zu kommen. So oft kriegen wir schließlich keine Freigetränke.« Sie beugte sich zu Noelle hinüber. »Noelle, wenn du nicht sagst, dass du ihn einlädst, werde ich dir das nie verzeihen«, verkündete sie und setzte ihr Trauriger-Welpe-Gesicht auf.

»Schön«, sagte Noelle, bemüht, ein Grinsen zu unterdrücken.

»Kaufst du für Alex auch etwas zu Weihnachten?«, fragte Jo.

»Das sollte ich vermutlich. In der Vergangenheit habe ich immer auch für meine Chefs ein Geschenk besorgt.« Aber ihm ein Geschenk zu kaufen würde schwer werden, weil sie einander so nahe gekommen waren. Plötzlich wünschte sie, sie wüsste, was er gern aß, wie lange er lesen konnte, ehe er müde wurde, ob er darauf achtete, dass seine Socken zur Hose oder zu den Schuhen passten …

Sie blieben stehen, um einen Knabenchor zu bewundern, der »Carol of the Bells« zum Besten gab. Die Stimmen der Jungs segelten hinauf in den wolkenverhangenen Himmel, und in ihren Händen lagen schimmernde Messingglocken, mit denen sie perfekt im Takt zu ihrer Musik läuteten. Die ganze Zeit musste Noelle an die Familie Harrington denken. Da waren nur diese beiden Männer in diesem riesigen Haus, keine anderen Angehörigen, und Elizabeth, die allein in einem Heim lebte. Sie konnte nicht einfach danebenstehen und zulassen, dass sie so das Weihnachtsfest verbrachten.

»Wisst ihr, wem ich ein Geschenk besorgen sollte?«, fragte sie. »Kommt mit, ich brauche eure Hilfe.«

Jim wartete in dem schwarzen Mercedes der Familie am Tor zum Grundstück auf Noelle, wie sie ihn gebeten hatte. »Danke, dass Sie gekommen sind«, sagte sie, während sie vor ihrem kleinen Wagen stand, auf dessen Dach ein Tannenbaum festgezurrt war. Sie hatte Phoebe und Jo gebraucht, um ihn da raufzubefördern, und war den ganzen Weg zurück zur Villa im Schneckentempo gefahren, während sie im Stillen gebetet hatte, dass sie ihn ausreichend gesichert hatten. Jim, der ebenfalls ausgestiegen war, während der Wagen im Leerlauf schnurrte, musterte den Baum mit verwirrter Miene.

»Der ist für Williams Suite«, erklärte sie. »Er hat keinen Baum.«

»Miss Parker, wir hätten ihm mit Freuden einen Baum aufgestellt, wenn er darum gebeten hätte.«

»Na ja, das ist es ja: Er hat um überhaupt nichts gebeten. Er weiß nicht, dass ich ihm einen gekauft habe. Ich will ihn damit überraschen.« Sie beugte sich in den Fond. »Ich habe die größte Lichterkette gekauft, die ich finden konnte, damit er wenigstens die Umrisse und das Licht sehen kann. Und der Tannenbaumgeruch ist einfach unglaublich.« Sie zerrte eine Einkaufstasche über die Rückbank. »Ich habe sogar Pfefferminzkerzen gekauft.«

Jim zog eine Braue hoch.

»Ich werde den Geist der Weihnacht zu ihm bringen. Und Sie müssen ihn jetzt ablenken.«

»Noelle«, sagte William, als er und Jim gemeinsam durch den Korridor auf sie zukamen. »Ich bin so froh, dass Sie hier sind. Ein Händler hat mich auf eine Antiquitätenauktion aufmerksam gemacht, die in zwanzig Minuten beginnt, und ich brauche Ihre Hilfe, um auf ein paar Stücke zu bieten. Da gibt es einen Queen-Anne-Tisch, den ich unbedingt in die Finger kriegen muss.«

»Kein Problem«, sagte sie und zwinkerte Jim zu. »Ich wollte Ihnen in Ihrer Suite ohnehin etwas zeigen.« Sie ergriff Williams Arm, eine Geste, die Jim verriet, dass er entlassen war, und führte den alten Mann den Gang hinunter.

»Sie sind aufgeregt«, stellte er zu ihrem Amüsement fest.

»Woher wissen Sie das?« Sie strahlte ihn an, regelrecht aus dem Häuschen bei dem Gedanken, was ihn in seiner Suite erwartete.

»Ihre Stimme klingt außergewöhnlich lebhaft.«

»Ich freue mich immer so darauf, Ihnen Ihre Herzmedikamente zu geben«, neckte sie ihn und lachte, als sie sein Gesicht sah und die in einem Ausdruck gespielter Verärgerung zusammengepressten Lippen. »Ich habe etwas, das ich Ihnen zeigen muss.«

Sie öffnete die Tür zu seiner Suite, und er blieb abrupt stehen und zeigte in die Ecke. »Was um alles in der Welt ist das?«, fragte er und ging darauf zu. Sein Stock ratterte vor ihm über den Boden.

»Ein Weihnachtsbaum.«

Er erreichte den Baum, streckte die Hand aus und berührte die Lichter. »Ich kann sie sehen«, stellte er lächelnd fest. »Und wenn ich die Lichter sehen kann, dann sind sie vermutlich enorm groß und grell.«

Sie lachte. »Ja, das sind sie allerdings.«

Er sah sich zu ihr um. »Danke, dass Sie an mich gedacht haben, aber warum besorgen Sie einen Baum für meine Suite, nachdem ich Ihnen doch gesagt habe, dass ich keinen brauche?«

»Weil Sie eben doch einen brauchen. Sie müssen Weihnachten feiern. Und das erfordert manchmal ein bisschen Planung. Denken Sie einfach an den besten Plan, den Sie je zu Weihnachten gemacht haben. Haben Sie je den Wunsch gehabt, jemandem eine besondere Freude zu machen, nur um ihm zu zeigen, dass Sie an ihn denken?«

Er antwortete nicht, und sie fragte sich, ob er womöglich nie so etwas für einen anderen Menschen getan hatte. Aber dann setzte er sich auf das Sofa und winkte sie zu sich. »Ich habe ein Geheimnis«, sagte er.

»So?« Sie setzte sich neben ihn.

»Erinnern Sie sich an die Briefe, die vorzulesen ich Sie gebeten habe? Bitte holen Sie doch mal den violetten Umschlag.«

Sie stand auf, ging in sein Schlafzimmer, öffnete die Schublade des Nachttischs und holte den violetten Umschlag heraus. Als sie zurückging, sah sie, dass er sich auf dem Sofa umgedreht hatte und zum Baum schaute. »Das ist das Netteste, was je ein Mensch für mich getan hat«, sagte er, als sie wieder Platz nahm.

»Ich dachte nur, Sie könnten ein bisschen Weihnachtsstimmung vertragen.«

Er lächelte. »Es hat etwas mit mir gemacht, denn nun habe ich das Gefühl, ich muss dieses Geheimnis mit Ihnen teilen, und ich habe es noch mit keiner anderen Seele in diesem Haus geteilt.«

»Wow. Ich fühle mich geehrt.« Sie legte den Brief in ihren Schoß und betrachtete seine Hände, die wieder erkennbar zitterten.

»Sie müssen mir versprechen, mein Geheimnis zu bewahren«, bat er mit leiser Stimme. »Aber ich weiß, ich kann Ihnen vertrauen. Sie haben so eine unbestreitbar ehrliche, fürsorgliche Art an sich.«

»Natürlich.«

»Sie haben mich gefragt, ob ich je große Pläne zu Weihnachten geschmiedet habe.« Er wandte sich ab, und es schien, als wäre er wütend auf sich selbst. »Ich habe etwas getan, was ich mein Leben lang bereut habe. Dieser lose Ziegelstein in der Mauer um das Grundstück ... Nachdem sie mir geschrieben hatte, habe ich meine Antwort dort hinterlegt. Ich wusste, sie würde nachsehen.« Er schüttelte den Kopf. »Ich kann immer noch nicht fassen, was ich getan habe.«

»Was?« Die Spannung brachte sie beinahe um.

»Ich habe den Ring meiner Mutter nicht verloren – den Familiendiamanten. Ich habe ihn hinter dem losen Ziegelstein in die Mauer gelegt. In einem Augenblick voller Liebe und Schwäche habe ich der Frau aus diesem Café gesagt, ich würde niemals wieder jemanden so lieben, wie ich sie geliebt habe. Und wenn wir schon nicht zusammen sein konnten, dann wollte ich wenigstens, dass sie den Ring bekam. Es war Weihnachten, und ich wollte ihr unbedingt zeigen, wie ich für sie empfand. Das war wohl das Unbesonnenste, was ich je getan habe.«

»O mein Gott.« Elizabeth hatte richtig gelegen mit ihrer Ahnung. Schon jetzt konnte Noelle die Last dieses Geheimnisses spüren. Schließlich hatte Alex ihr gesagt, sollte

William ihn einer anderen gegeben haben, würde er beiden niemals vergeben.

»Ja, ›o mein Gott‹, allerdings. Sie wollte ihn nicht annehmen, hat ihn mit einem Brief zurückgelassen, aber ich habe ihr geantwortet, wenn sie ihn nicht nähme, würde ich ihn für alle Zeiten hinter diesem losen Ziegel liegen lassen, also sollte sie ihn besser sicher für mich verwahren. Ich habe ihr nie gesagt, dass er seit Generationen unserer Familie gehört hat. Ich wollte sie nicht derart unter Druck setzen. Ich habe ihr nur gesagt, er bedeute mir alles, genau wie sie.«

»Hat sie ihn noch?«

»Keine Ahnung.«

»Wir könnten ihn von ihr zurückholen!«

»Er gehört ihr. Ich habe ihn ihr geschenkt.« Er wedelte mit den Fingern in der Luft. »Lesen Sie den Brief«, sagte er.

Noelle atmete tief durch, öffnete den Umschlag und betrachtete die verschnörkelte Handschrift.

Mein Liebster,
solch ein großes Geschenk kann ich nicht annehmen. Dennoch spüre ich die Liebe, die Du mir mit diesem Ring schenkst. Ich werde ihn aufbewahren, wie Du es gewünscht hast, als Symbol meiner eigenen Hingabe an die Gefühle, die ich Dir entgegenbringe. Doch bitte vergiss nie, ich bin nur der Hüter des Kleinods, und solltest Du ihn je wiederhaben wollen, werde ich ihn Dir zurückgeben. Bis dahin ist er in sicheren Händen.

»Warum haben Sie ihn nicht zurückgeholt, als Sie Elizabeth begegnet sind?«, fragte sie.

Er schloss die Augen. »Ich gebe es nur ungern zu, aber ich habe mich davor gefürchtet, dieser Frau wieder zu begegnen und die Liebe in ihren Augen zu sehen. Oder schlimmer noch, den Tadel, weil ich mein Erbe meiner Liebe vorgezogen habe. Sie hat mir so viel Achtung entgegengebracht, dass beides mich umgebracht hätte. Selbst nachdem ich Elizabeth geheiratet hatte, konnte ich die Furcht, ihr über den Weg zu laufen, nicht ertragen, also habe ich mich von hier ferngehalten. Elizabeth hat mich angefleht, New York zu verlassen und hier zu leben, aber ich dachte, wenn ich mich zu Tode arbeite, würde sie irgendwann aufgeben und dieses Haus vergessen. Ich habe meine Frau so sehr geliebt, dass ich mich ihr ganz hingeben wollte, und so, auf eine sehr ungesunde Art, habe ich versucht, ganz der ihre zu sein, indem ich mich von hier fernhielt.«

Noelle steckte den Brief zurück in den Umschlag und ergriff seine bebende Hand. Das Zittern war schlimmer, als sie es je erlebt hatte. »Am Ende«, sagte sie vorsichtig, »war es nur ein Ring. Er kann uns nicht begleiten, wenn wir einmal gehen müssen. Liebe aber schon. Dieser Frau den Ring zu geben, um ihr die Tiefe Ihrer Gefühle zu zeigen, war eine sehr schöne Geste. Aber nun müssen Sie Elizabeth Ihre Gefühle zeigen. Wissen Sie noch, die Briefchen, die sie auf Ihrem Kopfkissen hinterlassen hat? Sie hat sie vermisst. Vermutlich vermisst sie Sie auch jetzt. Sie sollten sie besuchen.«

Er schwieg, offensichtlich in Gedanken versunken. Dann schloss er wieder die Augen. »Ich bin erschöpft. Ich glaube, ich möchte mich jetzt ausruhen.«

Sie nickte und überließ ihn seinen Betrachtungen.

15

Vielleicht ist Karaoke doch ganz nett und bringt mich auf andere Gedanken, sinnierte Noelle, als sie in Alex' Wagen stieg. Phoebe zuliebe, die den ganzen Abend ihr Telefon attackiert hatte, hatte sie ihn gefragt, ob er mitkommen wolle, und er hatte prompt zugestimmt. Und als Noelle Phoebe gesagt hatte, dass er mitkommen würde, hatte die gekreischt wie ein Schulmädchen. Anschließend hatte sie sowohl Phoebe als auch Jo das Versprechen abgenommen, die Bäckerei an diesem Abend nicht zur Sprache zu bringen. Es war weder die rechte Zeit noch der rechte Ort dafür, und sie wollte weiter nichts, als sich amüsieren.

»Treffe ich dort deine Freundin Phoebe?«, fragte er und sah sich grinsend zu ihr um, während er den Wagen über die gebogene Auffahrt zur Straße steuerte. »Ich kann es kaum erwarten. Es wäre sicher unterhaltsam.«

Um beim Anblick seines Lächelns nicht völlig aus dem Häuschen zu geraten, wandte sie sich ab und sah aus dem Fenster. Insgeheim hatte sie längst beschlossen, dass es an diesem Abend nur um sie und ihre Freundinnen gehen sollte, so wie immer. Wenn er mitkommen wollte, war das auch in Ordnung, immerhin würde er Phoebe Gesprächsstoff für mindestens fünf Jahre liefern.

Den Rest der Fahrt schwiegen sie. Die Sitzheizung schützte sie vor der Kälte, während der Wagen über die feuchten Straßen glitt. Der Nebel schien sie zu necken, wedelte vor ihren Nasen mit der Vorstellung von einer weißen

Weihnacht, die ihnen doch vorenthalten wurde, solange es Mutter Natur passte.

Alex parkte den Wagen, öffnete die Tür für Noelle, half ihr über eine Pfütze und auf den Bürgersteig vor dem Charlie's. Sie sah Phoebes und Jos Wagen auf dem Parkplatz, und ein ängstliches Kribbeln kroch durch ihre Glieder, als Alex ihre Hand ergriff und sie zur Tür führte.

Als sie eintraten, winkte Phoebe ihnen schon vom Tresen aus zu, die Augen so groß wie Untertassen, auch wenn sie sich bemühte, ihre Mimik mit einem breiten, zahnreichen Lächeln zu kaschieren. Sie stand auf, um sie zu begrüßen, zupfte an Jos Ärmel und stieß dabei ihren Drink um.

Noelle führte Alex durch den dunklen Raum. Die Karaokebühne war mit blauen und weißen Scheinwerfern ausgeleuchtet, auf einigen Tischen standen Cocktails und Bierflaschen, und die Musik donnerte in ihren Ohren. »Hi«, rief sie laut, um den Lärm zu übertönen, als sie bei ihren Freundinnen angekommen waren. »Das ist Alex Harrington. Alex, das ist Phoebe und das ist Jo.«

Er schüttelte beiden die Hand und trat näher, damit die beiden ihn hören konnten. »Schön, euch kennenzulernen«, sagte er.

Sie machten es sich an ihrem Platz an der Bar bequem. Charlie wischte den Tresen ab wie ein Geisteskranker, als glaubte er, er könnte irgendwie Gold aus der Oberfläche herauspolieren.

»Was zu trinken?«, fragte Phoebe, die Alex hingerissen anstarrte. »Was möchtest du?«

»Was schlägst du vor?«, fragte er und zog die Brauen zusammen, als hätte er gerade einen Kernphysiker nach seinen Ansichten zur Teilchenphysik gefragt. Ernst und konzentriert, sichtlich darum bemüht, höflich zu sein, fixierte er sie.

Phoebes Mundwinkel zuckte kaum erkennbar, und sie zog Charlie gegenüber, der sie angaffte, während er ein Glas mit dem Geschirrtuch polierte, eine Braue hoch. Charlie stellte das Glas weg, öffnete eine Flasche Budweiser und schob sie über den Tresen zu Alex. »Wir wollen ja nicht, dass ihr zwei auffallt«, sagte Phoebe und bedachte Noelle mit einem Grinsen.

»Ich nehme das Gleiche«, sagte Noelle rasch. Plötzlich hatte sie das Gefühl, Alex beschützen zu müssen. Er hätte ihr und Lucas die kalte Schulter zeigen können, doch was immer mit der Bäckerei geschah, er war gut zu ihnen gewesen, und sie wollte sicherstellen, dass ihre Freundinnen auch gut zu ihm waren. Er war nicht nur irgendein gut aussehender einheimischer Promi mit einem Haufen Geld; mehr und mehr glaubte sie, dass er wirklich ein anständiger Mensch war.

Charlie schob eine weitere Flasche Budweiser in Noelles Richtung.

»Sollen wir uns einen Tisch suchen?«, fragte Alex und reichte Noelle das Bier.

Sie drehte sich zu dem inzwischen gesteckt vollen Raum um. Der einzig freie Bereich war direkt vor einem großen Tisch, der von kreischenden Mädchen belegt war, offenbar eine Geburtstagsgesellschaft. Das Geburtstagskind trug ein mit Zuckerstangen bedrucktes Shirt. Noelle dachte an das Date, das Alex in der Arena für sie eingefädelt hatte, das, bei dem sie der Eisläuferin zugeschaut hatte. Und wieder wogte die Unsicherheit in ihr empor. Sie wollte, dass er Spaß hatte, und sie selbst hatte hier gewöhnlich eine Menge Spaß. Nun konnte sie nur hoffen, dass es ihm genauso gefiel wie ihr.

Sie bahnten sich einen Weg zu dem Tisch, während die Mädchenhorde vorübergehend still war, um für ein Foto zu posieren. Eine von ihnen hatte eine Kamera mit einem großen Blitz und einem Zoom-Objektiv. Augenblicklich fiel Noelle Alex' interessierter Blick auf.

»Soll ich ein paar Fotos von euch allen machen?«, fragte er die Mädchen und stellte sein Bier neben Noelles auf dem Tisch ab.

Die Mädchen, die unverkennbar schon eine Menge intus hatten, kicherten.

»Wie wäre es, wenn du deinen Unterarm auf den Tisch stützt«, sagte er zu dem Geburtstagskind. »Und der Rest von euch stellt sich neben ihr auf.« Er beugte sich vor und schob ein paar der noch recht vollen Getränke und eines der leuchtend bunten Geschenke ins Bild. »Das ist toll«, sagte er und blickte bereits durch den Sucher. »Auf drei: eins, zwei, drei.« Er schoss das Foto. »Ich mache kurz noch ein paar andere Fotos.« Er machte ein paar Fotos von Martini-Gläsern aus einem interessanten Winkel, dann von den Geschenken, einer pinkfarbenen Boa, die an einem der Stühle baumelte, den Mädchen, die sich paarweise aufstellten, und der Bühne. Dann drehte er die Kamera um und zeigte ihnen die Aufnahmen. Ihre Reaktion fiel genauso aus wie die von Noelle, als sie das Foto gesehen hatte, das er in seinem Büro aufgenommen hatte. Sie keuchten auf vor lauter Begeisterung.

Noelle gefiel seine Aufmerksamkeit, und sie genoss es, zuzusehen, welche Freude ihm das Fotografieren machte. Er hatte nichts dabei zu gewinnen und wollte auch gewiss niemanden für sich einnehmen. Er sah nur eine Möglichkeit, etwas Nettes zu tun, und ergriff sie. Genau wie er es bei Lucas getan hatte. Sie riss sich von seinem Anblick los und konzentrierte sich auf den silbernen Weihnachtsbaum auf der Bühne, bemüht, die Aufregung in ihrer Brust zu bezähmen.

»Bist du Fotograf?«, fragte eines der Mädchen und rührte mit dem kleinen Strohhalm in seinem Drink.

»Nein.« Er gab die Kamera der Eigentümerin zurück.

»Du solltest aber einer sein!«, sagte das Geburtstagskind. »Du machst tolle Bilder!«

Offensichtlich waren sie gerade angetrunken genug, um sich nicht durch die Tatsache einschüchtern zu lassen, dass sie mit Alexander Harrington sprachen. Noelle musste unwillkürlich lachen.

»Ich habe eure Namen vorn auf die Liste setzen lassen«, verkündete Phoebe und deutete auf den großen Monitor, auf dem die Namen der Karaokesänger in der Reihenfolge aufgeführt waren, in der sie auftreten sollten.

Noelle war gleich die Nächste mit dem Song … der Mund blieb ihr offen stehen. »Phoebe, ich mache immer Beyoncé!« Sie blinzelte, ehe sie noch einmal hinsah, nur für den Fall, dass sie sich verlesen hatte. »Steht da wirklich ›Let's Get It On‹ von Marvin Gaye?«

Alex lachte so sehr, dass er beinahe an seinem Bier erstickt wäre. Als er sich erholt hatte, lächelte er auf diese ganz eigene, wundervolle Art und sagte mit zärtlichem Blick: »Ich glaube, wir sollten es tun.«

Für einen Moment war sie wie gelähmt, bis ihr klar wurde, dass er meinte, sie solle den Song singen, nicht mit ihm rummachen. Sie hob ihr Bier und leerte die Flasche.

»Ich tu's«, sagte er mit herausfordernder Miene.

Alle drei Frauen starrten ihn sprachlos an.

Er drehte sich um und winkte Charlie zu, der wie magnetisch angezogen an ihrem Tisch erschien.

»Ich hätte gern einen Tequila und zwei Bier, bitte«, sagte Alex zu ihm. »Wollt ihr beide auch einen Drink?«

Phoebe und Jo, die ihre Sprache immer noch nicht wiedergefunden hatten, nickten, obwohl die Gläser, die vor ihnen standen, noch voll waren.

»Gut, danke. Was schulde ich Ihnen?«

»Die erste Stunde geht auf mich«, sagte Charlie.

»Ach, das ist aber nett.« Alex griff in seine hintere Hosentasche, zog seine Brieftasche hervor und holte eine Kreditkarte heraus, die er mit zwei Fingern hochhielt. »Danach buchen Sie alles für diesen Tisch auf eine Rechnung, und ich bezahle alles zusammen.«

Charlie eilte mit Lichtgeschwindigkeit davon und kehrte augenblicklich mit dem Tequila und den beiden Bieren zurück. Alex kippte den Schnaps mit einem Zug hinunter und klopfte mit dem Glas auf den Tisch, ehe er es abstellte. »Die Sache hat aber einen Haken«, sagte er und drehte sich zu Noelle um. »Du musst mit mir da raufgehen.«

Und zwar sofort. Sie waren dran.

Er stand auf und streckte die Hand nach Noelle aus. Widerstrebend ergriff sie sie, und bald stiegen sie die Stufen zur Bühne empor. Kaum waren sie mitten in dem weißen Scheinwerferlicht, rannte er zu ihrer Verwunderung die Treppe wieder hinunter und bat eine Gruppe Leute nah an der Bühne, ihm einen der freien Stühle von ihrem Tisch auszuleihen. Den stellte er auf die Bühne und bot ihn Noelle an, während er sich das Mikrofon schnappte. Mit donnerndem Herzschlag nahm sie Platz.

Die ersten Takte erklangen, und Alex konzentrierte sich auf den Text, der auf dem Monitor angezeigt wurde. Seine Stimme erklang über das Mikrofon, er war einen Takt voraus und sang falsch, aber er legte alles hinein, was er hatte, und brachte Noelle ein Ständchen, als wäre er Marvin Gaye persönlich. Lachend warf sie den Kopf zurück, als er um sie herumging und mit dem Finger über ihre Schultern strich. Phoebe sprang kreischend auf, und Jo hielt beide Hände vor den Mund, was Noelle verriet, dass sie lauthals lachte. Die anderen Leute im Raum nahm Noelle ebenso wenig wahr wie Alex' schiefen Gesang. Was sie aber wahrnahm, das war, dass er ihr vermittelte, alles wäre in Ordnung und er könne sich auch in dieser Welt bewegen. Das half ihr, sich ein wenig zu entspannen. Es trug aber auch dazu bei, ihr Urteilsvermögen noch weiter zu vernebeln. Sobald sie mit ihm zusammen war, vergaß sie alles andere. Sie bemühte sich, ihre Gefühle zu zügeln, doch in der kurzen Zeit, die sie mit ihm bisher verbracht hatte, hatte sie sich Hals über Kopf in Alex Harrington verliebt.

16

»Mom weint«, klärte Heidi Noelle am Telefon auf, als die gerade ihre Suite verließ, um sich eine Tasse Kaffee zu holen. Ihre Schwester hatte irrwitzig früh angerufen, noch vor Sonnenaufgang.

Noelle war länger als geplant mit ihren Freundinnen unterwegs gewesen, also war Lucas im Haus ihrer Eltern geblieben. Zwar war sie mit hämmerndem Schädel und trockener Kehle erwacht, aber sie hatte einen der besten Abende ihres Lebens gehabt. Alex war fantastisch gewesen, und sie hatten sich unterhalten und gesungen, bis Charlie ihnen buchstäblich das Licht ausgeknipst hatte. Gram hatte Noelle nach solchen Nächten stets eine Tasse Vanille-Kaffee gegeben, der ihr helfen sollte, wieder einen klaren Kopf zu bekommen. So, wie sich derzeit die Gedanken in ihrem Hirn überschlugen, konnte sie nur hoffen, dass er auch dieses Mal Wirkung zeigte.

»Sie ist so früh schon wach?«

»Ja. Sie ist wütend auf Dad. Ich glaube, wir sollten hingehen und ihr beistehen.«

Auf Zehenspitzen schlich Noelle durch den Korridor. In diesen hallenden Gängen zu telefonieren, behagte ihr nicht. Das Haus war so groß, es fühlte sich an, als wäre sie an einem öffentlichen Ort – es erinnerte sie an eine sehr stille Einkaufspassage. »Ich weiß, er ist aufgebracht wegen allem, was passiert ist.« Sie betrat die Küche.

»So habe ich Mom noch nie erlebt, Noelle.«

»Alles in Ordnung?«, fragte eine Stimme hinter ihr und jagte ihr einen Schrecken ein.

Das Telefon immer noch am Ohr, drehte sie sich zu Alex um. »Du hast mich erschreckt.«

Auch er war früh auf und trug einen legeren Pulli – grau mit kleinen blauen Sprenkeln.

»Tut mir leid«, sagte er, und so viele Gedanken schienen sich hinter seinen wundervollen Augen zu verbergen. »Ich konnte heute Morgen einfach nicht wieder einschlafen.« Er lächelte schwach, und sie fragte sich, ob er gestern wirklich so viel Spaß gehabt hatte wie sie.

Heidi sprach noch immer am Telefon mit ihr, war verwirrt und wollte wissen, inwiefern sie Noelle erschreckt habe. Noelle bat sie, eine Minute zu warten, ehe sie wieder Alex anblickte. »Meine Schwester ist dran«, sagte sie und wedelte mit dem Telefon in der Luft. »Sie sagt, meine Mutter braucht uns.«

Alex faltete die Zeitung in seiner Hand zusammen, legte sie auf die Arbeitsfläche, trat näher und blickte besorgt zu ihr herab. »Melinda ist im Urlaub, und Jim habe ich heute freigegeben ... aber ich kann bis zu deiner Rückkehr nach meinem Großvater sehen und mich um ihn kümmern, sobald er aufgestanden ist. Wie lange, meinst du, wirst du fort sein?«

»Oh, das würde ich nie von dir verlangen.«

»Warum nicht?« Mit freundlicher Miene wartete er auf ihre Antwort. Die Lampe auf dem Serviertisch und die Beleuchtung über dem Herd – groß genug für eine Restaurantküche – brannten und überzogen seine Haut mit einem warmen Ton.

»Ich will dir nicht zur Last fallen.«

»Tust du nicht. Es macht mir nichts aus.«

»O mein Gott!«, kreischte es aus ihrem Telefon. »Ist das

Alex Harrington?!« Noelle klemmte sich das Telefon unter den Arm und presste es mit glühenden Wangen an ihren Körper, um ihre Schwester zum Schweigen zu bringen. Sie musste ihr Telefon wirklich von Alex fernhalten. Warum spielten nur alle verrückt, wenn er in der Nähe war? Als sie aufblickte, sah sie nur ihn. Den echten Mann. Weiter nichts.

»Geh schon«, sagte er schmunzelnd. Seine Miene verriet ihr, dass er ihre Schwester gehört haben musste. »Das ist wirklich kein Problem.«

Erleichtert und ein bisschen wider besseres Wissen hielt sie das Telefon wieder ans Ohr. »Bin schon unterwegs«, sagte sie und legte auf. Mit dem Versprechen, schnell wie der Blitz wieder zurück zu sein, verließ sie die Küche, um sich fertig zu machen.

Als Noelle eintraf, erstrahlte das ganze Haus im morgendlichen Dämmerlicht in weihnachtlichem Lichterglanz. Der Anblick machte sie wehmütig, und sie blieb für einen Moment unter dem grauen Himmel im Wagen sitzen, um den Weihnachtsschmuck zu betrachten. Die weißen Lichter am Geländer der vorderen Terrasse leuchteten, in den Fenstern brannten Kerzen, und ein Kranz aus frischen Tannenzweigen von einem Christbaumverkauf in der Stadt hing an der Tür. Gram hatte sie gelehrt, wie man Kränze flocht, und sie griffen die Tradition jedes Jahr wieder auf. Jeden Morgen stand ihre Mutter auf und schaltete zuallererst die Lichter an, und sie blieben an, bis alle zu Bett gingen. Und obwohl sie so wütend war, hatte sie die Lichter eingeschaltet.

Heidi winkte ihr vom Wohnzimmerfenster aus zu, also stieg Noelle aus und ging hinein. Ihre Mutter saß mit einer

Packung Taschentücher am Küchentisch. Offensichtlich hatte sie Lucas zuliebe versucht, ihre Tränen zu verbergen. Bei Noelles Anblick hellte sich ihre Miene auf. Noelle trat ein und umarmte Lucas, der um diese Zeit eigentlich noch gar nicht auf sein sollte.

»Ich habe ihn mit meiner Hin-und-Her-Lauferei geweckt«, gestand ihre Mutter.

Noelle nickte. »Hattest du Spaß gestern Abend?«, fragte sie Lucas. Nun, da sie wieder in der Nachbarschaft lebten, hatte ihre Mom den Plan gefasst, einmal pro Woche mit Lucas einen Filmabend zu veranstalten. Da er hier übernachtet hatte, war dieser Filmabend gestern gewesen. Als Noelle angerufen hatte, um sich nach ihm zu erkundigen, hatte ihre Mutter ihr erzählt, sie hätten Popcorn gemacht, Weihnachtskekse gegessen und heiße Schokolade getrunken, bis sie Bauchweh bekommen hätten.

»Ja. Wir haben *Toy Story* geguckt, und das hat Spaß gemacht.« Er stand auf und trug seinen Müsliteller zum Spülbecken.

»Lucas, wenn du mit dem Frühstück fertig bist und nicht wieder ins Bett willst, wie wäre es dann, wenn du ins Gästezimmer gehst und dir die Modelleisenbahn ansiehst, die Grandpa da aufgebaut hat?«, fragte ihre Mutter. »Dazu sind wir gestern wegen des Films und allem gar nicht mehr gekommen.«

Sofort rannte er zur Tür hinaus. Muffy bellte hinter ihm her. Noelle setzte sich neben ihre Mutter, Heidi nahm auf der anderen Seite Platz.

»Also, was ist los?«, fragte sie, während sie ihren Mantel auszog und über die Stuhllehne legte.

»Er ist heute Morgen wegen nichts an die Decke gegangen, als wir aufgewacht sind. Weil es so kalt war. Es liegt an der Heizung im Obergeschoss, aber man hätte glauben können, das Ende der Welt wäre gekommen«, schniefte ihre Mutter mit Tränen in den Augen. »Zum Glück hat Lucas ihn nicht gehört. Gus ist in letzter Zeit so gereizt, dass ich ständig das Gefühl habe, ich müsste mich in seiner Gegenwart wie auf rohen Eiern bewegen, um ihn nicht wütend zu machen. Das setzt mir so zu, dass ich die Nerven verloren und ihm gesagt habe, ich könne das nicht länger ertragen und er solle sich überlegen, wie er mit all dem umgehen wolle.«

Noelle warf Heidi einen Blick zu, doch sie wusste auch so, was ihre Mutter mit all dem meinte. Ihr Vater hatte Probleme damit, die Schließung der Bäckerei zu verdauen. Zuzusehen, wie die harte Arbeit seiner Mutter einfach zerstört wurde, gefiel ihm genauso wenig wie Noelle, und sie war überzeugt, dass er sich außerdem Sorgen um Pop-pop machte. Plötzlich brach das Endgültige der Situation über sie herein. Noelle vertraute ihrem Vater und seinen Instinkten. Normalerweise blieb er auch unter Druck ruhig und gefasst. Wenn er ausrastete, bedeutete das, er sah keinen Ausweg mehr.

»Tut mir leid, Mom«, sagte sie. »Wir kriegen das schon wieder hin.« Noelle legte die Arme um ihre Mutter und drückte sie an sich.

»Der Verlust der Bäckerei zerreißt uns«, stellte ihre Mutter mit brechender Stimme fest. »Ich wünschte, euer Vater wäre stärker, aber er steckt emotional zu tief drin. Ich glaube, er fühlt sich für den Verlust der Bäckerei verantwortlich, und das ist zu viel für ihn. Wenn er doch nur begreifen würde, dass es nicht seine Schuld ist. Dass uns das alle angeht.«

»Wir schaffen das schon«, versprach Noelle, obwohl sie sich im Stillen fragte, wie. Die harte Realität vermittelte ihr das Gefühl, ertrinken zu müssen. Es war, als hätte sie etwas

Furchtbares getan, als sie sich mit Alex amüsiert hatte, denn seinetwegen verlor sie das Wichtigste, was ihre Gram geschaffen hatte.

Still und stumm fuhr Noelle zurück zur Villa. Lucas war auf dem Rücksitz eingeschlafen, und sie war froh darüber. In ihrem Kopf überschlugen sich die Gedanken so sehr, dass sie Bauchweh bekam. Sie hoffte, sie würde Alex nicht so bald begegnen, denn sie konnte nicht einfach mit ihm plaudern, nachdem sie ihre Mutter so erlebt hatte. Andererseits war sie aber auch zu erschöpft, um sich einer längeren Diskussion zu stellen. Auch ihr stiegen die Tränen in die Augen, und sie trauerte um Gram und das Leben, das sie gehabt hatten, ehe dieser Schlamassel begonnen hatte. Ihre Furcht um die Bäckerei, ihre Gefühle für Alex und die Sorge um ihre eigene Zukunft überforderten sie.

Sie verdrängte ihre Gefühle, parkte den Wagen, stieg aus und ging mit Lucas die vereiste Auffahrt hinauf. Als sie den Kopf in den Nacken legte, sah sie immer noch feinen Dunst über den grauen Himmel tanzen – und dann erblickte sie eine winzige Lücke in den Wolken. Mit einem tiefen Seufzer betrat sie langsamen Schritts die Harrington-Villa. Lucas rannte voraus. In der gewaltigen Eingangshalle blieb sie stehen, um zu verschnaufen. Dann, erfüllt von neuer Entschlossenheit, drückte sie den Rücken durch und machte sich auf die Suche nach Alex. Ihre Entscheidung war gefallen. Sie würde einfach in sein Büro gehen, ihm sagen, dass sie zurück war und sich um William kümmern werde, ihm danken, dass er es ihr ermöglicht hatte, ihre Mutter zu besuchen, und ihn allein lassen. Mit dem Gespräch, dem sie ständig aus dem Weg ging, würde sie sich befassen, wenn sie wieder einen klaren Kopf hatte. Derzeit war sie emotional zu angegriffen, um etwas zu sagen. Außerdem sollte sie zuerst einen Plan zur Rettung der Bäckerei ausarbeiten.

Als sie sich aus ihren Gedanken löste, hörte sie leise Stimmen in Alex' Büro, in dem Lucas verschwunden war. Sie lugte hinein. Alex zeigte lächelnd zu dem großen hinteren Fenster hinaus und erzählte etwas über Sternbilder und Mondkrater, während Lucas auf einem Bücherstapel stand und durch das Teleskop blickte.

Noelle blieb an der Tür, um ihnen zuzusehen. Der Umgang der beiden miteinander hatte etwas Sanftes, Leichtes. Als würden sie sich blind verstehen.

»Der Mond ist heute Morgen herausgekommen«, sagte Alex leise zu Lucas. »Also können wir vielleicht auch die Krater sehen.« Aus dem Augenwinkel erblickte er Noelle und drehte sich um. »Hi!«, grüßte er so beiläufig, als wäre es für ihn das Normalste von der Welt, mit einem Sechsjährigen den Mond zu betrachten.

Sie durchquerte den Raum, um sich zu ihnen zu gesellen.

»Lucas ist genau in dem Moment hereingekommen, als ich mit meiner Arbeit fertig war. Also habe ich ihm gesagt, wir könnten das Teleskop ausprobieren. Vielleicht finden wir ein passendes Loch in der Wolkendecke.«

»Das ist sehr lieb von dir«, sagte sie. In ihrem Kopf breitete sich ein pulsierender Schmerz aus.

»Kein Problem«, sagte er. »Wie wäre es, wenn ich euch zu eurer Suite bringe?«

»Ja, mein Kind«, sagte sie grinsend. »Wir müssen Alex ein bisschen arbeiten lassen. Oder ihm wenigstens Gelegenheit zum Frühstücken geben.«

Lucas kam zu ihr, und sie legte den Arm um ihn.

Auf dem Weg zu ihrer Suite überschlugen sich ihre Gedanken förmlich. Lucas war ungewöhnlich gesprächig und stellte Alex unzählige Fragen über die Sternbilder. Und Alex hatte auch noch alle Antworten parat. Antworten, die Noelle nicht hätte geben können, denn sie hatte sich bisher für derartige Themen nie interessiert. Umso mehr empfand sie jetzt das Bedürfnis, sich damit zu beschäftigen, damit auch sie mit Lucas darüber reden konnte.

In ihrer Fantasie hatte sie ihren Sohn immer am Ladentisch der Bäckerei sitzen sehen, wo sie ihn mit Keksen und Milch versorgte und ihm bei den Hausaufgaben half. Nun jedoch fragte sie sich, ob ihre Träume je zu ihm gepasst hatten. Lucas wäre besser an einem Ort aufgehoben, der geeignet war, ihn anzuregen, und sie wusste nicht, wie sie ihm den bieten sollte. All ihre Pläne fielen vor ihren Augen auseinander. Das machte sie ganz kopfscheu. Das Pochen in ihrem Schädel, das bereits bei ihren Eltern begonnen hatte, erblühte zu ausgewachsenen Kopfschmerzen, die auf ihre Augen und Schläfen übergriffen.

Als sie in ihrer Suite waren, brachte Noelle Lucas in sein Zimmer und bat ihn, sich ein bisschen mit seinem Puzzle zu beschäftigen, während sie sich kurz mit Alex unterhielt. Er tat ihr den Gefallen, und als sie hinausging, sagte er: »Ich bin gern bei Alex.«

Sie nickte und betrachtete nachdenklich seine Augen und die rosigen Wangen. »Ich liebe dich«, sagte sie.

Dann atmete sie einmal tief durch und ging hinaus zu Alex. Sie konnte nicht warten, bis sie einen Plan im Kopf ausgearbeitet hatte. Diese Angelegenheit musste eher früher als später geklärt werden, wenn sie nicht irgendwann einfach platzen wollte.

Alex saß mit dem Rücken zu ihr auf dem Sofa, die Beine

übereinandergeschlagen, die Arme auf der Rückenlehne ausgestreckt. Beim Anblick seiner entspannten Haltung kam ihr der Gedanke, dass sie ihn vielleicht umstimmen könnte in Hinblick auf die Hope and Sugar Bakery. Es war Zeit, etwas zu tun. Sie konnte einfach nicht länger nur herumsitzen. Sie mussten sich dieser Angelegenheit beide stellen, und sie musste ein für alle Mal wissen, ob sie eine Chance hatte, ihre Bäckerei zurückzubekommen. Sie ging um das Sofa herum und setzte sich zu ihm.

»Alles in Ordnung?«, fragte er. Ihre veränderte Haltung war ihm sofort aufgefallen. »Du siehst aus, als würde dir etwas Kummer bereiten.«

Tief durchatmen.

Sie wollte das nicht tun, nicht jetzt, während ihr Kopf so schmerzte, aber ihr fiel auch kein besserer Zeitpunkt ein. »Das ist auch so.«

Er drehte den Kopf, nur ein kleines bisschen, und er sah so hinreißend aus, dass sie es beinahe nicht über sich brachte. Aber dann dachte sie an Gram und daran, wie viel Arbeit sie in die Bäckerei gesteckt hatte und welche Leere ohne sie in Noelles Leben treten würde.

»Du drängst meine Bäckerei aus dem Geschäft.«

»Deine Bäckerei?« Genau wie die Frage, die er ihr bei ihrer ersten Begegnung gestellt hatte, formulierte er auch diese wie eine Feststellung.

»Sie gehört meiner Familie – die Hope and Sugar Bakery. Mein Großvater ist der Eigentümer, mein Vater führt die Geschäfte. Er hat mir erzählt, dass du die Miete erhöht hast und er mit den neuen Geschäften in der Nachbarschaft nicht mithalten kann.«

Ein Funke Hoffnung rührte sich in ihrer Brust, als sie seine Mimik beobachtete. Sein Gesicht wirkte freundlich, verständnisvoll, und es schien, als würde er ernsthaft über ihre Worte nachdenken. Er schürzte die Lippen und blickte auf seine Hände. Vielleicht war seine Zuneigung ihr gegenüber bedeutender, als sie angenommen hatte; vielleicht würde er ihr helfen. Nach all dem Spaß, den sie zusammen gehabt hatten, sollte er ihre Ideen zumindest in Erwägung ziehen.

Er sah ihr in die Augen, als würde er immer noch versuchen, zu einem Schluss zu kommen, und sie war kaum imstande, ihren Optimismus zu zügeln. »Geschäftlich betrachtet ist es eine gute Entscheidung, die Bäckerei zu schließen«, sagte er jedoch, und Noelle sackte das Herz in die Hose. »Das Gebäude hat eine Modernisierung nötig, und ein neuer Mieter könnte frisches Leben in die Straße bringen.«

Ihre Brust fühlte sich an, als hätte jemand einen Betonklotz darauf platziert. »Da gibt es genug Leben«, entgegnete sie abwehrend. »Mein Großvater hat meiner Gram versprochen, er würde sich um die Bäckerei kümmern, und er bricht seine Versprechen nie. Er tut alles, was er nur kann …«

»Das bezweifle ich nicht, aber manchmal muss man die Dinge vorantreiben, auch wenn man glaubt, es wäre nicht der beste Schritt.«

»Glaubt?«, wiederholte sie und spürte, wie ihr die Tränen in die Augen stiegen. »Auch wenn man glaubt, es wäre nicht der beste Schritt? Ich weiß, dass das nicht der beste Schritt ist. Es ist der schlechteste. Er ist so schlimm, dass er uns das Weihnachtsfest verdirbt. Aber noch schlimmer ist, dass er meine Familie auseinanderreißt und mein Leben ruiniert.« Die erste Träne rann über ihre Wange, und sie wandte sich ab. Für sie lief am Ende alles auf die Bäckerei hinaus. Alles andere war ohne Bedeutung, wenn er ihr in dieser Sache nicht beistand, denn die Bäckerei war ihr Leben, und ohne sie war sie verloren. Sie drehte sich wieder um und starrte ihn an, wartete darauf, dass er die Situation mit irgendetwas Großartigem rettete, aber er schwieg.

Er legte ihr seine Hand auf die Schulter, aber sie zuckte zurück, sprang auf und ging ins Badezimmer, um sich ein Taschentuch zu holen, als immer mehr Tränen über ihre Wangen rannen. Sie war zutiefst enttäuscht, dass er nicht einmal den Versuch unternahm, ihr dabei zu helfen, eine Lösung für ihr Problem zu finden. Nun erst wurde ihr klar, dass sie diesem Gespräch ausgewichen war, weil ihr eines unterschwellig immer klar gewesen war: Sollte er sie in diesem Punkt im Stich lassen, konnte sie die Gefühle, die sie ihm gegenüber hegte, nicht länger zulassen.

Lucas' Tür war geschlossen – wahrscheinlich las er, und sie war froh darüber, denn inzwischen weinte sie richtig. Alex konnte noch so oft den netten Jungen von nebenan geben, sie wusste doch, dass er sie nicht genug mochte. Denn täte er das, wäre er schon um ihretwillen ebenso am Erhalt der Bäckerei interessiert wie sie selbst. Aber er schwieg nur. Sie nahm ein Taschentuch, schnäuzte sich die Nase und warf es in den Mülleimer. Dann nahm sie sich noch zwei und ging wieder hinaus.

»Ich denke, du solltest jetzt gehen«, sagte sie mit schwacher Stimme.

»Es tut mir leid, dass du verärgert bist.« Er tat einen Schritt in ihre Richtung, doch sie wich zurück.

Der Kloß in ihrem Hals schmerzte regelrecht, als sie schluckte. »Ich wüsste es wirklich zu schätzen, wenn wir von nun an professionelle Distanz wahren könnten.«

»Wenn du das wirklich willst.« Er wirkte verletzt, aber sie konnte es nicht glauben. Warum sollte er gekränkt sein? Vielleicht war er es nur nicht gewohnt, ein Nein zu hören.

»Ja, genau das will ich.«

17

Noelle war zutiefst dankbar für ihre Familie. Am Ende war sie das Wichtigste auf Erden. Lucas empfand das Haus seiner Großeltern als genauso behaglich und vertraut wie sein eigenes Zuhause, und er war gern dort. Das war die Atmosphäre, die sie sich für ihren Sohn wünschte. Selbst wenn sie keine große Familie sein würden, selbst wenn es das für sie gewesen sein sollte – nur sie und Lucas –, war es dennoch gut, so wie es war. Während sie sich an diesem Tag um William kümmerte, kehrte sie in Gedanken immer wieder zu der Kluft zwischen ihm und Alex zurück und war froh, dass sie eine Familie hatte, auf die sie zählen konnte.

Sie war die Erste, die nach der Arbeit im Restaurant eintraf. Da Lucas beschlossen hatte, bei ihren Eltern ein Lebkuchenhaus zu bauen, statt sie zu begleiten, war sie allein. Obwohl der Tag durch den Besuch bei ihren Eltern irrsinnig früh begonnen hatte, war sie so voller nervöser Energie, dass sie beständig mit den Knien von unten an die Tischplatte klopfte. Sie hatte Alex mit einem komischen Gefühl zurückgelassen und fühlte sich außerstande, allein damit zurechtzukommen. Den ganzen Tag hatte die Sache in ihr gewütet. Sie musste jemandem davon erzählen – ausführlich. Anderenfalls würde sie den Rest des Tages damit verbringen, an Alex zu denken, an die Gefühle, die er in ihr weckte, und daran, dass sich das Universum gegen ihre Beziehung verschworen zu haben schien.

Sie brauchte ihre Unterstützerinnen. Sie waren wunderbar gewesen und hatten sich in den letzten Tagen so sehr um sie gekümmert. Ohne sie hätte sie das alles nicht durchgestanden. Noelle hoffte, dass sie auch heute Abend ein paar kluge Worte für sie parat hatten. Heidi würde die Interessen der Familie im Auge haben und ihr helfen, einen klaren Kopf zu behalten; Jo war die Pragmatikerin, die ihr exakt das sagen würde, was sie dachte; und Phoebe sprach die Sprache des Herzens und würde ihr hoffentlich versichern, dass alles wieder gut würde.

Sie war nicht nur früh eingetroffen, sie wusste auch genau, welche Drinks sie für ihre beiden Freundinnen und ihre Schwester bestellen sollte. Jo würde sich über ein Glas Weißwein freuen und mit dem Wein des Hauses zufrieden sein; Phoebe bevorzugte stets einen trockenen Martini; und Heidi trank gern White Russian, wenn sie ausging. Noelle, die trotz des freien Abends niedergeschlagen war, versuchte, ihre Stimmung mit Hilfe eines Cranberry-Weihnachtscocktails aufzuheitern. Die Kellnerin stellte die Getränke ab und entzündete die Kerze in der Mitte des Tischs.

Die Deckenbeleuchtung des Restaurants war zur Dinnerzeit gedämpft; kleinere Lampen an den Wänden beleuchteten die Tische. An Türen und Fenstern hingen frische Weihnachtsgirlanden, und auf den Simsen flackerten Kerzen in Glasgefäßen. Allerlei Leute versammelten sich in weihnachtlicher Kleidung und Festtagsstimmung um die Tische, und ihr Gelächter und das Stimmengewirr erfüllten die Luft.

Wie hatte sich der Dezember nur so entwickeln können? Noelle wollte sich nicht selbst bemitleiden, dennoch konnte sie einfach nicht fassen, in welche Lage sie geraten war. Und sie hatte keine Ahnung, was sie nun tun sollte.

Phoebe betrat hektisch winkend den Gastraum, ein breites Lächeln auf den Lippen und ein kunterbuntes Paket unter dem Arm. Vor ihrem Martini ließ sie es auf einen Stuhl fallen. »Oh!«, machte sie und führte ihn an ihre Lippen, noch ehe sie den Mantel ganz ausgezogen hatte. »Du bist fabelhaft.« Sie setzte sich, machte es sich bequem und rutschte mit ihrem Stuhl näher an den Tisch heran. Dann schob sie das Paket zu Noelle hinüber. »Du hast dich am Telefon so mitgenommen angehört, da habe ich dir etwas gekauft. Eigentlich wollte ich noch warten, bis es nicht mehr so lang ist bis Weihnachten, aber andererseits ist das nicht so wichtig, nicht wahr?«

Grinsend ließ sich Noelle von der Atmosphäre und der guten Gesellschaft vereinnahmen. Was auch immer sie durchmachen musste, zumindest waren ihre Freundinnen und ihre Familie in ihrer Nähe.

Jo und Heidi kamen gemeinsam herein und setzten sich. Jo warf eine Handvoll Pfefferminztäfelchen auf den Tisch. Es waren die kleinen, mit Schokolade umhüllten Täfelchen, die es nur in dem Laden bei Jos Wohnung gab und die Noelle besonders gern mochte.

»Ich dachte, du könntest etwas Süßes gebrauchen«, erklärte sie. Noelle hatte ihnen schon am Telefon erzählt, dass sie mit Alex über die Bäckerei gesprochen hatte, und sie konnten sich alle denken, dass es nicht gut gelaufen war. Dennoch musste sie ihnen das persönlich berichten.

»Was hat Alex zu der Bäckerei gesagt?«

Wo sollte sie anfangen? »Es geht nicht nur um die Bäckerei. Da sind noch jede Menge andere Dinge.« Noelle begann bei Lucas. Er stand in ihrer Welt ganz vorn, also sollte sie auch mit ihm anfangen. Sie erzählte den anderen von der Beziehung, die Lucas zu Alex aufgebaut hatte, von der Art, wie die beiden miteinander umgingen. Davon, dass Lucas nach Alex fragte, wann immer der nicht da war. Dann, während sie bestellten, noch etwas tranken und schließlich zu Abend aßen, erzählte sie ihnen einfach alles. Sie berichtete von William, Elizabeth und der mysteriösen Frau, davon, dass die Familie sich so abschottete. Und sie erzählte von dem, was sie für Alex empfand, davon, wie großartig er sich ihr gegenüber verhalten hatte, und davon, was er über die Bäckerei gesagt hatte.

»Was für eine Katastrophe«, kommentierte Phoebe.

»He, du sollst mich eigentlich aufheitern!«

»Wenn du es von der Sonnenseite betrachten willst: Du hast etwas erlebt, wovon die meisten Frauen nur träumen können – du hast tatsächlich Alexander Harrington geküsst«, gab Phoebe zurück und zog eine Braue hoch. »Ich wette, das war ein Eine-Million-Dollar-Kuss.«

»Ja«, stimmte Jo mit ein. »Raus damit. Wie war der Kuss?«

Noelle lächelte ihre Freundin an. Sie wusste, die anderen konnten ihr keine Antworten bieten, also versuchten sie wenigstens, sie zum Lachen zu bringen. »Ziemlich toll.« Noelle kippte den Rest von ihrem Drink hinunter, bemüht, den Gefühlswirrwarr zu ersäufen, aber es funktionierte nicht. »Was soll ich bloß machen?«

»Bitte ihn, es sich noch mal zu überlegen. Er ist hinreißend, und er mag dich! Das ist doch toll«, sagte Phoebe, deren Augen vor lauter Aufregung funkelten wie Sterne.

»Ich weiß nicht, Pheebs«, entgegnete Jo kopfschüttelnd und mit sorgenvoller Miene. »Sie sollte ihn nicht in dem Glauben lassen, er könne tun, was er will. Er muss auch an andere denken, nicht nur an sich selbst.«

Unschlüssiges Geplapper breitete sich am Tisch aus, bis Heidi entschlossen das Wort ergriff: »Versuch jetzt nicht, dir irgendeinen Plan zurechtzulegen oder so was. Übersteh einfach morgen und dann den nächsten Tag. Wir stehen dir bei, und wir denken uns etwas aus.«

Phoebe trank den Rest ihres Martinis. »Genau, und jetzt

mach dein Geschenk auf! Wenn du es siehst, wirst du dich gleich besser fühlen.«

Keinen Schritt näher an einer Lösung, kam Noelle zu dem Schluss, dass Phoebe recht hatte. Sie sollte einfach den Abend in Gesellschaft von Leuten genießen, die sie liebten. Leuten, die waren wie sie, Leuten, die hinter ihr standen, was immer auch geschah. Sie ergriff das Päckchen und zupfte das Klebeband ab.

»Nicht so langsam!«, stichelte Phoebe. »Reiß es einfach auf.«

Lachend zerrte Noelle an dem Papier. Und dann, ein wehmütiges Lächeln auf den Lippen und Tränen in den Augen, hielt sie ihr Geschenk hoch, sodass alle es sehen konnten. »Ein Radio, das aussieht wie eine winzige Jukebox«, verkündete sie.

»Genau wie die, die deine Gram in der Bäckerei hatte. Sie spielt nur Weihnachtsmusik.«

Grams alte Jukebox liebte sie, und bei dem Gedanken, ihr Vater könnte sie verkaufen, wenn die Bäckerei geschlossen würde, war sie wie am Boden zerstört. »Wie wunderschön!« Sie küsste Phoebe auf die Wange. »Danke, dass ihr gekommen seid, um mich zu unterstützen. Ich weiß, ich habe euch von euren Lieben fortgerissen. Bitte richtet ihnen meinen Dank aus.«

»Wir sind immer da«, entgegnete ihre Schwester. »Außerdem geht das alles vorbei, weißt du noch? Das sind nur Zwischenstopps auf dem Weg. Genau wie du immer sagst.«

»Ich bin nur nicht sicher, ob ich das noch glaube. Aber wenn du es sagst, wird es schon stimmen.«

»Darf ich mal was sagen?«, ging Phoebe dazwischen. »Ich weiß nicht, ob die anderen das auch so sehen, aber ich sage es trotzdem: Ich denke, du solltest Alex eine Chance geben.«

Kollektives Aufkeuchen antwortete ihr, und Jo signalisierte der Kellnerin, sie solle eine neue Runde bringen.

»Wie kannst du so was sagen, Phoebe?«, fragte Heidi. »Er nimmt keine Rücksicht auf ihre Wünsche. Was für ein Kerl tut so was? Sie will bestimmt nicht noch mal mit jemandem zusammen sein, der nur an sich selbst denkt.«

»Weil Noelle ihn unterschätzt. Triff dich mit ihm, Noelle. Du musst gar nicht wissen, was du weiter tun könntest, wenn du dich einfach nur mit ihm triffst, und zwar so lange, bis er dich gut genug kennt, dass er nichts lieber will, als dir zu helfen. Du bist großartig, und davon hat er bisher noch nicht genug zu sehen bekommen. Zeig es ihm. Sei ganz du selbst, folge seinem Beispiel. Rede mit ihm. Und dann schau, was passiert.«

Trotz der leisen Musik aus ihrer neuen Jukebox schlief Noelle nicht gut. Sie kam in diesem großen Haus einfach nicht zur Ruhe. Jede Nacht wälzte sie sich von einer Seite auf die andere, und weder der Vanille-Kaffee, mit dem Gram sie früher versorgt hatte, noch die Musik oder ein Abend mit Freunden konnte daran etwas zu ändern. Schließlich stand sie auf und sah nach Lucas. Er schlief tief und fest, also beschloss sie, ein wenig durch das Haus zu streifen und möglichst nicht über all das nachzudenken, was Phoebe, Jo, Heidi und sie beim Abendessen besprochen hatten. Vielleicht würde ein kleiner Spaziergang ihr helfen, den Kopf freizubekommen.

Sie schlüpfte in ihre Hausschuhe, wickelte sich in ihren Bademantel und fuhr sich mit den Fingern durchs Haar. Dann öffnete sie die Tür ihrer Suite und ging hinaus in die kolossale Weite des Korridors. Sie kam an einem Blumenarrangement auf einem Tisch vorbei, das deutlich über einen Meter hoch war. Es bestand größtenteils aus Rosen, zwischen denen aber auch ein paar weiße orientalische Lilien zu sehen waren. Sie beugte sich vor und nahm einen Atemzug – frisch, keine Seidenblumen.

Während sie weiter durch das Haus schlenderte, in dessen Gängen und Zimmern tiefe Stille herrschte, gelang es ihr, seine Schönheit wahrhaft zu erfassen. Es schien, als wäre es einem Märchenbuch entsprungen. Alles war perfekt. Wer durch diese Flure streifte, würde sich nie vorstellen können, welch ein Tumult in dieser Familie herrschte.

Dem Schlaf keinen Schritt näher, ging Noelle den Korridor zu Alex' Familienfotos hinunter. Dort angekommen, hielt sie inne, um die Bilder zu betrachten. Nun, da sie wusste, dass er sie geschossen hatte, wirkten sie anders auf sie, persönlicher. Sie betrachtete das Lächeln seiner Großmutter und erkannte, dass dieses Lächeln für Alex bestimmt war. Die Liebe in ihren Augen war unverkennbar. Das Gesicht seines Großvaters wirkte nicht nur ernst; es wirkte streng und konzentriert, als wollte er mit seiner Haltung ein Zeichen für seinen Enkel setzen.

Etwas knarrte, und sie fuhr erschrocken herum. William stand in einem gestreiften Pyjama und Mokassins auf seinen Stock gestützt im Flur. »Können Sie nicht schlafen?«, fragte er.

»Nein. Wie kommt es, dass Sie so allein hier herumlaufen? Ich wäre doch gekommen, um Ihnen zu helfen. Können Sie auch nicht schlafen?«

»Ach, Schlafen fällt mir derzeit nicht leicht. Mir schwirrt zu viel durch den Kopf.«

»Da geht es mir ähnlich.«

Sie betrachtete wieder die Fotos.

»Was um alles in der Welt lastet nur auf Ihrer jungen Seele?«

»Dass ich noch jung bin, heißt ja nicht, dass ich keine großen Lebensentscheidungen treffen muss, wissen Sie? Ich plane meine Zukunft. Das ist ganz großes Kino.« Sie bedachte ihn mit einem etwas verunglückten Lächeln, dachte dann daran, dass er es gar nicht sehen konnte, und ließ es wieder fallen. »Sehen Sie sich an: Sie mussten mit neunzehn mit schweren Verletzungen und der unglücklichen Liebe zu einem Mädchen zurechtkommen. Das ist auch eine ziemlich große Sache gewesen.«

»Da haben Sie recht.«

Tiefer Ernst ergriff Besitz von ihr, als sie sich gemeinsam auf der Bank im Flur niederließen. Sie knarrte unter ihrem Gewicht, und Noelle fragte sich, ob dies auch eine der Antiquitäten war, die William oder Elizabeth erworben hatte. »Würden Sie mir davon erzählen, wie Sie die Frau wiedergetroffen haben? Sie haben gesagt, Sie hätten sie noch einmal gesehen ...«

William nickte.

»Erzählen Sie mir, was passiert ist?« Sie mochte William, ganz gleich, was Alex sagte. Und diese Geschichte konnte ihr vielleicht helfen, doch noch Schlaf zu finden. William war ein toller Geschichtenerzähler. Ihr ging durch den Kopf, was für ein Großvater er hätte sein können, und sie konnte sich des Eindrucks nicht erwehren, dass er in diesem Punkt auf der Verliererseite stand. Außerdem freute sie sich darauf, mehr über die geheimnisvolle Frau zu erfahren.

»Zum letzten Mal habe ich sie gesehen, nachdem ich meiner Frau begegnet war. Elizabeth und ich hatten gerade angefangen, miteinander auszugehen«, berichtete er leise. »Wir waren zum Abendessen ausgegangen, als eine Frau an uns vorüberging, deren Lächeln und Duft meine Sinne überwältigte und die Erinnerung an sie weckte. Sie blieb stehen, denn sie hatte mich auch erkannt. Von den Tischen aus waren wir in dem kleinen Korridor im hinteren Teil des Restaurants nicht zu sehen. Sie kam gerade von der Damentoilette, und ich wollte an dem Münzfernsprecher ein geschäftliches Telefonat führen. Eine kleine Ewigkeit und zugleich nur wenige Sekunden lang haben wir einander angestarrt. Dann hat sie mich mit einem nervösen Lächeln gefragt: ›Wie geht es dir?‹ Doch hinter diesen wenigen Worten verbargen sich so viele andere Fragen. Ich habe geantwortet, es ginge mir gut, und sie erklärte mir, sie sei in Begleitung dort. Ich weiß noch, dass ich genickt und ihr gesagt habe, dass ich mich freue, sie zu sehen. Dann ist etwas über mich gekommen – ich weiß bis heute nicht, warum ich es gesagt habe. Nun, jedenfalls sagte ich: ›In einer anderen Welt würde ich dich gleich hier und jetzt küssen.‹ Ich konnte nicht fassen, dass mir diese Worte tatsächlich über die Lippen gekommen waren. Das war so dreist und hat gar nicht zu mir gepasst. Schließlich glaube ich fest daran, dass man einer Dame respektvoll zu begegnen hat. Aber es kam aus tiefster Seele. Zu meiner großen Überraschung zuckte sie nicht mit der Wimper. Sie hat nur auf diese ihr eigene, wundervolle Weise gelächelt und entgegnet: ›In einer anderen Welt würde ich es auch geschehen lassen.‹ Dann ist sie gegangen. Und das war's.«

»Danach haben sich Ihre Pfade nie wieder gekreuzt?«

»Nein. Aber ich wusste, dass es vorbei war, weil ich ihren letzten Brief gelesen hatte. Ich zeige ihn Ihnen.«

»Dass Sie sie nie wiedergesehen haben, ist furchtbar traurig«, bekundete Noelle.

»Nun, die Frau, mit der ich an diesem Abend dort war, war Elizabeth. Sie wurde meine Frau, schenkte mir mein

Kind, teilte ihr Leben mit mir. Vielleicht geschehen die Dinge also doch nicht grundlos.«

»Haben Sie Ihre Frau geliebt?« Sie fragte ihn so direkt, weil sie die Vorstellungen, die Alex in Bezug auf diesen Mann hatte, ausräumen wollte.

»Ich habe sie sehr geliebt. Und ich liebe sie noch.« Er drehte den Kopf, um sich das Foto von ihr anzusehen, und seine Enttäuschung war offensichtlich, als er das Bild nicht erkennen konnte. »Die Frau aus dem Café ist am Ende doch nicht mehr als ein Wenn-doch-nur ... Wenn die Dinge sich doch nur anders entwickelt hätten. Aber sie gehört nicht zu meinem Leben. Sie gehört zu einem Leben, das mir nicht bestimmt war. Daran muss ich glauben, sonst werde ich wahnsinnig.«

Danach kehrte Schweigen ein, doch Noelles Gedanken drehten sich immer und immer wieder um einen Satz: Ein Leben, das mir nicht bestimmt war. Jagte sie hinter einem Leben her, das ihr nicht bestimmt war? Aber wenn Grams Bäckerei nicht zu dem Leben gehörte, das ihr bestimmt war, dann wusste sie nicht, wohin der Weg sie führen sollte. Stille Verzweiflung breitete sich in ihr aus und sagte ihr, dass sie das einfach nicht glauben durfte.

»Begleiten Sie mich in meine Suite, dann können Sie den Brief lesen«, sagte er. »Vielleicht können wir danach beide besser schlafen.«

Gemeinsam gingen sie langsam durch die Korridore, und William stützte sich schwerer auf sie als sonst. Möglicherweise war er aufgrund der späten Stunde erschöpft. Sie führte ihn in seine Suite, und er nahm auf dem Sofa im Wohnzimmer Platz, während sie den letzten Brief holte. Als sie zurückkam, hatte er sich zurückgelehnt und den Kopf in den Nacken gelegt, als wollte er die Decke betrachten.

Sie öffnete den Umschlag und faltete den Brief auseinander.

Du sollst wissen, dass ich immer da bin. An der Straßenecke, in dem Café, in Deinem Herzen, wenn Du mich dort haben willst. Aber ich werde nun keine Briefe mehr für dich verstecken, denn es ist Zeit für mich, weiterzuziehen. Du warst bisher die größte Überraschung meines Lebens, aber wenn Du und ich nicht füreinander bestimmt sind, kann ich es kaum erwarten zu sehen, was noch vor mir liegt. Denn Dich kennenzulernen war bereits wunderbar. Wenn es da noch etwas gibt, das größer und schöner ist als das, was Du und ich hatten, dann möchte ich mit offenen Armen darauf zulaufen, statt davor zurückzuschrecken. Ich werde unsere gemeinsame Zeit nie vergessen. Sie wird für alle Zeiten einen festen Platz in meinem Herzen haben. Dies ist mein letzter Brief, aber ich wünsche Dir nicht weniger als die größte Liebe, die die Welt zu bieten hat. Ich hoffe, sie wird Dich finden.

Die Worte rührten Noelle zu Tränen. Sie drehte sich um, um nachzusehen, wie es William dabei erging, doch er war eingeschlafen. Dennoch glaubte sie den Hauch eines winzigen Lächelns auf seinen Lippen wahrzunehmen. In diesem Moment hoffte sie, sie würde eines Tages jemanden kennenlernen, der sie so sehr liebte, wie diese Frau ihn und er sie geliebt hatte.

18

Als der Wecker klingelte, fuhr Noelle senkrecht hoch. Nachdem sie endlich eingeschlummert war, hatte sie geschlafen wie ein Stein. Normalerweise erwachte sie schon gegen fünf Uhr morgens, bevor der Wecker ging. Sie stellte ihn nur für den Fall, dass sie doch einmal länger schlafen sollte, was bisher aber nie passiert war. Bis zu diesem Morgen. Sie tappte hinaus, um Lucas zu wecken und für die Schule fertigzumachen, doch sein Zimmer war verlassen, also ging sie ins Wohnzimmer – um festzustellen, dass sie allein in der Suite war. Wo war der Junge?

Rasch schnappte sie sich ihr Telefon, schrieb ihrer Mom eine Nachricht, um ihr zu sagen, dass sie ihn selbst zur Schule bringen würde, und machte sich auf die Suche. Sie wusste genau, wo sie ihn finden würde. Flinken Schritts ging sie zu Alex' Büro, doch als sie eintrat, fand sie auch diesen Raum leer vor. Sie versuchte es in der Eingangshalle – niemand da.

»Lucas?«, rief sie leise, aber doch laut genug, um gehört zu werden, und spitzte die Ohren, erhielt aber keine Antwort. »Lucas?«

Jim kam auf sie zu. »Guten Morgen«, sagte er lächelnd. »Schön, Sie zu sehen. Alles in Ordnung?«

»Guten Morgen. Ich suche Lucas. Er ist spät dran für die Schule. Haben Sie ihn zufällig gesehen?«

»Ich glaube, er ist draußen mit Alex«, sagte er und zeigte auf eines der großen Fenster, von denen aus der Blick hinaus auf das Grundstück führte. »Ich habe die beiden heute Morgen zusammen gesehen.«

»Oh.« Sie würde mit Lucas wohl darüber reden müssen, dass er die Suite nicht einfach verlassen sollte, ohne sie zu informieren. Was, wenn er Alex bei der Arbeit gestört hatte? Ganz zu schweigen davon, dass sie nicht wollte, dass er noch mehr Zeit mit ihm verbrachte. Alex würde auf Dauer nicht hier sein. Sie wusste, wie gern Lucas ihn jetzt schon hatte, und sie verspürte das Bedürfnis, das zarte junge Herz ihre Sohnes zu schützen.

»Nehmen Sie die Nebentür im Ostflügel«, riet Jim. »Da stehen Ihre Stiefel. Draußen liegt nämlich Schnee.«

Noelle eilte zu der Tür und ging hinaus. Da sie nicht vorgehabt hatte, das Haus zu verlassen, war sie ohne Mantel. Jetzt stand sie in ihrem Flanellpyjama in der kalten Luft und verschränkte die Arme, um sich warmzuhalten. »Lucas?«, rief sie, während sie die sorgsam gestutzten Hecken betrachtete, die aussahen, als wären sie mit Eis glasiert.

»Hi, Mom!«, erklang Lucas' Stimme links von ihr. Als sie sich umdrehte, sah sie ihn zusammen mit Alex näher kommen. »Ich habe Alex heute Morgen in seinem Büro besucht. Er hat mir gezeigt, wie seine Kameras funktionieren. Wir haben zusammen Fotos gemacht. Guck dir mal die Fotos an, die ich geknipst habe!«

Alex kam unverkennbar zögernd auf sie zu, und sie wusste auch nicht so genau, wie sie sich in seiner Nähe verhalten sollte. Er war so liebenswert, und sie waren einander schon so nahe gekommen. Aber sein Verhalten in Hinblick auf die Bäckerei sprach nicht dafür, dass er so empfand, wie sie geglaubt hatte. Nun blieb er zurück und ließ zu, dass Lucas die Kamera in der Hand behielt, als er auf sie zurannte.

»Sind die nicht toll?«, fragte Lucas und hielt ihr die Kamera hin. »Hier ist der Zoom, und da sind ganz viele kleine Knöpfe, mit denen man die Perspektive verändern kann. Siehst du, hier kann man die Bildschärfe einstellen.« Er schaffte es mit seinen kurzen Fingern kaum, das Objektiv zu umfassen. »Ich habe das von dem Baum geknipst und dieses hier von einem Schneeball, den ich gemacht habe. Alex und ich haben eine Schneeballschlacht gemacht.« Er sah sich zu Alex um, und ihr fiel Lucas' Gesichtsausdruck auf; so sah er nur aus, wenn er sich mit jemandem absolut wohlfühlte, Spaß hatte und glücklich war.

»Wow«, sagte sie, als sie sich das Bild auf dem Display anschaute. Es war wirklich gelungen. »Das gefällt mir.« Die Liebe zu Lucas wogte in ihr auf, als ihr seine Aufregung bewusst wurde. Er war hier so glücklich!

Ein Klicken lenkte sie ab. Alex hatte mit einer anderen Kamera ein Foto von ihr und Lucas geschossen, und nun betrachtete er lächelnd den kleinen Bildschirm, doch als er dann wieder Blickkontakt herstellte, kehrte der wachsame Zug in sein Gesicht zurück.

»Lass uns reingehen«, sagte sie zu Lucas. »Ich friere, und ich muss dich zur Schule bringen.«

»Ich besorge uns allen eine heiße Schokolade«, erbot sich Alex.

»Lucas muss zur Schule«, sagte Noelle mit einem vielsagenden Blick, als Alex sie überholte, um ihnen die Tür aufzuhalten. Die Wärme, die ihnen von drinnen entgegenschlug, machte sie schaudern.

Alex schob seinen Ärmel hoch, um zur Uhr zu sehen. »Er ist ohnehin zu spät dran. Machen denn ein paar Minuten so kurz vor den Feiertagen wirklich so viel aus?«

Ihr war völlig klar, dass er nicht vergessen hatte, was sie über den Umgang gesagt hatte, den sie miteinander pflegen sollten. Doch offenbar hatte er beschlossen, einfach das zu tun, was ihm gefiel, wie sie verärgert feststellte. Würde sie ihm wirklich etwas bedeuten, dann würde er ihre Wünsche respektieren. »Du und Lucas, ihr könnt ja eine heiße Schokolade trinken – schnell. Ich werde William Bescheid geben, dass ich mich etwas verspäten werde, weil ich Lucas zur Schule bringen muss.«

»Warte«, sagte Alex und packte sie sanft am Arm. Die zärtliche Bewegung seines Daumens reichte beinahe, sie zu erweichen. »Ich muss dich etwas fragen.«

Vorsichtig entwand sie sich ihm. »Frag.«

»Gleich«, erwiderte er. »Bei einer heißen Schokolade.«

Er würde seinen Kopf so oder so durchsetzen, also folgte sie ihm in die Küche.

Kurz flüsterte er einem der Bediensteten etwas zu, ehe er je einen Barhocker für Lucas und Noelle zurechtrückte und sich dann neben Noelle auf einen dritten setzte. Bald darauf hatten sie alle große weiße Becher mit Schlagsahne, Marshmallows und Zuckerstangen anstelle von Löffeln vor sich.

»Was willst du mich fragen?«, erkundigte sie sich, während Lucas seine Zuckerstange benutzte, um einen der Marshmallows aus seinem Becher zu angeln. Endlich hatte er einen und hob ihn ganz vorsichtig hoch, doch er fiel herunter und versank wieder in der Schlagsahne.

»Ich weiß, du wolltest, dass …« Er blickte Lucas an, während er die richtigen Worte suchte. »Dass du dich auf deine Arbeit konzentrierst und ich mich auf meine«, umschrieb er ihren Vorschlag, von nun an getrennte Wege zu gehen. »Aber ich möchte meine Großmutter besuchen, ehe ich nach New York abreise, und ich wäre wirklich froh, wenn du mich begleiten könntest.«

Der Schreck, den seine Bitte in ihr auslöste, bahnte sich einen Weg von ihrer Magengrube bis hinauf in ihr Gesicht, was sie schon daran erkannte, dass für einen Moment Unsicherheit in seinen Zügen aufflackerte, ehe er in seine Schokolade starrte und enttäuscht die Lippen schürzte. »Ich möchte sie einfach gern sehen, und allein kann ich das nicht.«

»Warum bittest du nicht William?«

Verärgert knirschte er mit den Zähnen. »Ich will sie nicht zusammen mit ihm besuchen. Ich will sie mit jemandem besuchen, den ich gern in meiner Nähe habe. Weil ich ganz einfach deine Unterstützung gebrauchen könnte, wenn ich sie in diesem Zustand sehe.«

»Ich weiß nicht …« Sie wollte ihm wirklich gern helfen, aber zugleich war das, worum er sie bat, etwas sehr Persönliches, für das ein Familienangehöriger vermutlich besser geeignet wäre. Ganz zu schweigen davon, dass sie sich eigentlich klar genug geäußert hatte. Wie konnte er von ihr erwarten, ihn zu einem Besuch bei seiner Großmutter zu begleiten, nachdem er ihr die Bäckerei buchstäblich unter den Händen weggerissen hatte? Dass er sie in solch eine Lage brachte, war zum Verrücktwerden.

»Du dürftest dich genauso gut wie ich an unser letztes Gespräch erinnern.«

»Das tue ich«, entgegnete er und nickte niedergeschlagen.

Ein kleiner Teil ihrer selbst schrie sie an, sie solle zusagen. Sie fühlte mit ihm und brachte es kaum über sich, Nein zu sagen, aber was hatte er erwartet? Schließlich blickte sie ihm in die Augen, verwehrte ihm aber eine Antwort.

Er atmete tief durch, als versuchte er, ihr Dilemma zu verstehen. Dann stand er auf und drehte sich zu Lucas um. »Ich nehme meine Schokolade mit ins Büro, Kumpel. Ich muss arbeiten.« Er nahm seinen Becher und zwinkerte Lucas zu, und als er hinausging, blieb sein Blick ein bisschen länger an Noelle hängen, als ihr angenehm war.

Auf dem ganzen Weg zur Schule und zurück regte sie sich mehr und mehr darüber auf, dass Alex sie in diese furchtbare Situation gebracht hatte. Einerseits fühlte sie sich schlecht, wenn sie ihn nicht begleitete, andererseits war er für ihre Familie der Feind Nummer eins.

»Alex hat mich gebeten, ihn zu Elizabeth zu begleiten«, erzählte sie William nach ihrer Rückkehr. »Ich habe ihm gesagt, er sollte Sie mitnehmen, nicht mich.«

»Ich wünschte, er täte es«, entgegnete William niedergeschlagen.

»Haben Sie versucht, mit ihm zu reden?«

»Er will nicht mit mir reden.« William stand vom Sofa auf und schlurfte zum Fenster. Auf dem Weg prallte er gegen einen Beistelltisch und fing sich mit Hilfe seines Stocks ab. Sein innerer Tumult war unverkennbar. Alex' Weigerung, sich mit ihm auszusöhnen, und seine Missachtung machten ihm offensichtlich schwer zu schaffen. Der arme Mann tat ihr schrecklich leid.

»Ich werde versuchen, mit ihm zu reden«, versprach sie. »Kümmern wir uns erst einmal um Ihre Medizin, und dann werde ich sehen, ob ich ihn umstimmen kann.«

Noelle wollte gar nicht in all das hineingezogen werden. Doch Tatsache war, dass Alex William nicht zuhören würde. Aber aus irgendeinem albernen Grund würde er ihr sehr wohl zuhören. Also ging sie, nachdem sie Williams Räumlichkeiten verlassen hatte, hinunter zu Alex' Büro, um ihn dazu zu bringen, mit seinem Großvater zu reden.

Entschlossen stieß sie die Bürotür auf, trat ein und durchquerte mit klappernden Absätzen den Raum. Alex telefonierte, den Kopf gesenkt, eine Hand über einem Notizblock, doch sein Blick fixierte sie. Noelle aber trug eine ungerührte Miene zur Schau.

»Ich werde Sie zurückrufen müssen«, sagte Alex, beendete das Gespräch, legte seinen Stift weg und wartete.

Er bereitete ihr mehr Kopfzerbrechen, als sie ertragen konnte, und sie wollte die Dinge hier und jetzt geraderücken. »Also, William hat dir die kalte Schulter gezeigt, als du ein Junge warst. Das war furchtbar. Aber nun ist er ein alter Mann. Ein gebrochener alter Mann. Er vermisst deine Großmutter so sehr, dass ihm die bloße Erwähnung die Tränen in die Augen treibt. Und du weigerst dich, ein besserer Mensch zu sein und ihn zu ihr mitzunehmen.« Da hast du es.

Alex erhob sich. »Du weißt nicht, wovon du sprichst.«

»So, glaubst du? Inzwischen habe ich genug Zeit mit William verbracht, um zu wissen, dass er seine Frau liebt und sie sehen will. Und dass es ihm genau wie dir das Herz bricht, diesen Schatten einer Frau zu sehen, mit der er sein Leben verbracht hat und die ihn heute nicht einmal mehr erkennt. Du bist erbärmlich, Alex.«

Immer noch vollkommen ruhig ging er um seinen Schreibtisch herum und blickte auf sie hinunter. »Ich bin erbärmlich?«

»Ja.« Sie hielt ihm stand. Er konnte sie nicht einfach so herumschubsen wie all die anderen Leute in seinem Leben.

»Was, wenn ich dir sage, was meine Großmutter mir eines Abends erzählt hat? Eines Abends, als sie schon wusste, dass die Krankheit die Oberhand gewinnen würde und dies ihr letzter klarer Moment sein könnte? Sie hat gesagt, sie hätte immer befürchtet, mein Großvater würde eine andere lieben. Er hat meine Großmutter nie geliebt, Noelle. Und sie hat Liebe verdient. Sie war wunderbar.«

»Doch, er hat sie geliebt. Er hat es mir gesagt. Und er hat mir auch von dieser anderen Frau erzählt. Das war, bevor er Elizabeth kennengelernt hatte. Wir haben alle Beziehungen, die scheitern. Warum muss er sich das vorwerfen lassen? Komm darüber hinweg.«

»Meine Großmutter sagte, sie hätte ihn einmal in einem Restaurant mit dieser anderen Frau sprechen sehen. Sie hat ihm nie davon erzählt. Sie sagte, nach dem, was sie hören konnte, hat er dieser Frau ziemlich deutlich gesagt, wenn die Dinge anders lägen und er sie hätte sehen dürfen, dann hätte er das getan. Meine Großmutter war am Boden zerstört. Ihre Familie hatte der Ehe mit meinem Großvater bereits zugestimmt, und in jener Zeit hat sie es angesichts ihrer Erziehung als ihre Pflicht begriffen, ihn zu heiraten. Und sie hat ihn wirklich geliebt, also konnte sie ihn zu diesem Zeitpunkt gar nicht mehr verlassen. Sie hat sich bemüht, ihm die beste Ehefrau zu sein, die er sich wünschen konnte. Aber insgeheim hat sie ständig mit der geheimnisvollen Frau konkurriert, die sie an jenem Tag gesehen hat.«

Noelle schlug eine Hand vor den Mund, als die beiden Geschichten plötzlich zusammenkamen. »Elizabeth hat sie gesehen«, flüsterte sie. William und die Frau waren beide in Gesellschaft dort gewesen, aber dass Elizabeth sie auch gehört hatte, änderte alles.

»Ja, und ich möchte lieber nicht mit dem Mann zu ihr gehen, der dafür verantwortlich ist, dass sie so gelitten hat. Sie hat versucht, eine perfekte Ehefrau zu sein, weil sie geglaubt hat, sie müsse besser sein als diese Frau, der sein Herz gehörte. Ist schon gut, ich werde einfach allein hingehen«, konstatierte er. Die Anspannung in seinen Zügen ließ ihn müde wirken.

Noelle fühlte, wie sämtliche Luft aus ihrer Lunge entwich angesichts dieser Enthüllung. Ihr wurde bewusst, dass sie die Geschichte nicht aus jeder Perspektive kannte. Was vermutlich auch für alle anderen galt. »Ich hätte mich nicht einmischen sollen«, sagte sie aufrichtig und fühlte sich schrecklich, weil sie so vorschnell über Alex' Gefühle geurteilt hatte. Er war nicht einfach gemein zu William; er hatte einen guten Grund, ihm böse zu sein. Und nun hatte er Noelle erklärt, warum er William nicht mitnehmen wollte: Seine Liebe zu seiner Großmutter und sein Bedürfnis, ihre zarten Gefühle zu schützen, waren der Grund. Das war eine zärtliche und fürsorgliche Haltung, und sie hätte ihn am liebsten in die Arme geschlossen, doch so dumm war sie nicht.

Die Anspannung in seinen Schultern löste sich. »Wir müssen das nicht alles heute zerpflücken«, sagte er. »Ich komme schon klar.«

»Es tut mir leid«, sagte sie, weil sie nicht wusste, was sie sonst tun konnte.

Er nickte und widmete sich wieder seiner Arbeit, doch seine Enttäuschung war unverkennbar. Ohne ein weiteres Wort verließ sie sein Büro.

19

»Ich habe mein Flugticket!«, kreischte Phoebe mehr oder weniger ins Telefon. »OmeinGott, omeinGott, omeinGott … Ich fliege wirklich zu dem Vorsprechen! Ich tue es!«

»Echt?« Noelle ließ sich auf das Sofa in ihrer Suite fallen und legte sich mit dem Telefon am Ohr auf den Rücken. Sie war für heute mit der Arbeit fertig, hatte Alex nicht mehr gesehen und war froh, eine freundliche Stimme zu hören. »Phoebe, du hast es geschafft. Du hast das in der Tasche. Du musst einfach nur dein Bestes geben, wenn du dort bist. Das ist es. Das ist es, worauf du dein Leben lang gewartet hast.«

»Ich weiß.« Phoebes Aufregung legte sich hörbar. Stille kehrte ein, und Noelle warf einen Blick auf das Display, um sich zu vergewissern, dass die Verbindung noch stand. Endlich sagte Phoebe: »Ich habe es Paul gesagt.«

Noelle nagte an der Innenseite ihrer Lippe. Sie wusste, wie problematisch das für Phoebe war. Ihre Freundin ließ nur selten jemanden nah an sich heran, und bei Paul hatte sie das getan. Sie hatte ihm all ihre Geheimnisse anvertraut, ihm erzählt, wie einsam sie in ihrer Kindheit und Jugend gewesen war, wie die Depressionen ihre Mutter zugrunde gerichtet hatten und sie die meiste Zeit sich selbst überlassen geblieben war. Diese Dämonen offenbarte Phoebe normalerweise niemandem. Stattdessen nutzte sie sie für ihre Schauspielerei, und wenn sie wollte, konnte sie noch den schlimmsten Zyniker mit ihren Tränen überzeugen.

Einmal hatte Noelle das bei einer Bühnenvorstellung erlebt. Die Figur, die Phoebe spielte, hatte ein Großelternteil verloren. Phoebe hatte mitten auf der Bühne im Licht eines einzigen Scheinwerfers gesessen, die Beine unter einem hauchdünnen weißen Rock. Ihre Lippen hatten gebebt, und dann waren ihr die Tränen in die Augen getreten. In vollkommener Stille – das Publikum war vor Ergriffenheit wie erstarrt gewesen – waren die Tränen über ihre Wangen gelaufen, bis sie schluchzend die Hände vor das Gesicht geschlagen hatte.

Noelle hatte sich immer gefragt, ob sie dabei an ihre Mutter gedacht hatte. Phoebe hatte ihr erzählt, dass ihre Mutter großartig war, wenn sie nicht unter Depressionen litt. Mit ihrem Sinn für Humor brachte sie Phoebe dazu, sich vor Lachen zu krümmen. Sie war fürsorglich und sanft, und Phoebe liebte sie von ganzem Herzen. Aber wenn die Depression die Oberhand gewann, glitt ihre Mutter ab in ihre eigene Finsternis, wollte ihre Tochter nicht sehen, zog die Vorhänge zu und blieb den ganzen Tag im Bett. Versuchte Phoebe dann, sie zum Aufstehen zu bewegen, dann schrie ihre Mutter sie nur an und warf sie hinaus. Für ein Kind war das äußerst verwirrend. Aber als Phoebe alt genug war, um zu begreifen, was diese Krankheit anrichtete, fand sie sich so gut sie konnte damit ab.

»Was hat er gesagt?«

»Er ist besorgt. Er hat gesagt, ich wäre so talentiert, dass ich die Rolle auf jeden Fall bekäme. Und dass es ein Verbrechen wäre, sie jemand anderem zu wünschen.«

»Das ist süß.« Noelle drehte sich auf die Seite. »Was will er machen, wenn du sie bekommst?«

»Ich glaube, er wird versuchen, mich zu überreden, dass ich zurückkomme, wenn alle Folgen abgedreht sind. Aber das ist eine Fernsehserie! Wenn ich Glück habe, gibt es mehrere Staffeln. Und es könnte ein Anfang von etwas anderem sein. Ich kann mir nicht vorstellen, dass ich Los Angeles wieder verlassen will. Ich muss einfach herausfinden, wohin das Leben mich führt, verstehst du?«

Obwohl Phoebe sie nicht sehen konnte, nickte Noelle. Sie verstand nur allzu gut. Alex würde hinsichtlich der Bäckerei nicht nachgeben, und es würde sie nicht ewig ausfüllen, sich um William zu kümmern. Auf die Dauer hielt sie hier nichts mehr. Plötzlich traf die Bedeutung dieses Augenblicks sie wie ein Donnerschlag. Das Schicksal trat auf den Plan und gab ihr einen Stups. Wie Phoebe hatte sie das Gefühl, sie sollte weiterziehen, wenn sich eine Gelegenheit dazu ergab. Warum sollte sie bleiben? Der Gedanke kreiste durch ihren Kopf, während sie an den Pakt aus Kindertagen dachte, den sie mit Phoebe geschlossen hatte.

»Wenn du die Rolle kriegst, ziehe ich vielleicht wirklich mit«, sagte sie. »Genau wie ich es versprochen habe.« Das laut auszusprechen versetzte sie in Angst und Schrecken und riss zusammen mit dem Verlust der Bäckerei ein Loch in ihr Herz, aber ihr gingen die Alternativen aus. Vielleicht brauchte sie einen neuen Anfang.

»Oh, das wäre toll!« Phoebes Stimme überschlug sich vor Begeisterung. »Ich hätte dich nicht darum bitten wollen, aber ich weiß wirklich nicht, ob ich das allein schaffe. Dich und Lucas bei mir zu haben, würde mir einfach alles bedeuten.«

»Ich weiß. Und ich würde wirklich gern dabei sein, wenn deine Träume wahr werden.«

»Ich liebe dich wie eine Schwester, weißt du das?«

Noelle lächelte. »Ja, das weiß ich.«

Gerade als Noelle auf dem Weg zum Haus ihrer Eltern war, um Lucas abzuholen, rief Heidi an, um sie zu einem dringenden Familientreffen zu bestellen. Noelle fühlte sich schon jetzt innerlich erschöpft. Ständig suchte sie nach einer Möglichkeit, die Dinge besser zu machen, aber sie konnte einfach keine finden. Sie war schlicht überfordert.

Sie parkte den Wagen und bereitete sich innerlich auf das Treffen vor. Ihrer Mutter und ihrem Vater zuliebe musste sie stark sein – die beiden machten gerade eine Menge durch, also musste sie für sie da sein.

Sie ging hinein, sagte Hallo zu Muffy, die ihr an dem schwelenden Kaminfeuer vorbei in die Küche folgte und dabei begeistert mit dem Schwanz wedelte. Ihre Mutter, ihr Vater und ihre Schwester saßen bereits am Tisch, und zu ihrer Verwunderung war Pop-pop ebenfalls da.

»Wo ist Lucas?«, fragte sie.

»Kelsey von nebenan ist rübergekommen, um mit ihm zu spielen, solange wir reden«, erklärte ihre Mutter. »Er ist oben. Setz dich.« Sie schob einen Teller mit Keksen zu Noelle hinüber, aber die war viel zu neugierig, um auch nur darauf zu achten.

»Was ist los?«, fragte sie, noch während sie ihren Mantel aufknöpfte. Angesichts der Mienen und der dramatischen Umstände, unter denen dieses Treffen zustande gekommen war, fürchtete sie das Schlimmste: Waren ihre Eltern so gestresst, dass etwas passiert war? Sie würden sich doch nicht trennen?

Heidi ergriff als Erste das Wort: »Ich habe Mom und Dad von dir und Alex erzählt.«

»Was ist mit Alex und mir?«, fragte Noelle gedehnt und ging noch einmal alles durch, was sie den anderen beim Abendessen berichtet hatte. »Da gibt es nichts zu erzählen.«

Ihre Mutter beugte sich mit genau der Miene vor, die sie stets aufgesetzt hatte, wenn Noelle als junges Mädchen alles abgestritten hatte. Zum Beispiel, nachdem sie sich mit ihrem

Telefon unter dem Bett versteckt hatte, um Jo anzurufen, statt brav zu schlafen. »Soweit ich mich erinnere, war meine Tochter immer recht wählerisch, wenn es darum ging, mit wem sie herumknutscht.«

Die Hitze in ihren Wangen verriet Noelle, dass sie leuchtend rot angelaufen sein musste. »Ich habe nicht mit Alex herumgeknutscht. Was hat Heidi euch denn da erzählt?« Sie hatte bereits ein paar Drinks genossen, als sie den anderen davon erzählt hatte. Aber Himmel, sie wusste definitiv, dass sie den Kuss nicht auf eine Art beschrieben haben konnte, die ihre Mutter auf den Gedanken bringen könnte, es ginge dabei um irgendein vulgäres Gefummel. Ganz bestimmt hatte sie die Geschichte nicht ausgeschmückt.

»Ich habe ihr nicht erzählt, ihr hättet herumgeknutscht«, sagte Heidi. »Aber ich habe ihr erzählt, wie deine Augen geleuchtet haben, als du von ihm gesprochen hast.«

»Ich musste es deinem Vater sagen«, bekundete ihre Mutter.

Noelle sah ihren Dad nicht an. Sie konnte es einfach nicht. Sie hatte das Gefühl, alle verraten zu haben, und wusste nicht, was sie tun sollte. »Tut mir leid«, sagte sie schließlich, den Blick stur auf den Tisch geheftet.

»Ich habe es ihm erzählt«, fuhr ihre Mutter fort, »weil ich nicht zulassen konnte, dass das Geschäft deinem Glück im Wege steht.«

Verwirrt hob Noelle den Kopf. Dann schaute sie ihren Vater an, gespannt auf seine Reaktion. Sie erinnerte sich noch an seinen Gesichtsausdruck, als sie von ihrem neuen Job berichtet hatte. Jetzt jedoch wirkte er verunsichert.

Noelle hatte gewusst, dass ihm das nicht gefallen würde.

Mit bebender Hand griff ihr Vater zu seinem Wasserglas, ehe er den Mund aufmachte. »Ich muss dir etwas gestehen«, sagte er, und plötzlich bekam der panische Ausdruck eine ganz andere Bedeutung. Er sah ängstlich aus, nicht zornig.

»Was?«, fragte sie.

»Die Mieterhöhung ist nicht der Grund für die Schließung der Bäckerei – Alex hat die Miete ein bisschen erhöht, aber nur so, wie es jeder andere auch getan hätte, um mit der Inflation Schritt zu halten. Er war fair. Die Bäckerei macht schon eine ganze Weile Verlust. Ich habe ein paar schlechte Entscheidungen getroffen ... Ich habe die ganze neue Küchenausstattung gekauft und die Auswahl an Gebäck reduziert, um die Kosten zu senken und das Geld wieder reinzuholen. Ich habe versucht, in den Catering-Markt vorzustoßen – Hochzeiten und so etwas –, aber ohne deine Gram konnte ich keine Aufträge an Land ziehen.«

In Noelles Kopf ging es drunter und drüber.

»Ich habe Alex verantwortlich gemacht, weil das einfacher war, als mich selbst schuldig zu fühlen. Ich habe seine Mieterhöhung verantwortlich gemacht, aber hätte ich die richtigen Entscheidungen getroffen, dann wäre die Miete gar kein Problem gewesen. Das ist alles meine Schuld«, sagte ihr Vater und sah mit besorgter Miene Pop-pop an. »Ich habe versucht, Pop-pop zu helfen, als er ins Schwimmen geraten ist. Ich habe ihm Vorschläge unterbreitet, aber ich habe alles falsch gemacht. Ich wusste auch nicht, wie die Bäckerei zu leiten ist, und ohne deine Gram standen wir gewissermaßen auf verlorenem Posten. Natürlich habe ich alles versucht, um die Schließung zu vermeiden. Und ich war wütend auf mich, weil ich so einen Mist gebaut hatte. Pop-pop braucht das Einkommen, und nun hat er es durch mein Versagen verloren.«

»Du hast nur versucht, mir zu helfen, mein Sohn«, sagte Pop-pop.

Also war es nicht Alex' Schuld? Er warf sie gar nicht raus; er hatte lediglich einen neuen Mieter gesucht, weil sie es sich nicht mehr hatten leisten können, die Bäckerei weiter zu betreiben? Diese Neuigkeit erschütterte Noelle bis ins Mark. Das, was Alex über die Bäckerei gesagt hatte, hörte sich plötzlich ganz anders an, nun, da sie es in diesem veränderten Licht betrachtete. Warum hatte er ihr das alles nicht gesagt, als sie mit ihm darüber gesprochen hatte?

Noelle versprach ihrer Familie, sie würde ihr Bestes tun und schauen, ob sie Alex dazu bewegen konnte, ihnen noch etwas mehr Zeit zu geben. Und sie bat darum, dass man ihr allein die Verantwortung für die Bäckerei übertrug. Alle stimmten zu. Ideen jagten durch ihren Kopf, viel schneller, als sie sie verarbeiten konnte. Dennoch warnte Noelle die anderen, dass sie erst einmal Alex würde überzeugen müssen, sie nicht auf die Straße zu setzen.

Nachdem sie den Abend damit zugebracht hatte, mit Lucas Puzzles zu legen und in seinen neuen Büchern zu schmökern, sprach sie mit ihm noch eine Weile über seinen Schultag, bis er endlich wegdämmerte. Noelle vergewisserte sich, dass er wirklich schlief, ehe sie zu Alex' Suite ging und an seine Tür klopfte.

Als er in Socken, Jeans und Pulli vor ihr stand, musste sie schlucken, um ihre Gefühle in Schach zu halten. Ein Teil von ihr wollte einfach die Arme um ihn schlingen und ihm sagen, wie leid es ihr tat, ihn beschuldigt zu haben. Aber der rationalere Teil in ihr war vorsichtiger und fragte sich immer noch verwirrt, warum er ihr nicht die Wahrheit gesagt hatte.

Er öffnete die Tür weiter, um sie hereinzulassen. Alex' Räumlichkeiten wirkten maskuliner als ihre, ausgestattet mit braunen Ledermöbeln und einem Großbildfernseher, ein modernes Element, das in der historischen Umgebung ein wenig deplatziert wirkte. Die Dekoration war schnörkellos und nüchtern, ganz wie er selbst. »Alles in Ordnung?«, erkundigte er sich.

»Das hoffe ich.« Sie setzte sich auf das weiche Ledersofa, und er ließ sich neben ihr nieder. »Ich wollte mit dir über die Bäckerei reden.« Sie zog die Beine unter den Körper, war aber zu aufgeregt, um still zu sitzen, also streckte sie sie wieder aus. Endlich drehte sie sich halb zu ihm um, bemüht, nicht ständig mit den Knien zu wackeln.

Dann erklärte sie ihm, so knapp sie nur konnte, was ihre Familie ihr erzählt hatte. Alles, um möglichst schnell zu der Frage zu kommen, die sie ihm stellen wollte: »Warum hast du mir das nicht gesagt?«

Er dachte eine Weile nach, doch dann holte er tief Luft und sagte: »Als du zum ersten Mal zur Tür hereingekommen bist, wusste ich, wer du bist. Ich hatte dich mit deinem Vater in der Hope and Sugar Bakery gesehen. Ich bin damals hingefahren, um mir einen Eindruck vom Zustand des Hauses zu verschaffen, und habe auf der anderen Straßenseite im Auto gesessen. Ihr wart da, du, dein Dad und dein Großvater. Ihr habt Kisten geschleppt. Dein Dad hat sich gebückt, um dir zu helfen, und ihr habt über irgendetwas gelacht – mir war schon beim bloßen Zusehen klar, wie nah ihr euch alle steht. So eine Nähe habe ich nie gekannt, wenn man von der Beziehung zu meiner Großmutter absieht. Ich wollte diese Beziehung schützen, und ich wusste, für dich wäre es letztendlich leichter, wütend auf mich zu sein und nicht auf sie. Ich wollte diese Last an ihrer Stelle tragen.«

»Aber du kannst mich doch nicht einfach anlügen, nur um mich zu beschützen! So funktioniert das nicht. Ich will, dass du ehrlich bist, und ich bin nicht sicher, ob du so etwas gewohnt bist.« Er hatte ihr nichts davon erzählt. Und ganz gleich, aus welchem Grund er sie belogen hatte, es erweckte den Anschein, als könnte er ihr gegenüber nie ganz aufrichtig sein. Jedenfalls nicht so, wie sie es gegenüber ihren Freundinnen und ihrer Familie war. Außerdem, hätte er nicht den Wunsch verspüren müssen, ihren Kummer zu lindern?

»Verständlich«, sagte er und kratzte sich an der mit abendlichen Stoppeln überzogenen Wange. »Ich könnte jetzt hier sitzen und dir versprechen, von nun an immer ehrlich zu dir zu sein. Aber mir ist klar, dass ich dich enttäuscht habe. Ich weiß einfach nicht, wie man mit so etwas umgeht. Mir ist noch nie jemand wie du begegnet. Ich möchte dich beschützen und zugleich glücklich machen, aber ich weiß nicht immer, wie ich das anstellen soll.«

»Du kannst gleich hier üben. Ich brauche jetzt ein kleines Stück deiner Redlichkeit. Wenn ich einen Weg finde, die Miete aufzubringen, würdest du mich dann die Bäckerei weiter betreiben lassen?«

Nachdenklich, aber auch ein wenig zweifelnd, musterte er sie, und ihr Puls hallte durch ihre Ohren. Bitte, sag Ja, wiederholte sie in Gedanken unentwegt.

»Ich habe einen sicheren Mieter, ein erfolgreiches Unternehmen. Die wollen Anfang Januar einziehen …« Er fixierte sie, und seine Mundwinkel wanderten ein kleines Stückchen aufwärts. »Du wirst mir einen bombensicheren Plan vorlegen müssen.«

Sie quiekte vor Freude und schlang die Arme um ihn, als das Hochgefühl sich ihres Körpers bemächtigte. Ihre Aufregung brachte ihn zum Lachen, und er war sichtlich erfreut, sie so glücklich zu sehen. Dann aber löste er ihre Arme von seinem Hals und sah sie mit ernster Miene an. »Um ehrlich zu sein«, sagte er, »ich weiß nicht, ob du das schaffen kannst.

Ich sage dir nur, wie es ist. Die Gegend verändert sich, das ist möglicherweise kein guter Standort mehr.«

»Es wird funktionieren«, erwiderte sie, überzeugt, auf der richtigen Spur zu sein. Auf das, was ihr Bauch ihr sagte, konnte sie vertrauen. »Lass mich darüber nachdenken, und dann arbeite ich ein Konzept aus.«

»Okay, schauen wir mal, was du bis Silvester zustande bekommst«, sagte er. »Du hast bis zum einunddreißigsten Dezember Zeit. Das ist noch beinahe ein Monat. Dann will ich die ersten Zahlen sehen.«

20

»Das gefällt mir!«, verkündete Jo, als sie die Bäckerei betrat, und huschte hinter die Verkaufstheke, um sich einen Keks zu stibitzen. Sie winkte Heidi zu, um zu sehen, ob sie auch ein Plätzchen wollte, aber die winkte ab und schlug stattdessen Kaffee vor. Sie hatten sich darauf geeinigt, sich alle an diesem Tag zu einem Wochenend-Brainstorming-Mittagessen in der Bäckerei zu treffen, und jeder hatte etwas zu den Pizzen beigesteuert. Bis auf Phoebe, die sich auf ihr Vorspielen vorbereitete, waren alle da.

Noelle warf die leeren Pizzakartons in den Mülleimer. Dann schaltete sie die nagelneue Espressomaschine an, die zu der Ausstattung gehörte, die ihr Vater erworben hatte, und bot allen Kaffee und Kekse zum Nachtisch an. Lucas saß mit Pop-pop in einem bequemen Sessel am Bücherregal, ihre Mutter und ihr Vater hatten auf dem kleinen Sofa am Fenster Platz genommen. Noelle stand immer noch an der Theke und dachte nach.

Plötzlich kehrte sie ins Hier und Jetzt zurück und sagte: »Pop-pop hat Vanille- und Karamellsirup. Wer will Vanille?«

Jos Hand schoss hoch wie damals in der Schule, als sie einfach alle Antworten gekannt hatte. Vielleicht konnte sie ja heute auch welche liefern.

Nachdem Noelle Kaffee für alle gemacht hatte, blieb Lucas in seinem Sessel, um das neue Buch über die Kontinente zu lesen, das Alex ihm besorgt hatte, während sich alle anderen um den Tisch versammelten. Noelle schrieb das Datum oben auf das erste Blatt ihres Notizblocks und blätterte in den Papieren, die sie mit Hilfe des Computers im Hinterzimmer ausgedruckt hatte.

»Ich habe da eine sehr allgemeine Idee«, sagte sie. Alle Augen richteten sich auf sie. Als Pop-pop und ihr Vater ihr die alleinige Verantwortung für die Bäckerei überlassen hatten, hatte sie Heidi gefragt, ob sie mitmachen wolle. Aber ihre Schwester hatte ihr geantwortet, sie hätte derzeit ohnehin alle Hände voll zu tun. Aber, hatte sie hinzugefügt, sie würde jederzeit gern einspringen, wenn Noelle sie darum bäte. Nun schwatzten alle aufgeregt durcheinander, gespannt darauf, was Noelle im Sinn hatte.

»Die neue Espressomaschine hat mich auf den Gedanken gebracht«, sagte sie. »Wie wäre es, wenn wir die Bäckerei in ein richtiges Café umwandeln? Leute lieben Cafés. Unser Hauptaugenmerk läge auf den Getränken, die Backwaren wären eine Art Zusatzgeschäft. Wir müssten klein anfangen, aber wir könnten uns auf hochwertige Spezialitäten konzentrieren – so etwas wie Honigcreme-Latte mit Honig von einheimischen Imkern. Speisen würden wir nur als Ergänzung zum Kaffee anbieten.«

»Willst du auch Mittagessen und Frühstück auf die Karte setzen? Das könnte Leute anlocken«, meinte Jo und fügte hinzu: »Nur laut gedacht.«

Noelle gab sich alle Mühe, nicht entmutigt zu wirken, als sie sich die Finanzkalkulation anschaute, die sie ausgedruckt hatte. »Wir sind derzeit im Minus und haben keine Mittel, um das Angebot in einer Weise auszuweiten, die uns zwingen würde, unsere Bestände zu vergrößern. Wir werden wirklich ganz einfach anfangen müssen, wie ich schon sagte, und wir müssen beim Einkauf sehr genau rechnen. Ich schlage vor, wir machen einen mehrstufigen Plan mit Prognosen und möglichen Änderungen, die wir vornehmen können, sobald die Einnahmen es erlauben. Aber du hast natürlich recht, Jo, irgendwann wäre das eine großartige Sache. Im Moment sind wir allerdings in Zeitnot. Alex will bis Silvester sehen, was wir können. Machen wir Gewinne, bekommen wir mehr Zeit.«

»Was ist mit dem Namen, Noelle?«, fragte Pop-pop. »Hope and Sugar war Grams Wunsch. Würdest du darüber nachdenken, den Namen zu behalten?«

Noelle erinnerte sich daran, was ihre Gram ihr über den Namen Hope and Sugar erzählt hatte. »Auf jeden Fall. Hope and Sugar Coffee House klingt doch toll.«

»Schön, wo sollen wir anfangen?«, fragte Jo.

»Neue Maschinen haben wir bereits. Ich würde sagen, wir recherchieren, welche fünf Kaffeezubereitungen am beliebtesten sind, und besorgen uns die Zutaten dafür. Dann kümmern wir uns um die Backwaren, konzentrieren uns dabei aber vor allem auf die Dinge, die kaffeebegleitend angeboten werden können, weniger auf Kuchen und Torten. Vielleicht sollten wir Biscotti und Kekse in den Vordergrund rücken. Und wir können kleine Kombinationen anbieten – ein Kaffee mit drei Keksen oder Latte und Croissant. Und vielleicht, wenn wir die Sache schnell genug in Gang bekommen, können wir spezielle Weihnachtsangebote zusammenstellen, die wir als Geschenkgutscheine verkaufen.«

»Was ist mit Kleingebäck?«, meldete sich ihre Mutter zu Wort. »Mich schrecken die riesigen Gebäckstücke in den Cafés immer ab. Wir könnten kleinere Happen anbieten, Fünfundsiebzig-Cent-Kuchenstückchen oder so.«

»Könnte gut zu den Kombinationen passen. Vielleicht sollten wir mit Grams Schoko-Meringuen anfangen, die waren besonders beliebt. Ich wette, die bekommen wir auch kleiner hin.«

»Auf jeden Fall«, stimmte ihre Mutter zu.

»Außerdem dachte ich, wir könnten auch liefern«, fuhr Noelle fort. »Wir könnten die neuen Büros in der Umgebung besuchen und dort Kaffee und Gebäck ausliefern. Und wenn das Geschäft wieder in Gang gekommen ist, könnten wir es auch mit einer kleinen Auswahl Sandwiches versuchen, wie Jo schon vorgeschlagen hat. Danach machen wir mit einem Frühstücksangebot weiter. Und anfangen werden wir mit einer großen Wiedereröffnung, zu der wir alle einladen, die wir kennen.«

Pop-pops Augen schimmerten verdächtig. Er hielt die Hände vor dem Körper gefaltet und versuchte, sein Lächeln zu verbergen. »Deine Gram würde es lieben – alle kommen wieder zusammen.«

Als sie die Bäckerei verließ, war es Abend geworden. Noelles Notizblock war voller rasch hingekritzelter Pläne, Ideen und Möglichkeiten für die Modernisierung sowohl der Einrichtung als auch der Aufmachung des neuen Cafés anlässlich der geplanten großen Wiedereröffnung. Sie musste eine kilometerlange Aufgabenliste anlegen: neuen Kaffeezulieferer suchen, Schilderdesigns recherchieren, neue Anordnung des Mobiliars planen, Werbeideen sammeln.

Obwohl Samstag war und sie frei hatte, ging sie mit Lucas auf direktem Wege zu William, um nach ihm zu sehen. Sie hatte tatsächlich angefangen, ihn an den Tagen, die sie nicht mit ihm verbrachte, zu vermissen.

»Wie war Ihre Besprechung?«, fragte William, als er,

schwer auf seinen Stock gestützt, aus seinem Schlafzimmer kam. Ein wenig zerfahren beugte er sich dann zu Lucas hinab: »Hi, junger Mann«, sagte er.

Lucas lächelte, sagte dann aber auch »Hi«, und Noelle fragte sich, ob er das getan hatte, weil er wusste, dass Williams Sehvermögen schwer nachgelassen hatte.

»Es war toll!«, sagte Noelle. »Ich habe mit meiner Familie einen Plan zur Rettung von Grams Bäckerei erstellt.«

»So?« Er setzte sich auf einen Stuhl und lehnte seinen Stock an einen nahen Tisch.

»Wie sich herausgestellt hat, sind wir Mieter von Alex. In letzter Zeit ist es nicht gut gelaufen, aber er hat gesagt, wenn ich ihm einen guten Geschäftsplan vorlege, lässt er mich vielleicht weitermachen.« Sie konnte sich kaum beherrschen, ihr Lächeln wurde immer breiter. »Ich wollte die Hope and Sugar Bakery mein ganzes Leben lang übernehmen und freue mich schon darauf, dass es wieder vorangeht.«

Plötzlich wirkte William ganz in sich gekehrt und atmete sehr schnell. Panik verbarg sich hinter seiner Miene, aber er drängte sie hartnäckig zurück. Nur sein Atem wollte nicht langsamer werden.

In diesem Moment wurde Noelle klar, dass sie, wenn das alles klappte, nicht mehr imstande wäre, sich um William zu kümmern. Für ihn da zu sein war nur eine der Zwischenstationen auf dem Weg an den Ort, an den sie gehörte. Aber als sie ihn nun betrachtete, fürchtete sie, dass er darin nicht nur einen kurzen Zwischenstopp gesehen hatte. Womöglich hatte er gehofft, sie und Lucas würden bleiben. Sie hatte gewiss nicht taktlos sein wollen. Außerdem machte sie sich Sorgen, wer in Zukunft nach ihm sehen würde. Sie wusste nicht, was sie sagen sollte.

Doch wann immer die Lage unerfreulich und kompliziert

wurde, gab es eine Sache, von der Gram gewusst hatte, sie würde sie da durchbringen: Backen. Nachdenklich betrachtete sie William. Dann drehte sie sich zu Lucas um. »William kennt Casa Grande gar nicht.«

Lucas bekam große Augen. Sie konnte förmlich sehen, wie sich die Rädchen in seinem Kopf drehten.

»Ich denke, wir sollten es ihm zeigen.«

»Wann?«, fragte Lucas aufgeregt.

»Morgen. Wir können es zu Weihnachten für alle im Haus machen.«

William kehrte zurück ins Hier und Jetzt und hatte offenbar mit einem Ohr zugehört. »Was heckt ihr zwei da aus?«, fragte er argwöhnisch.

Noelle und Lucas kicherten. »Warten Sie es ab!«

21

Alex kam herein und musterte die diversen Dinge, die die riesige Arbeitsplatte in der Küche einnahmen. Dabei zog er auf die ihm eigene Art die Brauen zusammen und machte es Noelle sehr schwer, sich auf irgendetwas anderes als sein Gesicht zu konzentrieren. Sie drehte sich zu der Reihe Kristallschalen mit dem regenbogenfarbenen Inhalt um. Lebkuchenduft lag in der Luft.

»Was ist das alles?«, fragte er grinsend.

Die ganze Arbeitsplatte war voller Süßigkeiten: Skittles, Zitronendrops, süß-saure Bonbons, Peppermint Twists, Runts, Zitronenschnitten, Lakritze, Fruchtstangen, Zuckerstangen, M&Ms, Mini-Schokoriegel, Gummibärchen … »Die Zutaten für Casa Grande«, sagte sie lachend.

»Casa was?«

»Das ist der Name, den meine Schwester und ich dem Lebkuchenhaus gegeben haben, das wir früher zusammen mit meiner Gram gebaut haben. Alles hat mit einer Bestellung des alten Spielzeugladens in der Innenstadt angefangen. Sie wollten ein Lebkuchenhaus von der Größe eines kleinen Spielhauses. Gram musste einzelne Lebkuchenklötze backen, weil sie keine ganze Wand in den Ofen bekommen hat. Und dann hat sie es buchstäblich gebaut und die einzelnen Klötze mit Zuckerguss verklebt. Wir haben ihr geholfen, es von außen mit Süßigkeiten zu dekorieren. Danach haben wir jedes Jahr zu Weihnachten eine etwas kleinere Version gemacht.«

»Und das willst du heute auch machen?«

»Ja.« Sie strahlte vor Aufregung. »Die Hausangestellten freuen sich schon. Ich habe ihnen gesagt, sie dürfen es aufessen, wenn wir fertig sind.« Dann, während sie zu einer Schüssel griff, um den grünen Zuckerguss umzurühren, bemerkte sie: »Du könntest uns eigentlich ein bisschen helfen.« Sie unterschlug die Tatsache, dass sie William auch eingeladen hatte. Aber all der Planung für das Hope and Sugar Coffee House und ihren wieder aufgelebten Zielen haftete etwas so Elektrisierendes an, dass sie das Gefühl hatte, sie könnte einfach alles schaffen – sogar William und Alex dazu bringen, miteinander zu reden.

Nachdenklich griff er zu einer Tube mit weißer Glasur. »Um welche Zeit?«

»Drei Uhr.«

Er zögerte und schüttelte dann den Kopf. »Nicht gut. Um drei habe ich eine Besprechung mit der Möbelspedition.« Er legte die Glasur wieder auf den Tisch, als der Summer des Ofens losging.

»Möbelspedition?«, fragte Noelle und hielt Blickkontakt mit ihm, während sie sich die Topflappen schnappte, die Ofentür öffnete, ein großes, perfekt gelungenes Stück Lebkuchen herausholte und es durch ein noch ungebackenes ersetzte. Das dampfende fertig gebackene Stück legte sie zum Abkühlen auf ein Kuchengitter.

»Ich will meine Sachen noch vor Weihnachten nach New York bringen lassen. So kann ich die Feiertage dort verbringen, und bis zum Januar steht schon alles am rechten Platz.«

Sie spürte, dass ihr der Mund aufklappte und es ihr nicht leichtfiel, ihn wieder zu schließen. Er wollte wirklich wegziehen? Was war dann all das Gerede darüber wert, dass er sie glücklich machen wollte? Sie erinnerte sich, dass William etwas in der Art erwähnt hatte. Sie hatte gewusst, dass es irgendwann so kommen könnte, aber … doch nicht jetzt! Die Erkenntnis traf sie wie eine Tonne Ziegelsteine. Am liebsten hätte sie gefragt: »Was ist mit uns? Was ist mit Lucas?« Aber das stand ihr nicht zu. Sie hatte nicht das Recht, irgendwelche Ansprüche auf ihn zu erheben.

Sie legte die Topflappen weg und sah ihm in die Augen. »Willst du Weihnachten nicht hier sein? Was ist mit dem Besuch bei deiner Großmutter? Willst du nicht mehr zu ihr fahren?«

Er starrte sie wortlos an, sichtlich bemüht, seine Gedanken vor ihr zu verbergen, aber sie sah ihm an, dass er etwas sagen wollte.

Weißt du was?, sagte sich Noelle im Stillen, du kannst nicht anderen Wasser predigen und selbst Wein trinken. Du hast ihm gesagt, er soll ehrlich zu dir sein … »Warum das Date in der Arena, der Abend in der Karaoke-Bar und deine Bitte, dass ich dich zu deiner Großmutter begleite, wenn du doch bald weggehst?« Stumm beschwor sie ihn, ihr eine Erklärung zu liefern, die ihr zeigte, dass sie ihm wichtig war. Denn gerade jetzt fühlte es sich an, als wäre sie der letzte Mensch, an den er gedacht hatte.

Er wirkte ein wenig perplex, öffnete kaum erkennbar den Mund, und seine Schultern sackten herab. »Ich habe übereilt gehandelt. Es tut mir leid. Normalerweise bin ich nicht so impulsiv, aber du gibst mir das Gefühl, ich kann alles erreichen. Als ich dich gebeten habe, mit mir auszugehen, habe ich gar nicht an meinen Umzug nach New York gedacht. Aber wenn sich die Dinge zwischen uns weiterentwickeln, dann könnte ich vielleicht öfter herkommen. Oder du besuchst mich in New York.«

»Ich hasse New York.« Auch wenn die Aussage barsch

klang, sie wollte die Wahrheit sagen. Der Gedanke an den Großstadttrubel gefiel ihr nicht. Sie hasste es, sich abzuhetzen, nur um auf irgendein Hochhaus zu klettern und dort dann endlich einen Augenblick des Friedens zu erleben. Sie wollte nicht an einem Ort leben, an dem alle Türen gleich aussahen und die Behausungen hinter diesen Türen Meilen vom nächsten Garten voller Blumen entfernt waren. Oder von einem Spaziergang in der freien Natur oder einem Besuch in einem Laden, der jemandem gehörte, den sie schon ihr Leben lang kannte. Sie zog eine entspanntere Umgebung vor, in der die Leute sich noch Zeit nahmen, einander kennenzulernen. In der sie Dinge aus ihrem Leben miteinander teilten.

Alex sah angesichts ihrer Bemerkung zunächst erschrocken aus und dann nachdenklich. Er nickte und kam einen Schritt auf sie zu. »Ich weiß nicht, wie das geht«, gestand er. »Ich habe es dir schon einmal gesagt, ich bin nicht gut darin.« Er starrte ihr direkt in die Seele, mit Augen, die aufrichtig und verwundbar aussahen.

Sein Geständnis brachte ihre Entschlossenheit ins Wanken. »Dann lass es dir von mir zeigen«, sagte sie. »Wir verschieben das Lebkuchenhaus von drei auf vier. Reicht dir das?«

»Ja.« Ein Leuchten trat in seine Augen, und bei seinem Lächeln fühlte sie sich, als würde Strom durch ihre Brust fließen.

»Toll. Jetzt ab mit dir!«, neckte sie ihn. Bemüht, die Stimmung aufzuhellen, drehte sie ihn um und schob ihn in Richtung Tür. Er brach in Gelächter aus. Sogleich fing das Flattern in ihrem Inneren wieder an. Sie ermahnte sich, dass ihr Herz in Gefahr war und sie besser vorsichtig sein sollte.

»Komm mit«, sagte Lucas und zog an Alex' Hand. »Das magst du bestimmt!« Lucas hatte darauf gebrannt, Alex aus seinem Büro zu holen, aber Noelle hatte ihn bis Punkt vier Uhr zurückgehalten. In der Sekunde, in der der Zeiger umgesprungen war, war Lucas losgejagt und auf Socken bis zum Büro gerutscht. Nun gingen die beiden gemeinsam durch das monströse Gebilde, das die Harringtons Küche nannten. Die weißen Oberflächen glänzten trotz der Mehlschicht. Draußen fiel dichter Schnee, und die Flocken, die am Fenster vorbeihuschten, ließen den Bereich um den Küchentisch umso behaglicher erscheinen.

Alex lächelte und schaute Lucas liebevoll an.

Der ganze Küchentisch war mit Dekomaterial für das Lebkuchenhaus bedeckt; das Bauwerk selbst – Casa Grande – stand gleich hinter dem Tisch in einer Ecke. Noelle hatte stundenlang gearbeitet und Schokobonbons und Glasur selbst angefertigt. Für den Rest war sie losgerannt und hatte sich in der Bäckerei bedient.

»Setz dich hierher.« Lucas zeigte auf einen der Stühle. »Neben mich.«

Alex nahm Platz und schaute sich zu Noelle um. Er sah so entspannt und zufrieden aus, dass sie am liebsten die Zeit angehalten hätte. »Es hat angefangen zu schneien«, sagte er.

»Ich weiß. Ich liebe Schnee. Wir haben viel Spaß, wenn es schneit, nicht wahr, Lucas?«

»Ja!« Lucas kniete neben Alex auf seinem Stuhl und war extra nah an seinen neuen Freund herangerückt. »Wir gehen in den Park und fahren mit dem Schlitten einen Riesenberg hinunter. Das kribbelt immer in meinem Bauch.«

Noelle war froh zu sehen, dass Lucas sich für das Schlittenfahren so begeistern konnte. Es machte sie glücklich, ihm ein paar dauerhafte Erinnerungen geschaffen zu haben.

In diesem Moment kam sie zu dem Schluss, dass er beides brauchte: die Erfahrungen, die Alex ihm bieten konnte, und die, die sie ihm vermitteln konnte. »Vielleicht bleibt der Schnee liegen, und wir können nachher rausgehen«, sagte sie.

»Kommst du mit, Alex?«, fragte Lucas, lehnte sich zu ihm hinüber und zappelte dabei aufgeregt auf seinem Stuhl herum.

»Gern – wenn deine Mom einverstanden ist.«

Ihre Unterhaltung verstummte, und Alex' Lächeln wich einem fragenden Ausdruck. Noelle folgte seinem Blick und drehte sich um, als William gerade die Küche betrat. Der einzige Laut im Raum war das Pochen seines Stocks, als er sich einen Weg zum Tisch bahnte. Er kniff die Augen zusammen und starrte in Alex' Richtung. Der wachsame Zug, der in sein Gesicht trat, verriet, dass er genau wusste, wer da saß. Noelle fiel ein, dass sie keinen der beiden gewarnt hatte, dass sie das Lebkuchenhaus gemeinsam dekorieren würden. Was vermutlich auch das Beste war, bedachte man, dass sie es geschafft hatten, einander die ganze Zeit, seit William eingetroffen war, aus dem Weg zu gehen. Von der Mimik, die sich nun auf ihren Gesichtern festsetzte, ganz zu schweigen.

»War das nur ein Trick, um mich und meinen Enkel in denselben Raum zu locken?«, blaffte William mit geschürzten Lippen.

»Ich bin erst vor ein paar Stunden auf den Gedanken gekommen«, sagte Noelle. Sie hatte keine unangenehme Situation herbeiführen wollen. Sie hatte den beiden nur einen Raum geben wollen, in dem sie sich zusammen aufhalten konnten, ohne ständig an die Vergangenheit zu denken. Sie wandte sich an Lucas. »Sag den beiden, wie viel Spaß es macht, Lebkuchenhäuser zu dekorieren. Es macht doch Spaß, nicht wahr?«

»Es macht ganz viel Spaß«, sagte Lucas. »Und wenn Sie und Alex nicht Freunde sein wollen, dann müssen Sie nicht die gleichen Bonbonschalen benutzen. Es sind genug da, dass jeder seine eigene haben kann.«

Gegen ihren Willen mussten beide Männer lächeln.

»Danke«, sagte Alex ernsthaft, und Lucas strahlte vor Freude.

Er schob zwei Schalen zu Alex rüber. »Schau, die kannst du ganz allein benutzen.« Alex griff hinein und holte ein glänzendes rotes Bonbon hervor. Er warf es in die Luft und fing es mit dem Mund auf. Lucas sah ihm kichernd zu. Der harte Ausdruck in Williams Gesicht wurde ein wenig milder.

Amüsiert schüttelte Noelle den Kopf und schnappte sich die große Tube Glasur. »Ich denke, wir sollten Alex überreden, das Dach zu verstärken. Er ist groß genug und hat vermutlich eine ruhige Hand. Außerdem müssen wir ihn von den Bonbons wegholen, ehe er sie alle aufisst.« Sie winkte ihn zu sich und dem Lebkuchenhaus. Lachend stand er auf und folgte ihr, doch ehe er den Tisch hinter sich ließ, schnappte er sich noch ein Bonbon. Sie deutete auf die Ritze zwischen Wand und Dach, an der die beiden Lebkuchenteile aufeinandertrafen. »Genau hier brauchen wir noch mehr Zuckerguss.«

Alex drückte die Tube zusammen, sodass ein Klacks Glasur heraustrat und an dem Lebkuchen herablief. »Ups«, sagte er und zog vor Lucas eine Grimasse.

»Das macht nichts.« Noelle wischte die Glasur mit dem Finger weg und säuberte sich die Hände mit einem Küchenhandtuch. »Alex hat gerade mit der Glasur gekleckert«, erzählte sie William, ehe sie sich wieder dem Haus zuwandte. »Versuch es noch mal.«

William schaute in ihre Richtung, und obwohl sie wusste,

dass er kaum etwas sehen konnte, war sie sich plötzlich jeglicher Regung in Alex' Gegenwart überaus bewusst: wie sie ihn anlächelte, wie nahe ihr Arm dem seinen war, wie gering ganz allgemein die persönliche Distanz zwischen ihnen war. Sie fragte sich, was William wohl denken mochte.

Alex drückte erneut auf die Tube, und dieses Mal spritzte ein großer Klecks Glasur über das ganze Dach.

»Ach, um Himmels willen. Hat er es wieder nicht hingekriegt? Das muss eine gerade Linie werden, mein Sohn«, sagte William, stand auf und wackelte herbei. »Gib mir das mal. Ich sehe zwar nichts, aber ich wette, ich schaffe das.« Mit zittriger Hand nahm er die Tube und versuchte, sie passend auszurichten. Mit einem Finger suchte er nach der Ritze, während er vorsichtig auf die Tube drückte, bis ein winziger Tropfen herauskam, der die Lücke kaum ausfüllen konnte. Danach kam eine Luftblase hervorgeschossen, weil er nicht stark genug gedrückt hatte. Sie blies den Guss in alle Richtungen fort.

»Siehst du?«, sagte Alex lachend. »Du denkst, du weißt alles, aber es ist gar nicht so einfach, oder?«

»Ich zeige es euch«, sagte Noelle, entzückt über das kleine Geplänkel, dessen Zeugin sie wurde. Sie nahm William die Tube ab, drückte das Ende zusammen, bis die Tülle mit Glasur gefüllt war, und dann presste sie die Tube mit aller Kraft zusammen und produzierte gleich unter der Dachkante eine perfekte gerade Linie Zuckerguss. Alex und Lucas sahen einander an, ehe Alex sich mit bewundernder Miene wieder zu ihr umdrehte. Sie verteilte weiter Glasur, zog kleine Bögen über das Dach, um Schindeln darzustellen, und dichtete weitere Lücken ab. »Ihr könnt jetzt alle anfangen, Bonbons aufzukleben, wenn ihr wollt«, sagte sie.

Alex stand hinter ihr. »Darf ich es noch mal versuchen?

Bei dir sieht das so einfach aus, da kann ich mich nicht einfach zurücklehnen und akzeptieren, dass ich es nicht schaffe.« Sanft legte er seine Hand auf die Tube. »Zeig es mir.«

Noelle legte ihre Hand um seine und zeigte ihm, wie man die Glasur vom hinteren Teil der Tube nach vorn drücken musste, ehe sie gemeinsam eine saubere Zuckergusslinie an der Kante entlang zogen, während William und Lucas Bonbons in die Glasur drückten.

»Ich glaube, jetzt kriege ich es allein hin.«

Sie ließ los, und Alex verzierte eines der Fenster, die sie schon zuvor mit Zuckerguss gemalt hatte.

»Perfekt!«, rief Lucas und klatschte in die Hände.

Während sie immer mehr Süßigkeiten auf dem Haus verteilten, erwischte Noelle Alex dabei, wie er eine Praline ergriff und einen kleinen Bissen davon nahm. Sie hatte ihn erst vor ein paar Minuten naschen sehen, und schon holte er sich einen Nachschlag. »Ertappt!«, sagte sie. Er sah sich überrascht zu ihr um.

»'tschuldigung«, sagte er. »Aber das ist womöglich die beste Schokolade, die ich je gekostet habe.«

Interessiert streckte William die Hand aus, tastete so lange auf dem Tisch herum, bis er eine Praline entdeckt hatte, und steckte sie in den Mund. Mit hochgezogenen Brauen und einer konzentrierten Miene nickte er.

»Die hat meine Mom gemacht«, erklärte Lucas stolz. »Das sind auch meine Lieblingspralinen.«

»Du hast die gemacht?« Alex steckte sich den Rest der Praline in den Mund, kaute und schluckte. »Die ist köstlich.«

»Danke. Das sind Karamelltrüffeln nach einem Rezept von meiner Gram.«

»Wir sollten Plätzchen für die Nachbarn machen!«, schlug Lucas vor. »Wie Grandma.«

Alex lächelte Lucas an, erkennbar erfreut darüber, welche Begeisterung der Junge der Arbeit seiner Mutter entgegenbrachte. »Der Weg bis zum nächsten Nachbarn ist ziemlich weit«, sagte er dann. Inzwischen saß er wieder am Tisch und stützte das Kinn auf die Hand. In seinen Zügen zeigte sich wieder diese hinreißende Freude. Er aß noch eine Praline.

»Bist du deinen Nachbarn überhaupt schon mal begegnet?«, fragte Noelle.

»Nein.« Dann, als er ihre Reaktion auf seine Antwort wahrnahm, fügte er hinzu: »Wie denn? Das sind fast zwei Kilometer von hier!«

»Und?«, fragte sie gespielt trotzig. Alex schnappte sich noch eine Praline, doch sie pflückte sie ihm aus den Fingern und steckte sie selbst in den Mund.

Alex sah ihr beim Kauen zu, amüsiert über ihre Dreistigkeit. »Bist du ihnen mal begegnet, Großvater?«, fragte er William.

Stirnrunzelnd schüttelte William den Kopf.

Lächelnd klatschte Noelle einmal laut in die Hände. »Dann müssen wir definitiv Plätzchen für sie backen.« Liebevoll zupfte sie an Lucas' Ärmel. »Wir sollten den beiden zeigen, wie das geht. Natürlich nur, wenn sie keine Angst davor haben, ein bisschen Weihnachtsstimmung zu verbreiten …«

»Soll das eine Herausforderung sein?«, stichelte Alex.

»Auf jeden Fall.«

»Angenommen.«

Alle drehten sich zu William um. »Helfen Sie mit, William?«, fragte Noelle.

Lächelnd zuckte er mit den Schultern, sagte: »Klar«, und räusperte sich vernehmlich.

Noelle empfand wieder die gleiche Aufregung, die sie

stets erfüllt hatte, wenn sie und Gram Weihnachtskekse gebacken hatten, um damit die Strümpfe am Kaminsims für bedürftige Kinder zu füllen. Die gleiche Aufregung, die sich auch einstellte, wenn sie mit ihrer Schwester buk oder sie und ihre Mutter die Keksplatten füllten, die ihre Mom während der Weihnachtszeit auf dem Ladentisch präsentierte.

»Wir brauchen noch ein paar Zutaten«, sagte sie. »In der Bäckerei haben wir tonnenweise davon. Morgen nach der Schule gehen wir hin. Alex, möchtest du dich dort mit uns treffen und uns helfen, die Sachen einzusammeln, die wir brauchen? Mir ist klar, dass du schon einen Favoriten hast, aber vielleicht möchtest du ja noch ein paar Geschmacksproben nehmen, um mit uns zu entscheiden, was wir backen sollen. Lucas, du darfst ihm sagen, warum.«

»Weil das Beste am Keksebacken für die Nachbarn ist, dass wir alle zerbrochenen essen dürfen.«

Alex lachte.

22

Noelle, Jo und Phoebe rannten durch den Korridor und drängten sich an einem Gewimmel von Reisenden vorbei. Jo wedelte beim Laufen beständig mit der Hand, um sie zur Eile anzutreiben.

Noelles Tag hatte mit einem Ausflug zum Flughafen begonnen, um Phoebe auf die Reise zu ihrem Vorspielen zu schicken. Phoebe hatte nämlich noch vor Sonnenaufgang angerufen und geklagt, sie sei zu überdreht zum Fahren. Nun pflügten sie durch die Menge unter dem riesigen Adventskranz, der von der Decke des Flughafengebäudes herabhing, und zerrten Phoebes Taschen hinter sich her.

»Wir schaffen es nicht!«, keuchte Phoebe, die ihre Bordkarte vor Aufregung in der Hand zerknüllt hatte.

Noelle und Jo hatten eine Ewigkeit vor Phoebes Wohnung darauf gewartet, dass sie herauskäme, damit sie sie zum Flughafen bringen konnten, sodass sie ihren Flieger nach Los Angeles erwischte. Der große Tag war endlich gekommen. In Panik war Phoebe zur Tür herausgeplatzt und hatte erklärt, sie habe unendlich lange zum Packen gebraucht. In ihren Zügen hatte sich nackte Angst gespiegelt. Gemeinsam waren sie in Jos Mercedes gesprungen, und die hatte den Motor zu Höchstleistungen getrieben, als wollte sie ausprobieren, ob er wirklich so toll war, wie es immer hieß. Minuten zogen dahin, während sie einen Parkschein zogen, einen freien Platz suchten und in den Abflugbereich des Flughafens rannten.

»Wir schaffen es!«, widersprach Jo geradezu verzweifelt, packte Phoebes Arm und zerrte sie noch schneller den Korridor hinunter.

Aus heiterem Himmel blieb Phoebe plötzlich neben dem glitzernden Weihnachtsbaum vor einem Andenkengeschäft stehen. Jo und Noelle, die beide einen ihrer Arme umfasst hatten, wären beinahe gestürzt.

»Ich habe Angst!«

»Wenn du jetzt aufgibst, hast du auch allen Grund, Angst zu haben.« Jo strich sich keuchend eine widerspenstige Locke hinter das Ohr und fixierte Phoebe. Deren Gesicht glänzte vor Schweiß nach dem Lauf im Mantel. »Das Flugzeug startet gleich. Warum stehen wir hier?«

»Ich habe Angst vor dem Vorspielen.«

Diese Art Angst hatte Noelle schon früher in Phoebes Zügen gesehen. Beispielsweise, als ihre Mutter ihr in einem ihrer schlimmen Momente erklärt hatte, sie würde wegziehen und Phoebe sich selbst überlassen. Damals war Phoebe gerade achtzehn gewesen. Nun begriff sie, warum Phoebe so spät dran war: Sie wusste einfach nicht, ob sie das durchziehen sollte oder nicht.

Noelle sah Jo an, und Jos Blick forderte sie auf, die Sache zu deichseln. Noelle wusste einfach, wie man an Phoebe herankommen konnte. »Du wurdest dafür geboren, Phoebe. Was um alles in der Welt macht dir Angst?«, fragte sie, froh, einen Moment Zeit zu haben, um wieder zu Atem zu kommen, aber auch besorgt, da sie wusste, dass ihnen die Zeit davonlief. »Sabotier das nicht aus purer Angst. Sicher, du könntest einfach bleiben und würdest dich sicher fühlen, aber dann verpasst du vielleicht das Beste in deinem Leben. Und alles nur, weil du Angst hast, verletzt zu werden. Steig in dieses Flugzeug. Du kannst mir ja eine Nachricht schicken, wenn du gelandet bist, dann kannst du dich dort auch noch von mir breitschlagen lassen.«

»Du hast recht.« Phoebe rannte wieder los, und Noelle und Jo folgten ihr und nahmen ihrerseits wieder Tempo auf. Den Rest des Weges arbeiteten sie in aller Stille daran, ihre Freundin zu ihrem Flieger zu schaffen.

Sie erreichten das Gate, und Phoebe klatschte der Flugbegleiterin ihre Bordkarte in die Hand, ehe sie Jo und Noelle ihre Taschen abnahm und ihnen mit einer Grimasse verdeutlichte, wie dankbar sie ihnen war. Gleich darauf biss sie sich auf die Lippe, als die zu zittern begann. Dann, nach einer knappen Umarmung ging sie zur Gangway. Mehr war aus Zeitmangel nicht drin, und es bestand auch immer noch die Gefahr, dass sie ihre Freundinnen sonst gar nicht mehr losgelassen hätte. »Wie kommt ein Mädchen aus Virginia auf den Gedanken, nach L. A. zu fliegen, um für eine Rolle vorzuspielen?«, rief sie.

»Jetzt bist du nur ein Mädchen aus Virginia«, antwortete Noelle. »Aber nach ein paar Folgen bist du ein Mädchen aus L. A.«

Mit einem entschiedenen Nicken ging Phoebe die Brücke hinunter, blieb dann aber noch einmal stehen und drehte sich – immer noch mit unsicherer Miene – zu ihren Freundinnen um. »Noelle, ich schaffe das nicht ohne dich.«

»Doch, du schaffst es.«

Phoebe zögerte.

»Du schaffst es! Ich schreibe dir, schon vergessen?«

Die Flugbegleiterin drängte sie, endlich an Bord zu gehen. »Versprich, dass du mit mir nach L. A. gehst, wenn ich das hinkriege.«

»Darüber reden wir, wenn du die Rolle hast.«

»Versprich es.«

Die Flugbegleiterin wurde immer ungeduldiger.

»Schon gut, ich verspreche es!« Und dann sah sie zu, wie Phoebe durch die Tür des Flugzeugs verschwand.

Mit einem erleichterten Seufzer ließ sich Jo auf einen der Sitze fallen. »Ich habe nicht mehr geglaubt, dass wir sie in dieses Flugzeug kriegen.«

»Ich weiß. Für sie ist das eine große Sache. Ich glaube, sie hat Angst, ihre Träume zu verlieren, sollte jemand ihr sagen, sie wäre nicht gut genug. Wenn sie nicht schauspielern kann, weiß sie nicht, wer sie ist. Das hier ist ein Wendepunkt in ihrem Leben. Es kann gut gehen, oder es kann sie völlig fertigmachen.«

»Du verstehst sie wirklich gut, Noelle.«

Jo rieb sich die Schulter. Auch Noelle spürte deutlich, dass sie die viel zu schweren Taschen viel zu weit geschleppt hatte.

»Mein Rücken bringt mich um. Was zum Henker hat sie in ihrem Gepäck?«, fragte Noelle lachend.

»Wie wäre es, wenn wir uns einen Kaffee holen? Der würde uns bestimmt guttun.«

»Wie sieht dein Tag aus?«, fragte Jo mit dem Latte in der Hand, in dessen Schaum ein Herz gezogen worden war. Nach dem Verlassen des Flughafens hatten sie ein nettes kleines Café aufgesucht, um sich eine Weile hinzusetzen und zu entspannen. Nun fläzten sie sich in dem überdimensionierten Sofa, das sie gewählt hatten, hielten ihre warmen Becher in den Händen und versuchten wach zu bleiben, nachdem sie so früh hatten aufstehen müssen.

»Ich muss ein paar organisatorische Sachen erledigen und

herumtelefonieren, um mir Kostenvoranschläge für die Arbeiten in der Bäckerei zu holen. Und dann backe ich Kekse mit William und Alex Harrington.«

Jos Brauen schossen in die Höhe und ordneten sich zu ihrer berüchtigten Was-zum-Teufel-Miene.

»Und danach wird Alex mir und Lucas helfen, sie bei den Nachbarn abzugeben.«

Jo lachte. »Was?«

»Alex und sein Großvater verstehen sich nicht gut, aber ich glaube, wenn sie ein bisschen mehr Zeit zusammen verbringen würden, könnte sich das ändern. Sie sind beide großartige Menschen. Man muss nur ein wenig an der Oberfläche kratzen, um das zu erkennen.«

Jo bedachte sie mit einem mahnenden Blick. »Ich weiß nicht, ob das zur Arbeitsplatzbeschreibung gehört. Du kümmerst dich immer so sehr um andere, Noelle, aber ich frage mich, wo da noch Platz für dich bleibt. Das ist eine mächtige Familie, und wenn die sich gegenseitig nicht leiden können, gibt es dafür vermutlich einen Grund – einen gewichtigen Grund.«

»Da ist diese geheimnisvolle Frau, die offenbar immer zwischen William und seiner Frau stand. Das hat wohl zu dem Bruch zwischen ihm und Alex geführt.«

Jo stellte ihre Tasse ab und schaute Noelle neugierig an.

Den Becher in Händen setzte Noelle sich etwas aufrechter hin, bereit, die Geschichte vor ihrer Freundin auszubreiten, soweit sie sie kannte.

Als sie fertig war, sagte Jo: »Wie traurig. Ich frage mich, wo diese Frau heute ist und ob sie je über diese verbotene Liebe nachdenkt.«

»Ich weiß es nicht. Aber ich glaube, die Dinge sind genau so passiert, wie es ihnen bestimmt war. William liebt seine Frau, aber diese verbotene erste Liebe hat sich auf sie alle ausgewirkt. Es ist, als müsste zwischen William und Alex etwas zurechtgerückt werden. Ich weiß nur nicht recht, was.«

Da William seine üblichen Arzttermine hatte, verbrachte Noelle den größten Teil des Tages in der Bäckerei am Laptop und erstellte Tabellen für das neue Hope and Sugar Coffee House. Sie hatte bereits einige kleinere, preisgünstige Änderungen vorbereitet, sowohl drinnen als auch draußen. Und sie hatte eine einfache Auswahl an Speisen und Getränken für das Café zusammengestellt.

Ihr kam der Gedanke, dass sie abends vielleicht Live-Musik anbieten könnte – möglicherweise konnte sie einen Musiker dafür gewinnen, der ohne Verstärker arbeitete und an Samstagabenden auftreten würde. Sie würde mit einem einheimischen Musiker anfangen müssen – einem unbekannten, möglichst einem, der bereit wäre, zu Anfang für Kaffee zu spielen. Das Haus verfügte über eine kleine Terrasse, auf der im Moment nur Mülleimer und leere Frachtkisten standen. Wenn sie diesen Bereich zum Sommer herausputzte und ein paar Tische mit Sonnenschirmen hineinquetschte, ein paar Lichterketten aufhängte … Aber zuerst würde sie ein paar Einnahmen erzielen müssen, um Alex zu beweisen, dass ihr Plan funktionierte. Denn nur dann konnte sie die Bäckerei überhaupt bis zum Sommer am Leben erhalten.

Noelles Kopf sprudelte über vor Ideen. Sie dachte auch darüber nach, eine Zapfanlage für Biere aus örtlichen Brauereien einzurichten. Drei hatte sie bereits angerufen, um herauszufinden, ob sie bereit waren, ihr geeignete Konditionen einzuräumen, wenn sie den Bierverkauf mit Werbung für die Brauereien verknüpfte. Die Idee dahinter war, das Café zu einem Treffpunkt für die ganze Familie zu machen: Milch und Kekse für die Kinder, Musik und Bier für die Erwachsenen, und bei Tag konnte es denen als Rückzugsort dienen, die sich gern an den Kamin setzten und plauderten. Aber vorerst musste sie sich auf die Neueröffnung konzentrieren. Sie wollte, dass alles reibungslos über die Bühne ging.

Noelle hatte ihren Notgroschen anzapfen müssen, um Geld auf ihr Girokonto zu überweisen, ehe sie Farbe und ein paar ausgewählte Dekostücke über das Internet bestellt hatte. Mit deren Hilfe konnte der Gastraum im Handumdrehen modernisiert werden. Das Geld, dass sie damit verdiente, sich um William zu kümmern, würde sie komplett für die Zapfanlage, ein paar Teppiche und eine iPad-Kasse ausgeben müssen. Die alte Registrierkasse war kaum noch in der Lage, die Buchungen aufzusummieren. Die Cafétische waren auch ein bisschen altmodisch, aber sie hatte ein paar Ideen, wie sie die wieder aufpolieren konnte.

Als sie mit der Planung fertig war und William immer noch schlief – wie Jim ihr am Telefon berichtete –, beschloss Noelle, Alex zu fragen, ob er vorbeikommen wollte, um die Zutaten für die Kekse zu holen.

Es hatte noch weitere Schneeschauer gegeben, wenn auch bisher nicht viel liegen geblieben war. Doch nun hatte stetiger Schneefall eingesetzt. Noelle hatte die ganze Zeit gehofft, es würde reichen, um Schlitten zu fahren. Alex hatte ihr eine Nachricht geschickt, die besagte, er würde in Kürze in der Bäckerei sein, und sie fing gerade an, die Änderungen, die sie bald im Gastraum vornehmen wollte, nach ihrer Dringlichkeit zu ordnen, als ihr etwas Neues auffiel. Noelle ging zu der Wand, die den Essbereich von der Küche trennte. Sie war so mit der Arbeit am Computer beschäftigt gewesen, dass ihr die unebene Wand ganz entgangen war. Und vor allem der riesige Wasserfleck, der auf dieser Wand prangte.

Noelle beäugte immer noch die Wand, als Alex zur Tür hereinkam.

»Was ist los?«, fragte er, und sein Lächeln wich rasch einer besorgten Miene, als er den gewaltigen Fleck an der Wand erblickte. »O nein!«

»Irgendwas ist da undicht. Und so, wie es aussieht, leckt es schon den ganzen Tag ziemlich stark. Ich habe es nur jetzt erst entdeckt.«

Alex legte seinen Mantel auf die Theke und trat näher, um sich den Schaden genauer anzusehen. Dabei tippte er mit dem Fuß auf den Boden, der unter seinem Schuh nachgab. Seine Budapester wirkten deplatziert auf dem alten Belag. »Das Holz ist beschädigt«, konstatierte er. »Sieht so aus, als wäre da schon länger etwas undicht, es war nur bisher nicht zu sehen. Ich lasse das reparieren.«

»Aber Weihnachten ist schon in drei Wochen«, jammerte Noelle. Ihr wurde ganz übel. »Ich wollte doch kurz vor Weihnachten wiedereröffnen!«

»Ich rufe gleich an.« Er zog sein Telefon hervor und suchte nach einem Installateur.

Nun mussten sie ein undichtes Rohr reparieren, die Trockenmauer instandsetzen, Bodenbretter austauschen und malern. Zusammen mit all den anderen Dingen, die noch zu erledigen waren, würde sich ihr Zeitplan drastisch nach hinten verschieben. Sie warf einen Blick auf ihre Tabelle. »Die Malerarbeiten werde ich selbst übernehmen müssen. Eigentlich wollte ich eine preisgünstige Malerfirma beauftragen, aber nun werden wir warten müssen, bis die Wand repariert ist.«

Alex sprach bereits mit jemandem am Telefon. Noelle starrte die Wand an, während er der Person am anderen Ende erklärte, was er vor sich sah. Als er fertig war, beendete er das Gespräch und sagte: »Sie rufen mich zurück, dann vereinbare ich einen Termin, aber nachdem ich die Situation beschrieben habe, rechnen die mit mehr Zeit, als du hast.«

»Zusammen mit meiner Familie schaffe ich das; wenn es nicht anders geht, arbeiten wir eben die Abende durch.«

»Ich würde dir wirklich gern mehr Zeit geben, Noelle, aber du weißt, ich habe bereits eine Verpflichtung gegenüber einem solventen Mieter für den Januar …« Sie sah ihm an, dass er angestrengt nachdachte und ihr offensichtlich nur zu gern geben wollte, was sie brauchte. Aber sie wollte keine Almosen. Sie würde auch keine Gefälligkeiten annehmen, denn sie wusste nur allzu gut, dass Zeit Geld war und dass jeder Tag, den sie zusätzlich beanspruchte, ihm das Geld aus der Tasche zog. Sie wäre mit sich selbst unzufrieden, wenn sie das nicht auf die richtige Art zu Ende brachte.

»Ich schaffe das«, wiederholte sie, um ihre Entschlossenheit noch einmal zu betonen. Sie war so nahe dran, die Bäckerei zu retten, da würde sie jetzt bestimmt nicht aufgeben. »Genug davon für den Augenblick. Lass mich einfach wissen, wann die kommen, um den Schaden zu reparieren. In der Zwischenzeit haben wir Kekse zu backen!« Sie drückte den Rücken durch, damit der Schmerz in ihrer Brust sie nicht nach vorn zog. »Mein Dad hat genug Zutaten bestellt, um das Geschäft noch einen weiteren Monat zu betreiben«, erklärte sie, als sie hinter die Theke ging. »Wir werden sieben verschiedene Plätzchensorten backen, also könnte ich Hilfe dabei brauchen, das ganze Zeug in den Wagen zu schaffen.«

»Kein Problem«, sagte er lächelnd, während sein Blick durch den Raum huschte. »Als ich zum letzten Mal hier war, habe ich mich nur auf die Gebäudestruktur konzentriert, hatte aber kaum Gelegenheit, mich wirklich umzusehen …« Er musterte die Kekse und Muffins in der verglasten Verkaufstheke.

»Du kannst dich gern setzen und es dir bequem machen«, sagte sie und ging Richtung Küche. »Ich hole solange die Sachen, die wir zum Backen brauchen, und stapele sie auf der Theke.«

»Okay«, stimmte er zu, war jedoch bereits am Fenster und beugte sich über den großen Pfefferminzkuchen, den Heidi und Noelle zusammen gebacken hatten.

In der Küche angekommen, blieb Noelle stehen und betrachtete die leeren Schränke. Die bevorstehenden Veränderungen fühlten sich inzwischen so real an. Dass ihr Vater in dieser Weihnachtszeit nicht viele Kunden erwartet hatte, war offensichtlich: Das, was von der ursprünglichen Ausstattung noch hier war, reichte kaum, um die Bäckerei, so wie sie in ihrer Blütezeit gewesen war, auch nur für eine Stunde zu betreiben. Er und Pop-pop mussten bereits einiges weggepackt haben. Die Regale, in denen Tassen und Teller gestanden hatten, waren leer. Nur auf den Arbeitsplatten stand noch ein wenig Geschirr, der Rest war in Kisten verpackt. Plötzlich wallte die Furcht in ihr auf, sie könnte es womöglich doch nicht schaffen. Aber sie schüttelte den Gedanken gleich wieder ab und konzentrierte sich auf die Backzutaten.

Noelle betrat die große Vorratskammer hinter der Küche, ging im Geiste die Dinge durch, die sie brauchen würden, und bemühte sich, an nichts anderes zu denken. Andernfalls würde sie vor lauter Sorgen in Tränen ausbrechen. Hier ging es nicht nur um ihre Bestimmung, sondern auch um Gram; Noelle durfte Gram einfach nicht enttäuschen. Immer wenn sie darüber nachdachte, sah sie Grams flehentlichen Blick an jenem Tag im Krankenhaus vor sich, an dem sie Pop-pop gebeten hatte, die Bäckerei weiterzuführen.

Sie drehte den Kopf hin und her, um die schmerzhafte Spannung in ihrem Nacken zu lindern, und schloss dann die Augen, um sich Grams Rezepte ins Gedächtnis zu rufen. Sie würden Ingwerplätzchen machen, Käsekuchen-Trüffel, Kokosmakronen, Butterkekse mit Schokoladenüberzug, Erdnussbutterplätzchen, Zuckergebäck und Peppermint Bark.

Noelle erinnerte sich an ein langes Gespräch mit Gram, in dem es um die Frage gegangen war, was am besten zu welchen Keksen passte. Gram hatte ihr erklärt, ihre beliebteste Mischung umfasse exakt sieben verschiedene Sorten Plätzchen: gerade genug, damit für jeden Geschmack etwas dabei war, aber nicht so viel, dass man sie leid wurde. Als Noelle gefragt hatte, welche Informationen sie nutzte, um ihre Auswahl zu treffen, hatte Gram nur gesagt: »Das Lächeln im Gesicht der Kundschaft.« Das Komische war, dass Gram, obwohl sie keine professionellen Mittel zur Datenerfassung und -auswertung nutzte, immer richtiggelegen hatte. Noelle holte einen Karton Zucker und zwei Tüten Mehl aus dem Regal und wünschte, sie könnte jetzt die sanfte, beruhigende Stimme ihrer Großmutter hören.

Mit vollen Armen ging sie hinaus und legte, was sie bisher hatte, auf die Theke. Als sie weiter in den Gastraum ging, sah sie, dass Alex vor der alten Jukebox hockte, doch als er merkte, dass sie da war, stand er wieder auf. »Das ist ja toll«, sagte er und deutete mit dem Daumen auf das Gerät. »Das ist eine Antiquität.«

»Ja. Und eines meiner Lieblingsstücke.«

»Sie funktioniert nicht. Hast du mal reingeguckt, was mit ihr los ist?«

Noelle schüttelte den Kopf.

»Macht es dir was aus, wenn ich nachsehe?«

Ihr wurde ganz anders zumute. Sie wollte nicht, dass er an der Jukebox herumhantierte. Die letzte Person, die das Gerät angerührt hatte, war Gram. Sie hatte über die Reihenfolge der Platten entschieden; sie hatte bestimmt, welche die besten waren. Erst als er schon einen Schritt zurückwich, wurde ihr bewusst, dass sie sich zwischen ihn und die Jukebox geschoben hatte.

»Alles in Ordnung?«, fragte er sie mit besorgter Miene.

»Tut mir leid. Sie hat nur sentimentalen Wert.« Sie zwang sich zur Ruhe, aber zu sehen, wie Alex in Grams Laden an irgendwelchen Dingen herumfummelte, löste in ihr ein Unbehagen aus, das sie einfach nicht abschütteln konnte. Was, wenn sie die falschen Entscheidungen traf und die Bäckerei endgültig verlor? Dies war ihre letzte Chance, sie zu retten. Das Hochgefühl, das sie zuvor empfunden hatte, war zu einer gewaltigen Last auf ihren Schultern geworden. Und plötzlich spürte sie, wie ihr ganz unerwartet die Tränen in die Augen stiegen, als sich ihre Gefühle Bahn brachen wie eine Sturmflut.

Alex, dem ihre Reaktion nicht entgangen war, baute sich vor ihr auf und legte die Hände an ihre Arme. Anteilnahme spiegelte sich in seinen Zügen. »Ich rühre sie nicht an«, versprach er und blickte zu ihr herab, während sie gegen die Tränen anblinzelte.

»Ich habe nur das Gefühl, ohne Gram, ohne die Bäckerei ... Wie soll ich da weitermachen? Ich habe nicht mal Freude an Weihnachten, dabei ist das für mich die aufregendste Zeit im ganzen Jahr. Aber ich kann mir nicht gestatten, Spaß daran zu haben, solange so viel auf meinen Schultern lastet.«

Sanft ergänzte er: »Aber manchmal, wenn es dir gelingt,

dich von der Vergangenheit zu lösen, kannst du eine Zukunft vor dir sehen, die sogar noch besser ist als das, was du heute vermisst.«

Noelle stand einfach nur da, überwältigt von seinen Worten. Bessere hätte er nicht finden können. Sogar Gram hätte es wohl genau so formuliert. »Ich liebe diese Redensart«, gestand sie.

Lächelnd rieb er ihre Arme ein wenig, ehe er wieder losließ. »Meine Großmutter hat mir das mal gesagt. Damals war sie geistig mal da und mal nicht, und ich wusste nicht, ob das nur Geschwätz war oder ob sie es ernst meinte. Aber es hat mich an meine Eltern erinnert und daran, wie sehr ich sie vermisst habe und wie geringschätzig ich Großvater gegenüber aufgetreten bin. Nur weil er nicht der Bilderbuch-Ersatzvater war, den ich mir vorgestellt hatte. Aber ich habe mich auch gefragt, ob sie gehofft hat, mein Großvater würde sich von seiner Vergangenheit lösen und erkennen, was direkt vor seiner Nase war.« Mit einem sanften Lächeln fügte er hinzu: »Ich werde diesen Fehler nicht begehen. Ich werde niemals in der Vergangenheit leben.«

Die Aufrichtigkeit, die sie in seinen Augen erkannte, machte ihr Freude, und das elektrisierende Gefühl kehrte zurück.

»Das ist auch der Grund, warum ich beschlossen habe, nach New York zu ziehen.«

Die Worte trafen sie wie eine eiskalte Dusche.

»Ich habe an dem Haus festgehalten, weil ich mich dort meiner Großmutter nahe gefühlt habe. Und ich habe es für mich beansprucht, weil ich das Gefühl hatte, Großvater verdiene das Haus nicht, in dem zu leben er sich in meiner Jugend geweigert hatte. Dieses Haus, das meine Großmutter uneingeschränkt geliebt hat. Aber ich weiß, wenn es mir gelingt, die Fesseln abzustreifen, die mich hier halten, wird es mir vermutlich besser gehen.«

Sie gestattete sich nur einen verletzlichen Moment, und schon schlug er sie mit einer Überdosis Realität. So viele Gedanken gingen ihr durch den Kopf: Wen wollte sie hinters Licht führen, wenn sie sich einbildete, er würde bleiben? Ihn hielt hier nichts. Sie hingegen musste Lucas auf den bevorstehenden Abschied vorbereiten. Es würde ihrem Sohn sein kleines Herz brechen, wenn Alex nicht mehr da wäre. Und wie sollte sie ihre Pläne für das neue Café damit unter einen Hut bringen, sich weiter um William zu kümmern? Sollte sie einen gut bezahlten Job einfach aufgeben, um sich ganz auf die Außenseiterchance zu stürzen, dass die Bäckerei als Café wieder erfolgreich laufen würde?

»Du machst dir Sorgen«, konstatierte er. »Ich sehe es dir an.«

Sie schüttelte den Kopf, aber nicht, um ihm zu widersprechen; sie wollte nur nicht darüber reden. Es hatte ja sowieso keinen Sinn. So war nun einmal der Lauf der Welt, und daran konnte sie nichts ändern.

»Hier stürmen zu viele Gefühle auf dich ein«, sagte er schließlich. »Lass uns verschwinden und ein paar Kekse backen.«

23

Noelle hielt das Telefon vom Ohr weg, um ihr Trommelfell zu schützen, als Phoebe auf der anderen Seite des Landes brüllte: »Ich habe die Rolle!«

»O mein Gott! Das ist ja so toll, Pheebs! Ich kann's gar nicht glauben. Na ja, ich kann schon – du bist eben sehr talentiert. Aber ich kann nicht fassen, wie gut das alles für dich läuft!« Sie klemmte sich das Telefon zwischen Kinn und Schulter, zog sich eine Bürste durch das Haar und band es zu einem Pferdeschwanz zusammen. Das war ihr in Fleisch und Blut übergegangen: Wann immer sie buk, frisierte sie ihr Haar zurück. Gram hatte sie gelehrt, das als eine der Regeln beim Backen zu betrachten, und sie hatte es auch für ihre Privatbäckerei übernommen. »Hände waschen, Haare zurückbinden und lächeln«, wie ihre Gram zu sagen pflegte.

»Ich kann es auch nicht fassen«, gestand Phoebe. »Ich habe tatsächlich die Hauptrolle in einer Sitcom! Es hört sich so seltsam an, wenn ich es ausspreche! Das wird vermutlich mein ganzes Leben verändern.«

Noelle legte die Bürste weg und holte sich eine Schürze aus einer der Schubladen im Schlafzimmer. Die Schürze, hellblau mit aufgedruckten Blümchen und geradem Schnitt, hatte Gram gehört. Sie warf sie sich über den Arm und ging ins Wohnzimmer, um Lucas wissen zu lassen, dass sie noch eine Minute telefonieren wollte. Er las wieder in dem Saurier-Buch, das Alex ihm gegeben hatte.

»Hast du schon einen der anderen Darsteller kennengelernt? Wie haben sie auf dich gewirkt?«

»Ich habe den Produzenten, den Regisseur und den anderen Hauptdarsteller kennengelernt. Sie sind alle richtig toll. Ich kann es gar nicht erwarten, nach Hause zu kommen und dir alles zu erzählen!«

Noelle wollte sie nach Paul fragen, überlegte es sich aber anders, da sie fürchtete, sie könnte Phoebe den Moment verderben. Ihre Freundin war gerade so unverkennbar begeistert. »Wann kommst du zurück?«

»Übermorgen. Der Jetlag wird mich umbringen, aber es hat ja keinen Sinn, ganz allein hierzubleiben, obwohl ich viel lieber zu Hause bei dir und Jo wäre. Ich will, dass wir uns sofort treffen!«

»Okay«, stimmte Noelle lachend zu. »Ruf mich an, sobald du wieder zu Hause bist.«

»Mach ich.«

Noelle beendete das Gespräch, ließ sich neben Lucas auf die Couch fallen und legte die Schürze zwischen ihn und sich. Lucas hob sie mit seinen kleinen Händen hoch. »Die riecht immer noch nach Gram«, sagte er.

Noelle nickte und zwang sich, den Duft zu ignorieren, weil sie fürchtete, anderenfalls feuchte Augen zu bekommen. Inzwischen war seit Grams Tod ein ganzes Jahr vergangen, und es fühlte sich immer noch an, als hätte Noelle sie erst gestern zum letzten Mal in die Arme genommen. »Bereit zum Keksebacken?«

Lucas sprang auf. »Ja!«

»Großartig. Dann los.«

Alex war bereits in der Küche, als sie dort eintrafen. Er lehnte am Küchentresen, hatte eine Tasse Kaffee in der Hand und las William, der neben ihm saß, aus der New York Times vor. Beide gaben sich gleichmütig. Von dem Gelächter, das bei der Verzierung des Lebkuchenhauses durch die Küche gehallt war, hörte man nichts. Aber Alex las ihm vor und ließ ihn an seinen Gedanken teilhaben, und William nickte zustimmend. Kamen sie nun also tatsächlich besser miteinander aus?

Als Noelle und Lucas näher kamen, faltete Alex die Zeitung zusammen und legte sie zur Seite. »Wir haben schon auf euch gewartet, Leute«, sagte er, ehe er sich an Lucas wandte: »Hi. Bist du bereit, mir zu zeigen, wie man Kekse bäckt?«

Lucas nickte begeistert.

Noelle schlang sich die Schürze über den Kopf und band sie hinter ihrem Rücken, während sie zu William ging. »Wie steht es mit Ihnen?«, fragte sie. »Bereit zum Keksebacken?«

»Wird wohl so sein«, brummte er, doch sie glaubte, den Hauch eines Lächelns auf seinen Lippen zu sehen.

»Wir brauchen Weihnachtsmusik!«, rief Lucas und sah Alex an. »Hast du ein Radio hier drin?«

»Ich hab was Besseres.« Alex zog sein Telefon hervor und gab etwas ein. Noch ehe er es wieder in der Tasche verstaut hatte, segelte Nat King Coles Stimme aus den Lautsprechern, die in den Deckenabschlussleisten verborgen waren. »Gut?«

Lucas grinste breit. »Ja. Das ist echt gut.«

»Hast du ein Lieblingsweihnachtslied?«, fragte William, dessen Züge sich gelichtet hatten, während er Alex und Lucas zugehört hatte.

»›Rockin' Around the Christmas Tree‹. Weißt du noch, wie wir dazu getanzt haben, Mom?«

Bei der Erinnerung konnte Noelle sich ein Lächeln nicht verkneifen, zumal sie sich freute, dass Lucas sich auch noch daran erinnerte. Das war im vergangenen Jahr gewesen. Damals waren sie den ganzen Tag unterwegs gewesen und hatten alles Mögliche erledigt: Lucas hatte einen Termin beim

Arzt, weil er unter Halsschmerzen litt, der wöchentliche Lebensmitteleinkauf war fällig … Erst spät waren sie wieder nach Hause gekommen, so spät, das Lucas bereits hätte im Bett sein sollen. Als sie endlich damit fertig waren, die Lebensmittel auszupacken, war es schon mindestens neun.

Noelle hatte sich abgehetzt und total gestresst gefühlt. Sie war wütend auf sich selbst, weil sie Lucas wachhielt. Und ihr schlechtes Gewissen plagte sie und sagte ihr, sie müsse alles allein tun. Und dann hatte Lucas gesagt: »Mom, hör mal zu.«

»Rockin' Around the Christmas Tree« erklang aus dem kleinen Radio in der Küche. Und das Lächeln in Lucas' Gesicht verriet ihr, dass ihre Sorgen unbegründet waren, denn für Lucas war alles in bester Ordnung. Sie holte ein Eis am Stiel für seinen wunden Hals aus dem Gefrierschrank und gab es ihm. Dann nahm sie seine freie Hand und fing an, ihn herumzuwirbeln, dass er auf seinen Socken nur so über den Boden rutschte. So still er sonst war, so glücklich war er an diesem Abend, trotz Krankheit und Müdigkeit. Er hörte gar nicht wieder auf zu lachen.

»Zeigst du mir, wie das geht?«, fragte Alex und tippte wieder auf seinem Telefon herum. Abrupt wechselte das Stück, und die vertraute Melodie erklang.

»Wie man tanzt? Das ist leicht. Aber du musst die Schuhe ausziehen«, sagte Lucas kichernd.

»Okay.« Alex lehnte sich an den Barhocker, vor dem er stand, und zog rasch die Schuhe aus. Noelle grinste, als sie seine gestreiften Socken sah. »Was ist denn?« Er blickte auf seine Füße hinab, ehe er sie neckisch beäugte.

»Nichts«, sagte sie und setzte eine unbeteiligte Miene auf.

»Was hat er gemacht?«, erkundigte sich William. »Lasst mich nicht außen vor. Ich brauche einen detaillierten Kommentar.«

»Er trägt gestreifte Socken«, klärte Noelle ihn auf, bemüht, sich ihre Gefühle nicht anmerken zu lassen. William setzte sich mit dramatischer Geste, zog die eigenen Schuhe aus und zwinkerte Noelle zu, die prompt in Gelächter ausbrach. »Welche Socken haben Sie heute Morgen für mich rausgelegt?«, fragte er und wackelte mit den Zehen.

»Schwarze«, antwortete sie, unfähig, ihr Amüsement zu verheimlichen.

Während Noelle anfing, Schüsseln aus den Schränken zu holen und die Zutaten für die diversen Keksrezepte bereitzulegen, nahm Lucas Alex bei den Händen und zerrte ihn im Kreis herum. Alex zog eine Grimasse und wirbelte Lucas herum, bis der sich vor Lachen krümmte. William stimmte in den allgemeinen Frohsinn ein, und während Noelles Hände zu tun hatten, folgte ihr Geist ebenfalls dem Geschehen – das war doch schon erheblich besser!

Als das Stück endete, hatte Noelle den Großteil dessen, was sie benötigten, vorbereitet. Lucas kletterte neben William auf einen Barhocker, und Alex gesellte sich zu ihnen. »In diesem Geschäft gibt es drei verschiedene Jobs«, wiederholte Noelle die Worte, die Gram gegenüber Kindern benutzt hatte, und grinste Lucas an. Sie hielt einen Finger hoch. »Erstens: Schöpfer.« Sie hielt zwei Finger hoch. »Zweitens: Schütter. Und drittens …« Der letzte Finger ging hoch, und Lucas kicherte wieder. »Manscher. Wer soll unser Manscher sein, Lucas?«

»Na ja, wir sind vier.« Er schürzte die Lippen. »Du bist ein toller Schütter, Mom. Das kannst du machen. Ich kann Schöpfer sein. Dann müssen William und Alex Manscher sein!« Er brach in Gelächter aus, und Noelle hatte Mühe, ihr pochendes Herz zu beruhigen. Lucas amüsierte sich großartig, und sie schickte den stummen Wunsch zum Himmel, dass es noch mehr Tage wie diesen geben möge.

»O nein!«, sagte William mit gespielter Besorgnis. Er wackelte immer noch mit den Zehen, während er sich auf seinem Barhocker zurücklehnte und die Ellbogen auf die Theke stützte. »Ich habe Angst zu fragen, was ein Manscher ist.«

»Ich zeige es Ihnen«, bot sich Lucas an.

»Sollen wir zuerst die Ingwerplätzchen machen?«, fragte Noelle und rückte die passenden Zutaten nach vorn. Sie maß Zucker, Mehl, Rübensirup, Zimt, Ingwer und alles andere ab, was Gram gewöhnlich für das Rezept verwendet hatte. Was den Sirup betraf, konnte sie es kaum erwarten zu sehen, wie William und Alex sich schlagen würden ... »Hände waschen, meine Herren.«

Zu ihrer Überraschung zogen beide Männer gemeinsam los; Alex führte William zum Spülbecken. Dann drehten sie das Wasser auf und wuschen sich Seite an Seite die Hände.

Nachdem sie ihre Hände abgetrocknet hatten, scheuchte Noelle beide zum Tisch und stellte ihnen eine gewaltige Schüssel voller klebriger Substanzen vor die Nase. »Ihr solltet vielleicht die Ärmel hochkrempeln«, riet sie und wechselte einen verschwörerischen Blick mit Lucas, als sie der Aufforderung nachkamen.

»Ihr müsst das vermischen«, sagte Lucas. »Nehmt die Hände und manscht es durch, bis es aussieht wie brauner Sand.«

»Das schafft Alex bestimmt alleine«, stichelte William.

»Das ist eine sehr große Schüssel, William«, widersprach Noelle. »Da werden vier Hände gebraucht.«

Beide Männer versenkten ihre Hände in der Mischung und fingen an, sie durch ihre Finger zu quetschen und in dem Gefäß herumzuschieben. Lucas hielt sich vor Lachen den Bauch.

»Was ist da dran so lustig?«, fragte William, zog eine

Hand aus der Masse und versuchte, sich an der Stirn zu kratzen, ohne das Gesicht mit Teig zu beschmieren.

»Ihr seid ganz schmutzig«, erklärte Lucas und hickste vor Lachen.

»Ach, und das findest du lustig, ja?« Alex erhob sich. Teig troff von seinen Händen auf den Tisch, als er, die dick mit Backmasse verschmierten Finger erhoben wie Monsterklauen, um den Tisch herumkam. Lucas sprang von seinem Sitz, ergriff die Flucht und glitt über den glänzenden Boden. Er rutschte aus, fing sich an einem der Stühle ab, rannte um ihn herum und lachte ausgelassen, während Alex ihn durch die Küche jagte.

»Ihr werdet eine schöne Sauerei anrichten«, stellte Noelle fest, amüsierte sich aber königlich.

Alex blieb stehen und drehte sich zu ihr um. »Also ist es in Ordnung, wenn ich mir die Hände schmutzig mache, solange alles andere sauber bleibt? Das ist nicht fair.« Und schon kam er auf sie zu, und sie setzte ihre Das-wagst-du-nicht-Miene auf. Aber er kam immer noch näher; seine Augen funkelten vor Hinterlist. Sie schoss hoch und zog im letzten Moment einen Stuhl zwischen sich und ihn, doch er sauste um ihn herum und jagte sie quer durch den Raum vor sich her.

»Steck die Hände wieder in die Schüssel!«, kommandierte sie und duckte sich hinter eine Reihe Weihnachtssterne neben der Tür. Spielerisch schlug er nach ihr, und sie zog den Kopf ein und rannte wieder davon, ehe er sie erwischen konnte.

»Und was willst du machen, wenn ich das nicht tue?«

»Alles hört auf Mom«, sagte Lucas, warf den Kopf auf seine Arme und lachte wieder.

»Oh, schön. Dann nehme ich an, ich muss wohl auch auf

sie hören.« Er bedachte Noelle mit einem zärtlichen Blick und gab die Verfolgung auf. Doch ehe er wieder Platz nahm und seine Hände in der Schüssel versenkte, schlug er noch einmal nach ihr, und sie zuckte kreischend zurück.

Als die letzte Ladung fertig gebacken war, setzten sich Noelle und William an den Tisch und packten die verschiedenen Plätzchen, die in großer Menge auf einer Platte vor ihnen lagen, in Schachteln. Gegen ihren Wunsch hatte Lucas darauf beharrt, er sei müde, und Alex gebeten, mit ihm in ihrer Suite zu lesen. Sie hätte Nein gesagt, aber Alex hatte ihr versichert, das sei überhaupt kein Problem. Sie hatte ihn noch gewarnt, Lucas müsse sich auch noch die Zähne putzen, doch Alex hatte sie nur beiseitegenommen und gesagt: »Mach dir keine Sorgen. Ich habe alles im Griff.«

So etwas hatte noch kein Mann zu ihr gesagt. Seine Miene hatte so viel Sicherheit ausgedrückt, so viel Aufrichtigkeit, dass sie keine andere Wahl hatte, als ihm zu vertrauen. Dabei war es doch gerade das, was sie sich selbst gegenüber nicht eingestehen wollte: dass sie ihm voll und ganz vertraute. Sie wusste, Lucas war in guten Händen.

»Sie und Alex sind schon was«, bemerkte William, als Alex und Lucas gegangen waren. Er legte ein Stück Peppermint Bark in eine der Schachteln. »So habe ich ihn noch nie erlebt. Das ruft so viele Erinnerungen wach.«

»Erinnerungen?«

»Als ich mit …« Er biss sich auf die Unterlippe und war für eine Sekunde außerstande, fortzufahren. »Sie war Ihnen charakterlich ziemlich ähnlich: fröhlich, aber verantwortungsbewusst.«

»Die Frau aus dem Café?«

Er nickte und schloss die Schachtel mit zitternden Fingern. »Ich kann es kaum glauben – seit Sie hier aufgetaucht sind, habe ich mehr über sie gesprochen als vorher in meinem ganzen Leben. Ich weiß nicht, warum diese Erinnerungen immer wieder hochsteigen. Vielleicht liegt es ja nur daran, dass ich wieder da bin, wo alles angefangen hat.« Er blickte von der Schachtel auf. »Aber ich glaube, es hat auch etwas mit der Lebendigkeit zu tun, die ich an Ihnen wahrnehme. Sie hatte so etwas Unbändiges an sich. Ich kann es nicht genau definieren, aber wenn ich Sie und Alex zusammen erlebe, nehme ich das auch wahr. Sagen Sie ihm, er soll nicht nach New York ziehen. Auf Sie wird er hören.«

»Da bin ich nicht so sicher«, erwiderte sie. Noelle wurde mehr und mehr klar, welchen Einfluss diese Frau auf Williams Leben gehabt hatte. Zwar war er weitergezogen und hatte eine neue Liebe gefunden, doch er kehrte gegen seinen Willen immer wieder zu ihr zurück. Sie konnte sich der Frage nicht erwehren, ob sie das gleiche Schicksal erwartete: Würde sie Jahre später, auseinandergerissen durch ihre unterschiedlichen Lebensbedingungen, immer noch jeden Mann, der ihr begegnete, mit Alex vergleichen?

Schon bei dem Gedanken, dass Alex nach New York ginge, tat ihr das Herz weh. Sie musste einfach hören, dass ihr Leben besser werden würde, auch wenn sie es ohne ihn bestreiten musste. »Erzählen Sie mir von Elizabeth«, bat sie, bevor William weiter über Alex' Umzug sprechen konnte.

William lächelte traurig, beinahe so, als hätte er ihre Gedanken gelesen. »Sie hatte ein Engelslachen«, sagte er. »Sie konnte perfekte Blumenbuketts binden und hat bei jeder Gelegenheit darauf bestanden, das selbst zu machen. Sie hatte ein Herz für streunende Hunde, und auch wenn sie nie selbst einen gehalten hat, hat sie Tiervermittlungspartys in den hiesigen Tierheimen veranstaltet und für Hunderte von ihnen ein neues Zuhause gefunden. Nachrichten haben sie zum Weinen gebracht – sie hat wirklich Tränen vergossen –, darum konnte sie sie nicht anschauen.« Ein breites Grinsen trat auf seine Lippen. »Bei Partys wusste sie nie, was gerade in der Welt vorging, aber sie hat mir gesagt, es wäre ihr auch egal, denn Nachrichten behandelten nur Dinge, die ohnehin schon passiert und nicht mehr zu ändern wären. Also wäre es auch nicht wichtig, ob sie wusste, was gerade los war. Sie hat gesagt, wenn ihre Zeit gekommen sei – ob durch Krieg, einen Unfall oder eine natürliche Todesursache –, dann wolle sie im Vorfeld nicht wissen, wann es so weit sei. Also hätte es keinen Sinn, die Nachrichten zu verfolgen. Daran hat sie ihr Leben lang festgehalten, und wissen Sie was? Ich glaube, dadurch hatte sie ein bedeutend glücklicheres Leben.«

»Das hört sich nach einer wundervollen Frau an«, sagte Noelle und spürte, wie sich ein Kloß in ihrer Kehle bildete. Alles, war ihr einfiel, war, was für ein Glück William gehabt hatte, gleich zweimal diese Art von Liebe zu finden. Würde sie auch so viel Glück haben?

24

Nachdem sie William am Morgen versorgt hatte, klopfte Noelle, beladen mit zwei Schachteln voll Keksen, eine jede verschnürt mit einer großen roten Schleife, an die Tür zu Alex' Büro. An diesem Nachmittag wollte sie sich nach der Arbeit mit ihren Eltern und Lucas in der Bäckerei treffen, also hatte sie keine Zeit zu vergeuden, und sie wollte mit Alex reden. »Ich dachte, wir könnten die Plätzchen vielleicht zusammen zu den Nachbarn bringen«, schlug sie vor, als er von seinem Laptop aufblickte.

»Weißt du denn, ob sie zu Hause sind?«, fragte er.

»Nein, aber das macht es doch erst richtig spannend. Wenn sie nicht da sind, hinterlassen wir sie auf ihrer Türschwelle. Weißt du, wie sie heißen? Ich würde die Schachteln gern individuell beschriften.«

»Nein, das weiß ich nicht. Ich bin ihnen nie begegnet.«

»Du hast zu beiden Seiten Nachbarn und weißt nicht, wer sie sind?«

»Ich hatte nie einen Grund, sie kennenzulernen.«

Nach einiger Überlegung kam Noelle zu dem Schluss, dass er recht haben mochte. Sie bezweifelte, dass er sich je ein Ei oder eine Tasse Zucker hatte leihen müssen. Er hatte eine ganze Dienerschaft, die seine Pflanzen für ihn wässerte. Und sie war ziemlich überzeugt, dass er auch nie einen Hundesitter gebraucht hatte wie ihre Mutter für Muffy …

»Worüber denkst du nach?«, erkundigte er sich beim Aufstehen.

»Darüber, dass du einen Hund brauchst.« Der spontane Einfall jagte ihr ein Glücksgefühl durch den Leib. Sie konnte sich lebhaft vorstellen, wie Alex einem riesigen Labrador hinterherrannte, wenn der mit seinem Lieblingsschuh davonliefe.

»Einen Hund? Du meinst, einen lebendigen Caniden?« Er nahm ihr die Schachteln ab, klemmte sie sich unter den Arm und verließ ihr voran das Büro.

Sie nickte lächelnd. Sein Gesichtsausdruck war zum Totlachen. »Auf diesem Grundstück gibt es so viel Platz, auf dem ein Hund sich austoben könnte. Und William hat mir erzählt, Elizabeth hätte Hunde geliebt, aber nie einen gehabt. Mir kommt es vor, als wäre dieses Haus wie geschaffen für einen Hund. Das könnte Spaß machen!« Ihr war klar, dass das nur neckisches Gerede war, denn er wäre ohnehin bald nicht mehr hier, aber sie konnte auch den kleinen Funken Hoffnung tief in ihrer Brust nicht ersticken, der ihr sagte, er könnte sich vielleicht doch noch zum Bleiben entschließen.

Gemeinsam gingen sie zu seinen Räumlichkeiten, damit Alex seine Jacke holen konnte. »Ich bin nicht überzeugt, dass in meiner New Yorker Wohnung Hunde gestattet sind«, sagte er, als hätte er ihre Gedanken gelesen. »Und ihn in der Stadt auszuführen ... nicht mein Ding.« Er steckte einen Arm in den Ärmel.

»Das Problem ist lösbar«, erwiderte sie.

Er schloss die Tür zu seiner Suite. »Wie? Soll ich einen Hundeausführer anheuern?«

»Nein. Zieh einfach nicht nach New York.«

Sie gingen den Korridor hinunter, und einige Schritte lang herrschte Schweigen. Sie sah sich zu ihm um, studierte sein Gesicht in der Hoffnung, sie könne in ihm lesen, was in seinem Kopf vorging, aber seine Miene gab nichts preis.

Dann, wie aus dem Nichts, blieb er stehen und drehte sich zu ihr um. »Ich habe nichts von all dem geplant. Vor einem Monat, als ich den Mietvertrag für meine Wohnung verlängert und für mein New Yorker Unternehmen Mitarbeiter in Vollzeit angestellt habe, hatte ich noch keine Ahnung, dass ich bald völlig fremden Leuten Kekse bringen würde. Und das nur, weil die Person, die neuerdings mit dem umwerfendsten Lächeln der Welt in meinem Büro antanzt, auch die erste Person ist, die imstande ist, mich von meiner Arbeit wegzulocken. Weil ich mich ohnehin nicht mehr darauf konzentrieren kann.« Er holte tief Luft, reckte das Kinn vor und schüttelte den Kopf. »Trotzdem kann ich das nicht einfach alles wegwerfen, Noelle.«

Er hatte recht, er sollte nicht alles wegwerfen, aber zugleich verdiente sie es, jemanden zu haben, der alles dafür täte, dass es zwischen ihnen funktionierte. Aber dieser Jemand war er allem Anschein nach nicht.

»Da stehen Arbeitsplätze auf dem Spiel«, sagte er, offenbar noch damit beschäftigt, seinen Gedankengang zu Ende zu bringen. »Ich bin sicher, du kannst dir vorstellen, was es für meine Mitarbeiter bedeuten würde, wenn ich jetzt einfach den Kurs ändere. Viele der Leute, die ich in New York angeheuert habe, würden ihre Jobs verlieren – zu Weihnachten. Ganz zu schweigen davon, dass es für das, was ich tue, besser ist, wenn ich in New York wohne. Das ist der Grund, warum mein Großvater so viele Jahre dort gelebt hat.«

»Er hat gesagt, es wäre nicht ganz so, wie du denkst.« Sie wusste nicht, ob sie Williams Ansichten wirklich mit Alex teilen sollte. Andererseits sollten William und Alex vielleicht genau dieses Gespräch führen, und sie könnte die Sache in Gang bringen.

»Er ist nur sentimental wegen des Hauses. Er meint es

nicht so.« Alex ging weiter, und dieses Mal war ihm deutlich anzusehen, was er dachte. »Wir werden dieses Problem jetzt nicht lösen«, sagte er endlich mit ruhigerer Stimme. »Lass uns jetzt diese Plätzchen zu den Nachbarn bringen.«

Auf dem Weg dorthin sprachen sie nicht mehr miteinander. Es war still in der Kälte. Statt über das Grundstück, auf dem inzwischen der Schnee liegen geblieben war, gingen sie die Straße hinunter. Und auf dem ganzen Weg dachte sie über Alex und das verletzte Kind nach, das immer noch in ihm lebte. Natürlich war William sentimental in Bezug auf das Haus, und Alex war es vermutlich ebenfalls, auch wenn er das nicht zugeben wollte. Aber da steckte noch viel mehr dahinter.

Sie lernten Mrs Bruster kennen, die Nachbarin, die der Villa am nächsten lebte. Sie war reizend und bedankte sich herzlich für die Plätzchen. Sie bat sie sogar herein, aber Alex lehnte höflich ab und erklärte, er wolle sich auf keinen Fall aufdrängen und sie hätten nur Hallo sagen wollen. Die Frau war neugierig auf ihn und hatte sich über die Jahre viele Gedanken über die Familie nebenan gemacht, daher war sie froh, ihn nun kennengelernt zu haben. Während die beiden sich unterhielten, dachte Noelle die ganze Zeit angestrengt nach, und als sie schließlich wieder in der Villa angelangt waren, hatte sie einen Plan.

»Komm mit«, sagte sie und nahm Alex bei der Hand, kaum dass sie im Haus waren und ihre Jacken ausgezogen hatten. Die Kleidungsstücke legte sie einfach über das Geländer.

Den Blick noch auf die so achtlos hingeworfenen Jacken gerichtet, folgte Alex ihr. »Wo gehen wir hin?«

»Etwas in Ordnung bringen.« Ihre Füße waren noch taub von der Kälte, als sie zu Williams Zimmerflucht marschierte.

»Ist denn etwas kaputt? Ich kann jemanden ...«

»Das ist nichts, was man in Reparatur geben kann«, sagte sie. »Nur du kannst das in Ordnung bringen.«

Als sie Williams Tür erreichten, blieb Alex wie angewurzelt stehen. »Was hast du vor?«

»Ich mache den Problemen zwischen dir und William ein für alle Mal ein Ende.« Sie klopfte und öffnete. »Er ist wunderbar, genau wie du. Das müsst ihr beide nur mal begreifen.«

»Du versuchst, ein ganzes Leben im Handumdrehen zu verändern, Noelle.«

William stand gleich hinter der Tür. Er blickte ihnen neugierig entgegen und machte einen Schritt zurück, um sie hereinzulassen. Noelle trat zuerst ein und drehte sich gleich darauf, als Alex die Tür schloss, zu den beiden Männern um.

»Nur weil wir es schaffen, uns in demselben Raum aufzuhalten, ohne einander an die Kehle zu gehen, werden sich die Probleme nicht wie durch ein Weihnachtswunder einfach so in Luft auflösen. Du kannst nicht ein ganzes Leben voller Versäumnisse mit ein paar Tagen Keksebacken auslöschen.«

»Richtig«, stimmte sie zu und zeigte gebieterisch auf das Sofa, um beide Männer dazu aufzufordern, Platz zu nehmen. »Aber ihr könnt euch gegenseitig zuhören und versuchen, einander zu verstehen. Ich kenne jeden von euch gut genug, um sicher zu sein, dass ihr dazu imstande seid.« Sie wandte sich an William. »Sagen Sie ihm, warum er nicht nach New York ziehen sollte.«

William saß für eine Sekunde mit großen Augen da, was ihr Zeit gab zu begreifen, dass sie gerade ohne jede Vorwarnung hereingeplatzt waren und ihn regelrecht überfallen hatten. Aber sie zog es durch. »Sagen Sie es ihm«, bat sie erneut, nun in einem milderen Ton.

Nachdem William sich einen Moment Zeit genommen hatte, um sich zu sammeln, drehte er sich zu Alex um. »Du musst dem nicht nachjagen.«

»Dem was?«

»Dem Reichtum. Was immer dich von hier wegzieht.«

»Du weißt so gut wie ich, dass ich im Zentrum der Immobilienbranche sein muss – da, wo es um die ganz großen Geschäfte geht –, wenn ich wirklich wissen will, was in der Branche los ist. Wenn ich Trends frühzeitig erkennen und schnell entscheiden will. Du hast es selbst gesagt, der Job besteht zu neunundneunzig Prozent daraus, vor Ort zu sein.«

William ließ den Kopf sinken. Die Falten in seinem Gesicht traten unter seinem Stirnrunzeln noch deutlicher hervor.

Alex wandte sich an Noelle. »Das hat er mir an meinem dreizehnten Geburtstag erzählt, als er nicht zu meiner Party gekommen ist. Er hat den Tag in New York verbracht.« Seine Stimme klang verletzt, nicht so verärgert wie sonst, wenn er mit William sprach.

»Weil ich ein Dummkopf war, genau wie du jetzt.«

Alex' Blick huschte über seinen Großvater. Er hatte die Hände auf die Knie gestützt, seine Knöchel zeichneten sich weiß unter der Haut ab, und der Zorn war blitzartig zurückgekehrt.

»Es gibt hier einen kleinen Jungen, der mich sehr an dich in diesem Alter erinnert. Und ich sehe, wie wütend du auf mich geworden bist. Ich weiß, dass ich meinen Anteil an diesem Zorn habe. Und ich wette, dieser Junge wäre froh, wenn du bleiben würdest.«

Die Erwähnung von Lucas blieb nicht ohne Wirkung. Für

eine Minute sah Alex aus, als hätte ihn ein Blitz aus heiterem Himmel getroffen. Doch dann gewann er seine Fassung wieder und sagte: »Ich werde aber nicht bleiben.« Noelle fragte sich, ob seine irrwitzige Reaktion darauf beruhte, dass er sich jahrelang nach der Liebe seines Großvaters verzehrt hatte. Wollte er jetzt, da William hier war und ihn brauchte, dass er sich genauso gekränkt und zurückgewiesen fühlte, wie Alex es als Kind getan hatte?

»Alex, es ist richtig, dass es bei deiner Arbeit sinnvoll ist, in New York zu sein, aber ich habe das erlebt. Ich habe das selbst getan«, sagte er mit brechender Stimme. Er musste sich räuspern, ehe er weitersprechen konnte. »Wenn man aber ein bisschen vorausdenkt – und ich weiß, dass du darin richtig gut bist –, lässt sich das auch von hier aus machen.«

Alex erhob sich und sah so verletzlich aus, dass Noelle fürchtete, er könnte das Gefühl haben, sie hätten sich gegen ihn verschworen. »Ich gehe. Das Thema ist erledigt. Du wirst mich nicht umstimmen.« Er wandte sich ab und verließ die Suite. Laut knallte die Tür hinter ihm ins Schloss. Noelle wollte ihn anschreien, wollte ihm sagen, dass er das ihrer Überzeugung nach vor allem tat, um sich selbst etwas zu beweisen. Aber sie wusste auch, dass es keinen Sinn hatte, noch irgendetwas zu sagen, solange keiner von ihnen ihm wichtig genug war, um hierzubleiben. Also ließ sie ihn ziehen.

25

Auf dem ganzen Weg zur Bäckerei hatte sich Noelle den Kopf über Alex zermartert. Nachdem sie mit Hilfe einer Tasse Kaffee und etwas Zeit allein in ihrer Suite ihre Fassung wiedererlangt hatte, war sie zurückgegangen, um nach William zu sehen. Gemeinsam waren sie dann zu dem Schluss gekommen, sie sollten Alex Zeit geben und abwarten, ob er seine Meinung änderte. Die ganze Nacht hatte sie sich voller Herzweh gefragt, ob er das tun würde. Doch nun verdrängte sie diese Gedanken. Sie hatte ein Café zu eröffnen.

Sie und ihre Familie arbeiteten wie fleißige Bienchen. Ihre Mutter hatte Lucas am Morgen zur Schule gebracht, während Noelle die Farbe abgeholt hatte, die nach ihrer Online-Bestellung in den Baumarkt geliefert worden war. Das neue Schild, das sie hatte anfertigen lassen, lehnte an der Eingangstür zur Bäckerei, als sie dort eingetroffen war. Sie hatte es hineingeschleppt, aber noch keine Gelegenheit gefunden, es auszupacken, weil diverse Anrufe bei örtlichen Fernseh- und Radiosendern ihre ganze Zeit gefordert hatten.

Ihren Vater und Pop-pop hatte sie, begleitet von kurzen Arbeitsanweisungen, gebeten, die sichtbaren Holzelemente und die Regale für das spätere Lackieren anzuschleifen. Eigentlich hatte sie alle Bücher herausholen wollen, aber die Zeit hatte nicht gereicht. Unermüdlich hatte sie daran gearbeitet, die Reparatur der Wand und des Bodens über das Unternehmen zu organisieren, das Alex ihr per E-Mail genannt hatte. Die Anrufe und die vorbereitenden Arbeiten hatten beinahe den ganzen Morgen gekostet, und noch ehe sie wirklich fertig war, hatte sie die anderen allein lassen und zurück zur Villa eilen müssen, um nach William zu sehen. Ein wenig verspätet hetzte sie im Laufschritt zu Williams Suite. Vor der Tür hielt sie einen kurzen Moment inne und sammelte sich, ehe sie hineinging, um ihm seine Medizin zu geben und ihm beim Anziehen zu helfen.

Als sie eintrat, saß er mit einem Glas Brandy auf dem Sofa. Im Kamin flackerte ein Feuer. »Ich habe nachgedacht«, sagte er ohne Vorrede. »Ich möchte Elizabeth sehen. Sie sollte Weihnachten nicht allein verbringen.«

Noelle wusste, es würde schmerzlich für ihn sein, seine Frau zu sehen, aber sie war froh über seine Entscheidung. Sie nahm an, dass er darüber schon seit dem gestrigen Gespräch mit Alex nachgedacht hatte. Und das bedeutete, dass er seinen eigenen Kummer weit genug verarbeitet hatte, um zu begreifen, dass sie ihn brauchte. So wie sie es all die Jahre getan hatte, in denen er fort gewesen war. Selbst wenn sie ihn nicht mehr richtig erkennen sollte, gab es da einen Teil in ihr, der es vielleicht doch tat.

»Würden Sie mich zu ihr bringen?«, fragte er.

»Natürlich.«

»Ich habe noch eine Bitte.«

»Gern.«

»Setzen Sie Ihren Charme bei Alex ein, vielleicht können Sie ihn überzeugen, mit uns zu gehen. Sie geben ihm Halt und machen ihn zu einem besseren Menschen. Aber selbst, wenn Ihnen das nicht gelingt, hätte ich Sie gern dabei.«

Sie wusste, das, worum William sie bat, würde nicht leicht zu schaffen sein. Und es kam ihr auch nicht so vor, als wäre Alex wirklich so geneigt, etwas für sie zu tun. Schließlich war er immer noch fest entschlossen, nach New

York zu ziehen. Aber sie würde ihr Bestes tun. Alex hatte ja selbst gesagt, er wolle seine Großmutter besuchen, und er hatte sogar Noelle gebeten, ihn zu begleiten. Vielleicht konnte sie ihn einfach überreden, auch William mitzunehmen. »Ich werde sehen, was ich tun kann«, sagte sie, im Stillen fest entschlossen, den Wunsch des alten Mannes in Erfüllung gehen zu lassen.

Zurück in der Bäckerei, hängte sie als Erstes das »Wir öffnen bald«-Schild ins Fenster. Dann befestigte sie mit Pop-pops Hilfe das neue Hope and Sugar Coffee House-Schild. Bereits gestern hatte sie Heidi angerufen und gebeten, das Gebäck wegzuräumen, ehe ihr Dad und Pop-pop einträfen, und sich zu überlegen, welche Auswahl an Kaffeesirupen sie anbieten sollte. Heidi hatte versprochen, die Plätzchen in Schachteln zu packen und zum Haus ihrer Eltern zu bringen. Dort konnten sie ein wenig naschen, wenn sie später damit beschäftigt waren, noch ein paar Dinge zu erledigen. Die kleineren Kekse wollte sie in Tüten packen, um sie für die Paketangebote zu verwenden.

Nun verschickte sie noch einen Stapel Einladungen, die Heidi für sie adressiert hatte, und betete, dass jede einzelne mit Freude empfangen würde. Sie wollte, dass die Wiedereröffnung nicht nur einen großartigen Anfang für das Café darstellte, sondern überdies eine Feier zu Ehren von Gram und all dem, was sie mit der Bäckerei erreicht hatte.

Nach der Schule hatte Lucas mit Pop-pop die Regale geleert. Nun lagen die Bücher in ungeordneten Stapeln auf dem Boden unter einer Plane, die sie vor dem Schleifstaub schützen sollte. Eines der Bücher war herausgerutscht. Noelle bückte sich, steckte das Buchzeichen wieder an seinen Platz, damit wer immer es zuletzt gelesen hatte, die Stelle wiederfand, an der er aufgehört hatte, und blies den Staub vom Einband. Der Klempner hatte angerufen und ihr gesagt, er könne nicht vor nächster Woche kommen. Das stellte zwar eine Verzögerung dar, doch damit würde sie zurechtkommen. Das größere Problem war, dass die Leute, die den Boden reparieren sollten, erst mit der Arbeit beginnen konnten, wenn das Leck abgedichtet war.

»Sieht doch gut aus!«, rief sie, um Optimismus bemüht, ihrem Vater über den Lärm der Schleifmaschine hinweg zu. Dann drückte sie Lucas rasch, doch auch sein Lächeln konnte ihre Sorge nur wenig lindern, während in der Bäckerei ein heilloses Durcheinander herrschte und ihr buchstäblich die Zeit davonlief.

Ihr Dad hielt inne, das stete Kreischen verstummte, und er lächelte in einer Weise, die seine Schutzbrille ein Stück weit nach oben drückte, doch das offenkundige Vertrauen, das ihr sein Blick vermittelte, machte sie nur noch nervöser. »So was kann ich. Aber entscheiden, welcher Kuchen gebacken werden soll, ist eher dein Ding. Ich habe große Hoffnungen für das Café, Noelle. Ich weiß, du kannst das schaffen. Deine Gram wäre furchtbar stolz auf dich.«

Sie erwiderte das Lächeln und bemühte sich, ihre Sorgen beiseitezuschieben, während sie sich an die alte, nun mit einer Folie abgedeckte Jukebox lehnte. Trotz all der Probleme hatte es etwas Berauschendes, eigene Entscheidungen zu treffen und zu sehen, wie ihre Pläne in die Tat umgesetzt wurden. Es gab Noelle das Gefühl, sie wäre genau dafür geboren worden, und sie würde alles dafür tun, dass sich all die Arbeit am Ende auszahlte.

»Mit den Regalen bin ich bald fertig«, sagte ihr Dad.

»Dann könnt ihr, du und Pop-pop, mit dem Lackieren anfangen, während ich den Sockel der Theke abschleife.«

»Klingt gut!«

Für die Verkleidungen, die Regale und die Theke hatte Noelle eine Farbe gewählt, deren Ton dem von Buttercreme glich, und sie konnte es kaum erwarten, diese wundervolle Theke auf Vordermann zu bringen. Pop-pop hatte sie aus einer antiken Kommode gemacht, deren Beine so dünn waren wie die einer alten Löwenfußwanne. Die mittleren Schubladen hatte er herausgenommen und zu verglasten, beleuchteten Fächern für die Gebäckauslage umfunktioniert. Gleich daneben stand die große Kuchenvitrine, und zusammen glühte die Kombination vor zuckriger Pracht. Gekrönt wurde die Theke von einer mächtigen Granitplatte – noch dazu in einem wirbelnden Muster aus Perlmutt und Grau, das schon allein so gut aussah, dass man am liebsten hineinbeißen wollte. Als junges Mädchen hatte Noelle gedacht, es sähe aus wie die Zutaten eines Teigs, bevor sie zusammengerührt wurden. Im Moment hatte der Sockel der Theke die Farbe dunklen Holzes wie die übrigen Möbel, aber es war Zeit, ein bisschen mehr Licht in den Raum zu bringen.

Die kleinen Bistrotische würden auch noch eine Frühjahrskur in Buttercreme erhalten. Außerdem wollte sie die abgenutzten Tischplatten mit Artikeln aus ein paar Cafémagazinen, die sie aufgegabelt hatte, auslegen und mit Glasplatten abdecken. Zur Ergänzung all der Braun- und Cremetöne hatte sie geplant, die Stühle in einem hellen Türkis zu lackieren. Und sie hatte hübsche kleine Glasvasen entdeckt, die sie mit Kaffeebohnen gefüllt und mit einem türkis-gelben Teelicht in der Mitte auf den Tischen verteilen würde.

»Wie ist das?«, rief Pop-pop auf der anderen Seite des

Raums und hielt eine große gerahmte Tafel an die Wand. Die Oberfläche dieser Wand bestand seit der Eröffnung der Bäckerei aus rohen Ziegelsteinen, und dabei wollte sie es auch belassen.

»Oh, das sieht perfekt aus«, antwortete sie und stellte sich die mit pastellfarbener Kreide geschriebenen Angebote vor, die dort schon bald zu sehen sein sollten. Die dunkle Wand und die Tafel würden einen reizvollen Kontrast zu dem Hellgelb bilden, mit dem sie die übrigen drei Wände zu streichen gedachte. Sie fuhr mit dem Finger über die Granitplatte. »Pop-pop, in eurem Schlafzimmer steht doch noch Grams alte Kommode – die, die zu dieser hier passt.«

Mit einer Schraube zwischen den Lippen und dem Elektroschrauber in der Hand schaute er sich über die Schulter um und nickte.

»Meinst du, ich könnte sie für das Café haben? Im Augenblick stehen die Kaffeemaschinen hinten, aber es wäre doch ganz nett, wenn die Leute sehen könnten, wie wir den Kaffee machen. Wir könnten die Kommode lackieren, damit sie zur Theke passt, und gleich hier aufstellen.« Sie deutete auf den freien Platz neben der Theke.

Der Elektroschrauber brummte kurz, dann hing die Tafel, und Pop-pop kletterte von seiner Leiter herunter. »Da kann ich noch eins draufsetzen«, sagte er. »Ich habe noch so eine Granitplatte im Schuppen. Die steht da schon jahrelang; ich wusste nicht, was ich damit anfangen soll. Ich baue sie dir passend um.«

»Wirklich?« Ihre Stimme klang schrill vor Aufregung. »Und wo lässt du deine Klamotten?«

»Ist doch egal«, sagte er strahlend. »Gram würde sich über all das hier so freuen, ich glaube, sie hätte notfalls ihre Kleider in Kartons gepackt.« Dann fügte er mit einem sentimentalen Ausdruck in den Augen hinzu: »Aber darf ich dich um etwas bitten?«

»Alles, was du willst.«

»Sie ist noch voller Zeug. Würdest du mir beim Sortieren helfen?«

Noelles Haut kribbelte bei der Vorstellung, den Geruch ihrer Gram zu atmen, mit den Händen über die Blusen zu fahren, die sie getragen hatte. Vielleicht brachte ihr das ein Stück von Gram zurück, gerade jetzt, wo sie sie am meisten brauchte. Während ihre Gefühle gleich unter der Oberfläche brodelten, nickte sie zustimmend.

26

Phoebes Wohnung befand sich über einer Bar in einem heruntergekommenen Gebäude in der Innenstadt, nur ein paar Minuten Fahrt von Noelles Elternhaus entfernt. Die Eingangstür war verglast, doch der Blick wurde vollständig durch Aufkleber von Bands, Händlern und Läden der Umgebung blockiert. Noelle drückte auf die Klingel, um Phoebe auf ihre Anwesenheit aufmerksam zu machen. Gleich darauf hörte sie ein Klicken und drückte die Tür auf. Die schmalen Stufen knarrten laut unter ihren Schritten. Die Farbe im Hausflur war vom Alter vergilbt; Risse und abbröckelnder Putz waren jahrelang einfach übermalt worden. Aber wenn Phoebe ihre Wohnungstür öffnete, musste Noelle jedes Mal lächeln, denn dieses Zuhause war die Miete, die sie in dieser Bruchbude von einem Haus bezahlte, absolut wert.

Die Wände bestanden aus rohen Ziegeln; dick mit weißer Farbe überzogen umrahmten sie ein großes Panoramafenster, von dem aus der Blick auf die Stadt hinausführte. Und in der Straße vor dem Haus ging es so kunterbunt zu, dass das Fenster beinahe aussah wie ein riesiges Gemälde. Der offene Kamin bestand ebenfalls aus weiß gestrichenen Ziegelsteinen und reichte vom Boden bis zur Decke. Über dem Sims hatte Phoebe einen schlichten Kranz aufgehängt, und auf einer Seite drängelten sich am Rand silberne Kerzen. In der Ecke stand ein Weihnachtsbaum, geschmückt in Grün und Rot, passend zu den Rottönen der Markisen unten in der Straße.

Das Mobiliar war schlicht: Sofas mit weißen Schonbezügen und Stühle, in deren Mitte ein Steintisch stand. An diesem Abend brannte eine Kerze, und Phoebe hopste aufgeregt auf ihrem Sofa herum.

Jo kam mit drei Gläsern Wein aus der Küche und stellte sie ab. »Ich bin so froh, dass du noch rechtzeitig gekommen bist«, kommentierte sie. »Hättest du sie noch länger warten lassen, wäre sie vermutlich explodiert.«

Noelle ließ sich neben Phoebe auf das Sofa fallen und nahm sich ein Glas Wein. »Sorry, ich bin gerade erst mit der Arbeit fertig geworden. Ich musste noch nach William sehen, bevor ich hergekommen bin.« Sie und William hatten sich noch eine Weile unterhalten, nachdem sie an diesem Abend aus der Bäckerei gekommen war. Bisher hatte sie nicht einmal Gelegenheit gefunden, Alex auf den Besuch bei Elizabeth anzusprechen, worüber sie eigentlich mit ihm hatte reden wollen. Stattdessen hatte sie lediglich William zu Wort kommen lassen.

»Das ist wirklich schwierig für mich«, bekundete Phoebe. »Ich frage mich ständig, ob ich dabei bin, ein perfektes Leben über den Haufen zu werfen. Ich habe sogar schon eine Wohnung in L. A. gefunden.« Dann zog sie ein langes Gesicht. »Aber …« Sie griff nach ihrem Weinglas und trank einen Schluck. »Ich habe mit Paul geredet, und er wird nicht mitgehen. Ich kann gar nicht aufhören, seinetwegen zu heulen.« Prompt fing ihre Unterlippe an zu beben.

»O nein.« Noelle streckte die Hand aus und legte sie Phoebe auf den Arm.

»Ich kann es ihm ja nicht verdenken«, sagte Phoebe mit zitternder Stimme. »Alles, wofür er gearbeitet hat, ist hier. Und alles, was ich nun tun muss, ist weiterziehen. Aber was, wenn mir bestimmt ist, hier bei ihm in Richmond zu bleiben? Was, wenn wir uns zusammen ein gemeinsames Leben aufbauen könnten?« Ohne Vorwarnung brach sie in Tränen aus. »Er ist so wunderbar«, sagte sie. »Ich bin vorher noch nie jemandem begegnet, der so gut zu mir gewesen ist.«

Sanft sagte Jo: »Wenn du nicht nach L. A. gehst, wirst du immer das Gefühl haben, du hättest es tun sollen. Umso mehr, wenn sich die Dinge mit Paul am Ende doch nicht so toll entwickeln. Meinst du nicht, du würdest dich furchtbar fühlen, so als hättest du die eine Sache ausgeschlagen, die du dir dein ganzes Leben lang gewünscht hast?«

Phoebe nickte. Immer noch liefen die Tränen. Noelle konnte sich gar nicht vorstellen, wie schwer die Entscheidung war, die nun auf den Schultern ihrer Freundin lastete. Paul war wirklich ein toller Kerl. Womöglich war er sogar der beste Partner für Phoebe. Seit ihre Mutter fort war, hatte sie immer Probleme mit Beziehungen gehabt. Ihre Angst, verlassen zu werden, hatte dazu geführt, dass sie niemanden wirklich an sich herangelassen hatte. Bei Paul war das anders. Doch nun wartete ihre große Chance nur darauf, dass sie mit beiden Händen zugriff und nicht mehr losließ.

»Ich weiß, dass ich mich für L. A. entscheiden muss«, gestand Phoebe schniefend. »Aber das macht es weiß Gott nicht leichter.«

Noelle fuhr zum Haus ihrer Eltern, um Lucas abzuholen, der darum gebettelt hatte, nach der Arbeit im Café mit ihnen zu Abend essen zu dürfen, weil Noelles Mutter seine Lieblingsspaghetti kochte. Aber Noelle hatte auch noch etwas anderes im Sinn. Sie war innerlich erschöpft, sorgte sich um Phoebe, ohne zu wissen, was sie ihr sagen sollte, war sich aber darüber bewusst, dass eine holprige Straße vor ihrer Freundin lag. Sie hätte noch länger bei ihr bleiben können, aber sie musste ihre übrigen Pläne für das Café mit ihrem Vater und Pop-pop durchsprechen. Schließlich mussten sie vor der Wiedereröffnung noch einige letzte Dinge zu Ende bringen. Sie verlagerte das Gewicht von Notizblock und Laptop und öffnete die Tür. Nachdem sie Muffy begrüßt hatte, ging sie hinein.

»Hey, Baby!«, sagte sie und umarmte Lucas mit dem freien Arm. »Was hast du heute getrieben?«

»Wir haben das Stück gelesen, das seine Klasse in den Ferien aufführen will, und wir haben ein bisschen über seine Ferien gesprochen. Er wollte schon wieder weg«, berichtete seine Mutter. »Er kann es kaum erwarten, wieder in der Villa zu sein und Alex zu besuchen.« Sie bedachte Noelle mit einem bedeutungsschweren Blick. Noelle spürte, wie ihr das Herz schwer wurde. Es würde nicht leicht werden, Lucas beizubringen, dass Alex bald nicht mehr da wäre. Sonst war sie so gut darin, Lucas Dinge zu erklären, aber dieses Mal war es anders, weil sie einfach nicht in ihren Kopf bekam, warum Alex sich so entschieden hatte. William hatte ihm erklärt, er könne seine Arbeit auch von der Villa aus machen, und sie hatte gedacht, zwischen ihr und Alex hätte sich etwas entwickelt, aber er wollte einfach nicht nachgeben. Das war so verwirrend! Wollte er es überhaupt versuchen? Ihr gab sein Verhalten das Gefühl, dass sie ihm überhaupt nichts bedeutete, dass sie nur ein Zeitvertreib war. Sie räumte ihm immer neue Chancen ein, dabei vermittelte er ihr doch nur immer wieder dieses Gefühl. Aber sie konnte Lucas ja kaum begreiflich machen, was Alex in ihr auslöste und was der wahre Grund dafür sein könnte, dass er fortging. Deshalb hatte sie beschlossen, ihm einfach zu sagen, Alex würde aus beruflichen Gründen wegziehen.

»Tut mir leid«, sagte sie lächelnd. »Wir werden noch ein bisschen warten müssen, ehe wir ihn wiedersehen. Ich muss erst noch eine Sekunde mit deinem Großvater reden.«

»Der ist mit Pop-pop in der Küche«, warf ihre Mutter ein. »Lucas und ich wollten sowieso gerade an unserem Puzzle arbeiten. Dieses Jahr ist es ein Bild von Santa, wie er den Kamin runterkommt.«

»An das erinnere ich mich«, antwortete Noelle, froh, dass Lucas Gelegenheit bekam, an den Familienpuzzles mitzuarbeiten. Eines davon lag während der Feiertage stets bereit, und wann immer jemandem langweilig wurde, setzte er sich dran, einer half dem anderen, die einzelnen Teile zu finden, bis es fertig war. Dann ließen sie es bis Silvester liegen, ehe sie es für das nächste Jahr wieder wegpackten. Noelle hatte es immer schade gefunden, es nach all der Mühe wieder auseinanderzunehmen.

Sie überließ die beiden dem Puzzle und ging in die Küche, wo ihr Dad und Pop-pop schon auf sie warteten. Mit einem hörbaren Rumms packte sie Computer und Notizblock auf den Tisch, während die beiden Männer sie erwartungsvoll anblickten. Als sie ihre Mienen betrachtete, dachte sie an all das, was Gram aufgebaut hatte, daran, dass die Bäckerei ein wahr gewordener Traum war. Und plötzlich legte sich der Gedanke an die Zukunft wie eine schwere Last auf Noelles Schultern. Rasch setzte sie eine Pokermiene auf und holte tief Luft.

»Ich habe ein paar Fortschritte in Bezug auf die letzten Änderungen gemacht«, sagte sie und setzte sich. »Aber das wird uns alles abverlangen. Wir müssen die Umgestaltung so schnell wie möglich zu Ende bringen. Und ich werde die meiste Zeit damit beschäftigt sein, mich um William zu kümmern, also werde ich eure Hilfe brauchen.«

Gus und Pop-pop wirkten konzentriert und ernst, bereit, die Sache in Angriff zu nehmen. Pop-pop nickte. »Sag uns, was du brauchst.«

27

»Du wolltest mich sprechen?«, fragte Alex auf der Schwelle. Seine Stimme klang hohl, beinahe, als wollte er in dem grauen Morgenlicht, das auf sein Gesicht fiel, seine Gefühle verbergen. Von der Wärme, die Noelle einst wahrgenommen hatte, war nichts mehr zu spüren. Warum nur? Sie sehnte sich danach, sie zu hören, und nun, da sie das nicht tat, hätte sie ihn am liebsten gepackt und gezwungen, ihr eine Erklärung zu liefern. War seine Arbeit wirklich so wichtig, dass er sie über alles andere stellte? Über Weihnachten, über sie, über Lucas?

Sie starrte ihn an, wollte ihn dazu bringen, ihr in die Augen zu sehen, doch als er das tat, schien seine Entschlossenheit ins Wanken zu geraten, und er wandte sich rasch wieder ab. Durch das Fenster hatte sie gesehen, dass die Hausangestellten an diesem Morgen Kisten hinausgeschleppt hatten, und sie fragte sich, ob sie womöglich voller Umzugsgut für New York waren.

»Dein Großvater möchte deine Großmutter besuchen«, sagte sie. »Ich bringe ihn hin. Und es wäre schön, wenn du mitkommen würdest. William hat ausdrücklich darum gebeten, dass ich dich frage.«

Seine Lippen bildeten eine schmale Linie, und sie sah die Spannung in seiner Kiefermuskulatur, als er nach einer Antwort suchte.

»Du hast gesagt, du willst sie besuchen«, fügte sie mit sanfter Stimme hinzu.

»Du hast recht«, sagte er zu ihrer Verwunderung, und

seine Miene ergab sich seinen Empfindungen. »Ich habe nichts gesagt, aber ich habe viel über die Dinge nachgedacht, die du über meinen Großvater gesagt hast. Die Vergangenheit ist vergangen, und ich versuche, ihn als denjenigen zu sehen, der er heute ist. Ich weiß, er möchte, dass ich mit ihm meine Großmutter besuche ... Aber ich kann nicht. Ich werde heute Abend nicht hier sein.«

»Wir müssen das nicht heute Abend machen. Ich hatte eigentlich vor, in ein paar Tagen zu ihr zu fahren.« Sie öffnete die Tür weiter, um ihn hereinzulassen, aber er blieb auf der Schwelle stehen.

»Ich breche heute Abend nach New York auf«, stellte er klar.

Ihr wäre beinahe der Unterkiefer herabgeklappt. »Einfach so? Hattest du überhaupt vor, dich zu verabschieden?« Eine Woge aus Wut und Traurigkeit brach sich in ihrem Inneren Bahn, und sie konnte sich nicht mehr zurückhalten; die Worte purzelten einfach aus ihr heraus. »Ich habe einen kleinen Jungen, der dich liebt. Ich habe ihn noch nie mit irgendjemandem so reden sehen wie mit dir. Gestern Abend erst hat er nach dir gefragt, und ich habe mir eine fadenscheinige Ausrede ausgedacht, warum er nicht an deine Tür klopfen darf. Und du wolltest einfach verschwinden und ihm das Herz brechen?« Noelle wagte nicht, ihre eigenen Gefühle laut auszusprechen, ihm an den Kopf zu werfen, dass sie ihm offenbar nicht wichtig genug war, zu bleiben, wenigstens bis Weihnachten. Also schluckte sie nur, versuchte, den Kloß in ihrer Kehle zu lösen. Plötzlich kam sie sich schrecklich verloren vor. Alles wurde so schmerzlich real! Dabei wusste sie doch tief im Herzen, dass es nicht richtig war. Er sollte nicht gehen.

Getrieben von dem verzweifelten Wunsch, seine Stimme

zu hören, wie sie in besänftigendem Ton sagte, alles käme wieder in Ordnung, blickte Noelle auf. Doch in seinen Augen stand wieder dieser distanzierte Ausdruck, seine Miene hatte sich nicht verändert. Da begriff sie endgültig, er hatte seine Entscheidung getroffen, und im gleichen Moment kamen ihr die Tränen. Sie wandte sich ab, blinzelte hektisch, um zu verhindern, dass sie über ihr Gesicht rannen und sie blamierten, denn nun stand außer Frage, dass er nicht so empfand wie sie.

»Das hier ist mein Abschied«, sagte er in ruhigem Ton, und für einen Moment sah sie etwas in seinen Augen aufblitzen, das ihr trotz seiner Worte neue Hoffnung gab. Doch gleich darauf verschwand es wieder und nahm ihr Herz mit sich. »Sag Lucas, ich melde mich. Wenn ... das für dich in Ordnung ist.«

Sie nickte, unfähig, etwas zu sagen, so sehr fürchtete sie, die Tränen würden sich zu Schluchzern steigern.

»Adieu.« Er machte kehrt und ging den Korridor hinunter, ohne sich noch einmal umzuschauen.

Sie sah ihm nach, bis er außer Sichtweite war. Dann schloss sie langsam die Tür, schlurfte wie betäubt zum Sofa und ließ sich fallen. Außerstande zu denken, ließ sie ihren Tränen endlich freien Lauf.

Noelle fand William im großen Wohnzimmer. Dort hatte sie sich bisher nie aufgehalten. Der Raum war so groß, es war, als würde er sie einfach verschlucken. William stand ganz hinten jenseits der steifen Möbel an dem überdimensionierten Fenster zum rückwärtigen Teil des Grundstücks. Als sie eintrat, neigte er nur knapp den Kopf, um sie wissen zu lassen, dass er sie gehört hatte, starrte aber weiter zum Fenster hinaus.

»Wissen Sie, ich kann nur verschwommenes Grün und Weiß erkennen, aber ich mag das Licht auf meinem Gesicht«, sagte er, als sie bei ihm war. »So oft habe ich mit dem Rücken zu diesem Fenster dagesessen und dem, was dahinter liegt, überhaupt keine Beachtung geschenkt. Und nun, da ich ein bisschen besser begreife, wie ich mein Leben zu leben habe, kann ich es nicht mehr sehen. Alles, was ich möchte, ist, hinausschauen und den Garten sehen.« Er drehte sich zu ihr um. »Er versäumt etwas, Noelle. Alex hat hier alles, was er braucht, aber er begreift es nicht. Ich sehe das Leben nun endlich, wie es wirklich ist, und bin leider zu alt, um es zu genießen, aber er doch nicht!«

»Wer sagt, Sie wären zu alt?«, protestierte sie wenig überzeugend. Sie respektierte William, und sie wusste, er hatte recht: Er hatte erkannt, wie das Leben funktionierte; er wusste, wie wichtig es war, und sie wollte nicht, dass er auch nur eine Minute lang glaubte, er könne es nicht mehr genießen. Außerdem war sie gern mit William zusammen und musste auch sich selbst für eine Weile auf andere Gedanken bringen. »Kommen Sie. Gehen wir Weihnachtseinkäufe machen.«

»Ich kann nicht. Ich sehe nicht, wo ich hingehe. Ich werde Sie nur zu Fall bringen.«

»Unsinn, das geht schon. Holen Sie Ihre Jacke.«

»Hören Sie das?«, fragte Noelle lächelnd, während sie William aus dem Fond half. Er hatte darauf bestanden, seinen Fahrer zu rufen, damit sie keinen Parkplatz suchen mussten, und der hatte sie direkt vor der Ladenpassage abgesetzt.

»Was soll ich hören?« Er zog seinen Mantel enger um den Hals, als die eisige Brise ihn traf.

Ihr Lächeln wurde breiter. »Weihnachten. Hören Sie doch nur. Ich kann Santas Glocken hören und Musik und Leute, die sich unterhalten – das ist wunderbar. Ich liebe es einfach.«

Der Wagen fuhr ab und ließ sie bei einem der Restaurants zurück. Es war voller Leute, die zu Mittag essen wollten. Noelle half William auf den Gehweg.

»Ich höre meinen Wagen wegfahren, was bedeutet, dass wir hier festsitzen, bis Sie meinem Fahrer eine Nachricht schicken. Und es ist kalt.«

»Perfekt! An Weihnachten muss es kalt sein.« Sie nahm seine Hand, führte ihn zu einer der Bänke und zog seine Finger durch das bisschen Schnee, das von den Schauern zurückgeblieben war. »Es schneit sogar.«

»Und wie soll ich Ihnen nun helfen, etwas auszuwählen, wenn ich es gar nicht sehen kann?«

Ihr war bewusst, dass er sich wegen seiner nachlassenden Sehkraft hilflos fühlte, und ihr kam in den Sinn, dass er, bedachte man seine Erziehung und seinen Beruf, immer die Zügel in der Hand gehabt haben musste. Sicher war es furchtbar schwer, auch nur ein kleines bisschen davon zu verlieren. Vielleicht war das der Grund, warum er bei ihrer ersten Begegnung so gereizt gewesen war. »Keine Sorge, Sie können mir bestimmt helfen.« Sie hakte sich bei ihm unter und ging langsam in Richtung Kerzengeschäft. »Zuerst kaufen wir etwas für meine Mutter. Sie liebt Kerzen. Sie können mir dabei helfen, den richtigen Duft auszusuchen.« Sie führte ihn hinein. Der Geruch von Pfefferminz, Karamell, Tannennadeln und Vanille schuf ein köstliches Aroma, wie man es nur in dieser Jahreszeit finden konnte.

Noelle griff zu einem großen Glas und öffnete den Deckel. »Wie ist das?«

William atmete ein und hustete, würgte förmlich an dem Geruch. »Nein«, sagte er, schüttelte den Kopf und hustete erneut.

»Sie sind wohl kein Freund von Blumendüften?« Kichernd griff sie zu einem anderen Glas. »Ist das besser?«

Er beugte sich vor und schnupperte. »Der ist nicht schlecht.«

»Das ist Kürbiskuchenduft.« Sie stellte das Glas zur Seite und öffnete ein anderes. »Ist das hier besser oder schlechter?«

William legte die Hände um das Glas und roch daran. »Oh, das gefällt mir.«

Noelle war froh, dass er nun doch etwas lockerer wurde. »Das ist Salzkaramell. Sie sind definitiv mehr für Essensgerüche zu begeistern. Den Geruch der Bäckerei meiner Großmutter würden Sie lieben. Da hat es immer nach den köstlichsten Kuchen und Torten geduftet. Als ich noch ein Kind war, hat mein Magen sofort angefangen zu knurren, wenn ich hineingegangen bin, nur wegen dieser Aromen.«

Plötzlich wirkte er, als wäre er in Gedanken weit weg.

»Alles in Ordnung?«, fragte sie.

»Ja«, sagte er beinahe aufgeschreckt.

Es war schön zu sehen, dass er die Wunder der Weihnachtszeit auf sich wirken ließ. »Nehmen wir die, und anschließend gehen wir etwas trinken, einverstanden?«

Lucas saß mitten in dichtem Schaum mit Shampoo im Haar in der Badewanne. »Also kommt Alex gar nicht mehr nach Hause?«, fragte er mit einem bekümmerten Ausdruck in den schläfrigen Augen.

Noelle hatte es immerhin geschafft, ihn bei ihren Eltern

abzuholen und das Abendessen zu überstehen, ehe er nach Alex gefragt hatte. Als sie hergekommen waren, war er gleich ins Haus gerannt, und ihr war nicht entgangen, dass er nach Alex gesucht hatte. Er war sogar zu seinem Büro gelaufen und hatte hineingeschaut. Da hatte er noch nichts gesagt, aber Noelle hatte gewusst, dass sie der Frage nicht würde entkommen können. Endlich, als sie das Badewasser hatte einlaufen lassen, hatte er sich nach Alex erkundigt. Noelle hatte tief Luft geholt, sich um einen ruhigen Ton bemüht und ihm erklärt, Alex wäre nach New York gegangen, als wäre es das Normalste auf Erden. Natürlich war das nur ein Versuch, ihren Sohn zu beschützen, aber er war nicht dumm. Er wusste es besser.

»Richtig«, sagte sie. »Aber er hat versprochen, sich bei dir zu melden.« Die Worte fühlten sich auf ihrer Zunge an wie Säure, denn sie ahnte, dass sie sich als Lüge entpuppen würden. Wie wollte er sich denn bei Lucas melden? Per E-Mail?

Lucas ballte eine Faust und verbarg die Hand unter dem Badeschaum. »Und Weihnachten ist er auch nicht hier?«

Noelle schüttelte den Kopf und fühlte sich dabei hundeelend.

Lucas schwieg, während das Wasser leise am Wannenrand plätscherte. Dann, nachdem er sich die Arme gewaschen hatte, legte er den Waschlappen zusammengeballt auf den Rand der Wanne und blickte zu ihr hinauf. »Er wird mir fehlen, Mom.«

»Ich weiß«, war alles, was sie herausbrachte. Sie gab sich alle Mühe, stark für ihren Sohn zu sein, doch am liebsten wäre sie gleich hier und jetzt in Tränen ausgebrochen.

28

An diesem Morgen ging Noelle zuerst zu Pop-pop. Sie musste früh anfangen, wenn sie das Maximum aus ihrer Zeit in der Bäckerei herausholen wollte, ehe sie sich um William kümmern musste. Die Leute, die den Boden reparieren sollten, wollten heute vorbeikommen, um den Schaden zu taxieren. Sobald der Klempner das Leck abgedichtet hatte, würden sie mit ihrer Arbeit beginnen. Es war noch früh, und der Weg zu Pop-pops Tür war so vereist, dass sie sich Sorgen machte. Sie hoffte, er würde nicht versuchen, ihn allein hinunterzugehen. Sie schloss die Tür auf – sowohl Heidi als auch sie hatten einen eigenen Schlüssel – und rief seinen Namen, wohl wissend, dass er bereits auf sein musste.

Pop-pop erwachte jeden Morgen vor Sonnenaufgang und machte sich als Erstes eine Tasse Kaffee. Dann setzte er sich vor den Fernseher und guckte Reisesendungen. Einmal hatte sie ihn gefragt, ob er je einen der Orte hatte besuchen wollen, die er dort zu sehen bekam. Er hatte geantwortet: »Wenn du dir den Reisesender ansiehst, musst du nicht mehr selbst hinfahren.« Aber sie fragte sich dennoch, ob er gern mehr von der Welt gesehen hätte. Sie schloss die Tür und folgte den schokoladigen Röstaromen des Kaffees zu seinem Lieblingssessel im hinteren Zimmer.

Der Wohnbereich wirkte außerordentlich aufgeräumt, ganz so, wie Gram es gehalten hatte. Die Einrichtung war bescheiden, nur ein Sofa, zwei Sessel, ein Couchtisch und ein Fernseher, der auf einem Ständer in der Ecke stand, aber über den Lehnen beider Sessel hingen Quilts, und hübsche Kissen verbreiteten eine behagliche Atmosphäre. In einer anderen Ecke verströmte eine Lampe ein verträumt gelbes Licht, durch das der Raum aussah, als läge er in Kerzenschein. Das erste Tageslicht drang durch die Fenster zu beiden Seiten des Raums herein und fiel auf das Foto von Pop-pop und Gram auf der Wand gegenüber dem Eingang. Auf dem Bild stand Pop-pop hinter Gram und hatte die Arme um sie gelegt. Und Gram blickte so liebevoll in die Kamera, dass es schien, als könnte sie Noelle gerade jetzt dort stehen sehen. Rasch riss sich Noelle von dem Anblick los, ehe die Gefühle mit ihr durchgehen konnten. Gleich darauf musste sie lächeln, als sie sah, dass im Fernseher eine Sendung über die Bermudas lief.

»Morgen!«, grüßte Pop-pop frisch und munter. »Bereit, die Kommode auszuräumen?«

»Ja«, antwortete sie, froh, in ein freundliches Gesicht zu blicken.

Er stand auf. »Verschaffen wir dir erst einmal einen angemessenen Koffeinpegel«, sagte er augenzwinkernd. Dann ging er an dem kleinen Christbaum vorbei, den er in einer Ecke aufgestellt hatte. Trauben bunter Weihnachtsbaumkugeln schimmerten im Licht des frühen Morgens.

»Es ist ein Jahr her, Noelle«, sinnierte er, während er die dampfende Flüssigkeit in eine von Grams Tassen goss. »Ein ganzes Jahr, und ich habe es immer noch nicht geschafft, ihre Sachen durchzusehen.« Er reichte ihr Zucker und holte die Sahne aus dem Kühlschrank.

»Warum musst du das denn?«, fragte sie. »Wenn ihre Sachen dich an sie erinnern und dir das guttut, gibt es doch keinen Grund, daran etwas zu ändern.«

Er bedachte, was sie gesagt hatte, nippte an seinem Kaffee und schenkte sich nach.

»Es ist dir nicht schwergefallen, mir die Kommode zu überlassen, also glaube ich nicht, dass du dich auf eine ungesunde Weise an den Sachen festklammerst oder so was. Du vermisst sie einfach.«

Lächelnd umfasste er seinen Becher mit seinen runzligen Händen. »Ich habe im Schlafzimmer noch ein paar andere Dinge für dich. Ich hatte sie aufgehoben und auf eine Gelegenheit gewartet, sie dir zu geben.« Er starrte in seine Tasse. »Weißt du, als ich sie kennengelernt habe, war sie recht scheu und hat sich mir gegenüber nicht wirklich geöffnet, aber ich wusste, dass da noch so viel mehr war.« Er schaute ihr in die Augen. »Ich habe ihr gesagt, ›Sophia, ich bin verrückt nach dir, und es würde mich umbringen, wenn du nicht mit mir ausgehst. Das willst du dir doch nicht aufs Gewissen laden, oder?‹ Da hat sie dieses wunderschöne Lächeln gelächelt, und obwohl ich in ihren Augen lesen konnte, dass sie nicht so ganz dazu bereit war, hat sie zugestimmt. Ein paar Jahre später hat sie gesagt: ›Du bist der Grund, warum es mit keinem anderen Mann je funktioniert hat. Du bist einfach der großartigste Mann, den ich je kennengelernt habe.‹« Als Pop-pop sich aus seinen Erinnerungen löste und sein Blick auf Noelles Tasse fiel, waren seine Augen feucht.

»Du bist ja auch großartig«, versicherte sie und umarmte ihn.

»Schnapp dir den Karton da in der Ecke und komm mit. Ich habe ihn extra leergemacht – da waren nur alte Zeitschriften drin«, sagte er, während sie durch den kurzen Flur zum Schlafzimmer gingen.

Als sie eintraten, empfand Noelle wieder das vertraute Kribbeln. Pop-pop hatte das Bett gemacht. Alles war perfekt arrangiert, jedes Kissen an seinem Platz. Gram hatte ihn immer gepiesackt, er solle das Bett machen. »Er steht als Letzter auf«, hatte sie – nur halb im Ernst – erklärt, und die Liebe, die sie ihm gegenüber empfunden hatte, war offensichtlich gewesen, »aber ich muss immer noch mal zurückgehen und das Bett machen.« Einmal hatte er geantwortet, niemand könne es so schön machen wie sie, woraufhin sie die Augen verdreht hatte.

Noelle stellte den Karton auf dem Bett ab, als Pop-pop die erste Schublade öffnete. Sie war voll mit Grams eleganten Strickpullovern. Noelle schloss die Augen und dachte daran, wie Gram sie sich wie einen Schal über die Schultern gelegt hatte, wenn ihr kalt war. Vorsichtig stellte Noelle ihre Tasse auf der Kommode ab und nahm einen Stapel säuberlich zusammengefalteter Pullis heraus, wohl wissend, dass Gram diejenige war, die sie so ordentlich zusammengelegt hatte.

»Wo soll ich die hinlegen?«, fragte sie, während ihr Bauch ihr wieder einmal sagte, wie wichtig es war, dass das Café ein Erfolg wurde. Gram hatte Noelle erzählt, sie hätte all das Geld, das sie und Pop-pop gespart hatten, in die Bäckerei gesteckt. Sie hatte sich ein Geschäft im Café-Stil gewünscht, in dem die Leute sich gern aufhielten, sich trafen und einen Leckerbissen genossen. Ihre Hochzeit hatten sie mit einer schlichten Feier im Park begangen, und sie hatte ein dünnes Kleid getragen, das sie selbst genäht hatte. Ohne Geld hatten sie ihr gemeinsames Leben begonnen, aber sie waren wahnsinnig glücklich gewesen.

»Leg sie da drüben auf den Stuhl«, bat Pop-pop und riss sie aus ihren Erinnerungen. Sie tat wie ihr geheißen und holte dann den Rest der Sachen aus der Schublade heraus.

Die zweite Lade enthielt eine bunte Sammlung verschiedener Dinge: Bücher, Grams Brillenetui, weitere Kleidungsstücke – und alles war säuberlich geordnet. Pop-pop wies sie an, die Kleidungsstücke zu den Pullovern auf den Stuhl zu legen und alles andere in den leeren Karton zu packen. Ganz hinten in der Schublade stieß sie auf eine Pappschachtel von der Größe eines Schuhkartons. Fragend schaute sie Pop-pop an, doch der runzelte nur erstaunt die Stirn und schüttelte den Kopf.

Zögernd öffnete sie die Schachtel. Sie war voller Erinnerungen: Postkarten von Freunden, Briefmarken, ein Brief von einem kleinen Jungen aus Übersee, dessen Patin sie gewesen war, ein paar Lesezeichen, die Noelle, wie sie sich erinnerte, in der Schule gemacht hatte ... Sie griff zu ihrem Kaffee und nippte daran, während sie den restlichen Inhalt durchging, dankbar dafür, dass Gram all das aufbewahrt hatte. Pop-pop setzte sich still neben sie auf das Bett.

»Warum behältst du diese Schachtel nicht einfach? Ich bin überzeugt, sie hätte gewollt, dass du sie bekommst.«

»Danke.« Ihr war zumute, als hätte sie gerade ein Weihnachtsgeschenk von Gram bekommen.

Sie sortierten weiter, bis die Kommode leer war, und Noelle ergriff den Karton mit Grams Sachen und war froh, dass sie heute hergekommen war und ihn mitnehmen konnte. Sie hielt den Karton in den Armen, als würde sie Gram selbst an sich drücken. Als sie sich dann zum Gehen wandte, sagte Pop-pop, er würde gleich mit der Arbeit an der Kommode beginnen.

»Oh!«, entfuhr es ihm dann. Noelle blieb an der Tür stehen. »Lass mich noch die Sachen holen, die ich für dich aufgehoben habe. Es ist nicht viel – nur noch ein paar Teetassen und eines ihrer Modeschmuckstücke.« Damit führte er sie in die Küche.

Vorsichtig platzierte Pop-pop zwei Teetassen in dem Karton. Eine hatte ein zartes Blumenmuster. Noelle erinnerte sich, dass Gram sie benutzt hatte, und das entlockte ihr ein Lächeln. Dann öffnete ihr Großvater eine Schublade und wühlte darin herum. Schließlich zog er eine samtene, unbeschriftete Ringschatulle hervor. »Du weißt doch, wie sehr sie ihren Schmuck geliebt hat«, sagte er kopfschüttelnd, und seine Gefühle spiegelten sich in seinen Zügen. »Das hier habe ich ganz hinten in einer Küchenschublade gefunden. Ich weiß nicht, warum es nicht bei dem anderen Schmuck gelegen hat.«

Noelle stellte den Karton auf die Arbeitsplatte. Dann nahm sie Pop-pop das kleine Kästchen ab, öffnete es und sah vor sich einen riesigen, weißen quadratischen Stein, umgeben von anderen, kleineren Steinen – Diamanten? Auf beiden Seiten war ein Blattmuster in der silbernen Oberfläche erkennbar, das aussah, als wäre es speziell für dieses Schmuckstück entworfen worden. Etwas daran kam ihr vertraut vor, obwohl sie den Ring noch nie zuvor gesehen hatte. Plötzlich kam ihr Williams Geschichte in den Sinn. Aber das war doch unmöglich ... Abrupt fühlte ihre Lunge sich an, als wäre sämtliche Luft hinausgepresst worden, und ihre Finger zitterten ein wenig. Mühsam zwang sie sie zur Ruhe, als sie den Ring aus der Schatulle nahm, um ihn genauer zu betrachten. Tatsächlich waren die Buchstaben HHA in das silberne Band graviert. Sie blickte zu Pop-pops sorglosem Gesicht auf und schluckte, um die Übelkeit in Schach zu halten, die sie zu befallen drohte. Aber es funktionierte nicht.

»Weißt du, wo sie den herhatte?«, würgte sie hervor und betete, dass sie ihn einfach in einem Antiquitätenladen entdeckt hatte oder so etwas in der Art.

»Nein. Ich habe sie ihn auch nie tragen sehen. Ich frage mich wirklich, wie um alles in der Welt er ganz hinten in einer Küchenschublade landen konnte.« Glucksend schüttelte er den Kopf, griff zu der Schatulle und reichte sie ihr. »Tja, nun gehört er dir«, sagte er. »Vielleicht wirst du ihn ja tragen.«

Verzweifelt wünschte sie sich etwas Farbe im Gesicht, wohl wissend, dass sie im Moment leichenblass aussah. Das Herz hämmerte in ihrer Brust, und ihr Puls donnerte in ihrem Schädel. Sie fühlte sich verschwitzt und schwindelig. So viele Fragen verlangten nach einer Antwort: War Gram die Frau aus dem Café? War dies wirklich der besagte Ring? Er musste es sein; er sah genauso aus, wie William ihn beschrieben hatte. Wusste Pop-pop von der Geschichte? Alex hatte gesagt, er würde William niemals verzeihen, sollte er den Ring einer anderen gegeben haben, und sie hatten gerade angefangen, wieder aufeinander zuzugehen. Auf keinen Fall konnte sie den Ring behalten. Er musste in die Familie zurückkehren. Sollte sie ihn William geben? Oder Alex? Oder sollte sie einfach so tun, als wäre das nie geschehen? Doch sie wusste, das konnte sie nicht. Pop-pop zuliebe rang sie sich ein Lächeln ab, ehe sie zum Wagen ging, in der Hand das Kleinod, von dem sie wusste, es war der Harrington-Ring.

Während der Zeit, die sie an diesem Tag in der Bäckerei verbrachte, sprach Noelle nur noch, wenn sie Fragen zu beantworten hatte. Den anderen hatte sie erzählt, sie habe wirklich üble Kopfschmerzen, und alle hatten ihr geraten, sie solle den Stress nicht so sehr an sich heranlassen, doch tatsächlich dachte sie ununterbrochen an den Fantastillionenring im Handschuhfach ihres Wagens.

Noelles Dad hatte für diesen Tag bereits alles getan, was er tun konnte. Er hatte Rückenschmerzen, und sie wusste, sie durfte ihn nicht bedrängen, aber in der Bäckerei herrschte immer noch ein wildes Durcheinander. Das lange Bücken beim Abschleifen der Fußleisten war eine Quälerei für ihn gewesen. Pop-pop konnte in seinem Alter auf keinen Fall für ihn einspringen, und Noelle hatte wegen ihres Jobs keine Zeit. Bisher hatte sie den ganzen Tag damit verbracht, Einrichtungsgegenstände zu säubern und überalterte Bestände auszusortieren. Außerdem hatte sie den Müll weggeschafft, der sich auf der rückwärtigen Terrasse angesammelt hatte. Nun musste sie die Bäckerei wieder verlassen, doch sie würde am Abend zurückkommen. Sie hatte ihre Mutter gebeten, auf Lucas aufzupassen. Zwar hatte sie ein schlechtes Gewissen, weil ihre Mutter schon so häufig für sie eingesprungen war, doch sie wusste auch, dass sie in ihrem derzeitigen Zustand ein bisschen Zeit für sich allein brauchte, um sich alles noch einmal durch den Kopf gehen zu lassen.

Da nach wie vor so viel abgeschliffen werden musste und der Klempner noch nicht da war, konnte sie die Wände nicht streichen. Also hatte sie sich im Gastraum nur den Bücherregalen widmen können, und auch davon hatte sie bisher erst zwei Drittel geschafft. Phoebe, Jo und Heidi mussten alle arbeiten, hatten aber versprochen, ihr morgen zu helfen. Ihre Mutter war auch eine Weile da gewesen; sie würde den Rest des Tages mit Lucas verbringen, sobald er aus der Schule zurück war.

Als Noelle in die Auffahrt zur Villa einbog, rieb sie sich die schmerzende Schulter und versuchte, nicht darüber nachzudenken, was sie mit der kostbaren Fracht in ihrem Handschuhfach anstellen sollte. Erst einmal brauchte sie eine schnelle Dusche, um sich den Schmutz und den Staub vom Körper zu spülen, ehe sie sich um William kümmerte. Bebend vor nervöser Energie öffnete sie das Handschuhfach, ergriff die Schatulle, nahm den Ring heraus und steckte ihn auf den Finger. War sie einfach nur verrückt? Sie drehte den

Diamanten, um zu sehen, ob er glänzte. War das einfach nur ein wahnsinniger Zufall? Vielleicht war der Diamant gar nicht echt, sondern lediglich ein weiteres Schmuckstück, das Gram in einem dieser Modeschmuckgeschäfte gefunden hatte, die sie so gern besucht hatte. Vielleicht stimmten die Initialen ja nur zufällig überein. In Gedanken bei der Geschichte der Namen, die sie in Williams Schlafzimmer gesehen hatte, schaute sie sich kurz um, schloss die Augen, presste den Diamanten an die Seitenscheibe und zog ihn einige Zentimeter weit über das Glas.

Vor lauter Angst vor dem, was sie zu sehen bekäme, wagte sie nicht, die Augen zu öffnen. Der Ring war an ihrem Finger. Er passte perfekt, und das Gewicht des Steins schwächte ihre Entschlossenheit, ein für alle Mal herauszufinden, ob er echt war. Nun, da der Motor des Wagens nicht mehr lief, rann ein Schauder über ihren Leib, und sie kannte die Wahrheit, noch bevor sie nachgesehen hatte. Endlich öffnete sie die Augen und keuchte auf, als sie die eingeritzte Glasscheibe betrachtete. Ihr Blick verschleierte sich angesichts der Erkenntnis, dass der Stein wirklich echt war.

»Hey!«, hörte sie Alex' Stimme rufen. Gleich darauf tauchte sein Gesicht vor dem Fenster auf, und sie wäre vor Schreck beinahe aus der Haut gefahren. Hastig deckte sie den Diamanten mit der Handfläche ab und barg beide Hände in ihrem Schoß.

»Ich dachte, du wärest abgereist.«

»Ich war schon am Flugplatz, habe mich aber mies bei dem Gedanken gefühlt, dass ich einfach so gegangen bin. Also habe ich ein paar Besprechungen per Telefon erledigt und umgebucht, damit ich eine Minute mit dir reden kann.«

Er öffnete die Tür, und sie stieg aus. Ihr war, als könnten ihre Knie jeden Moment nachgeben. Sie rammte die Hand mit dem Ring in die Manteltasche und lehnte sich Halt suchend an den Wagen.

Er blickte zu ihr hinab. »Wie ich gegangen bin, tut mir leid. Ich möchte nicht, dass du auch nur für eine Minute denkst, ich hätte dich verlassen. Aber ich muss fort.«

Stellte sein Umzug nach New York womöglich eine Situation dar, die der von Phoebe ganz ähnlich war? Wollte er nur eine Chance beim Schopf ergreifen und sehen, wie erfolgreich er damit sein konnte? Warum passierte das gerade jetzt, wo ihr Herz und das von Lucas in Gefahr gerieten? Sie sah ihm in die Augen, ließ seine Ernsthaftigkeit bis ins tiefste Innere wirken, und schon kehrten die Schmetterlinge im Bauch zurück, und für einen Moment vergaß sie sogar den Ring an ihrem Finger.

»Alles in Ordnung mit dir?«, fragte er stirnrunzelnd. »Du wirkst so verstört. Ich wollte dich bestimmt nicht erschrecken. Ich wollte dich nur sehen, ehe ich abreise. Mein Flug geht heute Abend.« Er streckte die Hände aus und legte sie auf ihre Arme, strich an ihnen herab und griff nach ihren Fingern, als der Instinkt die Herrschaft übernahm und sie, den Ring immer noch am Finger, zurückzuckte. Verzweifelt versuchte sie, ihn mit dem Daumen abzustreifen, aber in der Tasche war ihre Hand warm geworden, und nun saß er fest.

Alex wich zurück und nickte schwach, ganz so, als wäre sie zurückgezuckt, weil sie nicht wollte, dass er sie berührte. »Tut mir leid«, sagte sie schnell, bemüht, den Schaden wiedergutzumachen. »Das wollte ich nicht. Es ist nur …«

»Schon gut«, entgegnete er. »Ich wollte dich nur noch einmal sehen.«

»Und darüber bin ich froh«, gab sie lächelnd zurück, blieb aber auf Distanz.

»Ruf mich einfach an, wenn du reden willst. Ich bin immer nur einen Telefonanruf entfernt.«

Sie nickte.

»Ich bringe dich ins Haus«, erklärte er und lugte in den Wagen. »Kommt der Karton auch mit rein?«

»Ja«, bestätigte sie und lief rot an, als ihr die offene Ringschatulle auf der Sitzfläche ins Auge sprang. Stumm betete sie, dass er sie nicht erkannte.

Er griff in den Wagen und holte den Karton heraus. Dann beugte er sich noch einmal hinein und holte die Schatulle. »Das auch?«, fragte er, und in seinem Gesicht zeigte sich keine Spur von Wiedererkennen.

Noelle blieb beinahe die Luft weg. »Ja«, antwortete sie und brachte kaum mehr als ein Flüstern heraus.

Er klappte die Schatulle zu und legte sie in den Karton mit Grams Sachen. Dann, eine Hand in ihrem Rücken, führte er sie zur Tür, während um sie herum Schneefall einsetzte.

29

»Was meinst du, worüber würde William sich freuen?«, fragte Noelle Lucas, als sie gemeinsam auf der Bank neben dem riesigen Christbaum in der Einkaufspassage saßen und heiße Schokolade tranken. Sie war unendlich erleichtert, dass der Ring nun sicher in einer Schublade in ihrer Suite lag, verborgen vor den Harringtons und ihrem Gewissen. Lucas' Füße reichten nicht bis zum Boden; seine kleinen Schuhe schaukelten über dem Pflaster in der Luft.

»Ich weiß nicht«, antwortete er und kratzte sich am Nacken, da, wo der Wollschal, den Noelles Mutter ihm umgebunden hatte, ihn juckte. »Ich würde ja sagen, ein gutes Buch, aber er kann gar nicht lesen, nicht wahr?« Die heiße Schokolade in Händen, dachte er einen Moment nach. »Ich kann mir gar nicht vorstellen, wie das wäre, nicht lesen zu können.«

»Wir könnten es mit Hörbüchern versuchen«, schlug sie vor. »Vielleicht hat er ja daran Freude.«

»Oh, das ist eine gute Idee.«

»Aber wir brauchen etwas, was wir unter seinen Baum legen können. Etwas, was man einpacken kann.« Sie stand auf, und Lucas sprang von der Bank und stellte sich neben sie. »Schauen wir mal, was wir finden können.«

Sie gingen an einer Reihe Geschäfte vorbei, als Lucas sich plötzlich aufgeregt zu seiner Mutter umdrehte. »Ich weiß! Warum schicken wir Alex nicht einfach eine Nachricht und fragen ihn, was wir besorgen sollen? Er weiß es bestimmt, immerhin ist er sein Enkel.«

Sie wollte aus diversen Gründen keinen Kontakt zu Alex aufnehmen: Erstens fürchtete sie, er könnte einen schuldbewussten Ton in ihrer Stimme wahrnehmen. Zweitens vermisste sie ihn und wünschte, er käme nach Hause, was lediglich dazu führen würde, dass er sich noch schlechter fühlte, weil er gegangen war. Außerdem wollte sie nicht, dass Lucas' Beziehung zu Alex Harrington noch enger wurde, als sie schon war. Was umso wichtiger war, sollte er jemals herausfinden, dass ihre Großmutter die Frau war, die Elizabeths Leben ruiniert hatte. Vorsichtig entgegnete sie: »Da bin ich nicht so sicher.«

»Warum nicht? Ich weiß, was Grandpa Gus mag. Er mag neue Werkzeuge und Zeug für den Grill, damit er im Sommer draußen Essen machen kann. Er mag die teure Barbecue-Sauce, und er mag diese stinkende Handcreme. Alex weiß bestimmt auch, was sein Großvater mag.«

»Aber William und Alex reden nicht so miteinander wie du und Grandpa Gus.«

»Darf ich Alex eine Nachricht schicken? Einfach so, ums mal auszuprobieren?«

Mit einem bangen Gefühl im Herzen fragte sich Noelle, ob es Lucas nicht vor allem darum ging, den Kontakt mit Alex aufrechtzuerhalten. Sie hatte das Gefühl, es wäre besser, keinen Kontakt aufzunehmen, denn für Lucas würde sich dadurch eh nichts ändern: Alex würde nicht mehr zurückkommen.

»Bitte!«, drängelte Lucas.

Andererseits hatte er Lucas gern. Er wäre sicher nett zu ihm, sollte Lucas sich bei ihm melden. »Okay«, sagte sie seufzend und zog ihr Telefon hervor. Lucas konnte schließlich nichts für die Situation. »Dann los.« Sie gab ihm das Telefon und nahm ihm die Schokolade ab, damit er seine Nachricht tippen konnte.

Mit erkennbar schwungvollen Bewegungen rief Lucas Alex' Kontaktinformationen ab und fing an zu tippen. Seine kleinen Finger flogen förmlich über die Tastatur. »Ich sage ihm, dass ich es bin, und schreibe erst mal Hallo«, berichtete er, ohne aufzublicken.

Schließlich war er fertig, seine Finger kamen zur Ruhe, und er wartete auf die Antwort. Noelle betete, dass sich die Farbe der zwei kleinen Haken bald ändern und ihr verraten würde, dass Alex die Nachricht gelesen hatte. Bitte, Alex, betete sie im Stillen. Bitte, lass ihn nicht im Stich. Das Display wurde dunkel, und Lucas tippte darauf, um die Textnachricht offen zu halten, während sie beide warteten, Noelle mit angehaltenem Atem.

»Vielleicht arbeitet er gerade«, sagte sie, bemüht, den Schlag zu mildern, sollte Alex nicht antworten. Denn insgeheim fürchtete sie, er täte es nicht. »Er ist gerade erst nach New York gezogen. Bestimmt hat er ziemlich viel zu tun. Vielleicht ist er nicht einmal in der Nähe des Telefons«, fügte sie hinzu.

Dann tauchten die drei Punkte auf, und eine neue Woge der Furcht spülte über sie hinweg. Sag etwas zu ihm, dachte sie. Lass ihn nicht hängen.

Endlich erschien eine neue Nachricht: Hi, Lucas! Ich freue mich über deine Nachricht. Kann ich dir heute Abend schreiben? Ich bin gerade in einer Besprechung.

Lucas tippte Okay, und Noelle sah ihm die Enttäuschung am Gesicht an, war aber froh, dass Alex überhaupt reagiert hatte. Ihr war das genug. Und es war lieb von ihm, überhaupt zu antworten, während er in einer Besprechung war.

Eine weitere Nachricht traf ein: sieben Uhr, kurz vor deiner Gute-Nacht-Geschichte, okay? Ich verspreche es.

Lucas tippte: Ich freu mich schon.

Danach gab Lucas das Telefon seiner Mutter zurück. Sie gingen schweigend an Geschäften vorbei, schauten hinein, sprachen aber kein Wort. Noelle überlegte, ob sie Alex beide so sehr vermissten, dass es sich anfühlte, als müsse ihnen das Herz in der Brust explodieren. Oder betraf das nur sie allein?

Am Ende kauften sie einen neuen Schal und eine der Kerzen, die William gefallen hatten, als Noelle mit ihm zum Shoppen gegangen war. Außerdem entdeckte sie noch ein Hörbuch über antike Möbelstücke, von dem sie dachte, es könnte ihm zusagen. Was sie nicht zu kaufen beabsichtigt hatte, war ein Kamerastativ. Es war ihr aufgefallen, und etwas in ihrem Inneren wollte es unbedingt für Alex erstehen. Das ergab überhaupt keinen Sinn, denn sie hatte nicht den geringsten Grund, ihm etwas zu schenken. Er hatte sie mehr oder weniger allein gelassen mit … was auch immer sich zwischen ihnen entwickelt hatte. Und jede Zukunft, die sie vielleicht als Freunde irgendwann haben würden, hing vorerst in der Luft in Anbetracht eines Rings, der wie ein Felsbrocken in ihrer Schublade lag. Außerdem wusste sie nicht einmal, ob das Stativ zu seiner Kamera passte, obwohl der Verkäufer behauptete, es würde sich für jede Standardkamera eignen. Alex konnte sich seine Fotoausrüstung zweifellos selbst kaufen, aber sie bezahlte mit ihrer Kreditkarte und bat darum, es als Geschenk einzupacken.

Lucas war ihr die ganze Zeit behilflich gewesen, als sie ihn vom Einkaufen zu William und dann weiter zur Bäckerei geschleppt hatte. Dort angekommen, hatte sie begonnen, die Zierleisten zu streichen, während Jim sich in ihrer arbeitsfreien Zeit um William kümmerte. Den ganzen Tag lenkte sie sich mit Arbeit ab, bemüht, nicht ständig an die Diskussion zu denken, die ihr bevorstand. Denn inzwischen hatte sie beschlossen, William von dem Ring zu erzählen. Und sie fürchtete, die Informationen über den Verbleib des Kleinods würden sie in Alex' Augen auf Williams Seite der unsichtbaren Mauer befördern, die zwischen den beiden stand. Aber nachdem sie Williams Geschichte gehört hatte, konnte sie den Ring nicht einfach behalten. Er war nie für Gram bestimmt gewesen; er sollte Elizabeth gehören.

Lucas war heute so aufgedreht, wie sie es schon einige Tage nicht mehr erlebt hatte. Sie krümmte sich innerlich bei dem Gedanken, dass er nur so gut gelaunt war, weil er wusste, er konnte heute Abend mit Alex reden. Das war ein Gefühl, das ihr nur zu vertraut war. Ihr ging es genauso, wann immer Alex zur Tür hereinkam.

Als Lucas dann nach seinem Bad mehr oder weniger ins Wohnzimmer hüpfte, beschloss sie, ihre Sorgen zu ignorieren. Lucas hatte es verdient, den Moment zu genießen, und vielleicht würden ihm ja schon ein paar Textnachrichten reichen. Aber im Hinterkopf wusste sie, dass Lucas viel mehr als das verdient hatte.

Um Punkt sieben Uhr hielt Lucas Noelles Telefon mit beiden Händen und starrte das Display an. Um 19:01 Uhr fragte er: »Er hat doch sieben gesagt, oder?«

»Gib ihm noch eine Minute. Vielleicht wurde er irgendwie aufgehalten.« Sie war nervös, fürchtete, Alex könnte Lucas enttäuschen. War ihm überhaupt klar, wie viel diese Nachricht ihrem Sohn bedeutete? Sie lugte zum Telefon: 19:03.

Dann traf eine Nachricht ein, und eine Woge der Erleichterung durchflutete sie. Lucas öffnete die Botschaft: Tut mir leid, hab mich verspätet. Bist du noch auf?

Lucas' Finger bewegten sich wie verrückt über das Display, als er tippte. Ja, ich bin auf. Was machst du?

Wie wäre es mit einem Video-Chat, dann kannst du es sehen?

Lucas sah sich mit vor Aufregung geweiteten Augen zu Noelle um und tippte Ja, als sie sich hastig neben ihn auf das Sofa setzte.

Das Telefon leuchtete auf, als der Videoanruf eintraf. Lucas ging sofort dran. Noelle konnte sich der Aufregung im Inneren nicht erwehren, die sie beim Anblick des Lächelns auf dem Display erfasste.

»Hallo«, sagte Alex.

Lucas winkte.

»Ich zeig euch was.« Alex drehte das Telefon und lieferte ihnen einen Ausblick über die ganze Innenstadt von New York. Die Lichter der Wolkenkratzer funkelten in der tintigen Schwärze wie Sterne.

Lucas keuchte auf.

»Cool, oder?«, fragte Alex. »Das ist der Blick aus meinem Büro. Ich arbeite noch, aber ich wollte euch unbedingt anrufen. Also, Lucas, erzähl, was hast du heute gemacht?«

»Oh!«, machte Lucas, zappelte auf dem Sofa herum und wedelte dabei mit dem Telefon. Noelle half ihm, es ruhig zu halten. »Wir haben dir ein Geschenk besorgt.«

»Lucas!« Noelle hatte nicht damit gerechnet, dass er Alex davon erzählte. Sie wusste ja noch nicht einmal, ob sie es ihm wirklich geben wollte.

»Mom hat es ausgesucht.«

Durch das kleine Display konnte sie nicht sicher sein,

aber Alex wirkte glücklich auf sie. »Tja, ich habe auch etwas für dich und deine Mutter.«

»Was bekomme ich?«

Er lachte. »Hm, das kann ich dir vielleicht schon sagen, auspacken kannst du es sowieso nicht. Ich habe ein Ferienlager entdeckt – es dauert nur eine Woche, aber es ist auf wissenschaftliche Experimente spezialisiert, und am Ende kannst du jede Menge Zeug mit nach Hause nehmen, sogar Bücher.«

So begeistert, wie Lucas nun aussah, als er sich zu ihr umdrehte und auf seinem Platz herumhüpfte, hatte Noelle ihn noch nie erlebt.

»Das ist eine wundervolle Geste.« Sie war überzeugt, dieses Ferienlager musste teuer sein. »Aber ich kann nicht zulassen, dass du das für ihn bezahlst.«

Lucas' Lächeln erstarb.

»Vielleicht kann ich versuchen, es zu bezahlen, aber als Geschenk von Alex ist das einfach ein bisschen zu viel«, sagte sie zu Lucas, doch Alex konnte sie hören. Sie beugte sich zu der Kamera ihres Telefons vor, damit er sie auch sehen konnte. »Ich kann nicht zulassen, dass du ihm so ein Geschenk machst.«

»Natürlich kannst du das«, widersprach er.

»Nein. Auf keinen Fall.« Sie würde in diesem Punkt nicht nachgeben. Wenn Lucas sich in diesem Ferienlager wohlfühlte und es sich womöglich als eine der besten Erfahrungen seines Lebens entpuppen würde, dann würde er Alex im Gegenzug für dieses Geschenk noch mehr lieben. Und wenn dann die Zeit ihren Tribut forderte und Alex seltener anrufen oder texten würde, dann würde es Lucas das Herz brechen. Besser, sie sorgte dafür, dass er diese Erinnerung mit ihr verknüpfte, auch wenn sie dafür ihr Konto abräumen musste.

Trotzdem musste sie zugeben, dass diese Geste ihr einen Hauch von Hoffnung vermittelte, dass Alex sie vermisste. Er dachte an sie, kaufte sogar Geschenke für sie.

»Denk wenigstens noch einmal darüber nach, Noelle«, bat Alex.

»Klar, mache ich. Ich würde mich auch gern mit dir darüber unterhalten«, sagte sie ein wenig hinterlistig. »Wenn du zu Weihnachten herkommst«, hörte sie sich sagen. Und sie wusste, warum sie es gesagt hatte: Ring oder nicht, Familienkrise oder nicht, sie vermisste ihn fürchterlich. Sie wollte einfach seinen Blick spüren, sehen, wie er sie anlächelte.

Alex sah sie aus dem Display an, sagte aber nichts.

»Yeah!«, rief Lucas dazwischen. »Sonst könnten wir dir ja dein Geschenk gar nicht geben.«

»Wir werden sehen«, entgegnete Alex mit undurchschaubarer Miene.

Lucas runzelte die Stirn. »O nein. ›Wir werden sehen‹ bedeutet immer Nein, wenn Mom es sagt.«

»Vielleicht überrascht er uns ja«, sagte Noelle und starrte Alex an.

30

»Nicht zu fassen, dass Alex zu Weihnachten nicht hier ist«, sagte Phoebe, die verkehrt herum auf einem der Caféstühle saß, die Arme auf der Rückenlehne verschränkt. Sie war gekommen, um Noelle bei der Umgestaltung der Bäckerei zu helfen, und nun, da sie alle Möbelstücke aus dem Gastraum entfernt hatten, damit die Bodenbretter ausgetauscht werden konnten, brauchten sie dringend eine Pause. Noelle wusste, dass Phoebe ihr auch deshalb den ganzen Tag half, weil sie nicht über die großen Entscheidungen nachdenken mochte, die ihr ganzes Leben verändern konnten. Und das verstand Noelle nur zu gut. Phoebe hatte ihr erzählt, dass sie und Paul stundenlang geredet hatten. Am Ende hatte er immer noch nicht gewusst, wie es weitergehen sollte, was die Dinge auch nicht einfacher gemacht hatte. Sobald Phoebe einen Versuch unternahm, mit Noelle darüber zu sprechen, brach sie in Tränen aus. Also hatten sie das Thema nicht allzu oft aufgegriffen.

Wenn Phoebe sich schweigsam gab, dann war sie damit beschäftigt, etwas zu verarbeiten, und hier ging es möglicherweise um die wichtigste Entscheidung in ihrem Leben. Noelle überließ sie ihren Gedanken. Sie hatten den ganzen Tag geschuftet, und doch schien es, als kämen sie nicht voran. Sie verlor Zeit, und ihr blieb nicht mehr viel davon, um all die anstehenden Dinge zu erledigen. Was hatte sie sich nur gedacht? Unter keinen Umständen würde sie es schaffen, das Lokal bis Silvester umzugestalten und neu auszustatten, von einer Wiedereröffnung ganz zu schweigen.

Noelle setzte sich im Schneidersitz auf den sandigen Boden. »Was mir zu schaffen macht, ist ganz einfach dies: Alex will Lucas zwar eine Woche im Ferienlager bezahlen, als wäre das gar nichts. Aber er ist nicht bereit, uns seine Wertschätzung zu zeigen, indem er Weihnachten nach Hause kommt. Kaufen kann jeder ...«

»Du musst mit ihm reden, Noelle. Vielleicht begreift er es ja, wenn du es ihm erklärst. Je mehr ich darüber nachdenke, desto mehr frage ich mich, ob er womöglich gedacht hat, er würde etwas Nettes tun, und gar nicht versteht, wie wichtig es wäre, dass er nach Hause kommt.«

»Ich habe ihn gebeten, Weihnachten mit uns zu verbringen, und ich habe keine Antwort erhalten.« Noelle schüttelte den Kopf. »Ich habe keine Ahnung, warum, aber irgendetwas sagt mir, dass er hier sein sollte. Ich habe das überwältigende Gefühl, dass das, was er tut, einfach falsch ist.« Die Verbindung zwischen Gram und William oder den Ring wollte sie gar nicht erwähnen, solange sie nicht mit William gesprochen hatte. Und noch wusste sie nicht, wie sie das anstellen sollte. Sie wusste nur, es musste bald passieren, denn ihr geheimes Wissen lastete schwer auf ihr.

Phoebe bedachte sie mit einem liebevollen Lächeln. »Und du meinst nicht, dass das nur daran liegt, dass du dir mehr wünschen würdest?«

Noelle rieb sich die müden Augen und ächzte kapitulierend: »Ich weiß es nicht.«

»Die Welt geht nicht gleich unter, wenn du dir auch mal was Tolles für dich wünschst, weißt du? Du arbeitest sehr hart für alles, was du hast, warum solltest du dir also in diesem Punkt weniger Mühe geben?«

»Ich sollte mir gar keine geben müssen«, entgegnete Noelle in neutralem Ton. Aber hatte Phoebe vielleicht recht?

War dieses Gefühl, dass Alex einfach hier sein sollte, nur die Folge ihres eigenen Wunschdenkens? Ihr kam in den Sinn, dass Alex keinen Versuch unternommen hatte, mit ihr zu reden; er hatte sich nur mit Lucas unterhalten. Vielleicht hatte Alex gar nichts für sie übrig. Vielleicht hatte er nur eine Schwäche für Lucas – was sie ihm nicht verdenken konnte.

»Weißt du was?«, sagte sie, während sich der Stachel ihrer eigenen Gedanken in ihr Innerstes bohrte. »Ich glaube, ich sollte ihm sagen, er kann es vergessen. Er wird ja vermutlich sowieso nicht herkommen.«

»Ich habe nachgedacht«, sagte Noelle zu William, während sie in ihrer Tasche nervös mit der Ringschatulle spielte. Heute war der Tag, an dem sie es ihm sagen würde. Den ganzen Tag hatte sie sich Strategien zurechtgelegt, wie sie das Gespräch mit William beginnen konnte, hatte alle möglichen verschiedenen Arten durchgespielt, das Thema aufzubringen. Nur um dann, als ihre Nerven sie im Stich ließen, einfach drauflos zu plappern. Außerdem wollte sie die Sache nicht länger vor sich herschieben. »Ihre erste Liebe scheint Sie immer noch sehr zu berühren. Sie haben gesagt, Sie hätten etwas aufbewahrt – eine Serviette? Sie hat einen großen Eindruck auf Sie gemacht, so viel steht fest. Haben Sie sich je gefragt, wie es für sie gewesen ist?« Sie saßen im großen Wohnzimmer des Haupthauses. Er hatte sich von ihr einen Stuhl ans Fenster rücken lassen, weil er versuchen wollte, den Schnee zu sehen. Er konnte, wie er ihr erklärt hatte, erkennen, wie die Farben allmählich vom Weiß verschluckt wurden, und das empfand er als beruhigend. Und für Noelle war es wichtig, dass er in ruhiger Stimmung war, ehe sie ihr Geheimnis lüftete. Schließlich wollte sie ein paar Antworten haben.

»Die ganze Zeit«, sagte er, ohne den Blick vom Fenster abzuwenden. »Viele Nächte habe ich mich schuldig gefühlt und über sie nachgedacht. Das war nicht fair gegenüber Elizabeth, aber Sie müssen wissen, ich habe meine Frau geliebt. Ich habe sie sogar mehr geliebt als die erste Frau, die mir etwas bedeutet hat.«

»Hätten Sie denn diese erste Frau mehr lieben können, wenn Sie ihr eine Chance gegeben hätten? Hätte sie die Liebe Ihres Leben sein können?«

»Ich weiß es nicht«, sagte er nur.

»Warum haben Sie sich nicht um sie bemüht? Warum haben Sie sich von Ihrer Familie vorschreiben lassen, was Sie zu tun haben?«

Nachdenklich schürzte er die Lippen, und allmählich ging ihm ein Licht auf. »Hier geht es nicht um mich und sie, richtig?«

Damit erwischte er sie unvorbereitet. »Was?«

Stille herrschte zwischen ihnen, während er tief Luft holte. »Hier geht es um Sie und Alex. Sie wünschen sich, er würde sich mehr bemühen und zu Ihnen zurückkommen.«

»Das habe ich nicht gemeint ...«, erwiderte sie etwas zu schnell, und die Glut unter ihrer Haut verriet ihr, dass sie leuchtend rot angelaufen war.

»Was, wenn ich sagen würde: Soweit es mich und die andere Frau betrifft, hat sie sich auch nicht ins Zeug gelegt. Sie hat nicht versucht, mich umzustimmen. Vermutlich, weil ich sie verletzt habe, ohne es wirklich zu wissen. Schrecklich verletzt. Mir war nicht klar, was das für sie bedeuten musste, bis es zu spät war. Ich glaube, Sie sind ihr ziemlich ähnlich. Alex ist eine harte Nuss. Und ich glaube, er läuft davon, wenn ihm etwas Angst macht. Ich wette, er hat Todesangst, weil er sich davor fürchtet, in Bezug auf Sie zu versagen. Und er hat in seinem ganzen Leben noch nie bei irgendetwas versagt.«

»Ich werde ihm nicht nachlaufen«, konstatierte sie, und die kalte Luft im Raum brachte sie zum Schaudern. Doch sie fror innerlich genauso sehr wie äußerlich.

William nickte. »Das weiß ich«, entgegnete er mit einem verständnisinnigen Lächeln.

»Wenn sie Ihnen nachgelaufen wäre, was hätten Sie dann getan? Hätten Sie all das hier wirklich für sie aufgegeben?« Sie wünschte sich, er würde Ja sagen, würde ihr die Hoffnung geben, dass etwas so Wunderbares wirklich geschehen konnte.

»Sie sind ihr so ähnlich«, wiederholte er, und seine Worte jagten einen Schauer über ihren Rücken. »Warum wagen Sie nicht einfach einen Versuch mit Alex und schauen, wohin es Sie führt?«

»Ich bin ihr ähnlich?« Sie hielt das Ringkästchen in ihrer Tasche in der Hand.

»Sehr.«

Mit der freien Hand ergriff sie seine. »Meine Gram und ich sind uns auch sehr ähnlich«, sagte sie. »Ihr Name war Sophia.« Sie drehte seine Hand um, legte das Kästchen hinein und schloss seine Finger darum.

Seine Brust hob sich unter einem tiefen Atemzug, als er das Kästchen öffnete und mit dem Finger über den Diamanten strich. Schwere Erschütterung schlug sich auf seinen Zügen nieder. Noelle wartete und wusste nicht recht, was sie nun tun sollte. Sie war kaum imstande zu atmen; ihre Hände zitterten unkontrollierbar.

Ohne Vorwarnung lief eine einzelne Träne über Williams

Gesicht. »Manchmal ist mir so etwas durch den Kopf gegangen«, wisperte er, legte eine Hand an Noelles Wange und ließ den Tränen freien Lauf. »Hatte sie ein gutes Leben?«, fragte er und weinte nun so sehr, dass es ihm schwerfiel, die Worte hervorzubringen.

»Ja, das hatte sie.« Auch Noelles Augen waren umwölkt von ihren Gefühlen, als sie beide die Hände um den Ring schlossen. Sanft drückte sie seine Finger. »Sie hat meinen Pop-pop geheiratet, und die beiden waren ein wundervolles Paar. Sie haben in der Küche getanzt, sind mit mir zum Strand gegangen, haben selbst erfundene Cocktails mitgenommen und sich damit in den Sand gesetzt, bis die Sonne untergegangen ist ... Ich könnte ewig weitererzählen. Sie hatte ein Leben, wie ich es mir nur wünschen kann.«

Er löste sich von ihr und ließ den Ring in ihren Fingern. Dann schlug er die Hände vor das Gesicht und schluchzte, doch es hörte sich an, als vergösse er Tränen der Erleichterung. Als wäre er unendlich glücklich, dass seine große Liebe ein gutes Leben geführt hatte. Und das war der größte Liebesbeweis, den Noelle je gesehen hatte.

Am nächsten Morgen standen Noelle und Lucas im Büro und blickten durch das wandgroße Fenster in den Schnee hinaus. Nun kam er erst so richtig runter. Noelle hatte den größten Teil der Nacht damit zugebracht, sich Gedanken darüber zu machen, wie sie Alex von dem Ring erzählen sollten. William hatte so emotional reagiert, dass sie mit ihm nicht hatte darüber sprechen können. Und so waren ihr die ganze Nacht eine Million verschiedene Szenarios durch den Kopf gegangen. Sie wusste, sie würden es ihm sagen müssen, und vermutlich war das Williams Angelegenheit, aber irgendwie war sie froh, dass Alex in New York war und sie seiner Gegenwart nicht ausgesetzt wäre, ehe sie sich einen Plan zurechtgelegt hatte und wusste, was sie sagen sollte. Sofern sie überhaupt irgendetwas sagen konnte.

»Können wir Schlittenfahren gehen, wenn mehr Schnee liegt?«, fragte Lucas. »Schneit es in New York auch?«

»Das weiß ich nicht«, gestand sie und fürchtete sich schon davor, Alex kontaktieren zu müssen. »Vielleicht.«

»Lass uns ihm schreiben und es herausfinden. Ich möchte wissen, ob es da schneit!« Lucas strahlte und war so lebhaft, er hüpfte beinahe auf und nieder.

Noelle rief sich zur Ruhe, um sich nicht bei lebendigem Leib von den eigenen Sorgen auffressen zu lassen, und gab Lucas ihr Telefon. Sie wollte ihn nicht beunruhigen, indem sie ihm den Kontakt zu Alex untersagte, also blieb ihr nur zu hoffen, dass sie selbst nicht mit ihm würde sprechen müssen. Lucas wusste genau, wie ihr Telefon funktionierte; er würde sie nicht brauchen. Bei seinen Großeltern hatte er geübt, Textnachrichten zu versenden, und inzwischen war er richtig gut darin. Noelle schaute wieder zum Fenster hinaus. Der Schnee begrub allmählich das weihnachtliche Grün auf den Balkonen und an den Außenmauern, und die Girlanden gaben unter seinem Gewicht ein wenig nach. Ihr Herz fühlte sich genauso schwer an.

»Er antwortet nicht«, klagte Lucas. Erst jetzt fiel ihr auf, dass Lucas nicht mehr so munter wirkte. »Vielleicht ist er beschäftigt«, fügte er hinzu, doch in seinen Augen spiegelte sich unverkennbar Enttäuschung.

»Weißt du was?«, sagte sie, obwohl ihre Stimme zu brechen drohte. »Es sind nur noch zwei Wochen bis Weihnachten! Wir sollten anfangen zu feiern. Wir brauchen jetzt eine große Tasse heiße Schokolade und ein paar Stückchen vom Casa Grande. Die Hausangestellten haben sich zwar schon darüber hergemacht, aber es ist noch etwas übrig.« Sie zwinkerte ihm zu und verbarg ihre Angst.

»Okay«, stimmte er zu und gab ihr das Telefon zurück. Sie warf noch einen kurzen Blick darauf, ehe sie das Display abschaltete, aber es war immer noch keine Antwort eingetroffen.

»Gönnen wir uns ein bisschen Spaß«, sagte sie lächelnd.

31

Noelle ließ sich rücklings auf Phoebes Bett fallen. Ein Kissen fiel von einem großen Stapel herab und landete auf ihrer Brust. Sie drückte es an sich. So sehr hatte sie sich nach einem freundlichen Gesicht gesehnt, dass sie, nachdem sie Lucas schon früh zu ihren Eltern gefahren hatte, geradewegs zu Phoebe marschiert war. »Ich habe keinen Plan«, gestand sie. »Zum ersten Mal in meinem Leben habe ich keinen Plan. Alles läuft schief.«

»Und deswegen kommst du zu mir?«, fragte Phoebe pathetisch. »War Jo zu beschäftigt oder was?«

Unwillkürlich musste Noelle lachen. »Ich erwarte nicht, dass du einen Plan für mich hast«, entgegnete sie. »Ich bin hier, damit du mir hilfst, mich besser zu fühlen, und das tust du. Darin bist du einfach toll, Phoebe. Ich wünschte mir beinahe, ich könnte die Welt so sehen wie du. Du nimmst die Dinge einfach, wie sie kommen, und bleibst völlig sorgenfrei.«

»Meine Spontanität hat mir gerade eine Beziehung kaputtgemacht«, bemerkte Phoebe kopfschüttelnd und zog ein langes Gesicht, während sie frische Wäsche zusammenfaltete und im Schrank verstaute.

»Wir haben alle schwierige Entscheidungen zu treffen, ob wir dazu Pläne schmieden oder nicht«, meinte Noelle. »Aber ich wünschte, ich könnte mal die Vorsicht in den Wind schießen lassen und mein Leben verändern. Ist dir überhaupt klar, dass du im Begriff bist, dein Leben zu verändern, Phoebe? Es wird vielleicht nie mehr dasselbe sein. Manchmal wünschte ich, ich könnte das auch.«

Phoebe hielt inne und starrte ihre Freundin an. Der schwere pinkfarbene Pullover, den Noelle ihr letztes Jahr zum Geburtstag geschenkt hatte, hing an ihren Fingerspitzen. »Dann tu's.«

Noelle rollte sich im Bett herum, setzte sich auf, schlug die Beine übereinander und legte sich das Kissen als Armstütze in den Schoß. »Was?«

»Sei impulsiv!« Phoebe ließ sich neben ihr auf das Bett plumpsen. »Komm mit mir nach L. A., wie du es immer gesagt hast. Du hättest eine Wohnung, und ich bin sicher, du würdest auch einen Job finden. Lucas würde in eine neue Schule gehen und könnte ganz neu anfangen. Und du könntest mir helfen, nicht zusammenzubrechen, weil ich ständig an Paul denken muss ... Vielleicht nehmen wir ein kleines Stück von unserer Welt mit an die Westküste. Ich stelle mir ein gut besuchtes Café mit einem großen Schild vor, auf dem steht: East Coast Café and Bakery.«

»Ich habe gerade erst ein neues Schild gekauft«, antwortete Noelle, weil ihr nicht mehr dazu einfallen wollte.

»Und? Du bist bei diesem Szenario nicht die Planerin, schon vergessen? Wir besorgen uns von meiner ersten Gage ein neues Schild.«

»Und was wird aus dem Café? Gram würde wollen, dass ich hier in Richmond Erfolg habe.« Noch während sie sprach, sagte sich Noelle im Stillen, dass sie diese alberne Idee gar nicht in Betracht zog; das war nur Geplauder.

»Es wird Erfolg haben. Nur an einem anderen Ort. Ich würde dir sogar dabei helfen, diese riesige Jukebox rüberzuschaffen.« Mit einer Miene, so gleichmütig, als wäre das völlig nebensächlich, strich sich Phoebe das rote Haar über die

Schulter zurück, aber Noelle wusste, dass es ihr ernst war. Die Trennung von Paul hatte sie schwerer getroffen, als sie zugeben wollte, und Noelle wusste, sie wünschte sich insgeheim nichts mehr als ihre Unterstützung. Phoebe sagte immer, ohne Noelle würde sie den Verstand verlieren. »Dein Zeug liegt vermutlich immer noch fertig gepackt in dem Anhänger, und falls nicht, kannst du alles an einem Tag zusammenpacken. Komm mit. Hier gibt es doch nichts, was dich hält.«

Noelle zupfte einen losen Faden aus dem Kissen in ihrem Schoß und versuchte, sich darüber klarzuwerden, warum sie nichts dazu sagte. Doch zugleich wusste sie, es lag daran, dass sie tatsächlich das Für und Wider dieser aberwitzigen Idee erwog. Phoebe hatte nur teilweise recht. Es gab schon etwas, was sie hier hielt: ihre Familie. Sie würde Mom und Dad vermissen, Heidi und Pop-pop. Ihre Mutter war stets die Kraft gewesen, die alles zusammengehalten hatte. Sie passte auf Lucas auf, wenn Noelle arbeiten musste, und auch ihr Dad hatte ihr immer hilfreich zur Seite gestanden. Pop-pop würde sich gewiss wünschen, den Erfolg des neuen Cafés zu erleben. Und dann war da auch noch Jo ...

»Du denkst zu viel«, konstatierte Phoebe. »Ich sehe es dir an. Mach dir keinen Kopf über die Leute, die du zurücklässt – ich weiß, das tust du. Ich habe Paul verlassen, um Himmels willen. Die werden alle auch später noch hier sein. Du kannst sie jederzeit einladen, dich zu besuchen, wenn dir danach ist. Außerdem weißt du ja, wie gern ich Gus das Leben schwer mache.« Sie lächelte. »Denk nicht lange darüber nach, tu es einfach.«

Noelle hatte über jede Entscheidung, die sie in ihrem Leben getroffen hatte, eingehend nachgedacht, und es war ihr doch nicht besser ergangen, als ohne jegliche Planung. Aber konnte sie wirklich auf die andere Seite der Staaten ziehen?

»Falls und nur falls das Café bis zum Fristablauf zu Silvester kein Geld abwirft, habe ich eine Liste gemacht. Hier sind die Fürs«, berichtete Noelle, als sie Jo gegenüber an einem Tisch mit zwei Tellern Pasta saß. Schon seit sie bei Phoebe aufgebrochen war, hatte sie im Geiste eine Liste zusammengestellt. Zuerst war ihr der Gedanke an einen Umzug idiotisch erschienen, doch nun fragte sich Noelle, ob das womöglich genau das war, was sie brauchte. Als Noelle gesagt hatte, sie wolle mit Jo zu Mittag essen, hatte ihre Freundin sofort zugestimmt – wie sie es immer tat. »Phoebe hat bereits eine Wohnung für uns. Ich könnte Lucas an einen anderen Ort bringen, was mir sehr lieb wäre, und ich könnte die Harrington-Villa hinter mir lassen.«

Jo drehte die Gabel auf ihrem Teller und zog etwas Pasta aus dem Gericht mit Weißweinsoße, das sie sich bestellt hatte. »Ist das ein Für? Oder ein Wider?«

»Definitiv ein Für. Lucas hat sich viel zu sehr an Alex gehängt, und das wird ihm das Herz brechen. Ich bin deswegen jetzt schon ein nervöses Wrack. Alex hat seine Entscheidung ja getroffen. Er ist weg, Jo. Er ist nach New York gezogen, und es gibt nichts, was ich daran ändern könnte.« Sie nahm einen Schluck von ihrem eiskalten Wasser. Ihr Mund fühlte sich außergewöhnlich trocken an. Sie hatte geredet, als wäre es ganz einfach, zu gehen. Dabei wusste sie, so einfach würde es nicht werden. Aber wenn Alex nicht zurückkäme, wäre William der einzige Grund für sie, in der Villa zu bleiben, und mit ihm konnte sie problemlos in Kontakt bleiben. Dennoch war ihr bewusst, wie sehr sie ihn vermissen würde.

»Na schön. Und wie sehen nun die Widers aus?«

»Ich werde alle furchtbar vermissen, denn ich werde ja einen langen Flug weit weg sein. Ich werde mir einen neuen Job suchen müssen. Ich habe jeden Penny, den ich hatte, in die Bäckerei gesteckt, also habe ich vielleicht gar nicht das Geld, um diesen Umzug durchzuziehen.«

Jo nickte verständnisvoll. »Was ist mit Lucas? Wie würde er mit dem Umzug zurechtkommen?«

»Ich werde ihn fragen, aber ich glaube, er macht das schon, auch wenn er Mom und Dad sehr vermissen wird. Trotzdem, für ein Abenteuer ist er immer zu haben.«

»Ich glaube, diese Entscheidung kannst nur du allein treffen, Noelle. Ich kann nichts Falsches an einem Neuanfang finden. Viele Leute fangen noch einmal von vorn an. Du musst nur herausfinden, ob du das wirklich willst.« Lächelnd griff Jo nach ihrem Wein und hielt das Glas am Stiel hoch. »Ich bin stolz auf dich, dass du das überhaupt in Erwägung ziehst. Endlich denkst du mal an dich, nicht nur an alle anderen.«

Als Lucas endlich ins Bett ging, pochte es in Noelles Schläfen. Den ganzen Nachmittag hatte sie darüber nachgedacht, mit Phoebe nach Los Angeles zu ziehen. Dabei war sie ständig von einem Extrem zum anderen geschwankt. Mal hatte sie gedacht, das wäre die dümmste Idee, von der sie je gehört hatte, dann wieder schwelgte sie in der Hoffnung, daraus könnte etwas wirklich Großes werden. Sie wollte mit Lucas darüber sprechen, nur um ein Gefühl dafür zu bekommen, wie er dazu stand. Aber sie fürchtete, dies wäre kein guter Zeitpunkt, ihn darauf anzusprechen, weil er an diesem Abend ein wenig betrübt war, nachdem Alex nicht geantwortet hatte.

Es hatte weiter geschneit, und die Schneedecke wurde rasch dicker. Um Lucas auf andere Gedanken zu bringen, hatte Noelle ihm vorgeschlagen, Schlittenfahren zu gehen. Er hatte sich gefreut, war aber nicht ganz bei der Sache gewesen; seit er von der Schule nach Hause gekommen war, hatte er zweimal ihr Telefon kontrolliert, und Alex hatte immer noch nicht reagiert. Diese Situation machte den Gedanken, fortzuziehen, noch verführerischer.

Nach seinem Bad und der Gute-Nacht-Geschichte legte sie sich zu ihm, und sie starrten zusammen den Glaslüster über dem Bett an, bis sie beschloss, das Thema anzuschneiden. »Es ist kalt«, sagte sie.

»Mmhm.« Er drehte sich nicht zu ihr um.

»Wäre es nicht schön, wenn wir jetzt irgendwo im Warmen wären?«

Nun drehte er sich doch um. »Am Strand?«

»Irgendwo, wo es Palmen und Sandwege gibt.«

»Ja.« Er streckte sich aus und starrte wieder zur Decke empor.

»Phoebe möchte uns zu einem großen Abenteuer mitnehmen, aber ich weiß nicht, ob du das auch willst.«

Schläfrig drehte sich Lucas auf die Seite und stützte den kleinen Kopf auf eine Hand. »Was für ein Abenteuer?«

»Sie möchte, dass wir mit ihr nach Los Angeles ziehen. Das ist in Kalifornien. Wir würden mit ihr zusammenwohnen. Da ist es das ganze Jahr über warm. Und wir könnten nach der Schule zum Strand gehen. Vielleicht kann ich dort sogar ein Café eröffnen.«

»Vielleicht ein Eiscafé«, sagte er mit einem schwachen Lächeln, ehe er vor lauter Nachdenken das Gesicht verzog, die Stirn runzelte und die Lippen schürzte. »Glaubst du, wir gehören dahin? Oder ist das nur wieder ein Zwischenstopp?«

Noelle wusste nicht recht, was sie sagen sollte. »Ich schätze, das werden wir erst erfahren, wenn wir dort sind. Was meinst du? Würdest du gern dorthin gehen? Wir gehen nicht, wenn du es nicht willst.«

»Es hört sich lustig an.«

Sie konnte sich ein Lächeln nicht verkneifen. Die warme Luft und der Sonnenschein könnten ihr guttun. Sie musste raus aus dieser Sackgasse, in der sie steckte, um herauszufinden, was das Richtige für sie war. Es fühlte sich zwar absolut fremd und auch ein wenig bedrohlich an, aber vielleicht war es genau das, was sie brauchte. Vielleicht würde sie, wenn sie sich aus ihrer Komfortzone wagte, erkennen, was ihr bestimmt war.

»Dann ist das ein Ja?«

»Ich hab gehofft, wir würden hierher gehören.«

Sie wollte nicht zugeben, dass es ihr genauso ergangen war. »Es ist schön hier, nicht wahr?«

»Ja, aber nicht mehr so schön wie mit Alex. Also können wir auch wieder umziehen.«

Ihr tat das Herz weh, als sie das hörte. Sie hatte gewusst, es würde so kommen. Und sie hatte das Gefühl, das war alles nur ihre Schuld. Sie hatte zugelassen, dass Alex in ihr Leben getreten war, und das hätte sie nicht tun dürfen. Aber sie war zu sehr in ihrer eigenen Gefühlswelt gefangen gewesen, und dies war nun der Preis, den sie dafür zu zahlen hatte.

»Ich finde das auch okay«, sagte sie.

32

Während der letzten paar Tage hatte sie viel über die Idee nachgegrübelt. Der Gedanke, Grams Laden aufzugeben, machte ihr Angst. Natürlich konnte sie Grams Sachen mitnehmen – all die Dinge, die sie liebte: die Rezepte, ihr Lieblingsgeschirr, die Jukebox, die Bücher … Aber für sie fühlte es sich an, als wäre es nicht das Gleiche. Sie versuchte sich einzureden, dass das Haus nur irgendein Ort war und alles in Ordnung wäre, solange sie ihre Erinnerungen und Grams Sachen hatte, aber ihr war immer noch unbehaglich zumute.

Sie parkte am Ende der Straße und ging den üblichen Weg zur Bäckerei hinauf, um sich dort mit Pop-pop zu treffen. Seit sie mit ihm Grams Sachen durchgesehen hatte, war das ihr erstes Zusammentreffen. Sie fühlte sich ein wenig verunsichert angesichts dessen, was sie über Grams Verbindung zu den Harringtons wusste. Pop-pop wartete an einem der Tische am Rand des Gastraumes auf sie. Dorthin hatten sie alle Tische geschoben, mitsamt den umgedrehten Stühlen darauf. Ihr Großvater betrachtete lächelnd das Ergebnis ihrer harten Arbeit, aber sie selbst konnte nur das sehen, was vor ihr lag und in einem engen Zeitrahmen bewältigt werden musste.

»Ich habe über etwas nachgedacht«, sagte sie, legte ihren Mantel ab und zog sich einen Stuhl heran, um sich zu ihm zu setzen. »Aber ohne dein Einverständnis würde ich es nie wagen.« Sie musste über mehr mit ihm reden als nur über die Bäckerei, aber sie dachte sich, es wäre das Beste, mit dem einfachsten Thema zu beginnen. Noch war sie nicht bereit, ihm zu erzählen, was sie über diesen »Modeschmuck« wusste, den er gefunden hatte.

»Worum geht es?«, fragte er und musterte sie besorgt. »Du wirkst sehr ernst.«

»Ich ringe mit mir, Pop-pop.« Sie sackte auf ihrem Stuhl zusammen, und das Tageslicht strömte wie eine Art weißer Dunst zum Fenster herein. Die dichte Wolkendecke verwehrte ihnen den goldenen Sonnenschein, den sie sonst am Nachmittag hier genießen konnten. »Ich weiß einfach nicht mehr, wer ich bin. Ich habe das Gefühl, es gibt plötzlich verschiedene Versionen von mir, und wenn ich versuche, in eine Rolle zu schlüpfen, scheint keine davon zu passen.« Unbehaglich rutschte sie auf ihrem Stuhl herum, kurz davor, die große Frage zu stellen, während Pop-pop sie liebevoll betrachtete, so hilfsbereit wie eh und je. »Phoebe möchte, dass ich mit ihr nach L. A. gehe.«

Neugierig zog er die Brauen hoch.

»Sie möchte, dass ich dort hinziehe.«

»Willst du das denn?«, fragte er.

»Ich weiß es nicht.« Sie schüttelte den Kopf. »Aber wenn ich das tue, möchte ich dort ein Café eröffnen, denn ganz egal, wo ich bin, mir würde etwas fehlen, wenn ich auf das verzichten müsste, was Gram begonnen hat.«

Er bedachte sie mit einem verständnisinnigen, nachdenklichen Blick.

»Würdest du mir deinen Segen geben, das Café mitzunehmen?«

Eine Weile saß er schweigend da und überlegte. Dann, mit einem schwachen lächeln, sagte er: »Noelle, du hast noch dein ganzes Leben vor dir, und wo du dieses Leben aufbaust, ist nicht halb so wichtig wie mit wem du das tust. Wenn

Phoebe also die Person ist, mit der du dieses Leben verbringen willst, dann hast du meinen Segen.«

Das war typisch Pop-pop. Er wusste, dass sie Phoebe liebte, er wusste aber auch, dass ein großer Teil ihres Herzens hierbleiben würde, bei Jo, bei ihrer Familie, sogar bei William. Er gab ihr also nicht nur seinen Segen, er erklärte ihr auch, wie er darüber dachte, und dafür liebte sie ihn.

»Du sagst, es gäbe verschiedene Versionen deiner selbst – das kennen wir alle. Aber es gibt eine Version, die ist perfekt. Und die musst du finden.«

»Denkst du, ihr beide, du und Gram, wart die perfekten Versionen eurer selbst?«

Pop-pop setzte ein breites Lächeln auf, ehe er hastig, beinahe, als wären noch andere im Raum, entgegnete: »Als ich deiner Gram begegnet bin, war sie noch eine andere Version ihrer selbst.«

Unverwandt starrte Noelle ihn an.

»Davon habe ich noch nie einer Menschenseele erzählt, aber als wir uns kennengelernt haben, da hat sie einen anderen geliebt. Und sie war am Boden – er hat ihr die Lebensfreude genommen, sie zerstört. Aber Optimist, der ich bin, habe ich beschlossen, mich davon nicht abschrecken zu lassen. Stattdessen habe ich ihr gezeigt, wie die Liebe mit mir aussehen könnte. Und es hat nicht lange gedauert, da hat sie begriffen, dass sie den falschen Weg eingeschlagen hatte und dass der richtige direkt vor ihr lag. Später einmal hat sie mir von dieser verlorenen Liebe erzählt, und viele Jahre später haben wir gemeinsam darüber gelacht, was aus ihr hätte werden können. Aber das war nur deswegen so lustig, weil wir bereits Jahrzehnte zusammen waren und die Vorstellung, sie könnte irgendeine andere sein als die, die sie war, uns beiden lächerlich vorkam.«

»Ich kenne diese Geschichte«, sagte sie, und ihr fiel ein Stein vom Herzen.

Verwundert neigte Pop-pop den Kopf zur Seite. »So?«

»William hat sie mir erzählt.«

»Ach so.« Mehr musste er nicht sagen. Er wusste offenbar, dass Gram damals in William verliebt gewesen war.

»Er hat sich auch wieder neu verliebt und mir bezaubernde Dinge über seine Frau erzählt.«

Pop-pop grinste, und in seinem Gesicht war nicht die kleinste Spur von Abneigung zu sehen. »Schön zu hören«, sagte er nur.

»Es macht dir nichts aus, darüber zu reden?«

Stirnrunzelnd schüttelte er den Kopf. »Warum sollte es? Gram und ich hatten unser Happy End, meinst du nicht?«

Er hatte recht, und die Heiterkeit, die seine Antwort ihr vermittelte, hob ihre Stimmung beträchtlich. »Ja«, stimmte sie zu und fühlte sich so gut wie seit Tagen nicht mehr. »Ja, das hattet ihr.«

Noelles Telefon klingelte, kaum dass sie und Lucas sich fürs Bett fertiggemacht hatten. Seite an Seite hatten sie sich an den beiden Waschbecken, die auf eine so elegante Weise in die Marmorplatte eingelassen waren, die Zähne geputzt und das Gesicht gewaschen. Nun griff sie rasch zum Telefon, ehe Lucas sah, wer anrief. Wüsste er, dass es Alex war, würde er sich womöglich ganz umsonst freuen, denn nachdem Alex sich nicht gemeldet hatte, wusste Noelle nicht recht, was sie erwarten sollte. Außerdem musste sie sowieso mit ihm reden und ihm von ihren Überlegungen berichten.

Im Pyjama verließ sie das Badezimmer und ging dran.

»Ich muss mit dir reden«, sagte er ohne Umschweife.

»Ich muss auch mit dir reden.« Zwar war sie immer noch gekränkt, weil er auf Lucas' Nachricht nicht reagiert hatte, doch in ihrem Ton war davon nichts zu hören.

»Wer ist das, Mom?«, rief Lucas aus dem Badezimmer und steckte den Kopf zur Tür heraus.

Lächelnd schüttelte sie den Kopf und scheuchte ihn zurück ins Bad. Als sie gleich darauf nach ihm schaute, kämmte er sich das Haar und zog zwischendurch genau wie sie den Kamm durch den Wasserstrahl, obwohl sein Haar schon klatschnass war.

»Ich habe nachgedacht«, erklang Alex' Stimme. »Viel nachgedacht. Ich kann überhaupt nicht aufhören, nachzudenken …«

Sie wartete, ging zurück ins Wohnzimmer und setzte sich auf den Rand der Couch. Erst jetzt fiel ihr auf, wie kalt es an diesem Abend ohne ein Feuer im Kamin war.

»Ich möchte dich sehen.«

Stille senkte sich über sie, während sie versuchte, seiner Aussage einen Sinn abzuringen. Verwirrung ergriff Besitz von ihr, und da ihr keine Erklärung einfiel, fragte sie: »Warum?«

»Ich bin gegangen, weil ich Angst hatte«, begann er, und noch ehe sie diese Worte verarbeiten konnte, sprach er schon weiter. »Ich hatte Angst, ich könnte dich und Lucas so enttäuschen, wie mein Vater und mein Großvater mich enttäuscht haben. Ich habe keine Erfahrung damit, wie Familie funktioniert; ich weiß einfach nicht, was ich zu tun habe.«

Exakt das, was William vermutet hatte.

Lucas kam aus dem Badezimmer und kletterte neben ihr auf das Sofa, worauf ihr Herz noch schneller schlug als zuvor. Sie dachte daran, dass Alex beim ersten Anzeichen für Probleme die Flucht ergriffen hatte, und an Williams Geschichte, die besagte, dass die Familie niemanden hatte akzeptieren wollen, der keine Reichtümer mitbrachte. Das alles verunsicherte sie; sie wusste einfach nicht, wie es weitergehen sollte. In Gedanken ging sie die Gelegenheiten durch, bei denen sie Alex und William zusammen erlebt hatte, und erinnerte sich daran, wie kaputt die Beziehung der beiden war. Und daran, dass sie vielleicht nach L. A. gehen wollte.

»Es geht nicht nur um dich, weißt du?«, sagte sie nach einer Weile, froh, dass Lucas unruhig geworden und vom Sofa gesprungen war. Nun fummelte er an den Kisten am Kamin herum. »Ich kann nicht einfach alles stehen und liegen lassen und nach New York fliegen, nur weil du mich sehen willst. Ich bin keine Frau, die einfach in deinem Leben auftaucht und wieder verschwindet, wie es dir gefällt.«

»Ich weiß.« Stille. Dann: »Was kann ich tun, um dir zu zeigen, dass es mir ernst ist?«

»Wie wäre es für den Anfang damit, Lucas' Nachricht zu beantworten?«

Lucas Kopf ruckte hoch. Der Lautsprecher summte ihr ins Ohr. Alex sagte nichts, und sie wusste, sie hatte ihn kalt erwischt. »Leg auf«, sagte er plötzlich.

»Was?«

»Leg auf.«

Ihre Wangen brannten vor Kummer, aber sie wusste, sie hatte nichts falsch gemacht. Wollte er wirklich, dass sie auflegte? Er hätte es wohl nicht gesagt, würde er es nicht so meinen. Flach atmend beendete sie das Gespräch. Gleich darauf blinkte ein Text auf dem Display auf: Lucas? Alex hier. Bist du da?

Zögernd reichte Noelle ihrem Sohn das Telefon. Lucas warf nur einen Blick auf den Bildschirm, und schon breitete sich ein strahlendes Lächeln auf seinem Gesicht aus.

Lucas antwortete.

Dann traf eine weitere Nachricht von Alex ein: Tut mir so leid, dass ich deine Nachricht übersehen habe. Ich war furchtbar beschäftigt. Weißt du, ich war auf Reisen, und mein Telefon war abgeschaltet, solange ich im Flugzeug war. Und dann habe ich den ganzen Vormittag damit verbracht, alles Mögliche für Weihnachten vorzubereiten. Aber noch einmal passiert mir das nicht, das verspreche ich dir.

Noelle blickte Lucas über die Schulter und las mit, bemüht, nicht darüber nachzudenken, wie wundervoll Alex im Umgang mit ihrem Sohn war. Nun tat es ihr leid, ihn so angeblafft zu haben. Schließlich hatte er lediglich eine Nachricht übersehen. Lucas schrieb ihm, das wäre in Ordnung.

Alex antwortete: Ich vermisse dich und deine Mom.

Diese Bemerkung versetzte Lucas in Hochstimmung. »Er vermisst uns!«, rief er und fuchtelte mit dem Telefon in der Luft herum.

Noelle fragte ihn, ob sie antworten dürfe, und er gab ihr das Gerät. Noelle hier, tippte sie. Wenn du uns wirklich vermisst, dann komm zu Weihnachten her. Hör auf, wegzulaufen. Sie drückte gerade auf Senden, als ein seltsames Geräusch an der Tür sie ablenkte. Es hörte nicht auf, wurde lauter und klang immer sonderbarer. Besorgt stand sie auf und öffnete. Und keuchte auf, als sie sah, was da draußen war.

Direkt vor ihr tapste ein winziger gelber Labrador mit einer riesigen roten Schleife um den Hals herum, deren Bänder hinter ihm durch die Luft flatterten, während er auf dem glänzenden Boden mal in diese, mal in jene Richtung sauste. Lucas hob ihn auf die Arme und kraulte ihn, während Noelle in beide Richtungen den Gang entlangblickte, um herauszufinden, was das zu bedeuten hatte. Dann, wie aus dem Nichts, trat Alex in ihr Blickfeld. Er hielt sein Telefon in der

Hand und sah ihr direkt in die Augen. »Ich bin dir einen Schritt voraus«, sagte er mit einem schiefen Grinsen, das ihr Herz in eine Schnarrtrommel verwandelte.

»Alex!«, rief Lucas und rannte mit dem Welpen, der auf seinen Armen zappelte, zu ihm.

Alex hob ihn samt Hund hoch und drückte ihn vorsichtig. »Das ist Henry. Er zieht gerade ein«, sagte er mit einem Blick zu Noelle, und ihr kam in den Sinn, dass sie ihm gesagt hatte, er brauche einen Hund. Er hatte es nicht vergessen. »Ich habe ihn nach meinem Urururururgroßvater benannt – weil der dieses Haus gebaut hat und ich euch hier kennengelernt habe.«

Sie liebte den Namen, den er gewählt hatte, aber noch mehr liebte sie die Tatsache, dass er sich so viele Gedanken gemacht hatte. Dass er sich bemüht hatte, ihr zu zeigen, was sie ihm bedeutete. Für jemanden, der behauptete, er wisse nicht, wie so etwas funktioniert, war er ziemlich gut darin. Sie konnte sich das Lächeln nicht mehr aus dem Gesicht wischen.

Alex blieb und half ihr, Lucas ins Bett zu bringen. Henry schlief friedlich in seiner Box in Lucas' Zimmer. Alex hatte Jim eine Nachricht geschickt, und der hatte sich geradezu auf die Gelegenheit gestürzt, sich um den Welpen zu kümmern. Er hatte auch versprochen, ihn abzuholen, wenn Lucas schliefe, um während der ersten Wochen am Abend noch mal mit ihm rauszugehen. Als Jim wieder fort war, machte Alex ein Feuer an und setzte sich zu Noelle. Die Erschöpfung stand ihm ins Gesicht geschrieben.

»Das ist eine Überraschung«, konstatierte sie. Ihre Pläne gerieten gerade wohl mal wieder durcheinander.

»Ich weiß.« Er legte den Arm um sie, und seine Finger glitten über ihre Schulter. »Mir ist noch nie ein Mensch so nahe gekommen wie du.« Sie schwelgte in seiner Aufrichtigkeit, in der Art, wie er sie anblickte, der grenzenlosen Liebe, die er ihr in diesem Moment entgegenbrachte. Dann dachte sie an Pop-pops Rat und versuchte, mental in diese Version ihrer selbst zu schlüpfen – die, in der sie und Alex ihr Happy End bekamen. Und es fühlte sich wunderbar an. Aber diese Version war Gram nicht bestimmt gewesen, und sie war genau wie ihre Gram.

»Es ist so viel passiert«, sagte sie und fühlte sich reichlich überfordert. »Ich, äh …« Die Vorstellung, nach L. A. zu ziehen, machte ihr nun schon ein wenig mehr zu schaffen, aber sie musste einen klaren Kopf behalten. »Ich habe daran gedacht, nach Kalifornien zu ziehen.«

»Was?« Er richtete sich auf und drehte sich zu ihr um.

»Mit meiner Freundin Phoebe …«

Sie konnte den Satz nicht beenden. Der Kloß in ihrer Kehle machte das Sprechen beinahe unmöglich. Mit den Gefühlen, die in ihr aufwallten, hatte sie nicht gerechnet. Phoebe hatte den Mann, den sie für das perfekte Gegenstück gehalten hatte, verlassen, um etwas für sich zu tun. Und nun drohte Noelle das gleiche Schicksal. Bliebe sie, musste sie damit rechnen, dass ihr Café scheiterte, sie jegliche Perspektive in Bezug auf die Arbeit verlor und ohne ernstzunehmende Zukunftspläne dastünde.

»Du willst fortgehen?«, fragte er mit bekümmerter Miene. Von seinem Lächeln war nichts mehr zu sehen, während er mit großen Augen auf ihre Antwort wartete.

»Ich glaube, das wäre eine Möglichkeit für mich. Ich habe doch auch eine Chance verdient, mein Leben so zu gestalten, wie ich es will.«

»Du hast die Bäckerei«, wandte er beinahe verzweifelt ein. »Ich werde dich nicht rauswerfen.«

Sie schüttelte den Kopf, um ihn zu unterbrechen. »Ich möchte aus eigener Kraft erfolgreich sein, nicht, weil du mir eine Art extravagantes Hobby finanzierst.«

Er beugte sich vor, stützte die Ellbogen auf die Knie und presste die Hände an die Lippen, während er über ihre Worte nachdachte.

»Ich muss aus eigener Kraft erfolgreich sein«, wiederholte sie, immer noch den Tränen nahe und zugleich besorgt, sie könnte die falsche Entscheidung treffen. Doch es konnte doch auch nicht ihre Bestimmung sein, ihn für ihr Café zahlen zu lassen!

Er setzte sich auf, legte beide Hände an ihr Gesicht und küsste sie auf die Stirn. »Okay«, sagte er erkennbar enttäuscht. Dann schüttelte er den Kopf und holte tief Luft. »Darüber können wir später noch reden. Ich bin nach Hause gekommen, weil du mich darum gebeten hast. Wirst du Weihnachten mit mir verbringen? Ich möchte dir das schönste Fest bereiten, das ihr, du und Lucas, je erlebt habt. Ich habe noch ein paar Überraschungen für euch im Ärmel.«

»Noch mehr als diesen Welpen?«

»Ja. Viel mehr als den Welpen. Und würdest du dem Café hier wenigstens eine Chance geben? Schauen, ob du da ein bisschen Weihnachtsmagie wirken kannst? Denn wenn das jemand kann, dann du.«

Trotz ihrer widerstreitenden Gefühle lächelte sie. »Okay.«

33

Noelle hatte eigentlich nicht vorgehabt, Lucas auch in den Ferien zu ihrer Mutter zu bringen, aber nun tat sie es doch noch einmal. Er hatte ihr Henry vorstellen wollen, und er wusste einfach, dass Muffy über den neuen Freund ganz aus dem Häuschen sein würde. Noelle hatte zugestimmt, weil sie auch etwas zu tun hatte. Sie traf sich mit Alex und William in der Küche. Unter keinen Umständen konnte sie die zwei zurücklassen und nach L.A. verschwinden, solange der Konflikt zwischen ihnen nicht beigelegt war. Sie brauchte das Gefühl, etwas im Leben der beiden bewirkt zu haben, so, als gäbe es einen triftigen Grund für diesen Zwischenstopp auf dem Weg an den Ort, wo sie hingehörte.

»Was ist los?«, fragte Alex, sah aber William an.

»Ihr wollt Elizabeth besuchen, das habt ihr mir beide erzählt. Heute ist der große Tag. Schnappt euch eure Jacken, wir fahren hin.«

Als Alex nicht gleich reagierte, fügte sie hinzu: »In meinem Zuhause hat sich zu Weihnachten immer alles um die Familie gedreht. Wenigstens während der Feiertage könnt ihr zwei eure Differenzen beiseitelegen und jemanden besuchen, den ihr beide liebt.«

Sie saßen alle im Fond des Wagens, während der Fahrer sie durch den Schnee zu Elizabeth chauffierte. Eine stillere Fahrt hatte Noelle noch nie erlebt; während des ganzen Weges gab weder Alex noch William auch nur ein Wort von sich.

Wodurch Noelle Zeit hatte, darüber nachzudenken, wie sehr sich ihr Leben in dieser Weihnachtszeit verändert hatte. Sie betete, dass sie die richtige Entscheidung für sich und Lucas getroffen hatte. Sie würde es sich nie verzeihen, wenn sie jetzt blieb und eines Tages – wenn die märchenhaften Momente mit Alex vorüber wären und sich ihre Wege wieder trennten – in einem ungeliebten Job landete. Und wenn sie Lucas deswegen nur eine stumpfsinnige Kindheit bieten könnte. Zur anderen Seite des Landes zu ziehen war eine Chance, die sie nie wieder bekäme. Denn ohne triftigen Grund würde sie nicht gehen, und ihre Freundschaft mit Phoebe war solch ein Grund. Auch wenn ihr bei dem Gedanken, all ihre Lieben zurückzulassen, ein wenig mulmig war.

Als sie das Pflegeheim erreicht hatten, stieg Alex zuerst aus, half dann Noelle und stützte William, als auch der hinauskletterte. Noelle musterte das große, an ein Krankenhaus erinnernde Gebäude. Die automatische Tür öffnete sich, und zwei Schwestern kamen heraus und gingen an ihnen vorbei. Als sie dann die Eingangshalle betraten, hallten ihre Sohlen über den glänzenden Boden. Noelle bedachte die Frau am Empfang mit einem unsicheren Lächeln. Die Frau erwiderte das Lächeln auf eine herzliche Art, doch das änderte nichts an dem Eindruck, den Noelle von der Einrichtung bekommen hatte. Es war ein gutes Haus, aber es war gewiss kein Zuhause.

»Wir wollen zu Elizabeth Harrington«, sagte Alex mit stoischer Miene zu der Frau am Empfang und legte Noelle eine Hand in den Rücken. Die Frau, die auf einem Hocker saß, sodass sie gerade zwischen dem Prospektständer und einer Blumenvase hindurchschauen konnte, lächelte immer noch.

»Ja, Sir«, entgegnete sie nickend. »Darf ich bitte Ihren Ausweis sehen?«

Alex reichte ihr seinen Führerschein.

»Sie ist im Pembroke-Flügel, Suite siebenhundertdreiundvierzig. Soll ich Ihnen den Weg beschreiben?« Die Frau gab Alex den Führerschein zurück.

»Nein, ich erinnere mich.« Er schenkte ihr ein Lächeln, doch Noelle sah, wie verkrampft er war. »Danke.« Dann, ohne Vorwarnung, ergriff Alex Noelles Hand und verschränkte seine Finger mit ihren. Für einen Moment konnte sie den verängstigten kleinen Jungen vor sich sehen, der er irgendwann gewesen sein musste. Sanft drückte sie seine Finger.

»William, alles in Ordnung?«, fragte Noelle und sah sich zu Alex' Großvater um. Die Hand an seinem Stock zitterte wieder, und ihm standen die Tränen in den Augen, aber er nickte, sichtlich bemüht, sich zusammenzureißen. »Sie schaffen das«, flüsterte sie ihm zu. »Tun Sie es für sie.«

Er räusperte sich und tat einen Schritt.

Zu dritt, Seite an Seite, gingen sie zu Elizabeths Suite. Dort angekommen, eilte ihnen eine Schwester entgegen und begrüßte sie warmherzig. »Ah, Besuch. Mrs Harrington geht es heute sehr gut. Sie wird sich freuen, dass Sie gekommen sind.« Dann ging sie ihrer Wege.

William lehnte sich schwer an den Türrahmen und ließ den Kopf hängen, als müsste er Kraft schöpfen, ehe er hineinging. Alex griff vorsichtig um ihn herum und öffnete. Jenseits der Tür erwartete sie ein kleiner Wohnbereich mit schlichten, stabilen Möbeln. Auf den Beistelltischen standen mehr Blumen als am Empfang. Die Deckenbeleuchtung war ausgeschaltet, kleinere Lampen erhellten den Raum zusammen mit dem Tageslicht, das von dem frisch gefallenen Schnee zurückstrahlte und durch die breiten Fenster hereindrang.

Auf dem Sofa, das am weitesten von ihnen entfernt stand, saß die Frau, die Noelle von dem Foto in der Harrington-Villa kannte. Sie hatte sich eine Decke über die Beine gelegt, doch nun stand sie auf und faltete sie zusammen. Dabei ruhte ihr Blick auf William. Das graue Haar hatte sie mit einer Klammer am Hinterkopf festgesteckt, und sie trug kleine Diamantohrringe. Ihre Miene war sanft und zugewandt, und Noelle verstand gut, dass William sowohl sie als auch Gram anziehend gefunden hatte – sie ähnelten einander. Elizabeth legte die Decke auf eine Armlehne des Sofas und trat zuerst auf William zu.

»Mir wird schnell kalt«, sagte sie, ohne ihn zu begrüßen.

Er räusperte sich, kämpfte mit seinen Gefühlen. »Das war schon immer so.«

Seine Worte entlockten ihr ein Lächeln, während sie sein Gesicht studierte. »Wo bist du gewesen?«, fragte sie im Flüsterton, beinahe, als wäre er nur kurz zum Einkaufen fort gegangen.

»Im Haus.« William wischte sich eine Träne aus dem Auge, kaum imstande, sich mit einer Hand auf dem Stock aufrecht zu halten. Dennoch lächelte er sie liebevoll an. »Du wolltest immer, dass ich dort lebe. Ich verstehe, warum du es so geliebt hast. Jim lässt dich grüßen.«

Geistesabwesend erwiderte sie das Lächeln, doch dann kniff sie plötzlich die Augen zusammen, als wäre ihr etwas eingefallen.

Noelle riss sich für einen Moment von Elizabeth los, um sich auf Alex zu konzentrieren. Er hatte Tränen in den Augen und blinzelte hektisch dagegen an. »Hi, Großmutter«, würgte er hervor. »Ich bin's, Alex.« Er schluckte krampfhaft.

Elizabeth drehte sich zu ihm um, und der suchende Ausdruck kehrte in ihre Züge zurück. »Bist du zu Weihnachten hergekommen?«, fragte sie mit verwirrter Miene. »Ich hatte keine Zeit, irgendetwas zu besorgen.«

»Du musst nichts für mich besorgen«, sagte er und trat einen Schritt näher. »Aber du würdest dich sehr freuen«, sagte er grinsend. »Ich habe uns einen Hund gekauft.«

Bei dieser Neuigkeit hellte sich ihre Miene auf. »Wir haben einen Hund?«

»Ja. Sein Name ist Henry. Ich durfte ihn nicht herbringen, aber es wäre schön, wenn du uns besuchen könntest, dann kannst du ihn kennenlernen. Würde dir das gefallen?«

»Sehr.« Dann fiel Elizabeths Blick auf Noelle. Ihr Mund klappte auf, und die Verwirrung kehrte für einen weiteren Moment zurück. »Sophia«, sagte sie und schaute sie an wie eine alte Freundin.

William keuchte auf.

Dank der alten Fotos von Gram wusste Noelle, wie ähnlich sie einander sahen, aber sie wäre nie auf den Gedanken gekommen, Elizabeth könnte sie für ihre Großmutter halten. Ihre Haut fühlte sich plötzlich eiskalt an; sie bekam kaum noch Luft. Was, wenn Elizabeth nun etwas sagte, was Alex die Wahrheit verriet? Was, wenn er einfach zwei und zwei zusammenzählte? Noelle hatte noch keine Gelegenheit gehabt, mit ihm darüber zu sprechen, und selbst wenn sie die gehabt hätte, wäre sie nicht überzeugt gewesen, dass es ihr zustand, dieses Thema anzusprechen. Das hätte sie erst mit William klären müssen.

»Es ist lange her, aber ich erinnere mich an Ihren Namen – Sophia.«

Ein vorsichtiges Lächeln zeigte sich auf Elizabeths Lippen. Sie sah ganz und gar nicht bekümmert aus.

Noelle wollte etwas sagen, aber Elizabeth schnitt ihr das Wort ab. »Sophia, Sie müssen sich um William kümmern. Ich bin hier drin und kann es nicht mehr tun, aber ich weiß, er liebt Sie.«

»Was?«, entfuhr es Alex leise, als er versuchte, ihren Worten einen Sinn abzuringen.

Noelle drehte sich zu William um. Seine Kiefermuskulatur war erschlafft, die Augen weit aufgerissen, während er versuchte, ihre Mimik zu erkennen. Ihr war sofort klar, dass William erst jetzt erfuhr, dass Elizabeth Grams Namen kannte.

»Wer ist Sophia?«, fragte William. Der Name ihrer Gram kam ihm leicht über die Lippen, vermutlich, weil er nicht glauben konnte, dass sie wirklich Bescheid wusste.

»Sie war deine erste Liebe.« Kopfschüttelnd und ein wenig aufgewühlt sagte sie zu Noelle: »Sie sehen aus wie sie. Es tut mir leid, ich dachte …« Elizabeth blinzelte und starrte zu Boden.

Noelles Gesicht fühlte sich an, als würde sie von tausend Nadeln gestochen. Die Hitze breitete sich über ihren Hals aus, doch sie riss sich zusammen, um Elizabeth keinen Kummer zu bereiten. Derweil huschte Alex' Blick zwischen William und Noelle hin und her. Sie wusste, sie würde ihm eine Erklärung für das liefern müssen, was sie gleich sagen würde, aber wichtiger war jetzt, Elizabeth zu beruhigen. »Ich sehe ihr sehr ähnlich«, sagte Noelle vorsichtig. Ihre Großmutter und Alex' Großvater … ob Alex damit zurechtkommen würde? Rasch sah sie sich zu ihm um, doch dieses Mal war ihm anzusehen, dass er sich die Dinge inzwischen zurechtgereimt hatte. Sein Gesicht war so ausdruckslos wie immer, wenn er etwas zu verarbeiten hatte.

»Ich kann mich nicht um ihn kümmern«, erklärte Elizabeth, und plötzlich versagte ihre Stimme unter dem Ansturm der Gefühle. Haltsuchend fuchtelte sie in der Luft herum. »Ich habe nur …« Immer noch durcheinander, schüttelte sie den Kopf. »Ich glaube, ich war …« Sie setzte sich, als wollte sie sich sammeln. »Ich war nicht alles, was er gebraucht hat.«

Noelle setzte sich zu ihr, und William und Alex folgten ihr zum Sofa. »Wissen Sie, Elizabeth, meine Großmutter hat mir einmal erzählt, auf der Reise unseres Lebens müssen wir viele Zwischenstopps machen, bis wir da sind, wo wir hingehören. Sophia war nur einer dieser Zwischenstopps für William. Er gehört zu Ihnen. Er liebt sie.«

Elizabeth blickte auf und sah Noelle an. »Oh«, machte sie, entspannte sich, wurde ganz ruhig und lehnte sich bequem auf dem Sofa zurück. »Und das sagen Sie mir erst jetzt?«

Plötzlich mussten alle lachen, wenn auch mit Tränen in den Augen.

Noelle ergriff Williams Hand und zog ihn näher heran, bis er direkt vor Elizabeth stand. »Das ist William«, sagte sie. »Sie erinnern sich doch an ihn, oder?«

Elizabeth legte den Kopf in den Nacken, um ihn anzuschauen, und lächelte. »Ich glaube schon«, sagte sie. »Ich glaube schon.« Dann nickte sie, wie um sich selbst zu überzeugen.

»Er liebt Sie sehr.«

Das brachte die alte Dame erneut zum Lächeln.

»Und das ist Alex.« Noelle stand auf, nahm seine Hand und zog ihn zu sich, um ihm eine Stütze zu bieten.

»Und er liebt Sie sehr«, sagte Elizabeth zu Noelles Schrecken.

»So?« Mit einem unsicheren Lachen drehte sich Noelle zu Alex um, doch dessen Miene war nun ebenso ernst wie liebevoll. All ihre Sorgen wegen William und Gram waren in diesem Moment wie weggeblasen, als sie Alex' Blick sah. In dieser Sekunde konnte sie sein Gesicht an jedem künftigen Weihnachtsmorgen vor sich sehen, konnte ihn im Zuschauerraum von Lucas' Schultheater sehen, beim Abendessen mit ihr, wenn sie sich mit einem Glas Wein zuprosteten, oder am frühen Morgen, wenn er sie im ersten Tageslicht in den Armen hielt.

»Ja, das tut er, Sophia«, sagte Elizabeth, ehe sie die Decke von der Armlehne zog und wieder über ihren Beinen ausbreitete. »Danke, dass Sie gekommen sind«, fuhr sie fort. »William, setzt du dich zu mir? Ich bin müde.«

Willam nahm neben ihr Platz und legte den Arm um sie. Sie zog die Decke über beide und lehnte ihren Kopf an seine Schulter. William schloss die Augen, schlang beide Arme um sie und drückte sie an sich.

»Hmm«, machte sie strahlend. »Ich habe es immer geliebt, wenn du das getan hast.«

Wieder zu Hause, hatten Noelle, Alex und William sich eine ganze Weile im großen Wohnzimmer zusammengesetzt und geredet. Vorher hatte Noelle den Karton geholt, den sie bei Pop-pop gepackt hatte, und nun hielt sie ihn im Schoß. Den Ring hatte sie nicht erwähnt; sie hatte beschlossen, es William zu überlassen, Alex davon zu erzählen. Aber sie wusste, er würde den richtigen Zeitpunkt finden. Sie überließ das auch ihm, weil der Ring letztendlich Elizabeth gehörte und Gram ihn, wie sie in ihrem Brief geschrieben hatte, nur für ihn gehütet hatte.

»Die Sache ist die«, berichtete William. »Ich dachte, ich würde Elizabeth schützen, wenn ich nicht über Sophia rede. Hätte ich gewusst, dass sie uns an jenem Tag im Café gesehen hat, hätte sie mich damit konfrontiert, dann hätte ich ihr alles erzählt. Aber ich habe es nicht gewusst.« Er hatte die Unterarme auf die Knie gestützt, sichtlich getroffen von dieser neuen Erkenntnis.

»Ich glaub's dir ja«, sagte Alex und legte William die Hand auf die Schulter. »Als ich dich heute mit Großmutter erlebt habe, konnte ich sehen, wie sehr du sie liebst. Wegzubleiben, nur damit du Sophia nicht begegnen konntest, wirkt aber nun umso unsinniger.«

»Du hast recht«, stimmte William zu. »Ich hätte nichts daran ändern können, in wen ich mich verliebt habe, aber ich hätte anders damit umgehen können.« Er umfasste mit einer Hand Alex' Unterarm, als wollte er seine Worte mit dieser Geste unterstreichen.

Alex sah sich zu Noelle um, und sein Gesichtsausdruck verriet ihr, dass er die Botschaft seines Großvaters verstanden hatte. »Wenn Sophia auch nur ein bisschen Ähnlichkeit mit Noelle hatte, dann verstehe ich, dass du dich in sie verliebt hast, Großvater«, sagte er, ohne Noelle aus den Augen zu lassen. In Erinnerung an Williams Erzählung von dem Café zog Noelle eine rosarote Serviette mit der goldenen Aufschrift »Early Bird Café« aus dem Karton, den Pop-pop ihr gegeben hatte. Dann drehte sie sie so, dass William sie sehen konnte, wohl wissend, dass er nicht viel erkennen würde. »Gram hat eine Serviette aus einem Café aufbewahrt – ich frage mich, ob sie aus demselben Café stammt wie Ihre.«

Zittrig schlug William eine Hand vor den Mund. Dann, als sich der Schock wieder etwas gelegt hatte, griff er in seine hintere Hosentasche, holte sein Portemonnaie hervor und öffnete es. Gleich darauf nahm er ein winziges Quadrat heraus, dessen Farbe exakt mit der Serviette in Noelles Hand übereinstimmte. »Sophia war der erste Mensch, der mich gelehrt hat, welche Art Mann ich sein möchte. Die habe ich behalten, um das nie zu vergessen.« Vorsichtig faltete er sie auseinander, und sie sah genauso aus wie die von Noelle. »Sieht sie aus wie diese?«

Atemlos sagte Noelle: »Ja, das tut sie.« Sie sahen absolut identisch aus. Offenbar war die Serviette für Gram genauso wichtig gewesen.

William lachte beglückt, obwohl die Überraschung beinahe zu viel für ihn war. Dann, als er mit entschlossener Miene versuchte, sie anzusehen, trat ein scheuer Ausdruck in seine Augen. Schließlich beugte er sich ein wenig vor und richtete den Blick auf Alex, der den Arm um Noelle gelegt hatte, und er fummelte am Saum seines Pullovers herum. »Tja, da sind wir nun«, sagte William. »Zwei Generationen später.« Sein Lächeln wich einem mahnenden Ausdruck. »Wisst ihr, die Liebe, die ich für Sophia empfunden habe, war vergänglich, aber ich hoffe, dieses Mal geht die Geschichte anders aus.« Er wandte sich an Noelle. »Danke, dass Sie uns überzeugt haben, heute zusammen dorthin zu fahren.«

Alex lächelte. Zum ersten Mal seit langer Zeit stimmte er seinem Großvater uneingeschränkt zu.

Nachdem Noelle Lucas und Henry abgeholt und zur Villa zurückgebracht hatte, war der Schnee bald so tief, dass man nicht mehr fahren konnte. Noelle hatte Lucas versprochen, am nächsten Tag mit ihm zum Rodeln zu gehen, doch sie war nicht sicher, wie sie ihn auf den hohen Berg schaffen sollte, von dem sie so gern hinabsausten. Als sie also Alex in dem informellen Esszimmer traf, beschloss sie, ihn zu fragen, ob er noch andere gute Stellen kannte.

»Allerdings«, sagte er, während Lucas strahlend neben ihm auf einen Stuhl kletterte. »Auf der anderen Seite des Waldes am Ende des Grundstücks ist eine. Wir können aber außen herumgehen, um dorthin zu gelangen. Allerdings werden wir uns bei all dem Schnee wohl etwas einfallen lassen müssen. Lasst mich das überschlafen, bis morgen Nachmittag habe ich etwas vorbereitet.« Er verwuschelte Lucas' Haar, und Noelle hatte Mühe, ihre Begeisterung im Zaum zu halten. Alex würde sie begleiten!

Nach dem Besuch bei Elizabeth war Noelle froh über die Abwechslung. In ihrem Kopf überschlugen sich allerlei zwiespältige Gedanken. Nie zuvor war es ihr so schwergefallen, sich zu überlegen, wie es weitergehen sollte.

»Heute ist die erste richtige Schneenacht«, schwärmte Lucas und nippte an seiner Dinosauriertasse. »Das bedeutet, es ist Zeltnacht.«

Daran hatte Noelle gar nicht mehr gedacht. Jedes Jahr, wenn der erste Schnee lag, sammelten Lucas und sie alle Decken und Kissen im Haus ein, breiteten sie vor dem Fernseher im Wohnzimmer aus, machten Popcorn und schauten sich Filme an oder lasen Bücher, bis sie irgendwann mittendrin einschliefen. »Es ist schon spät«, wandte sie ein. »Wir haben wertvolle Fernsehzeit verpasst. Wie wäre es, wenn wir das auf morgen Abend verschieben? Können wir das machen?«

»Okay.« Lucas drehte sich zu Alex um. »Machst du auch mit?«, fragte er. »Mom hat mir immer gesagt, ich könnte einen Freund einladen, aber bisher hatte ich nie jemanden, den ich anrufen konnte.«

Alex bedachte ihn mit einem liebevollen Blick. »Ich hoffe, ihr verbringt diese Zeltnacht nicht im Freien«, bemerkte er glucksend.

»Nein!« Lucas kicherte. »Wir machen das im Wohnzimmer. Kommst du?«

»Auf jeden Fall«, versprach Alex, ohne Noelle überhaupt zu fragen, vermutlich aus Sorge, sie könnte einen Grund finden, Nein zu sagen. Aber sie wollte ja gar keinen Grund finden. Sie wollte ihn ebenso sehr dabeihaben wie Lucas. Dabei war das Letzte, was sie brauchte, dass er neben ihr in ihrem Wohnzimmer schlief, denn wenn sie das zuließe, würde sie auf keinen Fall Schlaf finden.

»Yay!« Lucas war so aufgeregt, er hätte beinahe seine Dinosauriertasse umgekippt. Er fing sie mit seinen kleinen Händen ab und lachte.

34

William hatte Noelle gebeten, früh an diesem Morgen zu ihm zu kommen.

»Ich werde Alex die Geschichte von dem Ring irgendwann erzählen müssen«, sagte er ohne große Vorrede, als sie Milch in seine Teetasse gab. »Ich weiß, die Tatsache, dass Elizabeth ihn nicht bekommen hat, hat ihm immer zu schaffen gemacht. Und seit wir bei ihr waren, läuft alles so gut, dass ich nichts zur Sprache bringen wollte, was der ganzen Sache einen Dämpfer versetzen könnte.« Noelle atmete einmal tief durch, wohl wissend, dass er recht hatte: Er musste es Alex sagen. Jetzt würde Alex bestimmt nicht mehr so wütend werden – der Ring war ja wieder da. Andererseits würde er dann wissen, dass sie ihm etwas verheimlicht hatte. Außerdem gelang es ihr nicht, die Erinnerung daran zu verdrängen, wie er gesagt hatte, er würde William niemals verzeihen, sollte er diesen Ring einer anderen gegeben haben. Ob er immer noch so empfand?

»Es ist Ihre Entscheidung, und ich denke, es ist die richtige. Ich habe nur ein wenig Angst, Alex könnte wütend auf mich sein, weil ich ihm vorenthalten habe, was ich über den Ring weiß.«

»Sie haben zu wenig Selbstvertrauen«, entgegnete er.

Sie rührte seinen Tee mit einem silbernen Löffel um, in dessen Griff eine Art Wappen eingeprägt war. Seine Worte überraschten sie. »Inwiefern?«

»Sie denken daran, aufzugeben. Das ist der wahre Grund

dafür, warum Sie überlegen, auf die andere Seite des Landes zu ziehen. Sie nehmen an, Alex würde wegen des Rings wütend werden, Sie nehmen an, dass Sie Ihr Café vor Silvester nicht in Gang bringen, und Sie nehmen an, dass die Geschichte zwischen Ihnen und Alex zu gut wäre, um wahr zu sein. Aber Sie haben noch lange nicht alles getan, was Sie konnten.«

Seine Aussage zerrte all ihre Unsicherheiten ins Zentrum ihres Bewusstseins, all die Dinge, die sie sich selbst nicht zu fragen wagte, weil sie keine Antworten hatte.

»Reden Sie mit Alex. Sie haben ein unglaubliches Talent, ihn zu beruhigen – so etwas habe ich noch nie erlebt. Seien Sie ehrlich zu ihm. Die Sache mit dem Ring wird er verstehen; außerdem hat er den Geschäftssinn, den Sie brauchen, und Sie haben den Traum und die Vision, die das Café braucht. Gemeinsam können Sie das schaffen. Und um Himmels willen, Sie beide gehören zusammen!«

»Ich weiß nicht …«

Er sah ihr direkt in die Augen, und für einen Moment wirkte sein Blick so bohrend, dass sie beinahe glaubte, er hätte sein Sehvermögen zurückerlangt. »Doch, Sie wissen das ganz genau«, widersprach er. »Das Gefühl, das Sie haben, wenn Sie ihn ansehen, dieses Gefühl kenne ich. So etwas erlebt man nicht oft. Ich hatte das Glück, es zweimal zu empfinden. Wie oft hatten Sie das Vergnügen?«

Sie nagte an ihrer Unterlippe, nicht gewillt zuzugeben, dass sie dieses Gefühl nur einmal erlebt hatte. Und zwar mit Alex.

Noch musste Noelle auf einige Antworten verzichten, also beschloss sie, die Fragen aus ihrem Gehirn zu verbannen und einfach den Schnee zu genießen. Sie und Lucas hatten sich warm eingepackt, um sich mit Alex zu treffen. Als sie zur Haustür kamen, wären Noelle beim Anblick des riesigen Treckers beinahe die Augen aus dem Kopf gefallen. Ein gewaltiger Schneepflug hing am Ende eines langgestreckten geräumten Bereichs auf dem Boden. Vorsichtig half sie ihrem Sohn die Stufen hinunter. Derweil hielt Lucas aus zusammengekniffenen Augen Ausschau nach Alex, der mit gesenktem Kopf auf dem Fahrersitz kauerte und sich mit seinem Telefon beschäftigte, während er auf sie wartete. Plötzlich erhob sich der Schneepflug mit einem Ruck über die Kabine, und er winkte ihnen zu.

»Weißt du, wie man das Ding fährt?«, fragte Noelle, als sie die offene Tür auf der anderen Seite erreicht hatte. Alex sah deplatziert aus auf seinem Sitz, eine Hand am Schalthebel, die andere am Lenkrad.

»Nein. Hab das Ding noch nie in meinem Leben benutzt.«

Lucas schlängelte sich kichernd in die Mitte der Sitzbank, ehe auch Noelle einstieg. »Und wie willst du es dann fahren?«

Alex bedachte Lucas mit einem schiefen Grinsen. »Ausprobieren. Wenn wir Schlitten fahren wollen, bleibt mir nur dieses Fahrzeug, um uns alle auf die andere Seite des Grundstücks zu bringen.« Der Traktor tat einen Satz, als er den Gang einlegte, und Lucas wurde nach vorn geschleudert. Er fing sich in dem Moment am Armaturenbrett ab, in dem Alex schon schützend den Arm vor ihm ausstreckte.

Noelle schaute hinter den Sitz – im Heck der Kabine lag ein leuchtend gelber Plastikschlitten, lang und schmal wie ein Boot mit einem Seil als Griff. Lucas hatte ihn auch schon entdeckt.

»Ich glaube, ich könnte ein bisschen Hilfe brauchen«, sagte Alex und sah Lucas an. »Wie wäre es, wenn du dich auf meinen Schoß setzt und das Lenkrad übernimmst? Dann kann ich mich aufs Gasgeben und Schalten konzentrieren.«

Ebenso entzückt wie ungläubig starrte Lucas ihn an. »Ich weiß aber nicht, wie man lenkt!«, antwortete er lachend.

Alex griff um ihn herum und schaufelte ihn auf seinen Schoß, indem er ihm unter die Arme griff und ihn zu sich herüberzog. »Tja«, meinte er glucksend, »dann wirst du es jetzt lernen.«

Lucas sah sich mit großen Augen zu Noelle um. Die Kinderhände auf das Lenkrad gelegt, lächelte er so strahlend, dass sie glaubte, ihr müsste das Herz aus der Brust springen. Das war die Art von Erfahrungen, die ihm, wie sie sehr gut wusste, ohne einen Vater entgehen würden. Und plötzlich wollte sie nicht mehr ohne die beiden sein.

Der Trecker tat erneut einen Satz, und Lucas warf lachend den Kopf zurück, als Noelle sich an der Kante der Sitzbank festklammerte. »Festhalten!«, rief Alex mit einem amüsierten Blick zu Noelle. Er schaltete, und der Motor dröhnte, als die Räder durch den tiefen Schnee rollten. Lucas lachte immer noch aus vollem Hals; sein Kopf drehte sich vor Alex von einer Seite zur anderen.

»Sieh nicht mich an«, stichelte Alex. »Pass lieber auf, wo du hinfährst!« Lucas blickte wieder nach vorn und zerrte am Lenkrad, und sie fuhren in weitem Bogen um einen der Weihnachtsbäume auf dem Rasen herum.

Alex zeigte zur Rückseite des Grundstücks. »Da müssen wir hin«, sagte er. Sie holperten durch den Schnee, und Lucas starrte stur geradeaus, während das Lenkrad in seinen Händen so heftig vibrierte, dass Alex dann und wann von der Unterseite helfen musste, es ruhig zu halten.

Als sie am hinteren Ende des Geländes ankamen, bremste Alex sanft ab, bis sie zum Stillstand kamen.

»Du kommst mit dem Ding besser zurecht, als du behauptet hast«, bemerkte Noelle, außerstande, sich ein Lächeln zu verkneifen. Lucas saß immer noch bei Alex, und die beiden schienen sich miteinander so wohlzufühlen, dass es für einen Außenstehenden wirken musste, als würden sie sich schon jahrelang kennen.

»Ich habe es mir von den Gärtnern zeigen lassen«, gestand er. »Die dachten, ich wäre übergeschnappt, das habe ich ihnen angesehen.« Er schaltete den Motor aus und hob Lucas wieder auf seinen Platz. »Aber ich musste nun mal zu drastischen Mitteln greifen, schließlich können wir uns diese tolle Gelegenheit zum Schlittenfahren nicht entgehen lassen!« Er zwinkerte Lucas zu. »Holen wir den Schlitten raus und schauen, was er so kann!«

Alex zog den Schlitten hinter sich her, als sie gemeinsam durch den Schnee stapften. Er war inzwischen hoch genug, um beinahe bis zum oberen Rand von Noelles Stiefeln zu reichen, und sie machte sich Sorgen um Lucas' Füße. »Dringt der Schnee in deine Stiefel?«, fragte sie ihn.

»Ein bisschen«, antwortete er unbekümmert.

»Davon bekommst du kalte Füße. Wir werden nicht lange draußen bleiben können, wenn deine Füße nass sind.«

Alex reichte Noelle den Schlitten und hob Lucas auf seine Schultern. Der kreischte nervös auf, packte Alex' Kopf und hielt ihm die Augen zu, als er sich festklammerte.

»Ich kann nichts sehen«, klagte Alex johlend.

Lucas, zu nervös, um loszulassen, ließ seine Hände genau da, wo sie waren.

Alex tastete voraus, als suchte er nach Hindernissen. Noelle wickelte sich das Seil des Schlittens um ein Handgelenk und griff nach seiner Hand. »Ich führe dich«, verkündete sie kichernd.

Während der Schlitten hinter ihr hüpfte, führte sie ihn durch den Schnee, bis sie ein hügeliges Gebiet erreichten und innehielten. Die schneebedeckte Landschaft breitete sich vor ihnen in alle Richtungen aus. Bei dem Anblick keuchte Lucas auf und ließ endlich doch die Hände sinken.

»Der ist größer als der Hügel, den wir sonst runterfahren!«, stellte er aufgeregt fest, während seine Füße vor Alex' Brust baumelten.

Alex hob Lucas von seinen Schultern und stellte ihn in den Schnee. »Bereit für einen Versuch?«

»Ja!«, rief Lucas. »Fährst du mit mir da runter?«

»Na klar«, sagte Alex. »Aber um fair zu sein, muss ich auch mit deiner Mom da runterfahren, damit sie sich nicht ausgeschlossen fühlt.« Er bedachte Noelle mit einem Grinsen und sah so zuversichtlich aus, dass sie tief durchatmen musste, während die Schmetterlinge in ihrem Bauch Chaos und Verwüstung anrichteten.

Alex stieg auf den schmalen Schlitten, der kaum ausreichte, um seiner breiten Gestalt Platz zu bieten. Vor sich ließ er ein wenig Platz frei, damit Lucas auch aufsteigen konnte.

»Bereit?«, fragte er und schob den Schlitten zu der Stelle, wo das Gefälle begann und sie von selbst durch den Schnee segeln konnten.

Es hatte wieder angefangen zu schneien; die Flocken hafteten auf Lucas' marineblauer Strickmütze, während er aufgeregt nickte, die Augen zukniff und nach Alex' Knien griff, um sich irgendwo festzuhalten.

»Los geht's!« Alex stieß sich ab, und sie jagten mit beängstigender Geschwindigkeit den Hang hinab. Lucas' Gekicher hing hinter ihnen in der Luft wie ein entflogener Ballon und folgte ihnen den ganzen Hügel hinab. Sein Gelächter war so unverfälscht, so wunderbar anzuhören, dass Noelle die Hände vor den Mund schlug, um nicht vor Begeisterung laut aufzuschreien. Ihr wurde ganz warm ums Herz, als sie zusah, wie viel Spaß Lucas und Alex hatten. Nun empfand sie das nicht mehr als bedrohlich, denn sie hatte begriffen, dass Lucas ihr Alex nicht vorzog. Alex und sie hatten Lucas unterschiedliche Dinge zu bieten, und gemeinsam konnten sie ihm die wunderbarsten Erfahrungen verschaffen.

»Das hat Spaß gemacht, Mom!«, verkündete Lucas außer Atem, als sie den Hügel wieder heraufkamen. Seine Nase und seine Wangen hoben sich rosarot vor seinen weißen Zähnen ab, als er sie anstrahlte. »Du bist dran!«

Alex brachte den Schlitten wieder in Position, setzte sich ans Ende und klopfte vor sich auf den freien Platz.

»Du kannst mit mir aber nicht so schnell da runterrasen wie mit Lucas«, mahnte Noelle.

»Sie kreischt sogar in den Babykarussells im Vergnügungspark«, erklärte Lucas, warf Alex einen verschwörerischen Blick zu und schüttete sich aus vor Lachen.

»Du bist in guten Händen«, versprach Alex und winkte sie zu sich.

»Nicht so schnell!«, wiederholte sie.

»Natürlich. Wir machen ganz langsam.« Alex bedachte sie mit einem gespielt ernsten Blick, der Lucas erneut in Gelächter ausbrechen ließ.

»Ich meine es ernst.« Sie setzte sich. Alex' lange Beine rahmten sie zu beiden Seiten ein. Zu zweit passten sie kaum auf den Schlitten. Vermutlich würde er mit der Last ihres Gewichts so oder so nur langsam vorankommen.

Genau wie mit Lucas, stieß sich Alex auch mit ihr mit aller Kraft ab und beförderte sie wie eine Rakete den Hügel hinab. Noelle kreischte. Ihr war, als hätte sie ihren Magen auf der Hügelkuppe verloren, ihr Gesicht brannte von dem eisigen Wind. Ihre Glieder fühlten sich kraftlos an und kribbelten unter dem Gefühl, sie würde aus einer großen Höhe einfach herunterfallen. Und dann umfingen Alex' Arme ihren Körper, und er hielt sie fest, das Gesicht gleich neben ihrem. »Ich hab dich«, flüsterte er, und sie vergaß alles um sich herum, während sie in die Tiefe sausten.

Als der Schlitten schließlich stehen blieb, hämmerte das Herz in ihrer Brust, und sie wusste nicht, ob es an der Schlittenfahrt lag oder an seinen Worten. Sie konnte Lucas oben auf dem Hügel jubeln hören, doch Alex hielt sie immer noch in den Armen, und so blieb es noch eine weitere Sekunde, in der sie weder die Kälte noch den herabrieselnden Schnee spürte. Sie fühlte sich nur warm und wohlig und wollte nicht, dass dieses Gefühl je verging.

Schließlich ließ Alex sie los, stieg von dem Schlitten und hielt ihr die Hand hin. Sie ergriff sie, und er half ihr auf. Ihre Gesichter waren einander so nahe, dass sie ihn mühelos hätte küssen können, aber solange Lucas sie beobachtete, mochte sie nicht einmal Blickkontakt herstellen. Der Art, wie der Atem über seine Lippen kam, entnahm sie, dass ihn das amüsierte, und sein warmherziges Lachen klang, als spräche er direkt zu ihrem Herzen.

»Bereit für die nächste Fahrt, Lucas?«, rief er den Hügel hinauf. Da sah sie ihn endlich an, und als sie das tat, konnte sie nicht fassen, wie vertraut ihr sein Anblick schon nach so kurzer Zeit geworden war. Sie konnte sich nicht vorstellen, dass sie dieses Gesichts je müde werden würde.

Als sie die Villa verlassen hatten, um in den Trecker zu steigen, war Noelle aufgefallen, dass Alex etwas auf seinem Handy getippt hatte. Als sie und Lucas hineingeklettert waren, hatte er es weggesteckt, also hatte sie angenommen, es hätte etwas mit der Arbeit zu tun, und es bald ganz vergessen.

Bis sie wieder in ihre und Lucas' Suite zurückkehrten.

Möbel und Boden waren vollständig mit Decken belegt – großen, weichen Federdecken –, und überall lagen Kissen. In einer Ecke des Raums stand eine Popcornmaschine und produzierte massenweise gebuttertes Popcorn. Der ganze Glaskasten war voll damit. Daneben stand ein Tisch mit Pappbechern und mehr Schüsseln voller Schokoriegel, als sie zählen konnte. Der Fernseher lief, und auf dem Couchtisch lag ein ganzer Stapel Filme – zumindest glaubte sie, dass das der Couchtisch war; er lugte ein Stück unter den Decken hervor. Im hinteren Teil des Raums stand ein riesiges Zelt, dessen Klappen zurückgebunden waren und den Blick auf noch mehr Kissen freigaben. Henry wartete in seiner Box in der Ecke und starrte mit großen Augen zu ihnen hinaus.

In Erwartung einer Erklärung drehte Noelle sich zu Alex um.

»Du hast doch gesagt, es ist eine Zeltnacht, oder? So etwas in dieser Art?« Er schaute sich im Zimmer um.

»So eine Zeltnacht hatten wir noch nie!«, jubelte Lucas, rannte los und tauchte in einem Stapel Kissen ab. Als er wieder zum Vorschein kam, fragte er: »Ist die ganze Schokolade für uns?«

»Ja, aber erst nach dem Abendessen«, sagte Alex und warf spielerisch noch ein Kissen auf den Stapel. »Wir haben Hotdogs und Hamburger. Wie hört sich das an?«

»Jaaaa!« Lucas sprang von einem Kissenhaufen zum

nächsten. Plötzlich hielt er abrupt inne und ließ sich am Kamin zu Boden fallen.

Noelle tat ein paar Schritte in seine Richtung, um nachzusehen, was er entdeckt hatte.

»Er hat mir erzählt, dass er bei seiner Großmutter das letzte der Bücher, die ich ihm besorgt habe, ausgelesen hat«, klärte Alex sie auf und beugte sich über ihre Schulter. »Ich habe ihm ein paar neue geholt.«

»Ein paar?«, fragte Noelle, drehte sich um und starrte ihn an. Er hatte Lucas einen ganzen Korb voller Bücher besorgt – so viele, dass der Junge wenigstens einen Monat brauchen würde, um sie alle zu lesen. »Du verwöhnst ihn zu sehr.«

Lächelnd kam er näher, küsste sie auf die Wange und flüsterte: »Es ist Weihnachten. Lass mich doch die Leute, die mir am Herzen liegen, verwöhnen, wenn mir danach ist.« Seine Worte jagten ihr einen Schauer über den Arm, und sie musste sich zusammenreißen, um sich auf das zu konzentrieren, was er sagte, statt nur seine Lippen anzustarren. »Ich denke, was immer uns in unserem Leben widerfährt, die Weihnachtszeit sollten wir stets nutzen, um uns gegenseitig unsere Liebe zu zeigen.«

»Das ist vielleicht das Schönste, was du überhaupt hättest sagen können.«

Mit einer Kopfbewegung deutete er zur anderen Seite des Raums, wo ein großer silberner Kühler mit einer Flasche Champagner, zwei Sektflöten und einem Teller Erdbeeren mit Schokoladenüberzug auf sie warteten. »Vorspeise«, sagte er und ließ die weißen Zähne aufblitzen. Offensichtlich wusste er, wie gut ihm die Überraschung gelungen war.

Es klopfte an der Tür, und einer der Bediensteten rollte einen silbernen Servierwagen voller Hotdogs, Hamburger,

Pommes frites, sauren Gurken, Ketchup, Senf und Relish herein – alle nötigen Zutaten für ein großes Zeltlageressen.

»Lucas!«, rief Alex. »Komm und zeig mir, wie man am besten ein Hotdog isst!«

Lucas hatte abwechselnd mit Henry gespielt und sich den Film angeschaut, ehe er im Zelt eingeschlafen war. Der Film, den er sich ausgesucht hatte, lief immer noch, aber Noelle achtete gar nicht darauf. Sie hatte sich mit Alex unter einer Decke auf dem Sofa eingerollt, und er hielt sie in den Armen, während Henry, erschöpft von dem lustigen Tohuwabohu, in seiner Box schlummerte.

»Du warst heute Abend sehr aufmerksam«, sagte sie und genoss es, ihn so nahe bei sich zu spüren. »Danke.«

»Gern geschehen. Ich wollte einfach nur etwas Nettes tun, aber ich habe das Gefühl, es war nicht genug.«

»Nicht genug?« Sie setzte sich auf und sah ihn an. »Dann möchte ich lieber nicht wissen, wie zu viel bei dir aussehen würde.«

Er lächelte. »Ich meine, es war nicht genug, um euch zu zeigen, wie viel ihr mir bedeutet, wie sehr ich euch vermisst habe, als ich in New York war, wie dringend ich zu euch zurück wollte.« Nun sah er ihr direkt in die Augen. »Du hast mir gesagt, ich soll nicht weglaufen«, fuhr er fort. »Und jetzt willst du weglaufen, genau wie ich es vorher getan habe. Bleib bei mir. Bleib hier.«

»Ich laufe nicht vor etwas weg. Ich versuche, ein lebenswertes Leben für mich und Lucas aufzubauen, und das kann ich nicht, solange ich nicht herausgefunden habe, wozu ich geboren wurde.«

»Was denkst du denn, wozu du geboren wurdest?«

»Ich denke, ich sollte Grams Bäckerei übernehmen.« Sie rieb sich das Gesicht, und der Frust darüber, dass ihr das möglicherweise nicht gelingen würde, nagte an ihr. Die Wahrheit lautete, dass ihr, auch wenn sie nach L. A. zöge, das Geld ausging. Und selbst wenn sie hätte sparen können, hätte sie nicht genug, um dort gleich loszulegen, also wäre sie wieder in der gleichen Lage wie vor ein paar Wochen, als sie ihren Job verloren hatte.

Alex schürzte die Lippen, während er ihre Worte überdachte, und die Haut zwischen seinen Augen kräuselte sich auf die ihm eigene hinreißende Art. Schließlich stand er auf, schenkte zwei Gläser Champagner ein und reichte eines Noelle. »Was ist nötig, damit die Bäckerei wieder läuft?«

Sie atmete tief ein und wieder aus. »Zeit. Der Rest wird sich finden.«

»Wie wäre es, wenn ich mich um William kümmere, damit du mehr Zeit hast, um die Wiedereröffnung vorzubereiten? Es ist nicht mehr lange hin, und du erhältst trotzdem den vollen Lohn für diesen Monat.«

»Das könnte ich weder dir noch William je antun. Du musst arbeiten. Und ich würde mich schrecklich fühlen, wenn ich William einfach im Stich lasse und dir noch mehr aufbürde.«

»Ich würde mich furchtbar fühlen, würde ich dir das Café nehmen, ohne dir vorher eine angemessene Chance eingeräumt zu haben, es zum Laufen zu bringen. Sieh es als mein Weihnachtsgeschenk für dich.« Beinahe bedächtig musterte er sie, als ginge ihm noch etwas anderes durch den Kopf.

»Was ist?«, fragte sie, weil seine Mimik ihre Neugier weckte.

»Brauchst du … Geld für den Laden?«

Sofort schüttelte sie den Kopf. »Nein. Ich will keine Almosen. Ich kann das schaffen, und wenn ich es nicht kann, dann soll es eben nicht sein. Ich habe nie von irgendjemandem Geld angenommen, und ich werde jetzt nicht damit anfangen.«

»Okay«, sagte er rasch und starrte in sein Glas. Sie sah ihm an, dass er verstanden hatte, worum es ihr ging. »Dann also Zeit. Ich werde dir so viel Zeit geben, wie du brauchst. Wenn du willst, dass ich auf Lucas aufpasse, tue ich das – du musst es mir nur sagen. Und ich kümmere mich bis Weihnachten um meinen Großvater, damit du das Café in Gang bringen kannst – das ist nur noch etwas mehr als eine Woche. Wirst du versuchen, das zu schaffen?«

»Ja.« Sie lächelte, schlang die Arme um seinen Hals und drückte ihn an sich.

Plötzlich aber löste er sich von ihr, und sein Grinsen erstarb. »Und was passiert, wenn dein Plan fehlschlägt? Was dann?«

»Über diese Brücke gehen wir, wenn wir sie erreicht haben.«

35

Den ganzen Morgen hatte Noelle mit den Klempnern über das Leck in der Wand ihres Cafés gesprochen. Inzwischen war das Wasser vorübergehend abgestellt, und auch wenn sie so schnell arbeiteten, wie sie nur konnten, würde es nicht leicht werden, rechtzeitig zur Wiedereröffnung in zwei Tagen die Rohre zu flicken und die Wand zu reparieren. Das hatten ihr die Handwerker gesagt. Die Dielen in dem kleinen Abschnitt des Bodens, in dem das Holz vom Wasser aufgequollen war, mussten vollständig ausgetauscht werden. Die Leute, die sich um den Boden kümmern sollten, waren bereits dabei, das passende Holz zu suchen, damit nicht der ganze Boden erneuert werden musste. Das sparte Zeit, auch wenn er aussah, als könnte er eine vollständige Überholung gut vertragen. Sie hatten ihr gesagt, es würde ein paar Tage dauern, aber dann müssten sie den Boden nur noch abschließend versiegeln. Als Eigentümer des Hauses hatte Alex zwar alle Kosten übernommen, dennoch brauchte es Zeit, all diese Dinge in Ordnung zu bringen. Während also Wand und Boden immer noch auf die Reparatur warteten, hatte sie keine Ahnung, ob sie es schaffen konnte, plangemäß zu eröffnen. Aber sie machte einfach weiter und hoffte auf ein Wunder.

Phoebe und Heidi hatten den ganzen Tag damit verbracht, die übrigen Wände und das Holz zu streichen, und Jo war an mehreren Abenden nach ihrem eigenen langen Arbeitstag vorbeigekommen, um sich um allerlei liegen gebliebenen Kleinkram zu kümmern. Pop-pop und ihre Eltern sprangen ein, wann immer sie konnten, und Lucas war dafür verantwortlich, dass jeder hatte, was er brauchte. Eine der Glasplatten, die Noelle für die Tische hatte anfertigen lassen, war zerbrochen geliefert worden; der Hersteller wollte ihr Ersatz schicken. Sie hoffte, sie würde noch heute eintreffen, andererseits war sie ohnehin noch nicht bereit, sich mit den Tischen zu befassen, also war das nicht so wichtig. Aber sie musste noch los, um Backzutaten und Kaffee zu kaufen, wenn sie vorbereitet sein wollte.

»Die Tischplatte ist gerade geliefert worden!«, rief Jo aufgeregt, als sie mit dem großen Karton in den Essbereich taumelte. »Der Augenblick der Wahrheit!« Sie schob ein Teppichmesser unter das Klebeband, mit dem der Karton verschlossen war. Einen Moment später zog sie die schwere Glasplatte heraus. Gus hastete herbei, um ihr zu helfen. »Perfekt!« Jo und ihr Vater legten sie auf einen der Tische auf die Zeitschriftenartikel zum Thema Kaffee, die Noelle gesammelt hatte. Eigentlich hatte Noelle geplant, die Artikel für Découpagearbeiten zu verwenden, aber angesichts der knappen Zeit hatte sie beschlossen, sie einfach nur unter Glas zu legen.

Noelle hielt einen Moment inne, um sich anzusehen, wie es voranging. Die ganze Zeit gab sie sich Mühe, sich den Stand der Dinge nicht zu sehr zu Herzen zu nehmen. Sie hatte entschieden, dass noch nicht alles verloren war. Nun musste sie einfach tun, was getan werden konnte. Sobald die Malerarbeiten abgeschlossen und die Böden instandgesetzt waren, würde sie den Essbereich wieder einrichten. Dann konnte es losgehen, die Bodenversiegelung war nicht so wichtig. Im Augenblick wollte sie nur eins: pünktlich die Tür öffnen. Und da nur noch die von dem Leck beschädigte Wand gestrichen werden musste, war sie bereit dazu. Sie würde vielleicht nicht mehr schlafen, aber sie konnte es schaffen.

Als die anstehenden Aufgaben des Tages abgeschlossen waren und sie gerade zusammenpackten, klopfte es an der Tür. Noelle öffnete und sah einen Blumenlieferanten vor sich. »Ich habe eine Lieferung für Noelle Parker.«

»Das bin ich«, sagte sie und sah sich über die Schulter zu ihrer Familie und ihren Freunden um, doch von dort war keine Antwort auf die Frage zu erwarten, was das zu bedeuten hatte.

Der Lieferant reichte ihr eine Weihnachtskarte und fing an, jeden ihrer Tische mit frischem, mit Beeren geschmücktem Grün auszustaffieren, in dessen Mitte jeweils eine kleine Kerze stand. Als Noelle die Karte aus dem Umschlag zog, hatte er gerade angefangen, Fenster und Tür von außen mit bildschönen Girlanden zu umrahmen. Sie las den Text auf der Karte: *Um dir zu zeigen, wie viel du mir bedeutest, schicke ich dir die erste meiner Weihnachtskarten. Was dich danach erwartet, wirst du schon sehen.*

Noelle drehte die Karte um – kein Absender. »Von wem kommt das alles?«, fragte sie den Lieferanten, der gerade dabei war, neben der Kasse einen Strauß roter Rosen in einer großen Vase zu arrangieren. Pop-pop hatte die umgebaute Kommode erst heute Morgen gebracht. Sechs erwachsene Männer waren nötig gewesen, um sie hereinzutragen – samt und sonders Freunde von ihm, die sofort ihre Hilfe zugesagt hatten, als sie erfahren hatten, dass Noelle das Café übernehmen würde.

»Das darf ich nicht sagen«, antwortete er.

»Meinst du, das kommt von Alex?«, wollte Heidi wissen, nahm ihrer Schwester die Karte ab und musterte sie ausgiebig. Jo zog die Brauen hoch und sah sich grinsend zu Phoebe um. Heidi gab Noelle die Karte zurück.

Und Noelle drückte sie an ihr Herz und konnte sich ein Lächeln nicht verkneifen, wohl wissend, dass die Antwort nur Ja lauten konnte.

Als sie ihn am Abend nach ihrer Heimkehr gefragt hatte, hatte Alex abgestritten, irgendetwas damit zu tun zu haben. Es war so spät gewesen, dass sie angenommen hatte, alle wären schon zu Bett gegangen. Umso mehr hatte sie sich gefreut, dass er noch auf war. Sogar Lucas war an diesem Abend fort. Er übernachtete bei ihren Eltern, während sie all ihre Kraft in die Wiedereröffnung steckte. Schließlich war sie ohne irgendein Eingeständnis von Alex in ihr Bett geschlüpft.

Doch als sie am Morgen das Café betrat, traf sie eine ungläubig den Kopf schüttelnde Heidi dort an. »Hast du das alles bestellt?«, fragte ihre Schwester und zeigte auf eine ganze Wand voller Kaffeesirupe, die geliefert worden waren, ehe Noelle angekommen war.

Und der Boden war fertig.

»Nein. Für so viele Sorten haben wir gar nicht genug Geld«, sagte Noelle und betrachtete den erneuerten Boden, die Tische, die bereits an ihrem Platz standen, die Blumenarrangements auf jedem einzelnen davon. Aber darüber hinaus sagte sie nichts, denn ihr war eine weitere Karte aufgefallen.

Auf der stand zu lesen: Okay, das war ich, Alex. Ich wollte dich mit ein paar Weihnachtsgeschenken überraschen, und das ist eines davon. Ich hoffe, du kannst damit jede Menge Kaffee brauen. Und ich habe letzte Nacht einen Bautrupp hergeschickt, der die Wand geflickt und die Böden fertiggemacht hat. Gestrichen haben sie erst heute Morgen, also sei vorsichtig, die Farbe ist noch feucht.

»Was ist das für eine Kiste?«, fragte Heidi und zerrte am Deckel, um ihn zu öffnen. Das Ding war riesig und stand gleich neben der Kasse auf dem Boden.

Als sie die Kiste geöffnet hatten und Noelle einen Blick hineinwerfen konnte, keuchte sie auf. Vorsichtig griff sie hinein und zog einen prachtvollen Becher hervor. Er war aus dickem weißem Porzellan mit handgemalten Blumen in den lebhaftesten Schattierungen von Pink, Gelb und Blau. Sie holte einen weiteren heraus, um auch diesen genau zu betrachten – die Kiste war voll davon, und jedes Stück war ein Unikat.

»Da ist noch eine Karte«, sagte Noelle, als die ihr in der Kiste ins Auge sprang. Sie las laut: *»Ich dachte, die würden dir gefallen. Aber das ist noch nicht das große Geschenk. Ich hab noch mehr für dich. Kann es kaum erwarten zu hören, was du darüber denkst. Wir sehen uns heute Abend!«*

Darüber hinaus geschah nichts Außergewöhnliches mehr, aber das große Geschenk ging Noelle beständig durch den Kopf, während sie die letzten Malerarbeiten beendete und Ordnung schuf. Sie hatten den ganzen Tag gearbeitet, und nun setzten sich Heidi und sie zu einer Probetasse Haselnuss-Latte zusammen.

Während sie an ihrem Kaffee nippte, betrachtete sie das Ergebnis all der harten Arbeit. Auf der schwarzen Oberfläche der großen Tafel waren in schnörkeliger pastellfarbener Schrift sämtliche Getränke und Backwaren verzeichnet, die sie im Angebot hatten. Tagesangebote hatten sie mit Blümchen umrandet. Die dunkle Ziegelmauer stand in einem angenehmen Kontrast zu dem champagnerfarbenen Lichtschein aus den kleinen Lampen mit den weißen Schirmen, die sie auf jedem Tisch aufgestellt hatte. Die festliche Tischdekoration, die Alex geschickt hatte, schimmerte in ihrem Licht. Der Weihnachtsbaum neben dem Feuer erglühte unter weißen Lämpchen, deren Schein auf die abgenutzten Bücher fiel. Ja, alle Bücher waren wieder in die frisch in Buttercremefarbe lackierten Regale geräumt worden. Und auf einem Beistelltisch stand eine Schale mit Lesezeichen in passenden Pastellfarben, auf denen das Logo des Cafés prangte.

Die Theke, die Pop-pop aus Grams antiker Kommode gemacht hatte, war einfach perfekt. Ihre zierlichen Beine und die perlgraue Granitoberfläche glänzten im Kerzenschein. Kleine Serviettenstapel und eine dekorative Staffelei mit einem Schwarz-Weiß-Foto, das Gram beim Verzieren eines Gewürzkuchens zeigte, rundeten das Bild ab.

Die Wiedereröffnung sollte morgen stattfinden. Sie hatten gebacken, hatten körbeweise Plätzchen gemacht und das Geschirr eingeräumt. Nun waren sie bereit für die Massen, die hoffentlich kommen würden.

»Der ist gut!«, stellte Heidi fest und schloss die Hände um ihre Tasse, um die Wärme zu genießen. »Grams Makronen würden gut dazu passen, glaube ich.«

Ehe Noelle antworten konnte, klopfte es. Die beiden Frauen wechselten einen schnellen Blick, ehe Noelle aufstand und zur Tür ging, wo ein Mann mit einem Werkzeugkasten auf sie wartete. »Guten Abend«, sagte er.

»Hallo«, entgegnete sie und schaute sich über die Schulter zu Heidi um, um nachzusehen, ob sie den Mann kannte. Aber nein. Sie drehte sich wieder zu dem Fremden um.

»Mein Name ist John Perkins. Ich bin Restaurator. Man hat mich beauftragt, Ihre Jukebox zu reparieren.«

Eine Woge der Hitze spülte über sie hinweg. Sie war gar nicht so überzeugt, ob sie wollte, dass irgendjemand die Jukebox anfasste, die gerade erst wieder an ihrem Platz stand.

»Keine Sorge«, beruhigte der Mann sie. »Ich weiß, wie viel diese Dinge den Menschen bedeuten, und Alex hat mich ausgiebig instruiert. Ich werde bestimmt nichts durcheinanderbringen, während ich arbeite. Ich lasse alle Einstellungen genauso, wie sie sind, und sogar die Platten können drin bleiben. Darf ich sie mir mal ansehen?«

Sie öffnete die Tür ein Stück weiter und ließ ihn herein. Er hatte ein freundliches Gesicht, und sie wusste, Alex würde niemanden beauftragen, den er nicht für absolut vertrauenswürdig hielt. Also setzte sie sich wieder, ließ ihn aber nicht aus den Augen, als er geräuschlos und äußerst vorsichtig die Vorderseite der Maschine öffnete. Mit zarter Hand überprüfte er das Innenleben. Dann, nachdem er eine Weile herumgebastelt hatte, ersetzte er ein paar sehr kleine Einzelteile.

»Möchten Sie die Ehre haben?«, fragte er Noelle.

Mit einem erwartungsvollen Lächeln stand sie auf und drückte auf den Knopf. Die erste Platte glitt nach vorn, der Metallarm packte sie, und sie drehte sich. Dann, ganz plötzlich, hallte »We Wish You a Merry Christmas« aus den Lautsprechern. Wie in einer Filmszene sah Noelle ihre Gram vor sich, wie sie mit schwingenden Hüften den Tresen wischte, sich vor der Jukebox im Kreis drehte und schließlich lachend auf dem Stuhl Platz nahm, auf dem Heidi gerade saß. Als sie sich nun wieder in dem frisch gestrichenen und dekorierten Gastraum umschaute, war es, als wäre Gram bei ihnen. Während all die Erinnerungen durch ihren Kopf schossen, musste sie blinzeln, um die Tränen zurückzuhalten. Und Heidi, die im Schneidersitz auf ihrem Stuhl saß und sich hinter ihrer Kaffeetasse versteckte, erging es nicht anders. Ohne Vorwarnung stürzte sich Noelle förmlich auf John und umarmte ihn.

»Danke«, rief sie.

»Frohe Weihnachten«, entgegnete er mit einem erschrockenen Lachen.

36

Die hohe Decke in dem alten Gemäuer hing voller silberner Heliumballons. Ihre Schnüre bestanden aus weißen Bändern, die über den Köpfen von Noelles Freunden und Verwandten baumelten. Das Hope and Sugar Coffee House war an diesem Morgen angefüllt mit den vertrauten Gesichtern vieler Menschen, die gekommen waren, um zu feiern, was Gram begonnen und was Noelle nun in ein Café umgewandelt hatte.

Noelle hatte eine musikalisch untermalte Diavorführung mit Schwarz-Weiß-Aufnahmen von Gram und Pop-pop während der frühen Jahre in der Bäckerei organisiert: Gram, wie sie Teig ausrollte, die Hände mit Mehl bedeckt; Pop-pop, der einen Engel auf die Spitze eines frühzeitig aufgestellten Weihnachtsbaums steckte; Noelles Vater als Kind, wie er einem Kreisel auf dem Boden hinterherlief – so viele Augenblicke. Die Diavorführung endete mit aktuellen Fotos, um die harte Arbeit zu dokumentieren, die sie geleistet hatten. Anschließend hatten sie alle einen Festtagskuchen genossen, und an der Kaffeetheke waren kostenlose Getränke gereicht worden.

Lucas saß, in ein Damespiel vertieft, mit Pop-pop und ihren Eltern an einem der Tische. Francis Evans aus dem Buchladen war gekommen, Noelles Nachbarn, mit denen sie aufgewachsen war, Phoebe, Heidi und ihr Mann, Jo und deren Mann, Grams jüngere Schwester, die extra mit dem Zug aus Georgia angereist war, und jede Menge Stammgäste aus der

Bäckerei, die sie eingeladen hatte. William und Alex wollten am Abend noch herkommen, sobald Alex gelandet wäre – er hatte heute eine dringende Besprechung mit Investoren in Chicago.

Grams Jukebox spielte »Rockin' Around the Christmas Tree«, und das Feuer, das Pop-pop vor der Eröffnung schon am frühen Morgen im Kamin aufgeschichtet hatte, wärmte knisternd den kleinen Sitzbereich vor den Bücherregalen. Sämtliche Beistelltische waren mit dem beerengesprenkelten Grün geschmückt, das Alex hatte liefern lassen. Mr Santori saß als Santa Claus verkleidet auf einem der Stühle am Feuer. Der ganze Raum roch nach Minze, Tannennadeln und Kaffee, und dann und wann breitete sich das buttrige Aroma der Plätzchen in der Luft aus, während die Gäste angeregt schwatzten und Kaffee und Kuchen mit überschwänglichen Ohs und Ahs bedachten. Die Stechpalmen in den Blumenkästen vor den Fenstern verschwanden unter einer weißen Schicht, da erneut kräftiger Schneefall eingesetzt hatte. Die weiße Pracht bildete einen krassen Kontrast zu dem warmen gelben Licht im Inneren. Noelle blickte sich unter all den vertrauten Gesichtern um und war immer noch fassungslos, dass sie es wirklich geschafft hatten.

»Das Café sieht absolut wundervoll aus«, sagte ihre Mutter, legte den Arm um Noelle und drückte sie an sich. »Du bist großartig.«

Noelle strahlte sie an. »Ohne die Hilfe von euch allen hätte ich das nie geschafft.«

»Bereit?«, fragte Heidi erwartungsvoll mit einem Schild in der Hand. Dieses Schild hing an einem Haken im Fenster und trug auf der einen Seite die Aufschrift »Geschlossen« in schnörkeligen purpurnen Lettern, und auf der anderen prangte das Wort »Geöffnet«. Mit dramatischer Geste drehte sie es um, sodass von außen nun »Geöffnet« zu lesen war. Dann stellten sich beide hinter der Theke auf und lugten zu der neuen Glastür hinaus, die sie eingebaut hatten, nachdem der Boden repariert worden war. Heidi hatte sich extra ein paar Tage freigenommen, um Noelle im Verkauf zu helfen, ehe sie wieder in ihren normalen Job zurückkehren würde, aber Noelle beabsichtigte sie zu fragen, ob sie das Geschäft gemeinsam mit ihr führen würde, sollte es erfolgreich laufen. Und nun, eine Woche vor Weihnachten, würden sie genau das herausfinden.

Noelle hatte ein paar Anzeigen in örtlichen Zeitungen geschaltet, hatte drei der hiesigen Radiosender angerufen, um die Neueröffnung bekanntzugeben, und sie hatte sich die Social-Media-Seiten vorgenommen und auch dort für ihr Café geworben. Neben den Vorbereitungen für die Eröffnungsfeier hatten sie und Heidi auch alle Arten von köstlichen Leckereien zusammengestellt, und ihr Kaffeeangebot war recht umfangreich geworden, ohne ihr Budget zu sprengen.

»Ob der Schnee die Leute wohl davon abhält, rauszugehen?«, sorgte Heidi sich laut, als sie in der Küche die letzten Makronen fertigmachten und jede in eine eigene Zellophantüte mit einem rot-weiß gestreiften Kräuselband packten. Währenddessen hatte Pop-pop die Theke übernommen.

»Ich denke, das sollte sie umso mehr locken, sich zu einer guten Tasse Kaffee in ein behagliches Lokal zu setzen. Und die Passanten werden sicher über die enorme Menge an Leuten staunen, die wir hier haben, und vielleicht auch hereinkommen, um nachzusehen, was es damit auf sich hat.«

Als sie wieder aus der Küche zurückkamen, neigte sich die Feier dem Ende zu. Ihre Freunde nahmen sie in den Arm und deckten sie mit guten Wünschen ein, als eine Frau draußen vorbeikam, sich umdrehte und zum Fenster hereinschaute.

Sowohl Heidi als auch Noelle wären am liebsten zur Tür gestürzt, doch die Frau ging weiter und war bald außer Sicht. Noelle starrte immer noch zum Fenster hinaus auf die verlassene Straße.

»Das war definitiv ein Zeichen von Interesse«, verkündete Heidi, zog die Brauen hoch und nickte zufrieden.

Drei Leute waren bisher an diesem Tag einfach so in das Café gekommen.

Drei.

»Ich habe gerade einen von deinen Lieblingskeksen verkauft«, sagte Noelle lächelnd zu Lucas. »Den Lebkuchen mit der roten Glasur.« Sie wagte es nicht, Blickkontakt zu Pop-pop herzustellen, so sehr fürchtete sie, sie könnte angesichts der wenigen echten Gäste Besorgnis aus seiner Miene lesen. Schließlich wollte sie die positive Atmosphäre für das verbliebene Eröffnungspublikum nicht gefährden. Aber im Stillen fragte sie sich, ob auch all den anderen aufgefallen war, dass sie größtenteils unter sich geblieben waren.

»Ich wusste, die musst du machen!« Strahlend schob Lucas einen Dame-Spielstein über das Brett. »Dame!«, sagte er zu Pop-pop. Und da vorerst hinter der Theke keine hilfreichen Hände gebraucht wurden, fingen sie bald ein neues Spiel an.

Noelle beschäftigte sich mit der Keksauslage, bemüht, nicht über die bisher alles andere als hervorragend verlaufene Wiedereröffnung nachzudenken. Die vielen Freunde und Angehörigen gaben ihr ein warmes Gefühl und zwangen sie zugleich, sich an all der Unterstützung zu erfreuen, statt sich gerade jetzt den Kopf über Umsätze zu zerbrechen.

Schließlich, nachdem die meisten ihrer Freunde fort waren und die Glocke schon seit einer Ewigkeit keinen Gast mehr angekündigt hatte, kam jemand zur Tür herein. »Hallo?«, sagte die Frau und sah sich um. »Haben Sie geöffnet?« Sie zog ihre Brieftasche hervor und betrachtete die Tafel.

»Ja«, sagte Noelle lächelnd und richtete sich hinter der Theke auf. »Ein paar Stunden noch. Was kann ich Ihnen bringen?«

Noch während die Frau bestellte, traten zwei weitere Leute ein und stellten sich hinter ihr an, als wäre es das Natürlichste auf der Welt. Noelle warf Heidi einen seligen Blick zu.

Sie nahm die Bestellungen auf und führte die Leute zu ihren Tischen. Eine Frau las in ihrem Buch, während die beiden anderen sich über Alex' Blumenarrangement hinweg unterhielten. Noelle sah ihnen beinahe ehrfürchtig zu, entzückt, Fremde dort sitzen und die leeren Plätze ausfüllen zu sehen.

Ein paar Minuten später klingelte die Türglocke erneut, und zwei weitere Frauen betraten das Café. »Haben Sie gerade erst eröffnet?«, fragte eine der beiden.

»Ja«, sagte sie und gab sich alle Mühe, nicht in unkontrolliertes Gekicher auszubrechen. In den letzten Minuten waren mehr neue Gäste hereingekommen als zuvor den ganzen Tag! Sie führte ihre Bestellungen aus, während die Damen am Feuer Platz nahmen und ihre Kreuzstichstickereien hervorholten. Alle beschäftigten sich mit den ganz gewöhnlichen Dingen, die Leute eben bei einer Tasse Kaffee zu tun pflegten, doch ihr fiel noch etwas anderes auf, als sie sie betrachtete: Ganz wie der Name besagte, den Gram vor so vielen Jahren ausgewählt hatte, sah sie Hoffnung, und die war so süß wie berauschend. Hoffnung und Zucker.

Während sie Tische abwischte und weitere Gäste bediente,

spielte sich die Situation beständig in ihrem Kopf ab – konnte das wirklich funktionieren? Eine Frau erwähnte, sie freue sich, dass es an diesem Ende der Stadt nun auch ein Café gäbe. Der stete Strom der Menschen, die mit ihren Weihnachtspaketen und Geschenktüten vom Einkaufen kamen, war faszinierend zu beobachten, auch wenn ihr der zähe Tag, der bis dahin vergangen war, immer noch Sorgen bereitete. Doch eins war klar: Je länger sie darüber nachdachte, desto sicherer war sie, dass dies der Ort war, an den sie gehörte – ob das Geschäft nun lief oder nicht. Sie wollte all diese Gesichter jeden Tag sehen können, sie wollte mit ihrer Familie zu Abend essen und mit Muffy spielen. Sie wollte mit Jo Karaoke singen und an ihren Mädelsabenden Cocktails trinken. Aber vor allem wollte sie nicht auf Alex verzichten. Sie vermisste ihn schon jetzt und konnte es kaum erwarten, ihn wiederzusehen.

Sie schnappte sich ihr Telefon und tippte eine Nachricht an Phoebe: Ich kann nicht nach L. A. ziehen, schrieb sie. Ich weiß, ich werde wegen eines Mannes bleiben, aber mir ist gerade etwas klargeworden: In Bezug auf Alex empfinde ich wie du in Bezug auf die Schauspielerei. Ich muss dieses Risiko eingehen, um herauszufinden, ob da vielleicht etwas Großartiges dahintersteckt. Sie drückte auf Senden und legte ihr Telefon zurück auf die Theke.

Ehe sie wusste, wie ihr geschah, war das Café voller Gäste, und sie hatte das Gefühl, dass Gram selbst ihr diesen Augenblick geschenkt hatte: diesen Augenblick voller Lachen und Plaudern und Leuten, die Kaffee tranken und Kekse nach Grams Rezepten aßen. Wie hypnotisiert verfolgte sie das Geschehen. Natürlich konnte sie den Erfolg ihres Cafés nicht von einer einzigen Stunde ableiten, wenn während der restlichen Zeit so gut wie gar nichts los war. Dennoch war es wirklich nett zu sehen, wie es sein könnte.

Eine weitere Gruppe von Leuten kam zur Tür herein, und Noelle nahm die Bestellungen auf.

Dann wurde die Tür erneut geöffnet, und dieses Mal platzte Alex herein und zog eine Schneewolke hinter sich her, als er mit einem breiten Lächeln auf den Lippen zur Theke marschierte. Sofort zog er die Aufmerksamkeit auf sich. Er war offensichtlich nicht nur gekommen, um Hallo zu sagen.

»Darf ich um Ihre Aufmerksamkeit bitten«, rief er zielstrebig in den Gastraum.

Noelle starrte ihn fragend an, doch er ließ sich nicht ablenken.

»Ich habe mich heute dabei ertappt, im Laufschritt durch den Flughafen zu rennen, um zu dieser Frau hier zu kommen. Sie hat mein ganzes Leben auf den Kopf gestellt. Und sie könnte mich verlassen. Aber ich will, dass sie bleibt, denn ich kann mir mein Leben ohne sie und ihren kleinen Jungen nicht mehr vorstellen.«

Eine der stickenden Damen gab ein lautes »Ah« von sich und schlug die Hand vor die Brust. Heidi, die in der Tür zur Küche stand, keuchte auf, und Pop-pop und ihre Eltern starrten Alex aus großen Augen an. Lucas lief zu ihm und schlang die Arme um ihn, und Alex drückte ihn an sich.

»Außerdem macht sie verdammt guten Kaffee, habe ich nicht recht?«

Ein paar Leute nickten lächelnd. Lucas sauste aufgeregt zurück zu Pop-pop und hüpfte dabei fast den ganzen Weg.

Alex drehte sich zu Noelle um, als die hinter der Theke hervorkam. »Noelle, wirst du bei mir bleiben?«

»Ja«, sagte sie, und noch ehe sie Atem holen konnte, schlossen seine Arme sich um sie und hoben sie in die Luft. Über ihnen tanzten die Bänder der Ballons in der Luft. Die Gästeschar klatschte, und sie erhaschte einen kurzen Blick auf Pop-pops Gesicht, auf dem ein breites Lächeln zu sehen war. Schließlich ließ Alex sie herunter und schaute sie an, hielt sie aber weiter in den Armen.

»Ich habe dich vermisst«, sagte er, und seine Mundwinkel wanderten aufwärts. »Ich kann nicht zulassen, dass du nach L. A. gehst. Ich liebe dich, und ich will, dass du bleibst.«

Sie strahlte ihn an. »Ich habe Phoebe gerade eine Nachricht geschickt und ihr gesagt, dass ich nicht mit ihr gehen kann. Da ist einfach dieser Kerl, den ich gern noch öfter sehen würde …«

Alex sah aus, als könnte er jeden Moment vor Begeisterung explodieren. Er legte die Hände an ihr Gesicht, trat näher und küsste sie, und die schnatternde Menge brach in Applaus aus.

Als sie sich endlich voneinander lösten, leuchtete Noelles Telefon auf der Theke auf. Mit einem strahlenden Lächeln zeigte sie Alex das Display. Phoebe hatte geantwortet: Schnapp ihn dir, Schwester.

Als sich alles ein wenig beruhigt hatte, sagte sie zu Alex: »Ich bin nicht sicher, ob das Café so gut laufen wird. Wir waren für eine Stunde gut ausgelastet, aber den Rest der Zeit war nichts los.«

»Du musst dir keine Sorgen machen«, erwiderte er. »Es läuft hervorragend! Ich wette, du bist auf dem Weg hierher die Thompson Street raufgefahren und hast am Ende der Straße geparkt, richtig?«

Sie nickte.

»Siehst du, durch den Schnee sind zwei Strommasten umgekippt. Es wurden etliche Straßen abgeriegelt. Die Leute konnten gar nicht herkommen. Die halbe Stadt war gesperrt. Die Reparaturteams haben bis eben gebraucht, um das wieder in Ordnung zu bringen. Ich weiß es, weil auch die Stromversorgung in einigen meiner Häuser unterbrochen war. Es gab eine Umleitung, und die hat den Verkehr vom Hope and Sugar Coffee House weggelenkt, also waren die einzigen Leute, die das Café überhaupt finden konnten, die, die aus der anderen Richtung kamen. Ich glaube, von nun an wirst du gut zurechtkommen.« Dann sah er sich zum ersten Mal um. »Es ist wirklich schön geworden.«

»Ohne deine Geschenke hätte ich es nicht geschafft. Du hast viel für mich getan«, sagte sie. »Das kann ich dir niemals zurückzahlen.«

Er sah ihr tief in die Augen. »Das hast du schon. Ich werde nicht nach New York ziehen. Ich kann es nicht ertragen, von dir getrennt zu sein. Das Büro dort wird nicht geschlossen, aber ich werde es von zu Hause aus leiten. Du hast meine Arbeitsethik ruiniert«, stichelte er mit einem Lächeln, das all die Zärtlichkeit offenbarte, die er für sie empfand. »Du hast mir eine Zukunft geschenkt, von der ich nicht wusste, dass es sie überhaupt geben könnte. Und ich werde dir Tag für Tag zeigen, wie viel mir das bedeutet.« Vielsagend zog er die Brauen hoch. »Weihnachten geht es los.«

37

Alex war die ganze Woche fort gewesen, um das Büro in New York in Gang zu bringen, damit er anschließend dauerhaft bleiben konnte. Erst spät am Heiligabend war er zurückgekommen. Noelle hatte es kaum erwarten können, ihn wiederzusehen. Sie und Lucas waren extra aufgeblieben, um auf ihn zu warten. Als er dann da war, hatte Alex ihnen gesagt, es sei schwer für Santa, sich in solch einem großen Haus zurechtzufinden. Daher sollten sie es sich im großen Wohnzimmer bequem machen. Als sie dort ankamen, hatte Alex in dem Raum bereits eine riesige aufblasbare Hüpfburg für Lucas aufstellen lassen. Außerdem hatte er zwei Luftmatratzen mit unzähligen Kissen und Decken für sie vorbereiten lassen und strikte Anweisung gegeben, dass sie dort die Nacht zu verbringen hatten.

Als sie von der Hüpferei genug hatten, wurde die Luft aus der Burg abgelassen und das Gebilde hinausgebracht, sodass der riesige Raum beinahe leer wirkte. Also hatten Noelle und Lucas ihre Matratzen zu dem großen Fenster geschoben und die Sterne betrachtet, bis sie beide eingeschlafen waren.

Am Morgen wurde Noelle von leiser Weihnachtsmusik aus dem Radio geweckt und blickte kichernd an dem Pyjama hinab, den sie trug. Zwei davon hatten auf ihrem Bett gelegen, als sie von der Arbeit im Café nach Hause gekommen war, einer für sie und einer für Lucas – roter Stoff, über und über bedruckt mit kleinen Rentieren und Stechpalmenzweigen. Sie konnte nicht fassen, dass Alex diese Pyjamas besorgt hatte, obwohl er von dieser Familientradition nichts wusste. Gram hatte mit ihrem Vater damit angefangen, und Noelles Mutter hatte die Tradition übernommen. Nun würde sie mit ihr und Lucas weiterleben.

Aber das war es nicht, was sie an diesem Morgen zum Lachen gebracht hatte. Ihr Kichern wurde durch die Erinnerung an Alex ausgelöst, der ebenfalls einen solchen Pyjama getragen hatte, als er hereingekommen war, um ihnen zu sagen, sie sollten im Wohnzimmer schlafen. Er hatte einen Teller mit Keksen und ein Glas Milch für Santa dabeigehabt und einfach zum Anbeißen ausgesehen. Dann hatte er Noelle einen Weihnachtskuss gegeben und ihr geraten, sich für den morgigen großen Weihnachtstag auszuruhen.

Noelle fiel auf, dass Lucas nicht mehr auf seiner Matratze lag. Sie streckte sich, fuhr sich mit den Fingern durchs Haar, stand auf und machte sich auf den Weg zu ihrer Suite, um nach ihm zu suchen. Als sie dort ankam und die Tür öffnete, musste sie blinzeln, um sich zu vergewissern, dass sie sich nicht verguckt hatte. Der ganze Raum war voller roter Rosen – es waren Hunderte. Sie standen in silbernen Vasen, füllten alle Beistelltische und den Boden entlang der Wände aus, belegten Ständer und Regale und den Kaminsims – einfach alles. Sie griff zu der kleinen Karte auf einem der Beistelltische, die unter all den Rosen beinahe unterging. Darauf stand: *Frohe Weihnachten! Geh in dein Schlafzimmer.*

Lucas, der in diesem Moment aus seinem Zimmer kam, ergriff ihre Hand. »Komm mit in mein Zimmer«, forderte er sie atemlos auf.

Sie gingen gemeinsam den Flur hinunter zu Lucas' Zimmer, wo sie eine vergleichbare Überraschung erwartete: Alles war voller riesiger Saurier, an den Wänden hingen Nachbildungen des Sonnensystems, und einfach überall lagen Bücher – so viele, dass ihr gleich klar war, sie konnte nur einen Bruchteil von ihnen sehen. Auf dem Boden verteilten sich Puzzles, Denkspiele, Experimentierkästen, und in einer Ecke stand sogar ein Vulkan von enormen Ausmaßen.

»Alex muss Santa ein paar wirklich gute Kekse dagelassen haben«, kommentierte sie und schaute sich, die Karte in der Tasche, immer noch wie gebannt um. Schließlich zwang sie sich, sich auf Lucas zu konzentrieren. »Ich habe eine Karte bekommen, auf der steht, wir müssen in mein Zimmer gehen. Sollen wir mal nachsehen?«

Lucas, der immer noch völlig baff war, nickte.

Als sie sah, was Alex vorbereitet hatte, konnte Noelle die Tränen kaum zurückhalten. Auf der Kommode an die Wand gelehnt stand eine riesige Leinwand mit einem Porträtfoto von ihr und Lucas im Schnee. Mit den Schneeflocken in der Luft wirkten all die Grau- und Weißtöne so lebhaft; es schien, als wären sie in einer Art Winterwunderland. Sie drehte sich zu Lucas um, doch der hatte das Bild noch gar nicht gesehen. Stattdessen las er eine weitere Karte. »Geht zu dem Baum im Wohnzimmer«, sagte er und raste an ihr vorbei. Sie folgte ihm. Unter dem Baum, der ihr in Anbetracht all der Blumen, die ihr den Blick verstellten, noch gar nicht aufgefallen war, lagen noch mehr Spielsachen und Experimentierkästen, dazu ein echter Laborkittel in Lucas' Größe, auf dessen Brusttasche sein Name eingestickt war – bis sie bei ihm war, war er schon hineingeschlüpft.

An dem Baum hing noch ein Kärtchen. Öffnet die Tür, stand darauf, also ging sie zur Tür und drehte den Knauf.

Auf der anderen Seite wartete Alex im Smoking, das Haar perfekt frisiert, in der Hand eine weitere Karte, auf der zu lesen war: *Schau nach oben.*

Sie riss sich von seinem Anblick los und streckte den Kopf hinaus, um sich die gewölbte, sechs Meter hohe Decke über dem Korridor anzusehen. Ein einzelnes moosbeerfarbenes Band baumelte bis kurz über ihrem Kopf herab. Sie konnte kaum glauben, dass sie es zuvor nicht gesehen hatte. Sie ging hin und erkannte sofort, was dort auf sie wartete, und sie keuchte auf, während das Herz in ihrer Brust verrückt spielte.

An dem Band hing Williams Diamantring.

»William hat mir alles erzählt«, klärte Alex sie auf. »Ich habe ihn gefragt, ob ich den Ring haben kann. Er hat gesagt, er wisse niemanden, der besser geeignet wäre, ihn zu tragen, als du.«

Lucas kam zu ihnen, stellte sich neben sie und blickte zu dem Ring hinauf.

»Ich möchte dich fragen, ob du bereit wärest, ihn als Zeichen meiner Liebe zu tragen. William und ich haben eine ganze Weile miteinander gesprochen. Ich wollte seine Seite der Geschichte hören – warum er ihn deiner Großmutter gegeben hat –, denn du hast ihm immer vertraut, und ich vertraue deiner Intuition. Und die ganze Zeit, während er mir von damals erzählt hat, musste ich daran denken, dass deine Großmutter und mein Großvater eine Liebe erlebt haben, die groß genug war, um Generationen zu umspannen. Und nun darf sie endlich ans Licht treten – durch uns.« Er stand auf, knotete den Ring los und hielt ihn in der Hand. Der Diamant leuchtete hell im Licht des Weihnachtsmorgens. Sanft ergriff er ihre Hand und steckte ihr den Ring an den Finger.

Ihr kam in den Sinn, wie unglaublich es doch war, dass er gar nicht geändert werden musste, ganz so, als wäre er für ihren Finger gemacht worden. Er passte perfekt.

Genau wie Alex und sie.

Epilog

Alex hatte emsig daran gearbeitet, heimlich Flüge zu buchen, um Phoebe zum Haus der Harringtons zu schaffen, ohne dass die Presse davon erfuhr. Sie war inzwischen recht prominent; ihre Serie führte die Bestenlisten an und lief nun schon in der dritten Staffel. Jo war bereits am Morgen eingetroffen, werkelte mit Noelle in der Küche und schenkte beiden ein Glas Wein ein, während im Hintergrund Weihnachtsmusik lief und die ganze Villa in festlicher Stimmung war. Noelle hatte im Café bald so viel zu tun gehabt, dass sie ein paar Leute eingestellt hatte, sodass sie und Heidi sich heute beide hatten freinehmen können.

Um die ganze Sache noch aufregender zu machen, war eines der alten Lagergebäude in der Nähe des Cafés in ein Wohnhaus umgewandelt worden, in dem lauter junge, berufstätige Leute wohnten, die sich nur zu gern mit ihren Laptops ins Hope and Sugar setzten und während der Arbeit literweise Honigcreme-Latte in sich hineinschütteten. In der Stadt hatte sich das Gerücht verbreitet, das Hope and Sugar sei ziemlich angesagt.

»Danke, dass du mich zu deiner Familie geholt hast«, sagte Elizabeth, die mit einem glückseligen Lächeln auf den Lippen auf ihrem Stuhl beim Weihnachtsbaum saß. Während der letzten drei Jahre hatte Alex sie immer hergeholt, damit sie Weihnachten mit ihnen verbringen konnte. Manchmal erinnerte sie sich an etwas, brach in Tränen aus oder nahm Williams Hand. Dann wieder schien es, als wäre sie in einem

Raum voller Fremder. Aber wie dem auch sein mochte, sie war glücklich, und sie verbrachte das Fest im Kreis ihrer Familie. Das war alles, was Alex interessierte. Er reichte ihr eine Tasse handwarmer heißer Schokolade, die auch nur halb voll war, weil sie dazu neigte, sie ein wenig schief zu halten, und ihre Lieblingsdecke. Sie nippte an dem Getränk und schaute zu, wie sich auch alle anderen allmählich in dem Raum einfanden.

»Hallooooo«, rief Noelles Mutter, als sie mit Pop-pop und Gus in die Küche kam. Muffy rannte sofort los, um Henry zu suchen. Kaum hatte sie ihn gefunden, balgten sich die beiden am Boden. Sie würden so lange miteinander spielen, bis sie erschöpft waren. Dann würden sie sich zu Elizabeths großer Freude neben ihrem Stuhl fallen lassen und schlafen.

Jim half Noelles Mutter aus dem Mantel, während die beiden Männer die ihren ablegten. »Wo ist dein prachtvoller Gatte, Noelle?«, fragte sie.

»Er und William machen gerade Lucas fertig.« Noelle und Alex hatten im letzten Jahr in einem kuppelförmigen Gewächshaus im botanischen Garten unter den Sternen geheiratet. Sie hatte sich gewünscht, von Blumen umgeben zu sein, so wie bei ihrem ersten gemeinsamen Weihnachtsfest. In den Tagen vor der Hochzeit hatten sie Elizabeth zu sich geholt, und ehe Noelle geheiratet hatte, hatte sie darauf bestanden, dass sie und Elizabeth ihre Namen gemeinsam mit dem Harrington-Diamanten in das Fenster in Williams Zimmerflucht kratzten. Noelle hatte Elizabeth den Ring übergestreift und ihr erklärt, was sie tun sollte. In dieser Nacht hatte Elizabeth sehr glücklich gewirkt, und da sie den ganzen Abend den Ring angeschaut hatte, hatten sie ihn ihr eine Weile überlassen. Ehe William ihr ins Bett geholfen hatte,

hatte sie den Harrington-Diamanten abgenommen und gesagt: »Ich glaube, der gehört jetzt dir.« Dann hatte sie ihn Noelle zurückgegeben. Sie hatten nie erfahren, ob sie sich an den Ring erinnert hatte oder ob sie nur geraten hatte, dass er Noelle gehörte.

Jeden Abend vor dem Zubettgehen betrachtete William seither Elizabeths Namen, der neben dem von Noelle am Fenster stand. Er erzählte ihnen, er hätte sich immer gewünscht, ihr Name könnte an seinem rechtmäßigen Platz stehen. Und nun war es geschehen, und mit ihm waren all die wunderbaren Erinnerungen zurückgekehrt. Und Elizabeth schuf sich immer noch neue Erinnerungen, indem sie sie jedes Weihnachten und dann und wann im Laufe des Jahres besuchte.

Noelle reichte ihrer Mutter ein Glas Wein und bot anschließend ihrem Vater und Pop-pop auch eines an. Jo küsste Noelles Mutter auf die Wange, ehe sie plötzlich zurückwich und lachend in eine Ecke des Zimmers zeigte.

»O mein Gooootť«, rief sie theatralisch. »Casa Grande?«

Noelle lächelte. »Jedes Jahr.«

»Ich hab's geschafft!«, trällerte Phoebe und klapperte auf Absätzen herein, so hoch, dass Noelle sich fragte, wie sie darauf die Balance halten konnte. Ihr Schneeköniginnenkostüm hatte sie längst einem eleganteren Ensemble geopfert. Noelle konnte gar nicht Schritt halten mit all den Modedesignern, die Phoebe getroffen hatte. Nun jedoch rammte sie wie eh und je Noelle eine Flasche in die Arme und drückte ihr und Jo einen Kuss auf die Wange.

Noelle musterte die Flasche. »Schraubverschluss?«, fragte sie lachend.

»Die schaumige Sorte!« Phoebe wedelte vor ihrem Gesicht mit den Händen, auf den Lippen ein strahlendes Lächeln. »Du kannst später Alex damit bekleckern.« Dann zwinkerte sie Noelle zu, und sie brachen alle in Gelächter aus.

Jeder nahm nun seinen Wein, ehe sie gemeinsam in das große Wohnzimmer gingen, wo sie schon von William, Lucas und Alex erwartet wurden. Alle drei trugen Pullover und Jeans, Lucas zudem einen Seitenscheitel in dem pedantisch gekämmten Haar, wie Noelle lächelnd bemerkte. Noelles Mutter hielt Muffy fest, und Lucas hatte sich neben Henry aufgebaut. Jim hatte Lucas geholfen, den Welpen zu erziehen, und nun war Lucas der Einzige, auf den Henry hören wollte. Noelle reichte jedem der Männer ein Glas Wein, ehe sie Elizabeth sanft dabei unterstützte, ihren Platz in der Gruppe zu finden.

»Familientradition!«, verkündete Alex, baute das Stativ auf, das Noelle ihm zu ihrem ersten gemeinsamen Weihnachtsfest geschenkt hatte, und richtete es auf den beeindruckenden Weihnachtsbaum, der in der Mitte des Raums aufgestellt worden war. Dieser war ganz in Silber und Hellblau gehalten. Lange Bänder hingen von der Spitze kaskadenförmig herab bis zu dem glänzenden Marmorboden.

Während alle Aufstellung nahmen, stellte Alex den Timer der Kamera ein und lief dann schnell zu den anderen.

In weihnachtlichem Frohsinn erhoben sie ihre Weingläser mit einer Hand, legten den freien Arm um die Person, die neben ihnen stand, und riefen »Cheers!«.

Die Kamera löste aus, und Alex warf einen Blick auf das Display. »Perfekt«, sagte er und drehte den kleinen Bildschirm in Noelles Richtung, als sie neben ihn trat. Während er den Arm um sie legte, betrachtete sie all die Menschen, die so fröhlich zusammengekommen waren, und sie wusste ohne jeden Zweifel, dass all die Zwischenstopps auf ihrem Weg sie hierhergeführt hatten: zu dem Platz, an den sie gehörte.

Ein Brief von Jenny Hale

Ich hoffe, ihr fühlt euch nach der Lektüre von *Weihnachtswünsche sind wie Schneeflocken* so wohl und behaglich, dass ihr euch nun umgehend auf den Mistelzweig und die kuscheligen Weihnachtssocken stürzen wollt!

Solltet ihr gerade zum ersten Mal ein Weihnachtsbuch von mir gelesen haben: Da, wo das herkommt, gibt es noch eine Menge anderer! Werft doch mal einen Blick auf meine anderen Bücher, damit ihr die weihnachtliche Stimmung noch länger genießen könnt: *Winterzauber im Kerzenschein*, *Mit dem Schlitten auf Wolke Sieben* und *Mein Weihnachtswunsch bist du*.

Falls euch eines meiner Bücher gefallen hat, würde ich mich freuen, wenn ihr eine Rezension dazu schreibt. Ich freue mich wie eine Schneekönigin, wenn ich Rückmeldungen von meinen Lesern erhalte, und es trägt dazu bei, dass andere Leser vielleicht erstmals zu einem meiner Bücher greifen.

Wenn ihr wollt, dass ich euch per E-Mail informiere, wann mein nächstes Buch erscheint, dann tragt euch einfach hier ein:

www.itsjennyhale.com/email/jenny-hale-sign-up

Ich werde eure E-Mail-Adresse nicht weitergeben und euch nur anschreiben, wenn ein neues Buch veröffentlicht wird.

Bis zum nächsten Mal!
Jenny

Besucht mich auf: Goodreads | Facebook | Meiner Website

Danksagung

Ich möchte meinem Ehemann Justin danken. Er hat sich mein Gerede über Handlungsstränge und Abgabetermine all die vielen Stunden ebenso angehört wie das unaufhörliche Klappern der Tastatur. Ohne seine Hilfe und seine Ermutigung hätte ich es nicht geschafft. Er war auf jedem Schritt des Weges an meiner Seite.

Ein riesiges Dankeschön geht an Oliver Rhodes für seine stete Unterstützung. Ich bin so dankbar für seine Beratung und das offene Ohr, das er mir während des ganzen Prozesses geliehen hat.

Die Leute vom Bookouture-Team sind einfach großartig, und ich danke meinem Glücksstern jeden Tag, dass ich eine ihrer Autorinnen bin. Natasha, meine herausragende Lektorin – ich fühle mich gesegnet, dich auf meiner Seite zu wissen. Sie ist nicht nur entzückend, sondern auch eine wahre Heldin, wenn es um organisatorische Fragen geht.

Mein Dank gilt auch meinen Freunden und Angehörigen, die mich angespornt und meine Bücher in Rekordzeit verschlungen haben, nur um mir Rückhalt zu geben. Alaina DeHaven bin ich dankbar für ihr scharfes Auge – sie ist immer bereit, ein paar Dinge für mich zu prüfen, wenn die Zeit drängt. Ich danke ihr für ihre Zeit und ihre Mühe. Patty Larson und Tia Field danke ich dafür, dass sie beide meine chaotischen Nachrichten über die Geschehnisse in der Welt meiner Schreiberei gelesen und mit mir über alles, was ich ihnen vorgesetzt habe, geschwatzt haben.

Und dann wären da noch die Rezensenten und Blogger, die mich und meine Geschichten fördern und voranbringen, wofür ich ihnen endlos dankbar bin.

Ein herzerwärmender Roman zum Fest der Liebe

Jenny Hale
MIT DEM SCHLITTEN
AUF WOLKE SIEBEN
Roman
Aus dem amerikanischen
Englisch von
Sabine Schilasky
320 Seiten
ISBN 978-3-404-17429-4

Für Carrie kommt die Familie stets zuerst. Doch dann tritt sie kurz vor Weihnachten eine neue Stelle als Kindermädchen an – und muss feststellen, dass nicht jeder das so sieht. Der attraktive Single-Vater Adam jedenfalls lässt sich selten zu Hause blicken. Warum verbringt er nur so wenig Zeit mit seinen Kindern? Carrie will das ändern und nimmt sich vor, den Kindern das schönste Weihnachtsfest überhaupt zu ermöglichen – zusammen mit ihrem Vater Adam. Und dabei verfällt sie nicht nur dem Zauber der Weihnacht …

Bastei Lübbe